W0175329

Jonathan Garfinkel

Platz der Freiheit

Roman

Aus dem Englischen von
Henning Ahrens

Rowohlt · Berlin

Die Originalausgabe erschien 2023 unter dem Titel
«In a Land Without Dogs the Cats Learn to Bark»
bei House of Anansi Press, Toronto.

Deutsche Erstausgabe
Veröffentlicht im Rowohlt · Berlin Verlag, Mai 2023
Copyright © 2023 by Rowohlt · Berlin Verlag GmbH, Berlin
Copyright © 2023 by Jonathan Garfinkel
Satz aus der Stempel Garamond
bei Dörlemann Satz, Lemförde
Druck und Bindung GGP Media GmbH, Pößneck
ISBN 978-3-7371-0171-4

Für Paul Thompson – der den Anstoß gab.
Für Anastasia Aphkhazava – die mich
an den Fluss führte.
Und für den Geist des Basement Theatre.

PLATZ DER FREIHEIT

ERSTER AKT

EIN AMERIKANER
IN MOSKAU

September 1974 – Januar 1975

«Frohsinn ist die hervorstechendste
Eigenschaft der Sowjetunion.»

JOSEF STALIN

EINS

Alles begann mit einer Jeansjacke von Wrangler.

«Hallo, ich bin Aslan. Schön, dich kennenzulernen, tipp-topper, supermoderner Amerikaner. Darf ich mich in deinem Zimmer umschauen?»

Aslan trat ein, bevor ich reagieren konnte.

«Äh … hallo, Aslan. Ich bin Gary.»

Aslan taxierte den Raum, wie ein Sommelier einen erlesenen Wein kostet. Er nahm meinen Bleistift in die Hand, ein Notizbuch, eine Sonnenbrille. Anschließend bemaß er die Qualität der Einrichtung. Diese entsprach der Ära der Polyestervorhänge; ein Resopaltisch und ein durchgelegenes Einzelbett, mutmaßliches Verhängnis meines Rückens, waren die einzigen Möbel.

«Edel», sagte Aslan. Schwer zu sagen, ob er es ernst meinte oder mich veralbern wollte. Er steuerte schnurstracks auf meine zwei Koffer zu und entleerte sie auf den Fußboden.

«Wir sind beinahe Nachbarn. Ich lebe im sowjetischen Teil des Wohnheims. Dein Bereich ist sehr international und luxuriös. Ein kuscheliges, bourgeoises Zuheim», sagte Aslan, während er sich durch meine Klamotten wühlte. Anschließend richtete er sich auf und zeigte auf meine Jeansjacke. «Du trägst Wrangler, sehe ich, bester Denim, den die Menschheit kennt.»

«Ich habe die Jacke von meiner Mutter bekommen, bevor ich aus Amerika abgeflogen bin.»

«Man nennt mich auch ‹Midnight Wrangler›.»

«Aha?»

«Ich liebe deine Mutter, und ich liebe Wrangler, aber Jeans mit Nieten habe ich noch nie getragen. Darf ich mal?»

Ohne eine Antwort abzuwarten, zerrte Aslan die Jacke von meinen Schultern. Wie sich zeigte, war sie zwei Nummern zu groß für ihn und wirkte angesichts seiner drahtigen Gestalt, seines schwarzen Bleistiftbartes und des Led-Zeppelin-*Houses-of-the-Holy*-T-Shirts ziemlich grotesk.

«Das nennt man Perfektion», verkündete er.

«Steht dir», sagte ich.

«Darf ich sie behalten, mein gütiger amerikanischer Freund? Ich bezahle gutes Geld, keine Sorge. Ich weiß, alles hat seinen Preis.»

Ich wollte sie eigentlich nicht weggeben – immerhin war sie ein Abschiedsgeschenk meiner Mutter –, glaubte aber, die Bitte nicht abschlagen zu dürfen. Ich hatte den eigenartigen, vielleicht auch abergläubischen Gedanken, Aslan könnte mir helfen, ein besserer Schriftsteller zu werden, wenn ich einwilligte. Wie er gesagt hatte: Alles hat seinen Preis.

Aslan drückte mir ein Bündel Rubel in die Hand. «Bitte, ich würde gern die komplette Ware begutachten – neben dem Studium operiere ich auf dem Schwarzmarkt.»

Zu Hause hatte man gemahnt, ich würde auffallen. Man hatte gemahnt, sie würden mir Sachen abluchsen wollen. In meinen Augen absurde Gedanken, zumal ich auf mein Erscheinungsbild wenig Wert legte. Und doch unterzog dieser schräge, wenn auch sympathische Typ mein Leben an meinem ersten Nachmittag in Moskau einer monetären Taxierung. Während ich über seine Bitte nachdachte, sortierte er meine Klamotten: Ein Stapel hieß «ja», der andere «nein». Aslan bezifferte den jeweiligen Preis und unterstrich ihn, indem er den Zeigefinger reckte.

2 Jeans, Marke Wrangler = 150 Rubel!

1 grüner Wollpullover, Woolworth = 180 Rubel!

6 weiße Unterhosen, Marke Jockey = 180 Rubel!

4 weiße Unterhemden, Marke Jockey = 80 Rubel!

12 Bic-Kugelschreiber, blaue Mine = 120 Rubel!

5 Notizbücher, Marke Hilroy = 40 Rubel!

«Die Sachen würde ich dir gern abkaufen», sagte er.

«Das sind all meine Klamotten.»

«Schön. Du bist eine harte Schale.» Er schnappte sich eine Jeans und zwei Unterhosen. «Wie viel?»

«Die Sachen sind nicht zu verkaufen.»

«Zweihundert Rubel.»

«Und was soll ich mit zweihundert Rubel?»

«Zeug kaufen. Viel Zeugs.»

«Könnten wir später darüber reden? Nachdem ich meine Sachen ausgepackt habe?»

Aslan schaute mürrisch drein. Da bemerkte er die Kiste auf dem Fußboden, deren Deckel leicht verrutscht war.

«Heilige Scheiße. Du hast Original-Schallplatten.»

Zwecks Linderung möglichen Heimwehs hatte ich meine Jazz-LP-Sammlung mitgebracht, penibel alphabetisch sortiert, dazu meinen Yamaha-YP-800-Plattenspieler und einige Lieblingsbücher. Das, so glaubte ich, sei alles, was ich bräuchte.

«Ich lebe für den Jazz», sagte ich. «Ich liebe ihn, meine ich.»

«Ich auch, mein neuer amerikanischer Freund. Charlie Parker ist mein Daddy-O Nummer eins. Ein Ornithologe der menschlichen Seele. Backst du auch Melodien?»

«Ich improvisiere ganz gern. Meine Trompete habe ich aber nicht dabei. Spielst du?»

«Ständig. Ich bin Moskaus Top-Improvisation.» Er legte mir einen Arm um die Schultern. «Du bist ein netter Kerl, Gary.» Er küsste mich auf beide Wangen. «Beim nächsten Mal hören wir Jazz-LPs in den Dormitorien illustrer US-Diplomaten. Wir trinken Wodka und horchen Musik und tun so, als wären wir sauglücklich. Dann sind wir Jünger von Charlie Parker, der Verkörperung amerikanischer Seelenpein.»

Ich hatte jede Menge Jazz-LPs mitgebracht (zu Aslans heller Begeisterung), war aber in Moskau, um meinem literarischen Idol nachzueifern, Michail Lermontow, Autor von *Ein Held unserer Zeit*. Ein Roman, der seiner Zeit voraus gewesen war, und ein Buch, das mich auf jeder Seite in den Bann schlug. Lermontow hatte an der Moskauer Universität studiert, wenn auch vor hundertfünfzig Jahren. Andererseits: Was zählen anderthalb Jahrhunderte in den ewigen Ruhmeshallen der Literatur? Dichtung existiert in einem Bereich außerhalb der Zeit. (Wie ich in meiner Bewerbung schrieb.)

Nach einem rigorosen Befragungsmarathon in New York City, der ergab, dass meine politische Haltung vertrauenswürdig und meine Liebe zur Literatur aufrichtig war, erhielt ich eines der allerersten Fulbright-Stipendien für die UdSSR. Man würde den Eisernen Vorhang lüften, damit die amerikanische Jugend das Russland Breschnews in all seiner Pracht erleben konnte.

Zuvor an diesem Tag war ich verwirrt und orientierungslos am Flughafen Scheremetjewo eingetroffen. Ein bürokratischer Irrtum hatte dazu geführt, dass ich früher abgeflogen war als die übrigen Fulbright-Stipendiaten. Ich wurde von einem Amerikaner mit zerknittertem Leinenanzug und weißen Tennissocken in Empfang genommen, der aussah, als wäre er just der Dusche entstiegen. Seine zurückgekämmten nassen blonden Haare erinnerten mich an die Frisur meiner Mutter; sie hätte ihn wahrscheinlich als «typischen Tennisclub-Goi» eingestuft. Der Amerikaner stellte sich als Jim vor und gab an, der Verbindungsmann unserer Regierung in Moskau zu sein.

«Entschuldigen Sie den informellen Empfang», sagte Jim, als er meine Koffer und Kisten auf die Rückbank seines Schiguli lud. «Ich habe vor gerade mal einer Stunde von Ihrer Ankunft erfahren. Die anderen treffen erst morgen ein.»

Auf der Fahrt in die Stadt wurden die Schwarz-Weiß-Bilder, die ich seit meiner Kindheit im Kopf hatte, plötzlich lebendig. Dank unserer Haushälterin Stasja, einer gebürtigen Leningraderin, hatte mein Russlandbild mythologische Züge. Hier jedoch, im weichen Septemberlicht, das von hohen Gebäuden zurückgeworfen wurde, überwältigte mich der Anblick all der fremden Menschen, die emsig ihrem Leben nachgingen; vertraut Geglaubtes nahm unbekannte Gestalt an. Jim redete wie ein Wasserfall und wies mich auf markante Bauten hin: der Fernsehturm Ostankino; der Berjoska-Laden für Valuta; das Kaufhaus GUM; der Kreml, diese Hochzeitstorte von Palast.

«Sie sind natürlich hier, um Literatur zu studieren, aber Sie sollten auch ein bisschen Tourist spielen, wenn's geht», sagte Jim, auf die linke Fahrspur wechselnd. «Um die Nuancen einer Sprache zu erlernen, muss man sich unter die Leute mischen. Ich kann Ihnen nur raten, sich mit Einheimischen zu treffen. Vertiefen Sie sich in die Kultur – die ihre ganz eigene Sprache hat.» Er verstummte und wechselte erneut die Fahrspur. «Ihre Bewerbung hat mich übrigens stark beeindruckt.»

«Danke.»

«In literarischer Hinsicht gibt's keinen idealeren Ort als Moskau, die Stadt ist gesättigt mit Literatur. Aber vergessen Sie nicht, dass Sie Amerika repräsentieren. Nehmen Sie sich in Acht. Sie werden ständig beobachtet, ständig belauscht.»

Seine letzten Worte klangen nach einem reißerischen Groschenkrimi. Meine Mutter, die mich mit Raymond Chandler und Dashiell Hammett großgezogen hatte, hätte Jim gewiss geliebt. Eine verwandte Seele.

«Dann sind Sie also eine Art Spion?», scherzte ich.

«Das ist wohl jeder, stimmt's?»

Ich grinste. «Klar.»

«Ja, Mann, selbst Literatur ist eine Art Spionage. Man späht aus, was im Verborgenen liegt: das Denken eines anderen Menschen. Das ist Aufklärung, getarnt als Kunst.»

Ich mochte Jim.

«Leben Sie gern in Moskau?», fragte ich.

«Moskau macht süchtig.»

Dieses Bekenntnis befremdete mich. Konnte man mit einem Ort so tief verwachsen, dass man ihn nicht mehr missen mochte? Es sollte eine Weile dauern, bis ich verstand, was Jim gemeint hatte.

Er hielt vor einer architektonischen Monstrosität. Der rot-graue Betonbau mit seinen sechsunddreißig Stockwerken, bekannt als Moskauer Staatliche Universität, verschlug mir den Atem. Diesen sowjetischen Prachtbau, diesen brachialen Egotismus stalinistischer Gotik, bekrönt von einem blinkenden roten Stern, hatte es zu Zeiten Lermontows nicht gegeben – er war während der 1950er Jahre von deutschen Kriegsgefangenen errichtet worden –, doch der Gedanke, dass sich der Schriftsteller in ebendiesen Hügeln aufgehalten und wie ich auf die Moskwa geschaut hatte, wärmte mein Herz. Dies war mein neues Zuhause, der Ort, an dem ich zu einem Schriftsteller heranreifen würde. Vielleicht zu einem großen.

Jim half mir, mein Gepäck hineinzubringen, und ließ mich in den Fängen einer verdrossenen Babuschka zurück. Ich musste eine Million Formulare unterschreiben, danach drückte sie mir einen Schlüssel in die Hand und begleitete mich schweigend bis in den sechsten Stock.

Nachdem Aslan gegangen war, sortierte ich meine Klamotten ein und organisierte meinen Schreibtisch. Lermontow, Tolstoi, Turgenjew und mein abgenutztes Englisch-Russisch-Wörterbuch von Langenscheidt. Ich legte John Coltrane auf, schenkte mir warmen Wodka ein und begann, Lermontow im Original zu lesen, wobei ich immer wieder Absätze markierte. Ein Brief aus dem Jahr 1837: «Nach schlingerndem Auf und Ab im Gebirge stieg ich vom Wagen und schwang mich aufs Pferd; ich habe die Gipfel der verschneiten Berge des Kreuzpasses erklommen, kein einfaches Unterfangen; von dort oben kann man halb Georgien sehen, als läge es auf einer Untertasse.» Und später: «Die Gebirgsluft ist Balsam für mich; die Trübsal geht zum Teufel, das Herz jubiliert, der Atem lässt die Brust schwellen.» Irgendwann schlief ich ein, Lermontow auf meiner Brust.

Am nächsten Morgen erwachte ich zu Radio Moskau, dem einzigen Sender auf der Skala. Eine weibliche Kommandostimme befahl mir barsch, die Arme zu recken, in die Beuge zu gehen und ein paar Schritte zu tun. Ich bemühte mich, ihre Anweisungen zu befolgen, streckte mich aber nicht wie verlangt. Anschließend begab ich mich in die gigantische, komplett pfirsichfarbene Cafeteria im Untergeschoss, wo ich zum Frühstück Kascha mit Butter und eine Tasse bitteren Tee konsumierte. Ich wurde von Igor begrüßt,

17

Student der Publizistik, makelloser Nachwuchskommunist und ein Literaturenthusiast wie ich.

«Ich habe den Auftrag erhalten, dich hier einzuführen», erklärte er auf hochformalem Russisch. «Bitte. Es ist meine Pflicht, und es ist mir eine Freude. Und nun sag an – bist du Dustin Hoffman oder Robert Redford?»

«Wie meinst du das?»

«Nach meiner Recherche lassen sich amerikanische Männer in zwei Kategorien unterteilen: Robert Redford oder Dustin Hoffman. Du bist Dustin, denke ich.» Er schaltete auf ein gestelztes Englisch um: «Gestattest du, dass ich dich Mrs. Robinson vorstelle?» Er lachte heiser über seinen eigenen Scherz.

Nach dem Frühstück legte Igor mir den Plan für die nächsten paar Tage dar. Er drückte sich von A bis Z geschraubt aus. Diese Redeweise ließ ihn älter wirken, als er war; ein Mittzwanziger, der auf die fünfzig zuging. Anders als Aslan trug er keine Bluejeans vom Schwarzmarkt oder aus den Koffern jetlaggeplagter Amerikaner, sondern einen strengen schwarzen Rollkragenpullover und ein dunkles Jackett, sein Gang war militärisch forsch. Er sei, erzählte er stolz, Mitglied des Komsomol und demnächst Anwärter auf die Parteimitgliedschaft. Er würde ein glänzender sowjetischer Journalist werden – mit Reisefreiheit, vorausgesetzt, er verfasste Berichte über jeden, dem er begegnete, und stumpfsinnige, öde Artikel für die Prawda. Er präsentierte mir seine Ausgabe der Parteiregularien, die er mit Anmerkungen versehen hatte. Der geborene Bürokrat. In Moskau würde er es weit bringen.

Igor zeigte mir das Gebäude. Ich wohnte in einem sozialistischen Einkaufsparadies im Gewand einer mittelalterlichen Trutzburg. Es gab alles, was das Moskauer Herz der

Gegenwart begehrte: einen Obst- und Gemüsestand, eine Bäckerei, einen Zeitschriftenkiosk, ein Postamt, eine Drogerie, einen Schuhputzstand, einen Uhrmacher. In den dämmerigen Fluren führte Igor mir stolz wie Bolle die sowjetische Ingeniosität vor Augen. Auf den Leichtathletikanlagen der Uni schwitzten die Studierenden, als ginge es um das liebe Leben. Mädchen, die Stifte zwischen den Zähnen hielten, schleuderten Handgranatenattrappen über sattgrüne Spielfelder. Jungen hetzten umher, stießen zu mit eingebildeten Bajonetten und sprangen anschließend zurück, als wollten sie unsichtbaren Geschossen ausweichen. Alle trugen ausgeleierte, abgenutzte, graue Trainingsanzüge.

Am Ende landeten Igor und ich in meinem Zimmer. Zu meiner Überraschung hörte auch er gern Jazz. Ich legte Ornette Coleman auf, dem wir, auf dem Bett sitzend, lauschten. Während Ornette jaulte, fragte mich Igor über Amerika aus.

«Dustin, stimmt es, dass alle Amerikaner Rassisten sind?»

«Ähm, nein.»

«Ihr ermordet aber Schwarze und Indianer.»

«Ja, manche Leute haben das getan.»

«Wie könnt ihr wissen, wie die Wahrheit lautet, wenn eure Regierung die New York Times und die Washington Post kontrolliert?»

Ich hielt das zuerst für einen Scherz. Er wolle, erklärte er, später unbedingt für die Prawda schreiben. Die war nicht gerade für ihre Objektivität berühmt, doch Igor beteuerte, keine andere Zeitung reiche an sie heran. Dann erkundigte er sich nach meinen Schreibplänen. Ich erzählte ihm von meiner Idee für einen Roman, der verschiedene Blickwinkel verwendet. Die Wahrheit, erläuterte ich, könne man nur aus mehreren Perspektiven erfassen. Er sah mich an, als wäre ich bekloppt. Benutzte ich die falschen russischen Begriffe?

Dann erzählte ich, dass ich über einen Durchschnittsmenschen schreiben wollte, der etwas Großes vollbringt.

«Also einen Helden», sagte er. «Vielleicht möchtest du ja ein Held sein, Dustin, hm?»

Da klopfte es an der Tür, und ich öffnete. Aslan zögerte, als er den rauchenden Igor auf meinem Bett erblickte.

«Komm rein», sagte ich.

Er trat schüchtern ein und warf einen Blick über seine Schulter, als würde ihn jemand beschatten. Igor und ich lehnten an der Wand. Ornette blies in sein Saxofon.

«Gary sagt, er sei vernarrt in den Kaukasus», meinte Igor.

Aslan sah mich verwirrt an. «Warst du mal dort?»

«Nein», sagte ich. «Ich habe nur darüber gelesen.»

Igor murmelte: «Er ist in ein anderes Jahrhundert vernarrt. Lermontow. Er hat die weite Reise auf sich genommen, um in Moskau tote Literatur zu studieren.»

Aslan betrachtete die Bücher auf meinem Schreibtisch.

Igor stand auf und sagte: «Nichts für ungut, aber ich muss die Arbeitsbrigade beim Kartoffelerntefest leiten.»

«Im Ernst?»

Igors fester Händedruck und sein eiserner Blick verrieten mir, dass er es absolut ernst meinte. Nachdem er das Zimmer verlassen hatte, schaltete Aslan sofort auf Englisch um.

«Dieser Igor ist Major Scheißhaufen. Sogar sein Rektum gehorcht den Parteiregeln.» Er richtete den Blick erneut auf meine Bücher. «Liest du Lermontow wirklich gern?»

«Aber sicher.»

«Und wieso?»

«Literatur kann dumpf sein. Lermontow lässt sie atmen. Er hat gelebt, was er geschrieben hat. Das bewundere ich.»

«Lermontow ist zu reich und zu weiß und jammert zu viel – und dann stirbt er auch noch auf diese idiotische Art!

Petschorin ist allerdings eine grandiose Gestalt. Exzellent, wie er die Realität konjugiert. Er ist ein Nihilist, aber Menschen sind ihm wichtig. Er ist einsam, sehnt sich aber nach Liebe. Eine wahrhaft menschliche Tragödie.»

Aslan sagte das mit einer Leidenschaft, wie sie nur Russen für die Literatur aufbringen können. Ein hundertfünfzig Jahre alter Roman war für ihn lebendiger als lebendig und Petschorin, der Protagonist, realer als Lermontow, der Autor. Er wollte wissen, was ich sonst noch las. Ich zeigte ihm die Ausgaben von Turgenjew und Tolstoi; von Djuna Barnes und William Faulkner; George Eliot und T.S.Eliot; Robert Lowell und Elizabeth Bishop. Ich bot an, ihm etwas auszuleihen. Aslan schüttelte den Kopf.

«Mein Lieblingsbuch hast du nicht! Das Englischwörterbuch von Miriam Webberstein! Dass ich so vehement sprechen kann, habe ich diesem Buch zu verdanken. Ich habe es im Dorf bei meinem Sohn Akhmad gelassen, damit er wie sein Vater die Schlüssel zum Westen in der Hand hält.»

«Und wo lebt Akhmad?»

«Bei seiner Mutter im Dorf Qasbegi, im georgischen Gebirge. Weit, weit weg.»

Der Name ließ mich aufhorchen. «Qasbegi? Petschorin hatte dort sein Duell, richtig?»

«Jawohl. Ich stamme aus dem Land Petschorins – daher weiß ich, dass es existiert! Deshalb verkaufe ich so viele Klamotten auf dem Schwarzmarkt. Die Rubel schicke ich meiner Frau. Dann hat sie zu essen, und ich bin froh. Leben ist Literatur, mein einsamer Amerikaner. Aber wir müssen auch das Unglück schlucken.»

«Ich wollte schon immer nach Georgien.»

«Eines Tages fahre ich mit dir dorthin. Es ist so ähnlich wie in deinen Büchern und gleichzeitig ganz anders.»

In jener Nacht träumte ich, Petschorin zu folgen, der hoch zu Ross durch die Gebirge Georgiens zog. Das Land kam mir mythisch vor, es war unendlich weit und wurde immer weiter. Petschorin trug die russische Uniform, und seine ständige Motzerei ging mir auf die Nerven. Ich bat ihn, die Klappe zu halten, woraufhin er noch wüster auf das Gelände und die Einheimischen schimpfte und klagte, alles und jeder sei im Weg. Ich sah mich von außen, sozusagen in der dritten Person, der fleischgewordene Begriff «Authentizität». Petschorin verspottete auch dies, überhaupt nichts ergab mehr Sinn. Also stieß ich ihn vom Pferd und ließ ihn zurück, kopfüber im Schnee steckend, strampelnd und fuchtelnd. Ich entdeckte eine Kirche auf einem Berg und hielt instinktiv darauf zu. Eine Stimme gab mir den Befehl zu klettern – ertönte sie von außen oder in meinem Inneren? Ich musste endlos lange kraxeln und schwitzte wild. Oben angelangt, fand ich eine uralte Kirche vor. Ein kleiner Junge, Akhmad, Aslans Sohn, stand vor ihrer Tür. Er fragte: «Wo ist mein Vater?»

Am nächsten Tag, ich war unterwegs zu meinem ersten Seminar, war ich der festen Überzeugung, beschattet zu werden – ich saß in der Falle meiner Fantasien und stumpfsinniger amerikanischer Fluchtimpulse, und als ich herumfuhr, erblickte ich Jim, er trank schwarzen Tee und plauderte mit einem amerikanischen Studenten.

Im Unterrichtsraum saß Igor in der ersten Reihe, er trug denselben schwarzen Rollkragenpullover und dasselbe dunkle Jackett wie am Vortag. Dmitri, der Dozent, war eine dreißig Jahre ältere Ausgabe Igors: der gleiche schwarze Rollkragenpullover, das gleiche dunkle Jackett. Er hatte sogar die gleiche kreuzbrave, dröge Frisur. Ich wurde als «der Amerikaner» vorgestellt. Ein Raunen wogte durch den Raum.

«Ich bin Experte für die Kriege der weißen Amerikaner gegen die indigenen Völker», verkündete Dmitri. «In meiner Dissertation habe ich mich auf die große Schlacht am All-You-Can-Eat-Buffet konzentriert.»

Danach schilderte er eine Begebenheit aus dem achtzehnten Jahrhundert, die mir in keinem historischen Sachbuch untergekommen war. Er berichtete von Gemetzeln, die Weiße unter der ursprünglichen Bevölkerung angerichtet hatten, von afrikanischen Sklaven und ihren geschundenen Leibern und von der Völlerei, mit der die Übeltäter ihre Gräueltaten im Anschluss gefeiert hatten: über dem Feuer gegrillte Hamburger, Fleischbatzen, Eiscreme.

«Sie verbrannten die toten Feinde direkt neben den brutzelnden Hamburgern», verkündete er düster. «Und sie aßen nur Vanilleeis. Diese Schandtat enthüllt die scheußliche Fratze Amerikas.»

Dieses verzerrte Bild eines Landes, das hier niemand aus eigener Anschauung kannte, versetzte mir einen Stich; ich sah die Monster und Mythen, die Menschen, wir alle, in unserem Inneren bergen.

«Und, Genosse Ruckler? Wie stehst du zu dieser großen und grauenhaften Schlacht?»

«Ich habe nie von der Schlacht am All-You-Can-Eat-Buffet gehört. Bei Denny's gibt's allerdings ein ziemlich gutes.»

Dmitri zeigte sich verblüfft. «Schockierend, aber wen wundert's? Sowjetische Historiker sind weltweit führend. Ich leihe dir gern meine Dissertation – mehrfach ausgezeichnet –, damit du etwas über die Geschichte deines Landes erfährst.» Er lächelte blasiert. «Also. Leo Tolstoi. Weiß jemand, was seine revolutionäre Einstellung korrumpiert hat?»

Igor meldete sich und dozierte monoton über Tolstois radikale Überzeugung von sozialer Ungleichheit, die durch einen altbackenen christlichen Konservatismus geprägt sei, anstatt, wie es sich für einen wahren Revolutionär gehöre, der Zukunft zugewandt zu sein. Dann ließ er eine ebenso kuriose wie kryptische marxistisch-leninistische Kritik an *Anna Karenina* vom Stapel. Es war sterbenslangweilig, und nach einer Weile ging eine Studentin namens Anna Litvak dazwischen.

«Hast du je gebumst, Igor?», wollte sie wissen.

Igor verstummte.

«Warst du je total verzweifelt? Hast du je etwas verloren, was dir am Herzen lag?»

Sie klang provokant. Igor starrte auf sein Notizbuch.

Dmitri sprang ihm bei. «Worauf willst du hinaus, Genossin Litvak?»

Anna fuhr fort: «Der dialektische Materialismus ist ideal, wenn es darum geht, die Funktionsweise einer Fabrik zu verstehen. Er lässt sich aber nicht auf die Literatur anwenden. Was uns antreibt, sind Machthunger und Verlangen. Und wie uns Fräulein Karenina zeigt, müssen wir dafür blechen, mit wem wir bumsen.»

Alle lachten. Igor lief knallrot an.

Dmitri sagte: «Wenn du erwachsen bist, Genossin Litvak, wirst du vielleicht begreifen, dass es im Leben nicht nur darum geht, mit wem man in die Kiste springt.»

Später begegnete ich Anna im Flur. Sie hieß mich in Moskau willkommen und fragte, was ich studiere. Ich erzählte ihr von Lermontow. Das Lächeln, das sie daraufhin aufsetzte, kam mir herablassend vor, aber vielleicht irrte ich mich. Ihr schelmischer Blick gab mir zugleich das Gefühl einer tiefen Vertrautheit, als wüsste sie viel genauer als ich, wer ich war, warum ich hier war, es war fast unheimlich. Um Worte verlegen, erkundigte ich mich schließlich, welche Folgen es habe, wenn man in einem Moskauer Seminarraum anti-marxistische Ansichten äußerte.

«Glaubst du etwa an diesen Scheißdreck von dialektischem Materialismus?», wollte sie wissen.

«Nein.»

«Was interessiert es dich dann?»

«Ich bin schlicht neugierig.»

«Meine Ansichten sind unwichtig. Aber wenn du meine Prognose hören willst: Irgendwann bricht hier alles zusammen.» Sie machte eine Geste Richtung der Wände, als wären sie aus Pappe. «Ein schlampig gelegtes Fundament führt unweigerlich zur Katastrophe.» Sie klang sowohl prophetisch als auch neckisch. «Magst du heute Abend eine Lyriklesung besuchen? Wird lustig. Versprochen.»

Bevor ich reagieren konnte, fischte sie einen Druckbleistift aus der Blusentasche und notierte eine Zimmernummer auf einem Papierschnipsel. Sie gab ihn mir und wandte sich ab. Ich sah ihr nach, während sie im Flur davonging. Die Konturen ihrer Waden zeichneten sich bei jedem Schritt unter ihrem karierten Rock ab.

Anna Litvak. Am Nachmittag murmelte ich ihren Namen ständig vor mich hin, als wollte ich sie herbeibeschwören. Ich redete mir ein, sie nur kennenlernen, bloß mit ihr quatschen zu wollen. Aber in meinem Schritt schwoll es an. Das Verlangen, das mich erfüllte, wäre eines Gedichts würdig gewesen. Und obwohl ich derlei Gefühlsaufwallungen misstraue (mir war schon damals klar, wie flatterhaft und unbeständig Gefühle sind), beschloss ich, die Lesung zu besuchen. Was hätte ich sonst tun sollen? Mit meinen amerikanischen Kommilitonen in Moskauer Cafés abhängen, um so zu tun, als wären wir Einheimische?

Also ließ ich meine Fulbright-Genossen an jenem Abend zurück und wagte mich in den sowjetischen Teil des universitären Wohnheims. Ich hatte das Gefühl, ein fremdes Land zu betreten. Die Zimmer waren kleiner, man saß zu fünft oder sechst auf Betten, schmaler als meines. Russische Studierende spielten bei offener Tür Klampfe und sangen mit viel Schmelz alte Volkslieder. Kubanische Studierende wiederum sangen Boleros, deren Melodien die Flure mit Wärme und Wehmut erfüllten wie ein sanfter Wind aus der Ferne. Diese Musik löste eine ungekannte Sehnsucht in mir aus.

Zu meiner Überraschung fand die Lyriklesung im Zimmer meines jeansbesessenen Freundes Aslan statt. Er teilte seine chaotische, vollgestopfte Bude mit einem Landsmann namens Zaza. An den Wänden hingen Poster amerikanischer Ikonen: Neil Armstrong und der Marlboro-Mann, John F. Kennedy und Marilyn Monroe. Andere Bilder zeigten Bluejeans und Cadillacs, Martin Luther King und Malcolm X, Bessie Smith und Charlie Parker. Aslan freute sich über mein Kommen und stellte mich umgehend Zaza vor, seinem Kindheitsfreund. Beide stammten aus dem Dorf Qasbegi.

Aslan war schmal und drahtig, Zaza dagegen ein Mann mythischen Formats, ein joviales Monstrum, bestimmt über einen Meter neunzig groß. Er ragte über mir auf, nachdem er sich erhoben hatte. Eine verblasste Narbe, von einem Ohr bis zum Mund verlaufend, unterteilte sein Gesicht. Seine Präsenz war übermächtig. Er lachte brusttief und dröhnend; wenn er sprach, funkelten seine Augen diabolisch. Trotz der Hitze im Zimmer trug Zaza einen dicken Wollmantel, darunter einen dunkelgrauen Anzug und ein weißes Hemd mit Knopfkragen und blau-goldenen Manschettenknöpfen. Eine Zigarette hing in seinem Mundwinkel, während er

Wodka aus der Flasche soff. Er war für den Aufbruch gekleidet. Zaza war stets bereit, zu jeder Zeit, in jedem Moment.

«Der Amerikaner ist da!», rief er und ließ seine Pranke auf meinen Rücken donnern. «Schließen wir Freundschaft! Trinkt!»

Zaza schenkte jedem ein Gläschen ein. Danach richtete er sich auf und deklamierte, eine Hand aufs Herz gelegt, in einer mir fremden Sprache, vermutlich Georgisch, ein Versepos. Der ganze Raum stand im Bann der überraschenden Eloquenz dieses Giganten, dessen trunken kehliges Nuscheln dem Vortrag eine romantische Note verlieh. Wir tranken, Zaza setzte sich, und die Vorstellung war zu Ende.

Anschließend sahen wir Zaza und Aslan bei einer heißblütig geführten Schachpartie zu. Zaza schlug Aslans Läufer mit einem Turm; Aslan schlug Zazas Läufer mit der Königin; und dann warf Zaza das Brett zur Verblüffung aller quer durchs Zimmer. Die Figuren flogen in alle Richtungen davon.

«Was soll die Scheiße?», brüllte Aslan. «Ich stand kurz vor dem Sieg!»

«Sagt wer?»

«Da kannst du jeden fragen. Es gibt Zeugen.»

Eine Debatte entbrannte. Die Versammelten meinten, Aslan sei zwar spieltechnisch im Vorteil gewesen, aber Zaza hätte sich durchaus zurückkämpfen können. Etwa, wenn er seine Königin durch den Zug mit einem Bauern gerettet hätte. Aslan erklärte alles und jeden für komplett verblödet: Schach, beste Freunde, die ganze Sowjetunion.

«Ein Jammer, ehrlich. Wir werden nie erfahren, wer gewonnen hätte. Und ein Patt ist dir unerträglich, Aslan, das weiß ich.»

Aslan sah aus, als wäre er drauf und dran, seinem Gegner an die Gurgel zu gehen. Zaza senkte den Kopf und sagte: «Aber ich gebe mich geschlagen. Du bist der bessere Spieler.»

«Vollidiot. Du hast doch keine Ahnung von Schach.»

«In einem Land ohne Hunde …», deklamierte Zaza mit der Stimme des Allwissenden und Provokateurs. Doch sie gingen nicht aufeinander los, sondern fielen sich in die Arme wie Brüder. Zaza schenkte Wodka ein und sagte: «Ich kenne nur meine Mutter länger als dich. Und ich liebe dich.» Er schmatzte Aslan einen Kuss auf die Wange. Aslan stieg auf einen Stuhl, um einen Trinkspruch auszubringen.

«Du liebst mich, ich aber liebe das DNA-Molekül», verkündete er gewandt und elegant. Wenn er Russisch sprach, war er ein anderer Mensch. «Nichts übertrifft die Doppelhelix an Schönheit. Die Geheimnisse des Lebens, einem Flechtstrang eingeschrieben. Ein Wunder!»

Zaza brachte einen Trinkspruch auf die Berge Georgiens aus; Aslan einen auf Charlie Parker und die Jazz-Clubs Amerikas. Ich war gefangen zwischen Mythen. Als wir die dritte Flasche leerten, begann der Raum zu kreisen. Ich glaubte kurz, Jim würde uns vom Flur aus beobachten. Stattdessen kam Anna Litvak hereinspaziert. Sie trug eine schwarze Strickjacke und eine schwarze Jeans, in ihrer Blusentasche steckte noch der rosa Druckbleistift. Sie hatte ein Buch mit Gedichten Anna Achmatowas dabei.

«Da ist ja unser Amerikaner.»

«Ich bin blau. Dieser Zaza ist total wahnsinnig.»

Zaza tanzte jetzt auf dem Resopaltisch, eine Wodkaflasche auf der Handfläche balancierend. Wenn er ein Bein auswarf, schmiss er die Flasche in die Luft und fing sie auf, indem er sie am Hals packte. Alle applaudierten seiner bizarren Akrobatik und feuerten ihn an. Alle bis auf Anna.

«Kennst du *Ein Tag im Leben des Iwan Denissowitsch*?», fragte sie ernst, unbeeindruckt von seinen Macho-Kapriolen.

«Aber klar. Und du?» Ich errötete wie ein Idiot.

«Wir haben es auf dem Gymnasium gelesen. In der einen Woche stand es auf dem Lehrplan, in der nächsten Woche bekamen wir einen neuen – puff! Von *Iwan Denissowitsch* keine Spur mehr. Ich kann mich aber daran erinnern. Das Buch hat sich meinem Gedächtnis eingebrannt: ‹Kann ein Mensch, der es warm hat, jemanden verstehen, der friert?›»

Anna intonierte Solschenizyns Worte, als hätte sie diese selbst geschrieben.

«Empathie», sagte ich und versuchte, mich zu sammeln. «Für jeden Schriftsteller eine Herausforderung.»

«*Radikale* Empathie», entgegnete Anna. «Das wahre Potenzial der Literatur. Erinnern im Angesicht des Vergessens.»

Zaza warf die Flasche hoch in die Luft. Dieses Mal knallte sie gegen die Decke, und es ertönte ein kollektives «Boo-aah!», als ein hochprozentiger Sprühregen niederging. Zaza gelang es trotzdem, sie aufzufangen, er packte sie noch fester beim Hals. Anna zog intensiv an ihrer Zigarette. Dieses Mal witterte ich ihr Parfüm; meine Mutter legte einen ähnlichen Duft auf. Der Druckbleistift in ihrer Blusentasche stammte aus tschechoslowakischer Produktion, wie ich annahm.

Ich sagte: «Vor meiner Ankunft hatte ich keine Ahnung, wie es bei euch ist.»

«Verständnis setzt Erfahrungen voraus. Literatur beschert uns ebenfalls Erfahrungen. Sie muss nur gut genug geschrieben sein.» Sie beugte sich zu mir und flüsterte: «Wie man sich erzählt, hat Solschenizyn etwas Großes, Unerhörtes geschrieben. Und glaub mir – ich bekomme es in die Finger.»

Die Gewissheit, mit der sie dies sagte, überzeugte mich.

«Wie denn?», fragte ich, nun ebenfalls flüsternd.

Sie wehrte meine Worte mit den Händen ab. «Reden wir über etwas anderes.»

«Und was?»

«Das Ende der Welt», sagte sie, kniff die Augen zusammen und angelte eine neue Zigarette aus der Schachtel.

«Und wie wird sie enden?» Ich gab mir Mühe, mitzuspielen.

«Mit einem gewaltigen Knall.» Anna lachte leise. Als ich ein Streichholz anriss, spiegelte sich die Flamme in ihren Brillengläsern. Ihr Atem roch nach Nikotin und Wein. Irgendjemand legte eine Platte auf: russische Discomusik. Man begann zu tanzen. Anna sprang auf. Ich schickte mich an, ihr zu folgen, doch Zaza – immer noch im beigen Mantel – hüpfte vom Tisch und kam mir zuvor. Sie schwoften auf engstem Raum. Anna, mindestens einen Kopf kleiner, schmiegte sich passgenau an seinen Körper. Ich setzte mich neben Aslan aufs Bett.

«Genetik bedeutet», sagte er auf Russisch zu mir, den Zeigefinger schwenkend, «dass alles festgeschrieben ist. Alles, was jemals war und jemals sein wird. All das steckt in uns. Nur wissen wir weder, wie es endet, noch, wozu wir fähig sind. Das bleibt ein Geheimnis.» Er wechselte ins Englische. «Master Gary, wir schreiben die Bibel täglich neu.»

Dann tat er etwas völlig Unerwartetes. Er griff unter das Bett und holte eine Trompete hervor. Er begann, zur Musik zu spielen, die aus den Lautsprechern ertönte. Er spielte, als würde er die Musik dirigieren, obwohl es eine Schallplattenaufnahme war. Ich zischte zwei weitere Wodka und beobachtete Anna und Zaza. Sie tanzten vollkommen harmonisch zu dieser wilden Mischung. Ich sah noch, wie Anna auf Zazas Schoß saß. Danach gingen meine Lichter aus.

Ich erwachte mit dröhnendem Kopf auf dem Fußboden. Aslan war schon wach und angekleidet. Er stellte mir bitteren schwarzen Tee hin, löffelte Berge weißen Zuckers hinein und befahl mir zu trinken. Anschließend sagte er, ich solle mein Gesicht waschen, wir wollten einkaufen gehen.

Aslan studierte Genetik, wie er mir auf dem Rynok erzählte, einem Bauernmarkt in einem netten Vorort – daher seine Überlegungen zur Doppelhelix am Vorabend. Er inspizierte das für ein ersehntes Essen benötigte Obst und Gemüse mit naturwissenschaftlicher Akribie.

«Ich bin älter als du», erklärte er auf Russisch, und warf einen zufriedenen Blick auf Zwiebeln und Rote Bete. «Ich bin jetzt satte fünfunddreißig. Mein Leben ist nicht geradlinig verlaufen, aber ich habe mich auch nicht blöd angestellt. Und ich werde ein großer Genetiker.» Er schaltete auf Englisch um. «Ich will ein golden-deliziöses Leben.»

Ich bezahlte für mehlig wirkende Äpfel und begab mich auf die Suche nach Pilzen. Eine alte Frau mit knotigen Händen fiel mir ins Auge. Sie schrie Aslan lachend etwas zu; er nannte sie aus Jux «cretin». Ich bat um zwei Tüten Pfifferlinge und eine Tüte Steinpilze. Die greise Babuschka reichte sie mir, als ich ihr die Kopeken in die faltige Hand drückte.

«In Amerika ist alles tipptopp und supermodern, ja?», fragte Aslan.

«Vieles. Nur ist tipptopp und supermodern nicht immer optimal.»

«Manchmal verspeise ich mich so sehr danach, dort zu leben, Gary. Dann will ich Supermärkte und Baseball, Hotdogs und Charlie Parker. Und ich will meinen Sohn mitnehmen. Deshalb lernen wir Englisch. Das Tor zum goldenen Leben. Trotzdem würde ich vielleicht sogar dann bleiben, wenn ich gehen könnte. Die Heimat ist das schlimmste und schönste Mysteriösium. Außerdem werde ich auf dem hiesigen Schwarzmarkt ‹Midnight Wrangler› genannt. Soll ich so viel Ruhm und Ruchbarkeit in den Wind feuern?»

Die alte Babuschka rief Aslan etwas Unverständliches zu, während wir uns vom Stand entfernten. Seine Entgegnung konnte ich ebenso wenig verstehen. Ich verschwieg, dass ich mich hier wohlfühlte, weil es so anders war als Amerika. Dass die in den Lenin-Hügeln und Wäldern rund um Moskau gesammelten Pilze, die die Greisin mit faltigen Händen eingetütet hatte, realer für mich waren als die farbenprächtigen Chef-Boyardee-Konserven meiner Kindheit in Chicago. Ich verschwieg, dass ich die Perversionen und Paradoxe dieses Landes mochte, die Art, seinem Herzen Luft zu machen, als hinge das Leben davon ab. Dass ich glaubte, all dies könnte mich lehren, wie man schriebe und, wichtiger noch, wie man lebte.

«Ich will's dir stecken», sagte Aslan.

«Wie meinst du das?»

«Warum magst du Lermontow? Verrat mir das mal. Er hat in der russischen Armee gedient. Ist dir klar, was die Armee des Zaren angestellt hat? Sie hat uns ermordet und danach den Kaukasus erobert. Von Tiflis bis Grosny. Von Sochumi bis Tscherkessien. Die Russen sind Besatzer. Und Besatzer sind ungut. Sie ziehen nie ab.»

«Verstehe.»

«Und trotzdem blendest du die Politik aus», mahnte Aslan, indem er eine staubige Gurke in die Luft reckte. «Du sagst, Lermontow schreibe sehr schön. Aber kann eine Lüge schön sein?»

«Du magst ihn doch auch.»

«Nicht Lermontow. Petschorin. Er ist mein Lieblingsskeptiker. Ein aufrechter Mann in einer verlogenen Welt.»

Als ich mich umsah, entdeckte ich Igor am Stand direkt hinter uns. Er hielt einen Rotkohlkopf, als würde ihm dieser Geheimnisse ins Ohr raunen. Ich machte Aslan auf ihn aufmerksam, aber die Anwesenheit des jungen Komsomolzen schien ihn nicht zu stören. Er warf die Gurke wieder auf den Haufen.

«Ich verabscheue dieses üble bolschewistische Gemüse. Es macht depressiv. Lermontow war ein schlechter Mensch und ein klassischer Saufbold», verkündete er. «Wie wäre es mit einem Gläschen am Altar deines Daddy-O Nummer eins?»

Es war noch nicht mal elf Uhr vormittags. Im Geist Lermontows und um unsere Freundschaft weiter zu vertiefen, begleitete ich Aslan dennoch zur lokalen Ryumochnaya. Am Rand des Marktes tranken wir an einem Stehtisch Wodka und aßen sauren Hering. Alte Babuschkas verhandelten mit ihren Kunden kreischend und schreiend über den Preis von Zwiebeln, Dill und Knoblauch. Hier, schien mir, tobte das Leben.

Aslan sagte auf Russisch: «Wenn ich durch das Okular meines Mikroskops schaue, erblicke ich die Schönheit der Gene. Ich lese sie wie ein Buch.» Er beugte sich zu mir und sagte auf Englisch: «Ich habe sogar eines geschrieben. Für meinen Sohn. Um unser Erbe zu bewahren. Um die wahre Geschichte des Kaukasus zu erzählen. Hilfst du mir bei der Übersetzung?»

«Sehr gern.»

«Könntest du es bitte *Denim und Genom* nennen?»

«Das ist der Titel?»

Er nickte bejahend. Und da war Igor, ich entdeckte ihn gegenüber an einem Zeitschriftenstand, konspirativ in eine Prawda vertieft. Er imitierte – recht kläglich – einen Leinwandspion. Ich ertappte ihn mehrmals dabei, wie er Aslan und mich beobachtete. Aslan schien das nicht weiter zu kratzen.

«Ich würde das Buch gern im Westen veröffentlichen, vielleicht kannst du mir dabei helfen.»

«Klar», sagte ich, abgelenkt durch Igor. Anschließend stellte ich eine Frage, die mich den ganzen Vormittag beschäftigt hatte. «Ist Anna Litvak mit Zaza zusammen?»

Aslan antwortete: «Ich weiß nicht, welches Arrangement ihren wilden Kopulationen zugrunde liegt.»

«Sie schlafen also zusammen?»

«Oh, nein, Master Gary. Sie tun alles außer schlafen. Leider muss ich ihrem Nicht-Schlafen zuhören wie der scheußlichen Musik auf dem Plattenspieler, den ich nicht besitze.»

Als ich den Kopf hob, begegnete ich Igors Blick. Er klemmte sich die Prawda unter den Arm und verließ den Markt.

Denim und Genom:
Die Legende des Midnight Wrangler

Von Aslan Varajew
Übersetzt von Gary Ruckler

Meinem Sohn Akhmad gewidmet

In euren Klassenzimmern wird der Name Trofim
Lyssenko nicht fallen. In euren sowjetischen
Schulbüchern werdet ihr ihn nicht lesen. Während
der Recherche für meine Promotion in Genetik
entdeckte ich nur sporadische Verweise auf ihn.
Dieser ketzerische, aus dem kollektiven Gedächtnis verbannte Wissenschaftler weckte meine Neugier. Ich wurde jedoch rasch enttäuscht: Seine
wissenschaftliche Arbeit war eine Katastrophe. In
seiner Rolle als Biologe und Agrarwissenschaft-
ler verwarf er während der 1930er und 1940er die
Theorie der DNA zugunsten politisch opportuner
Ideen. So vertrat er im Hinblick auf Kühe die Ansicht, eine erhöhte Milchproduktion verdanke sich
guter Ernährung und Pflege, nicht einer genetischen Veranlagung zu besseren Milchdrüsen.
Lyssenko vertrat auch die Theorie, Pflanzen
würden sich füreinander opfern. Wenn eine Sonnen-
blume eingehe, behauptete er, dann nicht wegen
eines Mangels an Licht oder Feuchtigkeit, sondern
zum Wohle des besseren, gesünderen Lebens aller
anderen Pflanzen. (Man stelle sich vor, die tap-
fere Tomate, Fußsoldatin des Gemüseackers, ließe
ihren ermatteten Leib vor die Füße einer Kartof-

fel sinken. Lob und Preis der heroischen *Solanum lycopersicum*!) Auf Grundlage seiner «Lebensgesetze der Arten» forderte Lyssenko die Bauern auf, Pflanzen möglichst dicht auszusäen, weil sie angeblich in kollektiver Eintracht zusammenwirkten - zur Hölle mit Darwin. Er ließ Getreide in eisiges Wasser tauchen, um die Körner zu lehren, während kälterer Jahreszeiten zu gedeihen. Künftige Generationen von Setzlingen, so sein Glaube, würden sich an diese glorreichen sowjetischen Lektionen erinnern. Eine ebenso absurde Vorstellung wie die, man müsse den Schwanz einer Katze kappen, damit sie schwanzlose Junge zur Welt bringe. Und dieser Mann stand an der Spitze der biologischen und genetischen Forschungsprogramme unseres Landes.

All dies könnte man getrost belachen, nur wurde Lyssenkos Pseudo-Wissenschaft von Stalin hoch geschätzt. Sie entsprach der damaligen Ideologie. Stalin benutzte Lyssenko, um die Existenz des *Homo sowjeticus* zu beweisen. Im Verbund mit Stalins Kollektivierungsplänen führten Lyssenkos aberwitzige landwirtschaftliche Theorien dazu, dass in der Ukraine Millionen Menschen verhungerten. (Lyssenko hat zig Menschen auf dem Gewissen. Als Leiter des Instituts für Genetik ließ er viele gute Wissenschaftler in den Gulag stecken. Mit seinen geliebten Kühen, Mathilde, Lali und Anastasia, soll er dagegen sehr zärtlich umgegangen sein.)

Marx, stets der Ökonom, schrieb: «Es ist nicht das Bewusstsein der Menschen, das ihr Sein,

sondern umgekehrt ihr gesellschaftliches Sein,
das ihr Bewusstsein bestimmt.» Der neue sozialistische Mensch ist seines Schicksals Schmied, er
formt sich gemäß seinem Selbstbild. Marx sagte:
Wir werfen diese Ketten ab. Einzig die leuchtende
Zukunft zählt, der wir mutig entgegenstreben.
Hand in Hand.
Stalin, der blutrünstige Irre, trieb diese Logik
ins Extrem. Er pervertierte sie. Er zerstörte die
Auffassungen, die Menschen von Kultur, Identität
und Genealogie hatten. Stalin vernichtete die
Lebensweise unzähliger Ethnien, indem er sie aus-
einanderriss und mit anderen vermengte, als würde
er Gewürze mixen. Er ließ Georgier nach Abchasien
umsiedeln, Aserbaidschaner nach Bergkarabach,
Russen ins Baltikum, Moskauer und Leningrader
Juden nach Birobidschan. Und wieso? Weil er in
seiner Paranoia einen Verrat zu wittern meinte,
der nie begangen worden war. Stalins Schreckens-
herrschaft ist Geschichte, aber sein Vermächtnis
wirkt bis heute nach. Wir bezahlen immer noch für
seine Lügen und die Lügen Lyssenkos.
Genealogie ist wichtig. Wie jeder gute Tschetschene kann ich meine Vorfahren aus sieben Generationen aufzählen. Ich trage die Geschichte
meines Volkes in mir. Die Vergangenheit gleicht
einem Phantomglied. Unser Körper vergisst nichts.
Wir spüren die Gliedmaße, obwohl sie fehlen. Die
verstümmelte Katze wirft keine Kätzchen ohne
Schwanz, aber Schmerzen und Traumata bleiben.
Ich bin Genetiker. Ich glaube an das Prinzip der
Doppelhelix, deren Leiter und Kette die Ge-

schichte eines Vogels oder Baums in sich bergen,
deine und meine Geschichte. Ich glaube, unser
Körper ist ein Buch - würden wir ihn lange genug
studieren, dann könnten wir unsere Identität
und unsere Ursprünge ergründen. Wer und was ist
Akhmad? Du trägst vieles von uns in dir. Andererseits triffst du eigene Entscheidungen, gehst
deinen eigenen Weg. Um dies tun zu können, musst
du deine Ursprünge kennen. Das ist wahre Dia-
lektik.
Ich glaube an die Freiheit. Als Kaukasier entstammen wir dem Land des Prometheus, jenes Tita-
nen, der den Göttern das Feuer raubte und an die
Menschen weitergab. Ein tragischer Held. Aber
vielleicht ist er der wahre *Homo sowjeticus*, sind
wir seine rebellischen Söhne und Töchter. Die
Frage - das Problem - stellt sich weiter: Wie mit
der Vergangenheit umgehen?
Meine Erinnerung ist bruchstückhaft. Ich war ein
Kind, als sie uns holten. Ich erwachte mitten in
der Nacht, meine Mutter zitterte, da waren Soldaten in knöchellangen, wogenden Wollmänteln. Ich
weiß noch, dass meine Mutter sagte, wir würden in
Urlaub fahren, eine schöne Vorstellung, obgleich
mir Urlaub unbekannt war. Mir war nicht klar, was
es hieß, fortzugehen. Was es hieß, von seinem
Zuhause, von den Nachbarn, von den Apfel- und
Pflaumenbäumen im Garten hinterm Haus Abschied zu
nehmen.
Danach: eine Zugfahrt. Dauerte sie Stunden oder
Wochen? Ich weiß es nicht mehr. Ich liebe Züge -
ihre Geschwindigkeit, ihre Geräusche. Die Türen

wurden verriegelt. Und obwohl es dunkel und
stickig war, glaubte ich, alles werde gut. Ich
schlief, an ein Bein meiner Mutter gelehnt, und
träumte, es wäre der Baum hinten im Garten, der
mit den herrlichen Äpfeln, rot und braun und
grün. Ich träumte, das Morgen entspräche dem
Heute, sehnte mich nach dem Gestern. Ich träumte
von Zahlen und Gleichungen, vom Durchmesser des
Beins meiner Mutter, aus dem ich das Ausmaß ihrer
Liebe berechnen konnte.
Schließlich hielt der Zug, die Türen gingen auf.
Alles war anders. Die Luft, das Licht, die har-
schen und brutalen Stimmen. Das Brot schmeckte
nach Asche. Die Suppe roch nach Fremde. Müde,
unbekannte Gesichter. Und meine Mutter war nicht
mehr bei mir, ich sollte sie niemals wiedersehen.
Ich wurde in einem Land großgezogen, das nicht
das meine war. Ich habe mich zeitlebens fremd
gefühlt. Sogar in Moskau habe ich das Gefühl,
im Exil zu leben. Ja, die Vergangenheit ist eine
Narbe. Sie wirkt nach, sie prägt uns. Und doch
definieren Narben unsere Identität genauso wenig,
wie mein Freund Zaza durch die Narbe in seinem
Gesicht definiert wird.
Zur Strafe für den Raub des Feuers wurde Prometheus von Zeus im Kaukasus an den Kasbek gekettet. Bis in alle Ewigkeit sollte ein Adler kommen
und seine Leber fressen. Seine Leber wurde tagsüber aufgefressen; über Nacht wuchs sie nach.
Ein endloser Kreislauf von Gewalt und Trauma
und Heilung. Gefolgt von neuerlicher Gewalt und

erneuter Traumatisierung. Herkules, auch ein tragischer Held, forderte Zeus, seinen Vater, heraus, indem er den Adler tötete und Prometheus' Ketten sprengte. Zeus ließ dies zu, wenn auch unter einer Bedingung: Prometheus musste einen Ring mit einem Stein des Berges tragen, an den er gekettet gewesen war.

Jeder von uns trägt zum Zeichen seiner Herkunft einen solchen Ring. Irgendwann werden wir in Freiheit leben. In einer besseren Welt, in einer freien Gesellschaft wäre das möglich. Eine solche Welt wünsche ich mir für dich, Akhmad. Aber wie können wir sie verwirklichen, und an welchem Ort? Ich dachte lange, wir müssten auswandern. Im Westen eine bessere Zukunft suchen. In Amerika. Aber warum ein Exil gegen ein anderes eintauschen? Ich möchte nicht auch noch meine letzten Wurzeln kappen. Ich will nicht tun, was Stalin und Lyssenko mir angetan haben.

ZWEI

Aslan war auf dem Markt Feuer und Flamme gewesen, übergab mir sein Manuskript aber erst Monate später. Er hatte ständig neue Ausflüchte parat: Es sei noch nicht fertig, er müsse noch etwas ändern, er finde, ich sei noch nicht «richtig im Kopf». Manchmal bezweifelte ich, dass sein Manuskript überhaupt existierte. Kurz vor Thanksgiving gab er mir endlich einen braunen Umschlag voller loser Blätter, und kurz darauf wurde ich in ein fremdes Leben gesogen. Vielleicht willigte ich deshalb in die Übersetzung ein. Ich wollte hinschauen und hinhören. Eine fesselnde Andersartigkeit entschlüsseln. Gut möglich, dass Jim recht hatte. Vielleicht bedeutet Literatur, einen Blick in das ebenso unermessliche wie unzugängliche Innere anderer Menschen zu werfen. Nur handelte es sich in diesem Fall nicht um *Ein Held unserer Zeit*. Stattdessen war es ein intimer, privater Text, den ich als sonderbar verstörend empfand.

In jenen Monaten entwickelte mein Moskauer Leben einen stillen, monotonen, fast rituellen Rhythmus des Lesens und Schreibens. Ich nahm an Seminaren teil und erkundete die Stadt zusammen mit meinen amerikanischen Landsleuten. Wenn Aslan kam, tranken wir Wodka und hörten LPs. Gelegentlich spielte er Trompete für mich. Einerseits bedauerte ich, mein Instrument zurückgelassen zu haben, andererseits war Aslan viel besser als ich. Er spielte, wie er redete: absurd, tiefsinnig, provokant. Sein Manuskript war nie Thema. Der Umschlag lag in meinem Schreibtisch wie ein vergessenes Geheimnis. Im Laufe der Wochen arbeitete ich mich langsam durch den Text, übersetzte sorgsam die Worte und notierte Anmerkungen am Rand – Fragen, die ich nach Fertigstellung der ersten Fassung zu stellen gedachte.

Während dieser Zeit mied ich Anna Litvak. Schwer zu sagen, wieso; vielleicht ahnte ich, dass sie ein Störfaktor wäre. Nach den Seminaren plauderten wir manchmal über Belanglosigkeiten, ihre Einladungen zu weiteren Lyriklesungen und Partys schlug ich aus. Eines Januarnachmittags lief ich ihr dann doch über den Weg. Ihre Kleidung, graue Bluse und schwarze Jeans, schillerte vor dem Hintergrund der pfirsichfarbenen Cafeteria-Wände eigentümlich im Neonlicht.

«Du hast mich gemieden», sagte sie.

«Ah, ja?», erwiderte ich, auf meine Schuhe starrend.

«Hast du etwa jemanden kennengelernt?», fragte sie spöttisch.

«Nein.»

«Jammerschade. Eine Freundin würde dir guttun, Gary. Du wirkst immer so einsam.»

«Ich habe geschrieben», erwiderte ich, was der Wahrheit entsprach. Ich beäugte den rosa Druckbleistift in ihrer Brusttasche. Wie sie mir nach einem Seminar bestätigt hatte, stammte er tatsächlich aus tschechoslowakischer Produktion. Sie hatte mir auch den Anspitzer gezeigt, genial hinten im Stift versteckt. Ich fügte hinzu: «Ich habe etwas für dich. Könntest du nachher bei mir vorbeischauen?»

Sie musterte mich halb misstrauisch, halb neugierig.

«Na gut.»

Zurück in meinem Zimmer, räumte ich auf. Die große Frage lautete: Wie meine Bücher ordnen? Alphabetisch oder thematisch? Sollte ich sie willkürlich da und dort platzieren oder wie Soldaten in Reih und Glied auf den Schreibtisch stellen? Ich rannte nach unten zum Kiosk, um Wodka und, zum Hinunterspülen, ein paar Zhigulevskoye-Biere zu kaufen. Außerdem ein Roggenbrot und eine Konserve geräucherten Stint aus dem Baltikum. Wieder oben, wollte ich das Hemd wechseln. Als mir einfiel, dass Aslan kürzlich mein bestes «erworben» hatte – mintgrün, von Pierre Cardin –, entschied ich mich für ein zwangloses, gelbes Poloshirt mit einem wie hingehauchten Tomatenfleck. Dann nahm ich das erste Kapitel von Aslans Manuskript lässig zur Hand.

Um fünf nach acht spazierte Anna in einer weiß-grau karierten Bluse und einem schwarzen Bügelfaltenrock zur Tür herein. Sie pflanzte sich aufs Bett und zündete eine Kasbek an, benannt nach dem berühmten, auch von Lermontow erwähnten Berg. Ich nahm auf dem Schreibtischstuhl Platz – die einzige andere Sitzmöglichkeit – und hielt Feuer an einen Joint.

«Haschisch?»

Ich nickte. «Afghane.» Ich reichte ihn ihr.

«Lass mich raten – Aslan?»

«Wer sonst?»

Aslan eilte ein Ruf voraus. Sein Schwarzmarkt-Handel mit amerikanischer Kleidung war unter den Studierenden der MSU wohlbekannt, und man schätzte ihn, zumal es hieß, er könne alles beschaffen, was das Herz begehrte. Wir waren während der letzten Monate gute Freunde geworden. Ich hatte gemerkt, dass er über die Geschäftstüchtigkeit hinaus viele andere Charakterzüge hatte, doch je mehr Zeit ich mit ihm verbrachte, desto stärker wurde mein Gefühl, ihn gar nicht richtig zu kennen.

In letzter Zeit hatte er sich oft um seinen Sohn gesorgt, laut seinen Worten ein kränkliches Kind, das, so seine Befürchtung, nicht genug aß. Als er gestand, Schuldgefühle zu haben, weil er seine Familie so selten sah, beruhigte ich ihn: Er studiere ja, um seinem Sohn eine bessere Zukunft zu ermöglichen. Das schien ihn ein Stück weit mit sich selbst zu versöhnen. Danach, denke ich, fasste er mehr Vertrauen zu mir. Das Manuskript von *Denim und Genom* bot Einblicke in das unbekannte Innere eines Menschen, und das fand ich spannend, aber es belastete mich auch. Warum empfand ich diese persönlichen Bekenntnisse als bedrohlich? Für wen war die Übersetzung bestimmt? Und warum wollte ich Anna Litvak den Text zeigen? Um sie zu beeindrucken, nehme ich an. Zugleich hoffte ich, sie könnte mir helfen, ihn besser zu verstehen. Und die Frage beantworten, ob er etwas taugte oder nicht.

Anna umschloss den Joint mit den Lippen, ein süßer Duft erfüllte den Raum. Ich riss das Fenster und zwei Bierdosen auf. Das Zhigulevskoye war warm. Anna kippte es hinunter. Ich zog *Led Zeppelin II* aus der Hülle. Robert Plants Falsettstimme dröhnte aus den Lautsprechern.

«Warum singt er so? Klingt echt komisch.»

Nüchtern betrachtet klang Robert Plant tatsächlich komisch.

«Er hat den Text von Willie Dixon geklaut», erwiderte ich.

«Siehst du? Seine Stimme verrät mir, dass er lügt.»

«Bist du eine Spionin?»

«Eine der Top-Spioninnen Moskaus.»

Anna zog am Joint.

«Woher kommst du?», fragte ich.

«Aus Vilnius. Ich bin vor fünf Jahren hierhergezogen. Hatte mich in einen Hippie verknallt.»

«Hippies in der Sowjetunion? Gibt's das?»

Sie reichte mir den Joint zurück.

«Wir haben die Beatles gehört, ohne ein einziges Wort zu verstehen. Wie kommt's, dass du so gut Russisch sprichst?»

Ich erzählte von meinem russischen Kindermädchen, das mir viel vorgelesen hatte. Und dass ich bereits in jungen Jahren der Literatur verfallen war, vermutlich wegen ihrer Stimme. Die Sprache setzte sich in mir fest wie Musik. Daraufhin beschloss ich, meine Lieblingsautoren im Original zu lesen, nicht zuletzt, um von ihnen zu lernen. Ich wollte schreiben wie sie.

Sie nickte. «Das Buch, das du mir zeigen willst, stammt also von dir?»

Ich schüttelte den Kopf und gab ihr den russischen Text. Anna verschlang die Sätze, die Silben, die Syntax, die Grammatik. Ich trank und rauchte und beobachtete sie eindringlich. Irgendwann legte sie die Seiten behutsam ab, griff nach dem *Zeppelin-II*-Cover und studierte die Liste der Songs. Ich öffnete den Wodka und zündete den Joint wieder an. Die Gitarre von Jimmy Page jaulte verstohlen im Hintergrund.

«Wie kommst du zu diesem Manuskript?»

«Aslan hat mich um eine Übersetzung gebeten. Ich nehme an, ich soll im Westen eine Publikationsmöglichkeit finden.»

«Das ist keine gute Idee.»

«Nein?»

Anna zuckte die Schultern. «Ich denke, es stimmt, was er über die DNA und die Geschichte schreibt.»

«Die Deportationen haben tatsächlich stattgefunden?»

Anna erzählte, Stalin habe den Tschetschenen und Inguschen unterstellt, sich im Krieg auf die Seite Hitlers geschlagen zu haben. Das sei natürlich Unsinn gewesen, aber Banalitäten wie Beweise hätten Stalin nie interessiert. Er habe unbedingt ein Exempel statuieren wollen. Lawrenti

Beria, sein NKWD-Chef, habe am 23. Februar 1944 mit der Deportation aller Tschetschenen und Inguschen aus dem Nordkaukasus begonnen. Die gesamte Bevölkerung, über fünfhunderttausend Menschen, sei in Viehwaggons nach Kasachstan verschleppt worden. Ich versuchte, mir die Massen von Menschen vorzustellen, Frauen und Kinder, die von Soldaten in die Waggons getrieben wurden. Auf der endlos langen Fahrt nach Osten verloren Tausende ihr Leben, mehr als ein Viertel aller Inguschen und Tschetschenen – Bergvölker, die nun in der Ebene leben mussten – starb anschließend im Exil.

1957, als ihnen von Chruschtschow die Heimkehr erlaubt wurde – er bezeichnete die vom lieben Väterchen Stalin befohlene Deportation als Fehler –, stellten viele fest, dass ihr Zuhause von Russen usurpiert worden war. Manche zogen über das Gebirge nach Georgien, und so kam es, dass sich Aslans Familie in Qasbegi niederließ. Dort lernte er als Jugendlicher Zaza kennen.

Anna zog am Joint. «Vielleicht ist dadurch noch ein Chromosom entstanden, das ein historisches Trauma transportiert.» Sie begann zu husten. «Ach, ich rede Blödsinn. Ich bin bekifft.»

Sie drückte den Joint aus. Die LP endete, die Nadel hob sich. Ich stand auf und setzte mich neben sie aufs Bett. Ich war auch bekifft und obendrein verwirrt und wusste nicht, was tun – weder im Hinblick auf Anna noch auf Aslans Buch noch auf irgendwas. Als ich einen Arm um sie legte, bettete sie ihren Kopf auf meine Schulter. So saßen wir eine Weile da.

Als sie gehen musste, reichte ich ihr Aslans Manuskript im braunen Umschlag und sagte, sie könne gern den kompletten Text lesen. Sie lehnte ab.

«Gib es Aslan zurück. Du musst es sofort loswerden.»

Am nächsten Morgen fehlte Anna im Seminar. Ich bemühte mich, für sie Notizen zu machen. *Krieg und Frieden*, behauptete Dmitri, sei in mancher Hinsicht ein perfekter Vorläufer des sowjetischen Projekts – von der Demagogie der Oberschicht bis zum Auflodern des bolschewistischen Geistes. (Prinz Andrejs Bauernbefreiung erhob er zum Modell für den Sozialismus.) Doch ich war nicht bei der Sache. Ich überlegte, was Menschen wohl tatsächlich meinten mit dem, was sie sagten. Was hatte Aslan bezweckt, als er mir sein Buch überlassen hatte? Ich musste mit ihm reden.

Nachmittags ging ich bei den Leichtathletikanlagen spazieren. Mädchen schleuderten einander in die Luft wie Raketengeschosse und landeten ungeschickt auf Trainingsmatten. Jungs robbten auf dem Bauch über das Spielfeld, als wollten sie sich in die Erde graben. Ich stand da und rauchte und fragte mich, ob es ein Fehler gewesen war, mich neben Anna aufs Bett gesetzt zu haben. Als ich mich umdrehte, stand Igor neben mir.

«Wie schön, die Studierenden unserer Universität mit so viel Einsatz trainieren zu sehen.»

«Das stimmt hoffnungsvoll», pflichtete ich ihm bei.

«Warum das?»

«Weil sie sich so blendend gut darauf verstehen, Befehle zu befolgen.»

Igor richtete seinen Kragen. «Hast du Aslan heute gesehen? Er war nicht im Labor. Sein Professor hat mich informiert.»

«Nein, habe ich nicht.»

«Du hast ihm deine Wrangler-Jeansjacke gegeben.»

«Ist das ein Problem?»

«Keineswegs.»

Ich wollte mir Igor nicht zum Feind machen. Aber ich wollte klare Verhältnisse.

«Vor einigen Monaten habe ich dich auf dem Markt in Rynok gesehen», sagte ich. «Du hast eine Zeitung gekauft.»

«In der Nähe der Universität gab's keine mehr.»

«Ziemlich weiter Weg, um eine Zeitung zu kaufen.»

«Ziemlich weiter Weg, um Pilze zu kaufen», entgegnete er.

«Warum bist du uns gefolgt?»

Er überhörte meine Frage. «Und du weißt wirklich nicht, wo Aslan ist?»

«Nein. Wirklich nicht.»

«Sieh dich vor, Dustin. Moskau kann sich als gefährliches Pflaster erweisen.»

Ich holte Aslans Manuskript aus meinem Zimmer und ging in den sowjetischen Teil des Wohnheims. Kubaner tanzten um eine Flasche herum. Russische Studierende lachten und jaulten. Aslan und Zaza waren wie vom Erdboden verschluckt. Ihr Nachbar, Marius aus Vilnius, berichtete, sie seien nachmittags nach Qasbegi aufgebrochen.

«Einfach so?» Von diesem Vorhaben hatte ich nichts gewusst.

Marius tippte sich an die Schläfe. «Diese Typen aus dem Kaukasus sind schlicht verrückt.»

«Weißt du, warum sie nach Georgien gereist sind?», fragte ich.

«Um Party zu machen. Was sonst?»

Als ich zu meinem Zimmer zurückkehrte, stand Anna im Flur und rauchte. Ich freute mich, sie zu sehen. Das Ende des letzten Abends lag mir noch im Magen, und ich wollte mich entschuldigen. Ich ließ sie eintreten. Sie setzte sich aufs Bett. Ich deponierte Aslans Manuskript wieder in der Schreibtischschublade.

«Wegen gestern Abend ...»

«Ich habe mit Zaza geredet», ging Anna dazwischen. «Ich hab's ihm erzählt.»

«Was erzählt?»

«Dass ich schwanger bin.»

«Wie bitte?»

Anna zog eine Grimasse. «Zaza ist ganz aufgeregt. Er will sofort heiraten. Ich habe ihm gesagt, dass ich das Baby nicht behalten will. Danach haben wir uns gestritten. Für die Mutterrolle bin ich nicht geschaffen, Gary.»

Ich schenkte ihr einen Drink ein.

«Er hat mich gefragt, wo ich gestern Abend war. Ich habe ihm erzählt, ich sei bei dir gewesen, wir hätten Platten gehört und uns bekifft. Er wurde eifersüchtig und wollte wissen, was gelaufen ist. Ich musste ihm alles erzählen.»

«Okay ...»

«Kein Problem. Wir haben die Sache geklärt.»

Die Vorstellung, dass Zaza – doppelt so groß und zehn Mal so stark wie ich – sauer auf mich wäre, fand ich unangenehm. Dann dachte ich an Aslans Manuskript. Hatte sie Zaza davon erzählt? Sie erhob sich vom Bett und setzte sich neben mich auf den Schreibtisch, die Hände im Schoß.

«Ist es normal, dass Zaza und Aslan so plötzlich nach Qasbegi verschwinden?», fragte ich.

«Das machen sie ständig», antwortete sie.

Ich hatte ein flaues Gefühl im Magen. Worauf hatte ich mich da eingelassen? Und was sollte ich jetzt tun?

«Zaza hat versprochen, mich zu heiraten, sobald er zurück ist.»

«Möchtest du das denn?»

Anna presste ihre Hände auf die Oberschenkel.

«Eine Heirat passt nicht in meine Lebenspläne.»

Sie stand auf und zündete sich eine Zigarette an, beäugte mich durch den dicken Qualm.

«Ich liebe Zaza, er ist so wild und so lustig ...» Sie verstummte.

«Und das Baby?»

Annas verkniffenes Lächeln traf mich wie ein Stich, ich spürte ihn bis in die Gedärme. Sie legte mir eine Hand aufs Knie.

«Lass uns Freunde sein, Gary. Gute Freunde.»

Sie gab mir einen Kuss auf die Wange und ging. Später entdeckte ich ihre leere Zigarettenschachtel. Das aufgedruckte Bild schwarzer Berge vor blauem Hintergrund kam mir unheilvoll vor.

In jener Nacht träumte ich von Qasbegi. Von den Bergen und der Kirche hoch auf dem Gipfel. Offenbar hing ich in der Luft, denn ich betrachtete das Kirchenportal aus der Vogelperspektive. Licht fiel durch die Tür, aus der Höhe betrachtet, schien es förmlich zu gleißen. Unten ertönte ein Ruf. Ich ging in den Sturzflug und landete vor einem Altar, zu Füßen Christi. Aslan schlotterte in der Dunkelheit.

«Hilfe», sagte er. «Hilf mir bitte, Gary.»

DREI

Ich frühstückte Kascha in der Cafeteria, als Igor an meinen Tisch trat.

«Dustin», sagte er und nahm mir gegenüber Platz. «Wieso magst du mich nicht?»

«Wie kommst du darauf?»

«Du schneidest mich.»

Ich senkte den Blick auf meinen Teller. Igor schaute sich in der Cafeteria um. Sie wimmelte von Studierenden, die aßen und quatschten und Bücher lasen.

«Ich wurde mitten in der Nacht angerufen.» Er klang so tonlos und sachlich, als würde er die Abendnachrichten verlesen. «Von Zaza. Er war betrunken und meinte, betrogen worden zu sein. Er hat dich und Anna Litvak erwähnt und wirres Zeug über Aslan erzählt. Auf meine Fragen hat er nicht reagiert, meinte aber, er wolle etwas unternehmen.» Igor strich sein schwarzes Jackett glatt und richtete den Rollkragen. «Hast du mir etwas zu sagen, Dustin?»

Ich konzentrierte mich auf meine Grütze und entdeckte darin ein langes, schwarzes Haar. Ich fischte es geschickt heraus.

Igor fuhr fort. «Du verkennst mich.» Er aß einen Löffel Kascha. «Raus mit der Sprache, Gary Ruckler, wo steckt Aslan?»

Dies sagte er auf fließendem amerikanischem Englisch, ohne jeden Akzent, wobei er sich eine Serviette vor den Mund hielt. Ich fragte mich kurz, ob er überhaupt etwas gesagt hatte. Ich dachte hektisch nach und bat ihn, abends zu mir zu kommen.

Wenn man in einem fremden Land lebt, stellt die Sprache das größte und grundlegendste Hindernis dar. Man kann sie vielleicht sprechen, lesen und verstehen, Tatsache ist aber, dass man letztlich rein gar nichts kapiert. Der lokale Dialekt ist einem fremd. Die Gestik, die Anspielungen, der Bezugsrahmen; man hinkt stets ein paar Schritte hinterher. Man muss immerfort interpretieren und decodieren.

Als Igor in Begleitung von Jim in mein Zimmer trat, keimte Angst in mir auf. Also tat ich, was ich immer tat. Ich legte eine Platte auf. Während Charlie Parker auf dem Saxofon rasende Melodien spielte, ging Jim meine LPs durch.

«Super Sammlung, Gary. Verkaufst du Scheiben?»

«Nein.»

«Wow. *Led Zeppelin II*. Konnte ich hier nicht auftreiben. Du willst wirklich nichts verticken? Ich zahle gut. Und nicht in Rubel.»

«Sie sind unverkäuflich.»

Jim legte die Platte weg und drehte sich zu mir um.

«Freut uns, dass du dich mit Aslan angefreundet hast. Passt uns gut in den Kram. Dass du ihm ein paar Sachen von zu Hause verkauft hast, ist uns wurscht, aber es gibt Leute, die da nachtragender sind. Stimmt's, Igor?»

Igor lehnte an der Fensterbank und zündete sich eine Zigarette an.

«Welche Leute?», fragte ich.

Jim winkte ab. «Hast du uns vielleicht was zu sagen, Gary?» Jim sah mich an. Der Blick seiner blauen Augen wurde härter. «Wäre ein guter Zeitpunkt.»

«Ich mache mir Sorgen um ihn», sagte ich.

«Geht uns auch so. Was weißt du?»

«Nicht viel, fürchte ich.»

«Hast du eine Ahnung, wo er sich aufhält?»

«Er ist in Georgien.»

«Er ist in Georgien. Und? War das jetzt so schwierig?» Jim sah zu Igor. Igor starrte zu Boden. «Wir wollen ihm helfen, und dabei musst du uns behilflich sein, Gary.»

«Und wie?»

«Du reist nach Georgien. Und machst ihn ausfindig. Sag ihm, wir möchten mit ihm reden. Gemeinsam finden wir eine Lösung. Wir kriegen das hin.»

Er tätschelte mein Knie und schickte sich an zu gehen. Igor drückte seine Zigarette aus und folgte ihm. Während ich meine Bücher betrachtete, die ungeordnet auf dem Schreibtisch standen, fiel mein Blick auf Lermontows *Ein Held unserer Zeit*. Das Cover zeigte Petschorin hoch zu Ross vor einem Gebirgshintergrund. Ich hoffte inständig, dass ich Aslan finden würde.

Ich packte eine Tasche und murmelte: «Ich bleibe, wo ich bin.» Für den Fall, dass man mich observierte und belauschte, würde ich ab jetzt stets das genaue Gegenteil dessen sagen, was ich tat. «Ich rühre mich nicht vom Fleck», sagte ich, während ich ein Hilroy-Notizbuch einpackte (acht Rubel), drei blaue Bics (zehn Rubel pro Stück) und drei Unterhosen der Marke Jockey (dreißig Rubel pro Stück). Ich schob Aslans Manuskript zwischen Notizbuch und Unterwäsche, zog den grünen Pullover von Woolworth und die blaue Wrangler-Jeans an. «Ich bleibe», sagte ich und steckte meine Lermontow-Ausgabe in die Innentasche meines warmen Mantels. Wider besseres Wissen, trotz Schulterzucken, Knietätschelei und eisigen, verständnislosen amerikanischen Augen verließ ich mein Wohnheim und nahm eine Metro zum Pawelezer Bahnhof, wo ich eine Fahrkarte kaufte.

Der Zug verließ Moskau durch ausufernde Vorstädte, die schließlich Hütten und Landhäusern, Scheunen und Gemüsebeeten wichen. Die Bahnfahrt nach Wladikawkas, an der Südgrenze Russlands, dauerte über vierundzwanzig Stunden. Auf der Fahrt durch die Osteuropäische Ebene, diese endlose, träumerische Landschaft, tat sich etwas in mir auf. Ich hatte das Gefühl, gespalten zu sein. Ein Auge erkundete die unermessliche Weite Russlands, das andere bestaunte eine Babuschka, die auf der Straße Wurst feilbot; spähte ins Herz eines Kindes, das am offenen Fenster Flöte übte; richtete sich auf mich selbst, meine Gedanken, Geheimnisse, Ängste. Sein Blick erfasste alles, was ich während der letzten vier Monate gedacht hatte. Paranoia flammte in mir auf. Hätte ich den Namen Lyssenko doch nie erfahren.

Wie aus dem Nichts brachen Berge aus der blühenden Erde. Die atemberaubende Schönheit des Kaukasus überrumpelt einen stets von Neuem. Schnee klammerte sich an das Gestein, die Schwünge der Gebirgszüge schnitten glatt durch mich hindurch. Ich erinnerte mich an einen Satz Lermontows: «Es zeichneten sich, wie von Runzeln durchzogen, mit Schnee bedeckt, die dunkelblauen Gipfel der Berge am bleichen Horizont ab.» Ich hätte es nicht besser ausdrücken können.

Als der Zug in Wladikawkas einfuhr, erfüllten mich neurotische, verunsichernde, böse Vorahnungen. Bei einem Straßenhändler kaufte ich frisches Brot und ging zu einem Sammeltaxi-Stand, neben dem ein Trupp Männer in grauen Trenchcoats stand. Mit einem Dutzend anderer Fahrgäste in einen Kleinbus gezwängt, den Gestank von Urin, Kotze und

Schnaps in der Nase, versuchte ich, durch das schmale Fenster die Landschaft zu betrachten. Auf der Fahrt durch die Darial-Schlucht erhaschte ich Blicke auf ihre hohen, an einer Stelle klaustrophobisch eng beieinanderliegenden Steilwände aus schwarzem, eisglänzendem Gestein.

Einige Stunden später erreichten wir den Dorfplatz von Qasbegi. Außer mir stieg ein älterer Herr in dickem Pullover aus, wohl ein Einheimischer. Das Dorf lag mitten im Gebirge. Auf einem der Berge konnte man die uralte Gergetier Dreifaltigkeitskirche erkennen. «Und überall leuchtete der Schnee in purpurnem Glanz so fröhlich, so hell», schrieb Lermontow, «dass man am liebsten für alle Zeiten dort hätte bleiben mögen.»

In einem Kiosk auf dem Platz fragte ich, ob jemand wisse, wo Aslan Varajew wohnte. Man verwies mich auf das andere Flussufer. Am Friedhof, zwischen frei umherlaufenden Schweinen und Kühen, erkundigte ich mich bei einer Frau, die auf eine graue, aus den Angeln fallende Tür zeigte. Nachdem ich geklopft hatte, öffnete ein Junge.

«Akhmad?», fragte ich.

Er nickte scheu.

«Ist dein Vater zu Hause?»

Er knallte die Tür zu. Nachdem ich ein zweites Mal geklopft hatte, erschien eine Frau mit einem Baby auf dem Arm. Sie hatte leuchtend grüne Augen, ihre Haare waren mit einem blauen Tuch zurückgebunden. Ich sei ein Studienfreund von Aslan, erklärte ich.

«Er ist nicht hier», sagte sie.

«Wissen Sie, wo er steckt?»

«Er studiert in Moskau.»

«Er ist nicht kürzlich gekommen?»

Sie zuckte die Schultern. «Davon war nie die Rede.»

Das Baby griff in die Luft. Ich holte den braunen Umschlag mit Aslans Manuskript aus der Tasche und gab ihn der Frau.

«Was ist das?», fragte sie.

«Das ist für Akhmad. Bitte bewahren Sie es für ihn auf.» Nach kurzem Schweigen fragte ich: «Haben Sie Zaza gesehen?»

Sie schüttelte lachend den Kopf. «Nein», sagte sie und knallte die Tür zu.

Wieder auf dem Dorfplatz, erkundigte ich mich bei zig Leuten nach Aslan. Niemand reagierte. Eine zahnlose Babuschka wuselte davon. Ich stieg zum Fluss hinab, wo ich an einer Brücke ein Restaurant entdeckte und eine dicke Suppe bestellte. Während ich darauf wartete, hob ich schützend eine Hand vor meine Augen, weil die Berge den Sonnenschein grell reflektierten. Ein Mann mit wilder Mähne knallte eine Flasche zwischen uns auf den Tisch. Er schenkte ein und forderte mich mit einer Geste auf zu trinken. Beim ersten Schluck wäre ich fast aus den Latschen gekippt. Der Fusel schmeckte wie Sprit.

«Ich bin Vano!», verkündete er auf Russisch.

«Was zum Teufel ist das?», japste ich.

«Tschatscha!», rief er und schlug mich auf den Rücken. «Trink!»

Ich nippte mit aller Vorsicht ein zweites Mal und erklärte, auf der Suche nach meinem Freund Aslan zu sein.

«Gestern angekommen! Mit Zaza!»

Bei Vano endete jeder Satz mit einem Ausrufezeichen.

«Seine Frau hat gesagt, er sei nicht da.»

Vano lachte wie irre. «Natürlich nicht. Sie feiern ein Fest!» Er sagte das nickend und zwinkernd. Ich war schon leicht beschwipst.

«Ganz schön stark», sagte ich, auf die Flasche zeigend.

«Na klar!», rief Vano. «Das ist Tschatscha!»

Vano bestellte Fleischklöße, die flugs serviert wurden – ein Berg fetter Bälle auf einem weißen Plastiktablett. Saft troff über mein Kinn, als ich hineinbiss. Vano lachte. Er zeigte mir, dass man die Spitze abbiss und alles Übrige lutschte, lutschte, lutschte. Wir futterten in trunkener Seligkeit, die Welt reduziert auf ein Tablett voller Fleischklöße.

«Weißt du, wo sie feiern?», fragte ich, als wir aufgegessen hatten.

Vano zuckte die Schultern. «Warum willst du das wissen?»

«Aslan ist ein Freund. Ich bin wegen ihm gekommen.»

Vano musterte mich mit einem undurchdringlichen Blick. Sprach Misstrauen daraus, oder lag Herzlichkeit darin? Merkte er, dass ich Aslan aufrichtig zugetan war, oder witterte er die Schuldgefühle, die mich drängten, ihm zu helfen?

«Du bist ein guter Freund!», erklärte er, stand auf und zeigte zur Kirche auf dem Berg. «Gergeti! Dort sind sie!»

Vano erzählte, Aslan und Zaza seien gesehen worden, als sie Essen und Hochprozentiges zur Kirche geschafft hatten. Für ein Picknick oder so. Vano deutete an – wieder nickend und zwinkernd –, dass womöglich Frauen dabei waren.

Eine Stunde später steckte ich bis zur Taille im Schnee. Es kostete mich weitere drei Stunden, bis ich die Bäume hinter mir gelassen hatte und auf dem Gipfel stand. Dort, am Ende der Welt, fand ich mich vor einer Kirche wieder. Ich begriff, dass es jene aus meinem Traum war, der Kasbek türmte sich über ihr auf. Ich hatte plötzlich das Gefühl, winzig klein zu sein.

Ich betrat den Hof. Jahrhundertealtes Mauerwerk, in Licht getaucht. Ich ging zum Portal und stemmte mich gegen die Tür, fast fünf Meter hoch, aus massivem Holz mit schmiedeeisernen Elementen. Die Kirche hatte einen Lehmfußboden, ihre Wände bestanden aus behauenem Stein. Ich fand eine Kerze, die ich anzündete, und betrat einen abschüssigen, glitschigen Gang. Mit jedem Schritt, der mich weiter nach unten führte, sank ich tiefer in meine Bewusstseinsschichten, und alle möglichen Ängste erwachten.

Ich erreichte eine Kapelle und entzündete weitere Kerzen. Vor den Wänden standen uralte Regale voll muffiger Gebetbücher. Mitten im Raum standen sich zwei Holzstühle gegenüber. Neben einem lag ein verschlungener Strick, blutbefleckt, wie es schien. In einer Ecke standen Eimer und Feudel. Als dahinter ein Geräusch ertönte, ging ich hin und entdeckte einen Käfig, aus dem eine Ratte zu entkommen versuchte. Sie stieß immer wieder gegen die Seiten und schob den Käfig, der einen offenen Boden hatte, hin und her. Sie konnte ihn nicht kippen, er war zu schwer. Ich verspürte den plötzlichen Drang, das Tier mit einem Stuhl zu erschlagen. Dann erblickte ich meine Jeansjacke sauber zusammengefaltet neben dem Altar, darauf Aslans *Houses-of-the-Holy*-T-Shirt und zwei goldene Manschettenknöpfe mit Lapislazuli. Im Gang hallten Schritte. Ich huschte durch eine seitliche Tür hinaus und begann den Abstieg zum Dorf. Ich blickte nicht mehr zurück.

ZWEITER AKT

VERLOREN UND WIEDERGEFUNDEN

April 1989 – November 2000

«Die Menschen ahnen oft gar nicht,
wie viel Schmerz sie in sich tragen.»

MARINA ABRAMOVIĆ

EINS

Tiflis, UdSSR

9. April 1989

Als sie das Hallenschwimmbad im Stadtteil Vake verlässt, knöpft Tamar ihre alte Jeansjacke zu. Dann schlängelt sie sich durch den Verkehr auf dem Tscholoqaschwili-Boulevard. Ein blauer Lada beschleunigt und hält direkt auf sie zu, und sie bleibt mitten auf der Straße stehen und versucht, den Fahrer zu erkennen. Da ist sie, schießt es ihr durch den Kopf, die Narbe vom Ohr bis zum Mund. Während der Fahrer Gas gibt, scheint sich die Welt langsamer zu drehen. Tamar kann sein Gesicht nun deutlich erkennen. Winzige, schwarze Augen, schmutzig blonde Haare. Nein, Fehlanzeige. Sie rührt sich dennoch nicht vom Fleck. Sie will Gewissheit haben. Im allerletzten Moment weicht der Fahrer aus. Tamar springt nach links und rennt zu Dawit, der vor einem Zeitungsstand auf und ab tigert.

«Scheiße noch mal, Tamar, ich hätte fast einen Herzkasper gehabt. Warum nimmst du nicht die Unterführung wie jeder normale Mensch?»

«Ich schaue mir lieber die Welt an.»

«Was soll das heißen? Willst du draufgehen?»

«Sei nicht so melodramatisch. Wo essen wir? Ich sterbe vor Hunger.»

«Hier, nimm.» Dawit reicht ihr eine Teigtasche mit Bohnenpaste. Tamar beißt gierig hinein. Lobio isst sie am liebsten. «Wir dürfen keine Zeit verlieren. Vor dem Parlament wird demonstriert. Sie schreiben Geschichte, Tamar.»

Dawit ist besessen davon, an einem historischen Ereignis

teilzunehmen. Als wäre man nur dann lebendig, wenn man im Chaos der Politik mitmischt. Tamar findet diesen Drang sowohl liebenswert als auch nervig.

«Dawit?», fragt sie mit vollem Mund. «Was tun Leute bei einer Demonstration?»

Er streicht über sein vierzehn Jahre altes Kinn, als wollte er reif und weise wirken.

«Ich schätze, das finden wir gleich heraus.»

Tamar ist durchaus geschichtsinteressiert, fühlt sich aber am lebendigsten, wenn sie nach Chlor riecht. Die trockene, juckende Haut nach dem Schwimmen – das ist ihre Art, Geschichte zu schreiben. Sechs Tage die Woche, vor der Schule und danach. Für sie ist Schwimmen eine Art Religion, die sie physisch in der Welt verankert. Herrlich, wenn sich ihre Schultern nach viertausend Metern so voluminös anfühlen, herrlich, wenn die fordernden Rufe des Schwimmtrainers in ihrem Kopf nachhallen – *kräftiger durchziehen, mehr Tempo*. Herrlich auch, zu den Bannern mit den Porträts Breschnews und Lenins aufzublicken, während sie unter dem Tonnengewölbe des riesigen, der körperlichen Ertüchtigung des *Homo sowjeticus* geweihten Tempels ihre Fünfzig-Meter-Bahnen zieht.

Tamar ist noch nicht satt, nachdem sie das Lobio verputzt hat. Dawit gibt ihr wie auf ein Zeichen ein Sandwich der alten Bebia aus der Ritsa-Straße. Ihre Sandwiches mit Aubergine und Käse sind köstlich. Nach dem Schwimmen ist Tamar stets hungrig, irre hungrig, also sorgt Dawit vor. Er ist ihr ältester Freund und ein Seelenverwandter. Sie kennen sich, seit sie vier sind.

Dawit lässt sich noch über die Menschenansammlungen aus – er hat sie gesehen, selbst gesehen – und über die Soldaten, die Posten bezogen haben. Dawit ist ein Hänfling mit journalistischen Ambitionen. Er will für Georgien werden, was Joan Didion für Amerika ist, er hat sich, wie er gern posaunt, der Enthüllung der «nackten Wahrheit» verschrieben. Tamar hat keine Ahnung, wer Joan Didion ist, findet aber, dass Dawit so mutig schreibt wie niemand sonst – tote Dichter und Dichterinnen wie Zwetajewa oder Mandelstam ausgenommen.

Während Tamar das Sandwich isst, kauft Dawit eine Zeitung. «Die Geschichte», erklärt er dem Zeitungsverkäufer und allen anderen, die ihm ihr Ohr leihen, «wartet nicht auf uns.» Dawit fordert vehement «Gerechtigkeit», «Freiheit» und «Wandel», aber der Verkäufer zuckt bloß gleichgültig die Schultern, als er ihm das Wechselgeld in die Hand drückt.

Eine Marschrutka hält mit kreischenden Bremsen in der Nähe, und sie steigen ein und fahren ins Zentrum. Aus dem Schwimmbad mitten in historische Ereignisse, denkt Tamar. Um Geschichte zu schreiben. Sie war noch nie auf einer Demonstration, kennt auch keine aus dem Fernsehen, obwohl die Perestroika viele Verbote aufgehoben und für mehr Freiheit gesorgt hat. Während der Kleinbus schneller wird, kuschelt sie sich wärmesuchend an Dawit. Sie stellt sich vor, am Rand des Boulevards stünden zehn Meter hohe Lettern, Wörter wie «Freiheit» und «Unabhängigkeit», die ihre Sehnsüchte artikulieren. Sie stellt sich vor, die Menschen würden diese Lettern erklimmen wie auf einem Abenteuerspielplatz des Verlangens, um sich Gehör zu verschaffen.

«Warum bist du mitten auf der Straße stehen geblieben?», will Dawit wissen.

«Der Autofahrer kam mir bekannt vor.»

Dawit starrt sie ungläubig an. «Im Ernst? Der Typ war drauf und dran, dich zu überfahren.»

Es geschieht stets, wenn sie am wenigsten damit rechnet. Eine Stimme zieht sie in die trüben Gewässer der Vergangenheit. «Das ist er», sagt die Stimme, und daraufhin lässt sie alles stehen und liegen, um nachzuprüfen, ob es stimmt. Nur stimmt es nie. Noch nicht.

«Du machst mich echt wahnsinnig, Tamar. Musst du denn immer bis zum Äußersten gehen?»

Ja, vielleicht. Vielleicht muss sie sogar noch weiter gehen, über das Äußerste hinaus. Sie fürchtet den Tod nicht. Sterben ist für sie wie Schwimmen. Während Dawit von ihrer Flucht nach Berlin fabuliert, wo sie in alternativen Cafés und vermüllten Clubs nächtelang qualmen und mit Künstlern über das quatschen werden, worüber Künstler so quatschen, gibt sich Tamar einem Tagtraum über einen Flugzeugabsturz hin. Es sind Fantasien von Panik und einem Aufprall im Schwarzen Meer. In der Finsternis, in der nur Sterne funkeln, branden Wellen gegen sie an. Sie muss schwimmen wie noch nie.

«*Gacheret*», schreit Dawit.

Der Minibus hält vor der Philharmonie. Alle steigen aus. In einem Brunnen sprudeln unschuldige Fontänen, überragt von einer grün angelaufenen Frauenfigur. Selbst der Fahrer verlässt den Bus. Sie sind noch einige Blocks vom Parlament entfernt, aber vor ihnen ist die Straße bereits von Passanten verstopft.

Die Proteste gewinnen seit Tagen an Stärke. Swiad Gamsachurdia, Dissident und Held, trat in den Hungerstreik, andere hielten währenddessen glühende Reden vor Tausenden Zuhörern. Der sowjetische Außenminister, Eduard Schewardnadse – selbst ein Georgier –, bat die Protestierenden um Mäßigung. «Sonst kommt es zu einem Blutvergießen», betonte er. Natürlich hörte niemand auf ihn.

«Es wird friedlich verlaufen», sagte Dawit beruhigend zu Tamar. «Du wirst sehen.»

Das Komitee für die Unabhängigkeit Georgiens fordert zum ersten Mal seit 1921 ein freies Georgien. Damals eroberten die Bolschewiken das Land mit brutaler Gewalt – ein weiteres Kapitel im umfangreichen Buch der fremden Besatzungsmächte. Wenige Jahre später wurde Georgien von einem Georgier beherrscht, einem blutrünstigen, ruchlosen Dichter aus Gori. Iosseb Dschughaschwilis finstere Geschichte spielt jedoch in anderen finsteren Zeiten. Tamar spürt, wie eine Leichtigkeit in ihren Gliedmaßen pulsiert, während sie Dawit folgt. Einen solchen Menschenstrom, eine solche See der Sehnsucht und der Hingabe hat sie nicht erwartet.

«Georgien den Georgiern!», ruft jemand.

Die jubelnde Menge wird von jungen, sowjetischen Soldaten, die auf hohen Gebäuden und Denkmälern postiert wurden, verdrossen beobachtet. Sie tragen graue Mäntel, am Koppel hängen Bajonett und Spaten, sie halten die Kalaschnikow im Anschlag. Trotzdem scheint sich niemand zu fürchten. Und das ist ansteckend. Wenn die Furcht verfliegt, denkt Tamar, ist alles möglich. Frische Zuversicht sättigt die Luft.

Tamar ist neugierig, ohne ganz zu begreifen, was sich abspielt. Es fällt ihr schwer, sich eine andere Welt als jene vorzustellen, in der sie aufgewachsen ist. Ihre Adoptiveltern, Sascha und Nana, sind vom Sowjetstaat bezahlte Bühnenkünstler. «Warum protestieren?», fragte Sascha vor wenigen Tagen beim Abendessen. «Ich will Brecht auf die Bühne bringen! Das ist mein politisches Bekenntnis. Und auch deines, Tamar.»

Tamar wuchs mit dem Theater auf. Als Kind, ihr Vater

Zaza hatte sich davongemacht, verbrachte sie mehr Zeit im Theater als in der Schule. Das Theater war ihr Rettungsanker, für sie war es wie eine zweite Familie. Sie liebte die Neckereien der Schauspieler und fand es herrlich, wie ihr banales, geschwätziges Dasein auf der Bühne auf geheimnisvolle Art verwandelt wurde. Sie erinnert sich daran, wie Sascha vor dem Spiegel seinen Atem zu regulieren versuchte, während er sein Gesicht mit dicker Farbe schminkte. Nachmittags saß sie oft hinter der Bühne und lauschte dem beruhigenden wie anregenden Kratzen des Stiftes, mit dem Nana auf Millimeterpapier Bühnenbilder entwarf. Manchmal hatte sie das Gefühl, als würde Nanas HB-Bleistift ihren Körper, ihr Selbst, ihre Zukunft umreißen. Und manchmal stellte sie sich vor, die Linien auszuradieren und ganz neu zu ziehen.

Die Aufführungen liebte sie als Kind jedoch am meisten – die Farben, die Lichter. Mit sieben sah sie im Rustaweli *Der kaukasische Kreidekreis*, inszeniert von Robert Sturua. Fünfzehnhundert Gäste quetschten sich auf halb so viele Plätze. Sie liebte die karnevaleske Atmosphäre, die von Magie und Geschichte durchwirkte Handlung. Als das Orchester zu spielen begann, verstummte das Publikum, und der Erzähler – gespielt von ihrem Adoptivvater Sascha, im grauen Anzug und mit schwarzem Filzhut – kam auf die Bühne und richtete seine Worte an Bertolt Brecht persönlich.

«Sie bilden sich ein, den Kaukasus zu kennen? Sie wissen rein gar nichts, Herr Brecht. Das ist *unsere* Geschichte.»

Die siebenjährige Tamar saß da wie festgenagelt. Genau das wollte sie sein – die Erzählerin eines Epos über den einzelnen Menschen und das Land insgesamt. Darum besucht sie inzwischen die Schauspielschule. Auf dem Weg durch die unzähligen Demonstranten wird ihr jedoch bewusst, dass eine solche Ausbildung überflüssig ist. Als sie das Rustaweli-

Theater passieren, ziehen die Massen gestikulierend, brüllend und singend vorbei. Dies ist der Anfang vom Ende des Landes, das sie kennen. Und sie findet es aufregend.

«Georgien den Georgiern!», rufen und singen immer mehr Demonstranten.

Tamar ergreift Dawits Hand und betrachtet die Menschenströme. Wie schön diese Demonstration ist. Man weint und ist zugleich fröhlich. Als wäre die Proklamation einer Nation gleichbedeutend mit Liebe, die Wiedergewinnung der Identität gleichbedeutend mit Freiheit. Aber ist es überhaupt wichtig, in welchem Land man lebt? Und was heißt es, für eine Nation zu kämpfen, die noch gar nicht existiert? Über diese Fragen hat Tamar nie nachgedacht. Trotzdem ist sie froh, hier zu sein.

Sie bildet sich ein, Zazas beigefarbenen Wollmantel zu sehen. Sie will auf ihn zugehen, aber das ist unmöglich – sie kommt nicht durch, die Menge wird immer dichter. Sie stellt sich kurz vor, Zazas Hand zu halten, nicht Dawits. Sie würde gern wissen, was Zaza von diesen Protesten hält. Sie will ihren Vater kennenlernen.

Tamar war sechs, als er verschwand. Sie weiß noch, wie Nana in einem Blümchenkleid zeichnend hinter der Bühne des Rustaweli-Theaters saß. Plötzlich wurde das Blatt feucht, und als Nana es abwischen wollte, verschmierte sie alles. Tamar begriff, dass sie weinte.

«Zaza ist verschwunden.»

«Und wohin?», fragte Tamar.

«Hinaus in die Welt», sagte Nana.

Tamar mochte das nicht glauben. Sie nahm Nanas Bleistift und versuchte, ihn zu zeichnen. Die Umrisse seiner mächtigen Gestalt waren unproblematisch, aber als sie sein

Gesicht zeichnen wollte, hatte sie ihn plötzlich nicht mehr vor Augen. Sie war ratlos.

«Nun gibt es nur noch dich, mich, Sascha und Levan», sagte Nana, indem sie einen anderen Stift aus ihrer Tasche fischte. «Ich bin ab jetzt deine Mutter, Tamar. Das verspreche ich.»

Ihre Adoptiveltern waren liebevoll und großherzig; sie wuchs in einem Haus voller Liebe auf. Was Zaza betraf, so klang Nana in den seltenen Fällen, wenn sie von ihm sprach, weder wütend noch verbittert. Sie verlangte von Tamar nicht, ihn zu vergessen. Und Tamar musste oft an ihn denken – Fragmente von Erinnerungen, die sich nie zu einem schlüssigen Gesamtbild verbunden hatten.

«Beobachte, als würdest du nicht hinschauen», hatte er einmal zu ihr gesagt. «Und hör genau hin.»

Eine alte Großmutter gibt Tamar ein Stück frisches Brot. In einer Männerrunde wird laut gesungen, man lässt eine Plastikflasche mit Tschatscha herumgehen. Durch die Straßen ihrer Jugend treibend, fühlt sie sich federleicht. Die prächtigen staatlichen Theater, die schönen Kastanien und die Boulevards voller Menschen. Alles verblüffend verwandelt. Sie sieht einen Joghurtverkäufer, der sich am Kopf kratzt, während er sich in der Menge nach seinem Sohn umschaut. Sie beobachtet eine Frau, die traurig und erschöpft ihre Schläfen massiert. Sie sieht, wie ein Mann seiner Geliebten etwas ins Ohr flüstert; in den Augen eines Achtzigjährigen sieht sie Hoffnung funkeln; Aufregung in den Augen eines Kleinkinds.

Anfangs glaubt sie, es wären Knaller. Kinder, die in einer Seitenstraße Unfug treiben. Dann sieht sie Menschen stürzen, und Panik erfasst sie.

«Ducken», ruft wer.

Tamar lässt sich auf den Boden fallen, jemand tritt auf ihre Hand. Jemand tritt auf ihren Nacken, und sie verrenkt sich fast die Ellbogen. Sie presst ihren Kopf auf den Boden, als Geschosse in die Menge hageln. Dann wird sie auf die Beine gerissen.

«Los, komm», schreit Dawit.

Sie rennen auf dem Rustaweli-Boulevard davon. Kugeln schlagen in den Asphalt ein, lassen Scheiben in Scherben gehen. In der Nähe des Parlaments beobachtet Tamar, wie eine junge Frau dem Getümmel entkommt, nur um von Soldaten mit Spaten attackiert zu werden, sie hacken auf ihren Körper ein – zack, zack, zack. Eine ältere Frau sprintet durch den Polizeikordon und bricht vor den Füßen ihrer Tochter zusammen. Auch sie wird von den Soldaten brutal geschlagen. Die Leichen von Mutter und Tochter werden weggeschafft, als wären sie nie dort gewesen.

Dawit und Tamar machen auf den Hacken kehrt und fliehen zur Merab-Kostava-Straße. Das Militär hat die Gegend abgeriegelt und drängt die Demonstrierenden zusammen. Tamar kämpft gegen einen Brechreiz an, ihr Magen verkrampft sich. Die Soldaten dreschen weiter mit Spaten und Schaufeln auf die Menschen ein. All jene, die nicht stürzen, trampeln über die Gestürzten hinweg. Tamars Brechreiz lässt nicht nach. Ein junger Mann sitzt auf einem Panzer und schlägt mit einem Stock auf das Metall ein, ein absurder Anblick und doch irgendwie einleuchtender als alles andere, was sie während dieses Massakers beobachtet hat.

Plötzlich krümmt sich Tamar, sie muss sich übergeben.

«Los, wir müssen weg hier», sagt Dawit.

«Mir geht's nicht gut. Ich kann nichts mehr sehen.» Sie klammert sich hilfesuchend an Dawit.

«Das ist Tränengas.»

Das Dunkel macht ihr Angst. Dawit führt sie bei der Hand. Sie rennen wieder los, obwohl sie kaum etwas erkennen können. Tamar kneift die Augen zusammen, rubbelt mit ihrem Tuch darauf herum. Und da erblickt sie ihn. Zaza lehnt am Springbrunnen, er trägt den beigefarbenen Wollmantel und raucht eine Zigarette. Sie zerrt an Dawit. «Hier entlang.»

«Was soll das?»

Der Mann, von einem Scharfschützen in den Rücken getroffen, knickt ein und bricht zusammen. Tamar entlässt einen Schrei, aber Dawit zieht sie weiter, sie hetzen im Zickzack durch die zunehmend leeren Straßen. Tamar weiß nicht, was schlimmer schmerzt, das vom Militär versprühte Reizgas oder die Tatsache, dass sie von Zaza verlassen wurde. Warum lässt ein Vater sein Kind im Stich? Wieso ist er ohne jedes Abschiedswort verschwunden? Und warum ist er nie zurückgekehrt?

Nana und Sascha sind außer sich vor Wut, als Tamar heimkehrt.

«Neunzehn Tote, Tamar, siebzehn davon Frauen», sagt Sascha.

«Ich habe wirklich geglaubt, du wärst darunter», sagt Nana unter Tränen.

«Die Armee hat auf uns geschossen», schreit Tamar. «Auf ihre eigenen Leute.»

«Habe ich nicht gesagt, du sollst dich aus der Politik raushalten?», mahnt Sascha.

«Sie haben Reizgas eingesetzt», sagt Tamar. «Sie haben uns vergiftet.»

«Du hättest sterben können», ruft Nana.

«Mir doch egal.»

«Aber mir nicht.»

Tamar verstummt. Ihr sechzehnjähriger Adoptivbruder, Levan, ein ewiges Kind, kommt herein und fragt: «Was gibt's zum Abendessen?»

Nana deckt den Tisch, während Levan Witze reißt, um die Spannung zu entschärfen. Sascha leert ein Glas Wein auf ex. Dann noch eines.

Beim Essen wollen die Bilder des Tages nicht verfliegen. Tamar lauscht Sascha und Levan, die das Thema Politik umschiffen, tunkt Brot in Nanas frisches Pkhali und Badridschani und futtert wie eine Scheunendrescherin.

«Beobachte, als würdest du nicht hinschauen», sagte Zaza. «Und hör genau hin.»

Am nächsten Morgen wird Tamar wieder zum Schwimmtraining gehen. Sie wird den Bannern, die in der Halle hängen, mehr Aufmerksamkeit schenken. Im Schauspielunterricht wird sie die Texte wohl eher unbeteiligt lernen. Tamar will fühlen, was sie heute vor dem Parlament empfunden hat. Die Welt ist eine Bühne, und dort ändern sich die Dinge. Sie möchte nicht schauspielern; sie will handeln.

ZWEI

«Das Leben in Georgien», sagt Dawit gern zu Tamar, «ist eine Lehre in Sachen Realität.» Sie muss ihm beipflichten. In den fünf Jahren seit dem Massaker des 9. April ist sie zu einer jungen Frau herangereift. Und ihr Land hat sich auf außergewöhnliche und schockierende Art verändert.

Nach dem April 1989 war das Leben alles, nur kein Zuckerschlecken – aber auch nicht eintönig. Tamar träumte von einem eintönigen Dasein, wie ein Kind von Eiscreme träumt. Die Hoffnung auf ein unabhängiges Georgien erfüllte sich 1991, als die UdSSR zerbrach. Lenins Vision löste sich in ein Durcheinander von Nationen auf, und vorübergehend lag Euphorie in der Luft – die Verheißung von Freiheit? Ein kollektiver Traum? Tamar und Dawit ließen sich von diesem Rausch anstecken. Mit dem Estragongeschmack von Tarchuna im Mund, ein industriell produziertes Erfrischungsgetränk, diskutierten sie hitzig. An welchem Modell würde sich ihre Demokratie orientieren? An dem Schwedens oder an dem der USA? (Tamar bevorzugte das schwedische Modell, Dawit verehrte die Amerikaner.) Gäbe es dann Reisefreiheit? Wie würden ihre Pässe aussehen?

Nach der Wahl Swiad Gamsachurdias zum Präsidenten der Republik Georgien trat rasch Ernüchterung ein. Er war ein mutiger Dissident gewesen, der wegen seiner politischen Ansichten und der Samisdat-Texte, in denen er die sowjetische Nomenklatura bedroht hatte, in einer psychiatrischen Anstalt inhaftiert gewesen war, aber wie sich herausstellte, war er nicht nur ein absolut unfähiger Präsident, sondern auch ein fanatischer Nationalist. Tamar hatte ihm nie getraut; Dawit wand sich beim bloßen Gedanken an ihn. Und doch hechelten bullige Lederjacken-Typen und fromme, ältere Frauen ihrem humorlosen Führer hinterher, als wäre dieser eine Art Halbgott.

Tamar hielt die Augen offen und spitzte die Ohren. In den Reden, die Gamsachurdia auf den Stufen des Parlaments schwang, verhieß er den Georgiern das Paradies. Tamar dachte an die Sommer, die sie in Nanas Familiendatscha bei Sochumi verbracht hatten. An Bäume, schwer von Mandarinen und Granatäpfeln, an das in der Ferne glitzernde Schwarze Meer. Ihre griechischen Nachbarn, die Papidoulas, hatten seit Jahrhunderten dort gelebt, ebenso die muslimischen Abkhaz Iskanders, die einen Hang zum Tschatscha und zu abstrusen Geschichten hatten. Alle zusammen hatten sie an heißen Abenden Fisch gegrillt, getrunken und gesungen. Die Sommer in Abchasien waren herrlich gewesen, nicht zuletzt wegen der Vielfalt von Menschen, die dort zusammenkam – der Inbegriff von Glück, nun für immer dahin.

Tamar hielt die Augen offen und spitzte die Ohren. Am liebsten hätte sie jedoch *Gacheret!* geschrien wie in einer Marschrutka.

Stopp.

Der postsowjetische Niedergang Georgiens war spektakulär. Probleme gab es überall, ob im Baltikum, in der Ukraine, in Weißrussland oder in Armenien, aber Georgien war ein besonders dramatischer Fall. Früher einer der reichsten Mitgliedstaaten der ehemaligen Sowjetunion, verwandelte er sich in nicht einmal zwei Jahren in einen komplett gescheiterten Staat. Tamar erlebte drei Kriege: einen zur See, einen im Gebirge, einen in den Straßen von Tiflis. Berichte über Kriegsverbrechen machten die Runde und vergifteten die Atmosphäre. Hunderttausende Menschen wurden vertrieben. Die Familie Papidoulas floh auf einem der von der griechischen Regierung entsandten Schiffe nach Griechenland, für sie ein vollkommen fremdes Land. Die Abchasen holten sich ihr Land zurück und vertrieben die Georgier. Flüchtlinge strömten ins Gebirge und in die Städte. Das Massaker in Sochumi, der Angriff auf Zugdidi, Felder, die mit Minen übersät waren, als wären es Blumen. Nanas Eltern gehörten zu den Vertriebenen. Was ihr schönes Haus betraf, so war es, wie Tamar erfuhr, von einer muslimischen abchasischen Familie in Besitz genommen worden, deren Großmutter sich in den Garten verliebt hatte.

«Immerhin wird es weiter bewohnt», meinte Nana zu Saschas Missfallen. Levan wollte losziehen, die alte Frau töten und «zurückholen, was uns gehört». Nana wollte jedoch nichts davon hören.

In Ermangelung einer stabilen Regierung übernahmen Straßengangs wie eine Mini-Mafia die Kontrolle über zahlreiche Viertel, über die lokalen Geschäfte, das Bauwesen, die Landwirtschaft sowie die Öl- und Gasvorräte. Die öffentlichen Mittel versiegten, und jeder bestach jeden: Polizisten, Professoren, Richter, Ärzte und Politiker, ja sogar Taxifahrer wollten geschmiert werden. Was die Lebensmittel betraf, so waren die Regale leerer als zu Sowjetzeiten. Strom, Heizung und Wasser versiegten oft tagelang. Dann wurde der ehemalige sowjetische Außenminister Eduard Schewardnadse zum Staatschef ernannt, um den Karren aus dem Dreck zu ziehen, nach all den Schrecken eine regelrechte Beleidigung.

(Wenngleich Tamar erleichtert aufseufzte, als bekannt wurde, dass Gamsachurdia mit einer Kugel im Kopf in Samegrelo aufgefunden worden war, dazu eine dubiose Suizid-Notiz.)

Es war, wie Dawit gesagt hatte, eine Lehre in Sachen Realität.

Nana und Sascha waren ahnungslos. Sie waren zu sehr mit ihrem eigenen, komplizierten Leben beschäftigt, um zu merken, dass Tamar kaum noch zur Schauspielschule ging, weil sie dort nichts mehr lernen konnte – es gab weder Bücher noch Unterricht, nur einen Lehrer, der seine Zigaretten mit ihr teilte, wenn sie versprach, ihn zum Lachen zu bringen und ein paar Lari springen zu lassen. Wenn Tamar ihren Freund Mikheil aufsuchte, um Backgammon zu spielen oder Straßenkatzen zu jagen, lag seine Mutter, Manana, mit abgebundenem Arm und einer Nadel in der Vene im Schlafzimmer, und auch das ahnten Nana und Sascha nicht. Genauso wenig, dass Manana ihr Heroin – oder Subutex oder was auch immer sie in die Finger bekam – finanzierte, indem sie Mitarbeiter von UN und USAID zu sich bat, um sich für einen Spottpreis zu prostituieren. Tamar ließ sich weder durch die Drogen noch durch die Verwahrlosung auf Abwege führen, und doch wurde sie in jenen Jahren erwachsen. Rasant.

Sie hielt die Augen offen und spitzte die Ohren, wie Zaza ihr geraten hatte. Irgendwann ist es an der Zeit zu handeln, nur: Was kann eine Neunzehnjährige tun?

An einem warmen Herbsttag nimmt Tamar ihre Tasche, tritt auf die Tabidse-Straße, schließt die Augen und zündet eine Zigarette an. Das Rauchen, findet sie, hat etwas Ehrliches, es ist wie ein Spiegel der Welt. Sie findet Ehrlichkeit beruhigend, auch wenn das gestrige Gespräch mit Nana eher dazu angetan war, sie zu beunruhigen. Sie hat noch nicht ganz erfasst, in welchem Ausmaß das, was Nana ihr erzählt hat, ihr

Leben auf den Kopf zu stellen droht. Sie legt eine Hand auf die Tasche ihrer Jeansjacke. Es ist noch da. Als sie durch eine Seitenstraße geht, springt scheppernd ein Schatten aus einer Mülltonne; sie erschrickt. Eine schwarze Katze saust vorbei. Dann steht sie plötzlich vor Vanuschka und Irakli.

«Hallo, Tamar.»

Sie kennt die beiden seit Kindertagen, sie waren Levans beste Freunde. Sie mögen respektvoll sein – das sind sie immer –, aber zwei Einundzwanzigjährigen zu begegnen, die mit Kalaschnikows und Handgranaten bewaffnet sind, verunsichert auch.

«Unterwegs zum Unterricht?»

«Ja», sagt sie, «und ich bin spät dran.»

Die beiden behelligen sie nicht weiter. In Wahrheit geht sie nicht zum Unterricht; sie war seit Wochen nicht dort. Sie will sich mit Dawit treffen, wie sie es gestern vereinbart haben. Und weil die Telefone nicht funktionieren, muss sie die Verabredung einhalten: um zehn Uhr beim Denkmal für den Zweiten Weltkrieg im Park von Vake. Sie macht auf dem Hacken kehrt und steigt den Hügel hinunter, wobei sie an der Zigarette zieht. Sie spürt noch immer die lüsternen Blicke von Vanuschka und Irakli. Sie drückt den Rücken durch, knöpft die Jeansjacke bis oben zu und geht weiter, ohne sich umzudrehen.

Es war eine Lehre in Sachen Realität, und es ging sie alle an.

1991, zwei Jahre nach den anti-sowjetischen Demonstrationen und Unruhen, wurde das KGB-Gebäude am Rustaweli-Boulevard von Aufständischen gestürmt, die nach Wahrheit und Gerechtigkeit dürsteten. (Tamar und Dawit waren so vernünftig, diese Krawalle zu meiden.) Einige Tage später erfuhr Tamar von Nana, dass sich Zaza in dem Gebäude aufgehalten hatte. Er sei zwischen die Aufständischen und KGB-Agenten geraten, die den letzten Rest sowjetischer Macht in Georgien verteidigen wollten, erzählte sie, und bei den Schusswechseln ums Leben gekommen.

Tamar hatte seit zehn Jahren nichts mehr von ihrem Vater gehört. Diese Neuigkeit wühlte sie auf. Sie wollte einen Beweis für seinen Tod, aber Nana hatte keinen. Eine Leiche gab es nicht. Tamar wollte wissen, was er an dem berüchtigten Ort zu suchen gehabt hatte. Nana erzählte, bei dem Versuch der Aufständischen, streng geheime KGB-Akten zu erbeuten, sei es zu Kämpfen gekommen, und im Chaos seien Dutzende erschossen worden.

«Ja, aber was wollte er dort?», wiederholte sie.

Nana zuckte die Schultern. «Woher soll ich das wissen? Er ist tot. Genügt das nicht?»

Tamar fand das irritierend, denn es gab weder eine Leiche noch ein Grab. Einen Monat später erhielt Nana per Post eine Sterbeurkunde mit dem Namen Zaza Gogoladse in kyrillischer und georgischer Schrift. Er lag auf dem Friedhof im Stadtteil Vera. Tamar besuchte gelegentlich sein Grab und kippte das eine oder andere Gläschen Tschatscha aus. Sie hätte gern gewusst, wo er all die Jahre gesteckt hatte, aber Tote antworten bekanntlich nicht. Sie hörte nur das dürre Gras im Wind rascheln.

Monate später ging das KGB-Gebäude während der Straßenkämpfe in Tiflis in Flammen auf, Tausende Akten wurden vernichtet. Diejenigen, die übrig blieben, hatten schwere Wasserschäden. Diese Relikte der Vergangenheit wurden in einer Nacht-und-Nebel-Aktion in ein fernes Archiv in Russland verfrachtet. Tausende Erinnerungsbruchstücke verschwanden.

Und gestern Abend erhielt Tamar dann eine geheimnisvolle Notiz und zwei blau-goldene Manschettenknöpfe von Nana. Diese Dinge stecken jetzt in der Brusttasche ihrer Jeansjacke, die sie alle paar Sekunden berührt, um nachzuprüfen, ob sie noch da sind. Die Manschettenknöpfe zählen zu den wenigen Habseligkeiten ihres Vaters, die sie besitzt. Obwohl wunderschön, aus glänzendem Gold und dunkelblauem Lapislazuli, haben sie etwas Verstörendes an sich. Noch verstörender findet sie die kargen Worte auf dem Papierschnipsel. Nana tat so, als würden diese Worte und die Manschettenknöpfe all ihre Fragen beantworten. Tatsächlich ist Tamars Unruhe nur gewachsen, verstärkt durch das unsichere Gefühl, nichts Genaues zu wissen.

Tamar tritt die Zigarette aus, ihr Stiefel streift eine zertrampelte Spritze. Die alte Frau, neben der sie in der Marschrutka Platz nimmt, beißt gierig in einen der festen, saftigen Äpfel, die sie in einer Tüte bei sich führt. Tamar fasst ein weiteres Mal an ihre linke Brusttasche. Am Straßenrand stehen Panzer, alles wirkt ausgelaugt und aschgrau. Soldaten überwachen die langen Brotschlangen und plaudern gelangweilt mit den Wartenden. Als der Kleinbus am Hallenschwimmbad in Vake vorbeirattert, dessen Türen verrammelt sind, verspürt Tamar einen Stich. Die Stadt kann die Kosten nicht mehr tragen, das Wasser wurde abgelassen. Ihr Schwimmverein machte im riesigen, leeren Becken noch eine Weile Liegestütze und Gymnastikübungen. Inzwischen wird gemunkelt, ein russischer Oligarch habe das Bad gekauft, um es in ein Delfinarium umzuwandeln. Nicht mehr lange, dann wird es mit Salzwasser gefüllt sein, in dem sich exotische Meereswesen tummeln. Immerhin, so Nanas tröstende Worte, würde es auf diese Weise weiter genutzt werden.

Dawit sitzt auf einer Bank, liest Mandelstam und trinkt aus einer Thermoskanne. Er würde selbst dann Tee trinken und Lyrik lesen, wenn es Bomben hagelte und die Welt in Flammen stünde.

«Tee?», fragt er.

Tamar zückt ihre Schachtel Viceroy Blue. «Nein, danke.»

«Dir ist klar, dass deine Kippen genmanipulierten Tabak enthalten, oder?», sagt Dawit missbilligend. «Sie sind darauf ausgelegt, dich süchtig zu machen.»

Tamar setzt sich neben ihn auf die Bank und zieht an der Zigarette. «Eine perfekte Metapher für den Kapitalismus.»

«Bekomme ich auch eine?»

Sie gibt Dawit die Schachtel. Die Sonne des Altweibersommers wärmt ihre Haut, obwohl sie täglich an Kraft verliert. Dawit liest weiter. Er hat noch Lidschatten im Gesicht. Sie haben im Westen der Stadt getanzt, DJs spielten Musik auf geklauten Stereoanlagen, betrieben von Dieselgeneratoren und Batterien. Sie streicht über Dawits Haare. Sie beide sind unzertrennlich. Sie lesen gemeinsam, schreiben gemeinsam, träumen gemeinsam und entwerfen gemeinsam Welten. Er ist die einzige Konstante in ihrem Leben.

«Anna Litvak.»

«Hm?»

«So lautet der Name meiner biologischen Mutter.»

«Wer sagt das?»

«Nana hat es mir gestern Abend erzählt. Sie hat auf mich gewartet.» Tamar gibt Dawit den Papierschnipsel, der aussieht wie aus einem alten sowjetischen Schulheft gerissen. Dawit liest die Zeilen:

Es ist weder an mir, dies weiterzureichen,
noch habe ich das Recht, diese Geschichte

zu erzählen. Vielleicht gibst du es zu einem
passenden Zeitpunkt an sie weiter.

«Nana sagt, das sei von Anna.»

«Und wie geht die Geschichte?»

Tamar zuckt die Schultern. «Nana hat sie noch nicht erzählt. Aber sie hat mir auch diese hier gegeben.» Tamar hält ihm eine flache Hand hin.

«Manschettenknöpfe?»

«Sie haben Zaza gehört. Ich kann mich dunkel an sie erinnern, das glaube ich jedenfalls.»

Dawit zieht eine Grimasse. «Und warum jetzt? Noch dazu ohne jede Erklärung? Will Nana dich quälen?»

«Nein, bestimmt nicht. Sie hat geweint, als sie mir diese Dinge gegeben hat. Sie fühle sich hilflos, hat sie gesagt.» Tamar tritt ihre Zigarette mit dem Stiefel aus und zündet eine neue an. «Im Grunde ist das Ganze das totale Klischee. Keine Ahnung, warum es mich überhaupt interessiert.»

«Die meisten Menschen wollen wissen, woher sie kommen.»

«Ich will lieber wissen, wohin ich gehe.» Tamar inhaliert und schließt ihre Augen. «Das Verrückte: Nachdem sie mir all das aus heiterem Himmel eröffnet hatte, meinte sie, ich solle heiraten, sie habe schon einen passenden Verehrer. Vielleicht hast du ja recht. Vielleicht will sie mich quälen. Aber keine Sorge, ich habe einen Plan.»

«Oh, Gott. Nicht schon wieder einer deiner Pläne.»

Tamar streichelt Dawits breite Nase, dort, wo sie flacher wird und in die Stirn übergeht. Sein Gesicht hat etwas Tröstliches für sie.

«Willst du mich heiraten?», fragt sie.

«Wie bitte?»

Tamar fällt vor der Parkbank auf ein Knie. «Magst du mich heiraten, Dawit Anoschwili? Bitte.»

«Das ist dein Plan?»

«Wir könnten zusammenleben. Ich ziehe meine Ausbildung an der Kunsthochschule durch, und du schreibst ...»

«Warum zum Teufel sollte ich das tun?»

«Weil ich weiß, dass du auf Jungs stehst. Wenn das bekannt wäre, würden sie dich wahrscheinlich zusammenschlagen, vielleicht umbringen. Mein Plan wäre die beste Lösung. Also: Willst du mich heiraten?»

Dawit stöhnt. «Na gut.»

Als Kinder spielten Tamar und Dawit oft Familie, wenn auch auf eine ungewöhnliche Art. In einem Wald in der Nähe des Dorfes Bolnissi, wo sich das Lager der Jungen Pioniere befand, bauten sie eine Hütte aus Ästen und Rinde. Auf Tamars Betreiben errichteten sie im Wald immer komplexere Versionen von Amiranis Burg. Tamar spielte den heldenhaften Amirani, Dawit die Halbgöttin Qamari, die auf einem paradiesischen Heim mit sauberem Geschirr und gut sortierten Schränken bestand. Als sie elf wurden, kamen sie jedoch auf eine andere Idee – in ihrer Fantasie konstruierten sie im Wald einen Palast mit gläsernen Fußböden, Wänden und Dächern. Sie luden alle ein, ihr transparentes Dasein zu beobachten. Die Erwachsenen fanden das reizend.

Sascha sagte: «Seht euch die jungen Liebenden an. Ein Bild der Unschuld, nicht wahr?»

Unschuldig war es in keiner Weise. Dem Glashaus ihrer Fantasie lag ein politisches Konzept zugrunde. Tamars und Dawits Spiel war anspruchsvoll: «Die Generalsekretärin und ihr Außenminister.» Tamar, die Generalsekretärin, war ein aufgeklärter, weiblicher Gorbatschow mit rosa gefärbten

Haaren, Dawit der Außenminister ... und Discominister. Sie verkündeten der Welt – bei einer gespielten Pressekonferenz an einem Picknicktisch mit einer Konservendose als Mikrofon –, das Volk müsse seine Führer *sehen* können. Vertrauen sei die Grundvoraussetzung für eine gesunde Gesellschaft.

«Der neue Kommunismus wird in gläsernen Häusern wohnen!», rief Tamar den Eichen und Blaumeisen zu. «Lang lebe die Perestroika! Lang lebe Glasnost!»

«Geld, Geld, Geld, ich will Geld», sang Dawit.

Als Tamar Nana und Sascha von ihren Heiratsplänen erzählt, sind sie nicht überrascht. Schließlich gehört Dawit schon lange zur Familie.

Tamar und Dawit lassen sich in der Gergetier Dreifaltigkeitskirche von einem Priester namens Schota trauen, der dem Tschatscha zugetan ist. Ihr gläsernes Haus hat nun den Segen der Kirche und des Staates. Die ehrwürdige Atmosphäre der alten Kirche überrascht Tamar. Nana und Sascha weinen bei der Trauung. Levan klatscht wie wild. Dawits Eltern strahlen vor Stolz, und sogar Tamar erliegt kurz der Illusion der Heiligkeit ihrer Ehe. Sie bildet sich ein, ihre Eltern, Zaza und Anna, würden sie von der Empore beobachten. Sie kennt die Geschichte der beiden nicht und empfindet es als belastend, ihnen einen Platz in ihrem Leben einräumen zu müssen. Trotzdem gestattet sie sich diese Fantasie. Als Dawit den Ring auf ihren Finger steckt, stellt sie sich vor, Anna würde wohlwollend nicken, froh darüber, dass ihre Tochter einen so netten Mann gefunden hat. Alle lieben Dawit.

Sie feiern mit zwanzig Freunden in einem Haus auf dem Land. Ihre Hochzeit hat das Zeug zur Legende. Sie feiern drei Tage lang. Essen und Wein würden für die halbe georgische Armee reichen. Freunde stimmen spontan Lieder an, um ihrer Liebe und Zuneigung Ausdruck zu verleihen. Sascha bringt bei Tschatscha und Wein überschwängliche Trinksprüche auf seinen neuen Sohn aus. Eine Band spielt, und alle tanzen so leidenschaftlich, als wollten sie ihre Sorgen vergessen.

Im Morgengrauen stößt Tamar in einem Winkel des Landhauses auf Dawit und Schota, den Priester. Die Leidenschaft, mit der sie sich unter einem Deckbett tummeln, erstaunt sie. Tamar ist nicht auf Liebe in Gestalt stürmischer Hingabe aus, an so etwas glaubt sie nicht. Trotzdem liebt sie Dawit, und sie liebt es, dass er den Priester liebt, der sie getraut hat, und sei es nur für eine Nacht. Sie segnet beide in Gedanken, bevor sie zu ihren Freunden und Freundinnen zurückkehrt, um über Kunst, das Schicksal Abchasiens, das Ende des Kapitalismus und die Zukunft des Widerstands im ehemaligen Sowjetreich zu diskutieren.

DREI

Eine Erinnerung: Als der Zug aus dem Bahnhof fuhr, rief Tamar weinend nach ihrer Mutter. Der ratlose Zaza erzählte seiner zweijährigen Tochter eine Geschichte. «Es war einmal ein legendärer Halbgott namens Amirani. Er spie Feuer, erschlug Drachen und tötete einen Riesen mit drei Köpfen. Als Sohn Dalis, der georgischen Göttin der Jagd, erblickte er in einem dunklen Wald das Licht der Welt.»

Tamars Tränen versiegten. Zazas Stimme, die mit dem Rhythmus des Zuges zu verschmelzen schien, hatte einen beruhigenden Klang. Eine blau-weiße Schachtel Kasbek-Zigaretten lag neben ihnen auf dem Tisch; sie zeigte die Silhouette eines eiligen Reiters vor dem Hintergrund eines Gebirges.

Zaza fuhr fort: «Amirani war sagenhaft stark. Er konnte mehr trinken und mehr essen als drei Männer zusammen. Einmal, er war auf der Suche nach einem Schatz, stieß er auf einen Riesen mit drei Köpfen. Dieser flehte den tapferen Kämpfer an, die drei Schlangen, die sich nach seinem Tod aus seinem Mund schlängeln würden, nicht zu erschlagen. Amirani willigte ein und tötete das Ungeheuer, und die drei Schlangen erschienen. Diese verwandelten sich jedoch in Drachen, weiß, rot und schwarz. Amirani erschlug den weißen und den roten Drachen, doch von dem schwarzen wurde er verschluckt, sodass seine Brüder ihn aus dessen Magen herausschneiden mussten.»

Anfangs war Tamar fasziniert von dieser mythischen Gestalt, die Unglaubliches vollbringen konnte, aber nach einer Weile fand sie die Details von Zazas Erzählung unheimlich.

«Nach seiner Wiedergeburt begab sich Amirani auf die Suche nach einer Frau», fuhr Zaza fort und zog eine Zigarette aus der Schachtel. «Er entdeckte Qamari, die ihn mit ihrer Klugheit und Schönheit bezauberte. Er flehte sie an, mit ihm zu fliehen, und sie willigte ein, wenn auch unter der Bedingung, er müsse sieben Tage warten, weil sie ein anständiges Brautgewand brauche. Danach werde sie zu ihm kommen. Der liebestrunkene Amirani gestand ihr alles zu, kehrte in seine Burg im dunklen Wald zurück und wartete. Er war zwar ein geübter Drachentöter, besaß aber nicht die Gabe der Geduld. Man sah ihn täglich unruhig durch die Säle seiner Burg schreiten und bis zur Grenze seines Reiches reiten, wo er Ausschau nach Qamari hielt. Als sie am vierten Tag noch nicht in Sicht war, entsandte er bewaffnete Reiter, um sie zu holen. Diese fanden sie im Laden eines Schneiders und zogen, als sie ihrem Drängen nicht nachgab, die Schwerter. Qamari bekam furchtbare Angst, und als ihr Vater dies von seiner himmlischen Warte aus bemerkte, wurde er zornig. Er schickte einen Sturm, und die Reiter ertranken, und Qamari wurde in ein fernes Land geweht.»

«Was ist mit Mama passiert?», fragte Tamar schließlich.

«Ich hatte auch keine Geduld», gestand Zaza, während der Zug durch die russische Steppe raste. Dann begann er zu schluchzen. Tamar bekam Angst. «Deine Mutter ist weit, weit weg. Und sie kommt nie zurück.»

Für Tamar ist Tiflis die schönste Stadt auf Erden. Und sie wohnt mit Dawit gleichsam auf ihrem Gipfel. Ihre Wohnung am Ende der Ritsa-Straße, einer Sackgasse, liegt im zweiten

Stock um einen alten Innenhof, das Haus klammert sich an die Steilklippen der Altstadt. Kohleöfen, Kerosinlampen und ein Außenklo auf einem Balkon, das von allen Bewohnern genutzt wird. Ein pastellgrün gestrichenes Metalltor schottet sie von der Straße ab. Aus einem Bleirohr tropft Quellwasser in einen großen Blecheimer. Sie haben sich wegen des Blicks und der saugünstigen Miete für diese Wohnung entschieden. Die Straße der Bebia, deren Gerichte Tamar so heiß und innig liebt, ist um die Ecke. Die Bebia zaubert in ihrer winzigen Einzimmerwohnung auf einem Propangaskocher Köstlichkeiten wie Chatschapuri und Chartscho, je nachdem, welche Zutaten sie ergattert. Und der Preis richtet sich nach der Kaufkraft der Kundschaft.

Tamars Zimmer ist voller Gemälde und Zeichnungen, die sie in den zwei Jahren, seit sie die Schauspielschule abgebrochen und an der Kunsthochschule angefangen hat, anfertigte. Sie hat auch eine Serie von Schwarz-Weiß-Fotos an die Wand gepinnt – gespenstische Bilder von Körpern und verwaisten Gebäuden, die ineinander übergehen und aussehen, als könnte man seinen Körper verlassen, als wären Häuser federleicht. Dawit nutzt einen kleinen Kartentisch als Schreibtisch, darauf steht seine Olivetti. Er berichtet für eine Lokalzeitung über Kulturveranstaltungen und die blühende alternative Musikszene. Außerdem führt er Tagebuch, «zur Übung», wie er sagt, in dem er die Beschwerlichkeiten des Alltags mit politischen Kommentaren verwebt.

Sie leben in einer harmonischen, kreativen Welt. Sie teilen sich eine Küche und einen kleinen Balkontisch, an dem sie Kaffee trinken, Zigaretten rauchen, Schallplatten hören. Dawit hat den uralten Plattenspieler bei einem Verwandten abgestaubt. Er ist ein leidenschaftlicher Sammler schöner Dinge, aber seine größte Leidenschaft gilt der Musik. Er pilgert immer wieder in den Plattenpalast von Daniel Daniel, ein Musiker aus Sowjetzeiten – der Laden ist berühmt für Jazz.

«*Denim und Genom*», verkündet Dawit und zeigt Tamar das Albumcover.

«Was ist das denn für ein Name?»

«Riga 1984. In nur einer Session aufgenommen. Absolut brillant und subversiv. Möchtest du mal hören?»

«Klar.»

Sie trinken gekühlten Wein und lauschen Dawits cooler Musik. So lässt sich die sommerliche Hitze aushalten. Seit Abchasiens Abfall von Georgien hat sich Tamar geweigert, ans Meer zu fahren; der Konflikt schreckt sie ab. Die Spannungen können jederzeit in Krieg ausarten. Also müssen sie die drückende, feuchte Hitze in der Stadt ertragen, oft über vierzig Grad.

An erstickend heißen Augustabenden wie diesem gehen Tamar und Dawit gern die Treppen hinab, ihr Ziel ist der Rustaweli-Boulevard. Tamar hat sich ihre Mittelformatkamera, eine Kiev 88, um den Hals gehängt. Auf dem Weg nach unten schlendern sie an herrenlosen Hunden vorbei, die hechelnd am Straßenrand liegen; die schwer mit Früchten beladenen Orangenbäume scheinen sich unter der Hitze zu krümmen.

Dawit drückt sich ein feuchtes Handtuch auf den Kopf und klagt: «Warum fahren wir nicht wie alle anderen nach Batumi?»

«Ich liebe die Hitze.»

«Blödsinn.»

«Der Erzähler in *L'Étranger* ermordet am Strand einen Mann, nur weil es zu heiß ist, erinnerst du dich? So sieht's auch hier aus.»

Dawit legt sich das feuchte Handtuch stöhnend aufs Gesicht, als sie stinkende Abfallberge passieren.

«Tiflis ist kein Roman von Camus. Und du bist keine Mörderin, Tamar.»

Nein, ist sie nicht. Aber sie kann die Verwirrung des Erzählers nachfühlen. Die der Hitze geschuldeten Grenzüberschreitungen. Ausufernde Gedanken und Gefühle, die sich nicht mehr zügeln lassen. Sie verweilt gern in diesem gedanklichen Extrembereich, wo konventionelle Auffassungen von Selbstbeherrschung, Triebleben und Identität ins Wanken geraten. Das fühlt sich ehrlich und menschlich an, und die Bereitschaft zu töten gehört nun mal zum menschlichen Wesen.

Sie biegen nach rechts auf den Rustaweli-Boulevard ab und gehen auf das Opernhaus und dessen opulente Gärten zu. Abends verlassen die Bewohner von Tiflis ihre Häuser und Wohnungen und strömen auf den breiten Boulevard. Wer den ganzen Tag in Innenräumen verbracht hat, sucht abends Abkühlung. Scharen von Menschen essen Eiscreme, trinken Tarchuna oder Bier. Männer begrüßen einander mit Wangenküssen. Frauen halten sich bei den Händen und plaudern vertraulich. Tamar liebt die Atmosphäre dieser Augustabende, den Wind, der ihr Leinenhemd warm durchdringt.

Sie fotografiert Tiflis in Schwarz-Weiß, obwohl es eine bunte Stadt ist. Granatäpfel und Feigen, Mandarinen, Erlen und Linden, Männer mit dunklem Teint, die starken Wein trinken und sich, auf Hockern sitzend, lautstark unterhalten. An Ständen unter bröckelnden Balkonen verkaufen Frauen Pfirsiche und Aprikosen, Walnüsse und Mandeln, auf Schnüre gezogenes Tschurtschchela, einen bunten Reigen kandierter Trauben. Riesige Wassermelonen füllen ganze

Tonnen. Eine große Fülle, es ist wunderschön. Alte Männer spielen Karten, Domino oder Backgammon, sie werfen die Spielsteine mit Schmackes auf Baumstümpfe, die ihnen als Tische dienen. Sie rauchen, schreien, gestikulieren. Tiflis ist nicht Moskau oder Kiew. Sogar die Priester rauchen in den Parks und reißen gern mal einen Witz, zeigen Lebensfreude und offenbaren Sehnsüchte.

Tamar geht mit Dawit an der Kaschweti-Kirche vorbei in die Gärten. Die Straßenlaternen sind aus, aber was soll's, es ist ja noch nicht Winter. Springbrunnen sprudeln auf den Plätzen, Linden sind schwer vom Sommerregen. Sie überqueren die Atoneli-Straße und gehen durch die Unterführung zum Ostufer des Mtkwari. Auf dem Bürgersteig sitzt ein einbeiniger Mann und bearbeitet ein Stück Holz hoch konzentriert mit dem Skalpell.

«Was schnitzen Sie da?», fragt Tamar.

«Den Garten meiner Mutter», antwortet der Mann.

Und tatsächlich sind im Holz streichholzhohe Palmen zu erkennen. Orangen und Granatäpfel, groß wie Fingernägel. Eine klitzekleine Schubkarre. Eine winzige Nachtlampe mit einem Fädchen von Schaukel. Ein Gartenstuhl. Eines fehlt jedoch.

«Und wo ist Ihre Mutter?», fragt Tamar, der auffällt, dass die Schnitzerei keine Menschen zeigt.

«In Sochumi.»

«Haben Sie dort Ihr Bein verloren?»

«Bist du eine Klatschkolumnistin oder was?»

«Nein, ich bin auf der Kunsthochschule. Darf ich Sie fotografieren? Ich hole Ihnen auch etwas zu essen.»

«Dein Mitleid kannst du dir sparen.»

Er hält inne und blickt zu ihr auf. Er hat dunkle Augen und lange, zu einem Pferdeschwanz gebundene Haare. Er sieht gut aus, denkt Tamar, und das ist ihm bewusst. Dann schnitzt er weiter.

«Ich habe Hunger. Dawit auch. Wir könnten gemeinsam etwas essen. Was meinen Sie? Ich mag Picknicks. Du auch, Dawit, stimmt's?»

«Aber sicher.»

«Dann ist es beschlossene Sache. Dawit besorgt Essen und Wein, und ich fotografiere Sie.»

«Was immer du willst, *Kalbotono*.»

«Ich heiße Tamar.»

Zu Sowjetzeiten hatte jeder Wohnung und Arbeit. Die Regale in den Supermärkten waren zwar meist leer, aber sie lebten ja in Georgien, also gab es stets genügend frisches Obst und Gemüse, genauso Wein. Vor dem Krieg mit Abchasien waren Obdachlose unbekannt. Nun sind sie allgegenwärtig, leben unter Brücken, am Flussufer, an den großen Straßen. Tamar nahm anfangs an, es wäre ein vorübergehendes Phänomen. Als die Wochen zu Monaten und diese zu Jahren wurden, begriff sie jedoch, dass Obdachlosigkeit ebenso zum Kapitalismus gehört wie Coca-Cola oder der Traumurlaub in der Schweiz.

Dawit besorgt im Laden gegenüber ein paar Brote, gesalzenen Käse und eine Plastikflasche mit selbst gemachtem Wein. Er bricht ein Stück Brot ab und reicht es dem Mann, der gierig kaut. Tamar macht Fotos und stellt ihm Fragen. Er heißt Tamaz. Er hat einen buschigen Schnurrbart und eine große, krumme Nase. Sie schätzt ihn auf etwa vierzig. Durch das Objektiv ihrer Kamera betrachtet sie sein Holzbein, die gerötete, schorfige Haut darüber. Sie möchte ihn fotografieren, weil sie befürchtet, sie könnte derlei Anblicken gegenüber abstumpfen wie gegenüber der Werbung, die jetzt an Gebäuden prangt, an Laternenpfählen und in Unterführungen. Der Kapitalismus, denkt Tamar, erschafft eine schrille, laute Welt.

«So was lernt ihr an der Akademie? Fotos von armen Leuten zu machen?», fragt Tamaz und trinkt einen tiefen Schluck Wein, bevor er die Flasche an Tamar weiterreicht. Er wischt sich mit einem Ärmel über den Mund.

«Ehrlich gesagt lernt man dort herzlich wenig. Beim Aktzeichnen müssen die Modelle Unterwäsche tragen. Unfassbar, oder?»

«Dies ist Georgien. Was erwartest du?»

«Ich möchte nach Berlin ziehen.»

«*Kalbotono*, das kann jeder. Wirklich interessant ist es hier. Hier ist jede Menge los. In der Akademie vielleicht nicht, aber auf den Straßen. Wir leben in speziellen Zeiten.»

«So kann man's auch sagen.»

Tamaz streicht seine langen, dunklen, von Silbergrau durchwirkten Haare zurück. Er konzentriert sich weiter auf das Holzstück. Und sie beobachtet, wie die Szene entsteht: ein kleiner Tisch mit einem Backgammon-Brett; ein Teeservice. Diese menschenleere Miniaturwelt kommt ihr sowohl unheimlich als auch verzaubert vor.

«Ich war mal in einer Galerie in Moskau. Dort saß ein nackter Mann auf allen vieren. Er trug ein Schild mit der Aufschrift ‹Gefährlich› um den Hals», erzählt Tamaz. «Er hat die Besucher und Besucherinnen angebellt wie ein Hund. Sie haben sich beim Galeristen darüber beschwert. Sie fanden es ‹empörend›, vor allem, als der Typ heulend auf die Straße rannte. Sie haben erst später erfahren, dass der bellende Mann ein Künstler war – und ihre Reaktionen das Kunstwerk.»

Tamar lacht. «Ist das so besonders?»

«Das wagt nicht jeder. Kunst», sagt Tamaz, «hat die Aufgabe, Menschen wachzurütteln. Ihnen die Augen zu öffnen.»

«Und wofür?»

«Unser ganzes Land steht unter Schock. Denkst du nicht auch, dass wir alle traumatisiert sind? Siebzig Jahre Besatzung, gefolgt von fünf Jahren Bürgerkrieg und der Invasion des Kapitalismus.»

Tamar kann das nicht leugnen. «Ich soll also von der Akademie abgehen, um dann bellend auf der Straße zu sitzen?»

«Mach, was du willst, *Kalbotono*. Studiere Kunst, zieh nach Berlin, werde abhängig von Ecstasy. Ich persönlich würde es vorziehen, die Außenwelt mit dem in Einklang zu bringen, was in mir vorgeht. Du musst eine Wahr-Sagerin werden. Nur das hilft gegen den Wahnsinn.»

Tamar würde gern erwidern: «Was Sie gerade schnitzen, ist viel schöner und sinnvoller.» Orangenbaum und Granatapfelbaum und Garten. Seine Mutter ist tot und verschwunden, doch ihr Geist lebt in dieser Schnitzerei weiter. Tamaz setzt seine Arbeit versunken fort und schnitzt penibel weiter.

Später stolpern sie angetrunken durch die Ritsa-Straße.

«Er mochte dich», sagt Dawit.

«Er mochte *dich*», erwidert Tamar.

Sie lachen. Dawit sagt: «Manchmal befürchte ich, dass du nie einen Freund findest, weil du nur mit mir abhängst.»

«Wozu ein Freund? Ich habe doch den perfekten Ehemann.» Tamar küsst ihn auf die Wange.

Dawit äfft den Kraftmeier-Gang eines Machos nach. «Wie wär's mit einer Spritztour, *Kalbotono*?», fragt er wie Tamaz mit rauer, tiefer Stimme.

«Womit denn?»

«Lass uns ein bisschen Freiheit schnuppern. Komm, ich habe eine Überraschung für dich. Schauen wir uns mal die Sterne an. Diese Stadt ist viel zu hell.»

Tamar lacht. Seit Tagen gibt es keinen Strom; überall ist es stockfinster. Aber die Vorstellung, rauszufahren, und sei es nur kurz, gefällt ihr.

Eine Erinnerung: Ein Sommer, Tamar war fünf. Sie beluden ihr Auto. Sie wollten zu Nanas Datscha bei Sochumi fahren. Zaza versuchte, das Gepäck in den viel zu kleinen Kofferraum des Lada zu quetschen. Als er ein paar Koffer auf dem Dach befestigen wollte, rutschte einer ab und sprang auf.

«*Kurva*», schrie er.

Zaza trug kein Hemd, er schwitzte in der Hitze. Tamar betrachtete die dunklen Haare auf seiner Brust, eine Kasbek hing zwischen seinen Lippen.

Als er den Koffer aufheben wollte, fragte Tamar: «Warum fahren wir nicht mit der Bahn wie beim letzten Mal?»

Zaza warf ihr einen Blick zu, bei dem sie sich am liebsten verkrochen hätte. «Welches letzte Mal?»

Ihr Vater konnte sie unangenehm beschämen. Warum wollte er nichts von der Bahnfahrt wissen? Er wandte sich wieder dem Auto zu. Tamar trat lustlos nach einem Stein. Als er pausierte, um eine neue Zigarette anzuzünden, wich er ihrem Blick aus. Sie sah, wie er die rechte Hand mehrmals zur Faust ballte und wieder öffnete.

Dawits Überraschung steht hinter ihrem Haus. Ein altes, grün lackiertes Ural-Motorrad von IMZ.

«Wo zum Teufel hast du das denn aufgetrieben?», fragt Tamar.

«Ich bin eine findige Person.»

Dawit zündet sich eine Viceroy Blue an und setzt eine zünftige alte, lederne Motorradbrille auf. Der Motor jault auf. Dawit wirkt mit seinen breiten Schultern, dünnen Beinen und dem verrückten Blick sowohl cool als auch etwas absurd. Sie setzt sich hinter ihn und umschlingt ihn mit den Armen. Das Motorrad spotzt und knattert. Dawit steuert sie durch die heiße, stinkende Stadt. Ein Lkw rattert auf sie zu. Sie schließt die Augen und verbirgt ihren Kopf hinter Dawits Rücken. Als sie sich wieder aufrichtet, haben sie die Stadt hinter sich gelassen und brausen unter dem Sternenzelt dahin. Dawit bedient gekonnt und mühelos Gashebel und Schaltung. Auf der Fahrt durch die staubigen Hügel schmiegt sich Tamar an seinen Rücken und atmet den Duft seines blauen Baumwollhemds. Sie mag seinen Geruch, Lavendel und Schweiß. Sie weiß nicht, wohin es geht, und auch das gefällt ihr.

Irgendwann schaltet Dawit den Motor aus, und sie rollen in hohes Gras. Dort steigen sie ab, und dann liegen sie da und beobachten die Sternschnuppen. Ihre Augen brennen, ihre Lippen sind rau und wund. Dawit meint, das liege an einem Staubsturm, der sich aus Aserbaidschan nähere. Sie mag es, dass Dawit so viel weiß. Sand kann lange Strecken zurücklegen, getragen vom Wind. Sie würde es ihm gern gleichtun. Sie würde gern an Orte in ihrem Inneren reisen, die ihr vollkommen unbekannt sind.

«Siehst du das?», fragt Dawit und zeigt auf den fernen Turm einer Militäranlage.

«Südossetien, stimmt's?»

«Ja, Zchinwali. Gehört jetzt zu Russland», sagt er. «Nach dem Krieg ließ Jelzin russische Pässe an die Bürger Südossetiens ausgeben. Wusstest du, dass sie die Grenze jedes Jahr ein Stück weiter nach Süden verschieben?»

«Nein», sagt Tamar.

«Die Russen», meint Dawit, «werden nie verschwinden.»

Sie muss zustimmen. Sie haben die gleichen politischen Ansichten, nur ist er besser informiert.

«Was hältst du von der Performance, von der Tamaz erzählt hat?», fragt sie.

«Der bellende Mann? Spannend», antwortet er und holt eine Plastikflasche mit Wein aus seiner Tasche. «Aber du würdest es besser machen.»

«Meinst du?»

«Du bist eine Schauspielerin, Tamar. Du bist im Theater großgeworden. Wäre ein Klacks für dich.»

«So was lernt man nicht auf der Kunsthochschule.»

«Wer braucht schon eine Kunsthochschule? Selbst ist die Frau.»

Tamar blickt nach Südossetien. Sie bildet sich ein, die Grenze auf sich zukriechen zu sehen. Keine Linie ist von Dauer, denkt sie, und keine Grenze gilt ewig.

«Na, was denke ich gerade?», fragt Dawit, als er ihr den Wein reicht.

«Du fragst dich, ob Tamaz schwul ist.»

«Nein.»

«Dann muss ich passen.» Tamar trinkt einen Schluck, gibt die Flasche an Dawit zurück.

«Ich dachte gerade, dass du der schönste Mensch bist, dem ich je begegnet bin.»

«Du bist blau.»

«Du bist meine Wahr-Sagerin. Und ich bin dein Wahr-Sager.»

«Und welche Wahrheit willst du mir stecken?»

Im hohen Gras liegend, stützt Dawit seinen Kopf auf eine Hand, eine Zigarette zwischen den Lippen. «Vergiss die Akademie. Du lernst ja sowieso nichts. Du beklagst dich ständig – die Lehrer sind korrupt, die Hälfte des Unterrichts fällt aus, du kannst nicht an dem arbeiten, was dich wirklich interessiert. Geh ab. Tu, was du wirklich tun willst.»

«Bellen wie ein Hund?»

«Du könntest den Scheiß-Mond anheulen.»

Dawit bellt. Tamar heult. Plötzlich flammen an der Grenze mehrmals hintereinander Lichter auf, wie als Reaktion auf den wilden Lärm, den sie veranstalten.

«Siehst du?», sagt Dawit. «Es ist deine Bestimmung.»

«Verkündet durch die Lichter an der schleichend vorrückenden Grenze Südossetiens.»

«Wir können uns gemeinsam etwas ausdenken, etwas wirklich Irres. Du bist meine Frau, Tamar. Meine Wahr-Sagerin.»

VIER

Eine Woche nachdem Tamar von der Kunsthochschule abgegangen ist, besucht sie Nana und Sascha. Bei ihrer Ankunft steht Sascha draußen vor einer Metalltonne, aus der Flammen schlagen. Neben ihm liegt eine riesige Tasche, vollgestopft mit bunten Zetteln, die er bündelweise ins Feuer wirft. Sie begreift mit leichter Verzögerung, dass es sich um Geldscheine handelt.

«Was tust du da?», fragt sie.

«Ich verbrenne das Zeug», antwortet Sascha.

«Bist du irre?»

«Das nennt man Inflation. Dreihundert Prozent, Tamar. Und das über Nacht. Diese Scheine sind wertlos.»

Der Rauch brennt in Tamars Augen.

«Ich hätte Gold horten müssen, heißt es. Aber werde ich in Gold bezahlt? Kann man sich auf irgendwas verlassen?» Sascha fährt fort, seine Ersparnisse ins Feuer zu werfen.

Tamar tröstet ihn nicht, sondern greift auch in die Tasche und sieht zu, wie die bunten Scheine von den Flammen verzehrt werden. Sie weiß nicht, wo die Vernunft endet und der Irrsinn beginnt. Aber sie versteht auf einmal, was der Performancekünstler, von dem Tamaz erzählt hat, zum Ausdruck bringen wollte. Tamar und ihr Vater werfen die Rubel immer schneller ins Feuer, die Flammen schlagen höher. Sie begreift, dass ihr eigener Körper, ihr Dasein, von äußeren Ereignissen und politischen Beschlüssen zeugen und dass sie genau das thematisieren muss.

Eine weitere Woche später steht Tamar mit Dawit in OP-Bekleidung auf den Stufen des Parlaments.

«An so was hatte ich nicht gedacht, als ich dir geraten habe, von der Kunsthochschule abzugehen», sagt Dawit.

«Du musst ja nicht mitmachen.»

«Glaubst du, ich lasse dich hängen?»

Tamar erklärte ihm ihre Idee nach ihrem Besuch bei Sascha und Nana, und er erzählte ihr daraufhin von seinem Freund Bruno, der in der psychiatrischen Abteilung des Städtischen Krankenhauses Nummer eins arbeitete. Bruno, ein großer Fan alles Anarchischen, war sofort zu jeder Schandtat bereit.

«Und nicht vergessen», sagte er, «das gute Stück muss unbedingt heil bleiben.»

Das Gerät für die Elektroschockbehandlung scheint einem Science-Fiction-Film zu entstammen: grüne und braune Schalter, zerkratzte Skalen, mürbe Kabel. Tamar findet es sowohl faszinierend als auch unheimlich. Bruno hat ihnen außerdem eine Rolltrage, ein Notstromaggregat, eine Plastiktüte mit Elektroden und einen Beißblock aus Gummi zur Verfügung gestellt.

«Gut», sagt Tamar, «ich denke, wir ziehen das jetzt durch.»

Dawit baut die Ausrüstung vor den Stufen des Parlaments auf, Tamar schließt das Gerät an das Aggregat an. Sie startet es mit einem Ruck an der Kordel, damit es sich warm laufen kann. Sascha, der vollendete Schauspieler, mimt den ersten Freiwilligen. Tamar stellt das Gerät niedrig ein. Dann befestigt Dawit die Elektroden an Saschas Schläfen, und Tamar schiebt ihm den Beißblock in den Mund.

«Was passiert hier?», will ein älterer Mann wissen, der sich auf einen Stock stützt.

«Elektroschocktherapie», antwortet Tamar. «Möchten Sie mal?»

«Ist das umsonst?», fragt der Mann.

«Aber sicher.»

Er zuckt die Schultern. «Tja, warum nicht?»

Tamar hat auf ein Schild geschrieben: «Belastet Sie der Gedanke an die Zukunft? An die Vergangenheit? Sind Sie am Ende? Erledigt? Wütend? Dann treten Sie bitte vor. Wir bieten ein einzigartiges und kostenloses Heilmittel gegen den Turbokapitalismus.»

Gegen Mittag hat sich eine lange Schlange gebildet. Tamar spielt die Psychiaterin, Dawit den Pfleger. Sie fragt die Menge: «Haben Sie die Nase voll von Brotschlangen? Dann probieren Sie es mal mit einer Elektroschockschlange.»

Auf Brunos Rat hin hat Tamar eine sehr niedrige Stromstärke eingestellt. Eine erschreckend hohe Anzahl von Teilnehmern bittet jedoch um mehr Volt.

«Aber wieso?», will Tamar von einer Frau wissen.

«Ich will *mehr* spüren.»

Nach der Behandlung lachen die Leute wie nach einer Achterbahnfahrt.

«Was gefällt Ihnen daran?», fragt Dawit einen Mann mit orangefarbenem Hut, der um die dritte Behandlung in Folge bittet.

«Es tut einfach gut», antwortet er.

«Ich werde manchmal fast verrückt», ergänzt eine Frau in einer grünen Cabanjacke, die hinter ihm in der Schlange steht. «Und nach dieser Behandlung fühle ich mich besser.»

«Verrückt?», fragt Tamar.

«Ja, so fühle ich mich oft», sagt die Frau.

«Wir stehen alle kurz vor dem Wahnsinn, und Ihre Behandlung holt uns auf den Teppich», meint der Mann.

Irgendjemand bringt selbst gemachten Wein, Tschatscha und frisches Brot. Levan erscheint mit einer Kühltasche voller Fleisch, das er auf dem Bürgersteig auf einem zusammen-gebastelten Grill brät. Nach einer Weile kreuzt die Polizei auf. Die Beamten bekunden zwar kein Interesse an einer kostenlosen Elektroschockbehandlung, trinken aber einige Gläser Wein und kosten Levans göttliches Schaschlik. Der Mann mit dem orangefarbenen Hut kauft ein Dutzend roter Rosen für die Frau in der grünen Cabanjacke. Sie errötet, als er ihr einen Heiratsantrag macht. Die Menge akzeptiert kein Nein und klatscht begeistert Beifall, als sie einwilligt. Ein Priester erscheint, um die beiden an Ort und Stelle zu trauen. Und die Schlange für die Behandlung ist immer noch lang.

Und da meint Tamar, ihn zu sehen. Am Ende der Schlange, in seinem dicken beigefarbenen Mantel. Sie glaubt, seinen goldenen Schneidezahn und die blasse Narbe erkennen zu können, die sich vom Ohr bis zum Mundwinkel zieht.

Dawit sagt: «Tamar?»

Sie kommt wieder zu sich, legt dem nächsten Freiwilligen die Elektroden an und betätigt den Schalter. Als sie aufblickt, ist er verschwunden.

FÜNF

Tiflis, Georgien
24./25. Mai 1996

Eine Erinnerung: Tamar war vier, als sie wissen wollte, was aus Amirani wurde, nachdem es mit Qamari nicht funktioniert hatte.

Zaza sagte: «Qamari verließ ihn, doch er ließ nicht davon ab, seine Größe zu beweisen. Er zog durch die Welt, befreite sie von Drachen, Ungeheuern und wilden Tieren. Amirani raubte den Göttern das Feuer und schenkte es den Menschen.»

«Warum ist Feuer ein Geschenk?», fragte die kleine Tamar.

Zaza strich nachdenklich über sein Kinn. «Weil es Wärme und Licht bedeutet», sagte er. «Und es steht für Wissen.»

Zaza erzählte, Amiranis Hochmut habe Gott erzürnt, doch Amirani habe sich nicht gebeugt. Er wollte Gott herausfordern, um selbst ein Gott zu werden. Also trieb Gott einen Stock in die Erde und forderte Amirani auf, diesen herauszuziehen. Amirani gelang es nicht; der Stock hatte Wurzeln geschlagen und ließ sich keinen Millimeter bewegen.

«Hältst du dich wirklich für so gewaltig, Gott?», zürnte Amirani. «Das bist du nicht. Ich glaube, du bist unsicher und machtgierig. Du hast Angst, das Licht mit anderen zu teilen.»

Zur Strafe für seinen Hochmut wurde Amirani an den Gipfel des unbezwingbaren Kasbek gekettet. Gott entsandte einen Raben mit einem Stück Brot und einem Glas Wein, um ihn zu verhöhnen. Das erboste Amirani, und er bewarf den

Raben mit Steinen. Daraufhin wurde er noch fester an den Berg gekettet. Und so ging es täglich, bis in alle Ewigkeit.»

«Warum ist Gott denn immer so wütend?», fragte Tamar. Das konnte Zaza nicht beantworten.

Es gibt eine Strecke, auf der viele Künstler mit dem Bus oder in alten sowjetischen Zügen unterwegs sind. Sie führt von Tiflis nach Moskau, von Moskau nach Kiew, von Kiew nach Warschau, von Warschau nach Berlin und dauert drei bis vier Tage. Berlin ist das Traumziel: Nach dem Mauerfall waren die Mieten extrem niedrig, und deshalb wimmelt die Stadt von Künstlern und Künstlerinnen aus ganz Europa. Doch für arme Georgier ist Berlin trotz günstiger Mieten unerschwinglich. Außerdem mag Tamar ihr Zuhause nicht verlassen. Sie fühlt sich ihrer Heimatstadt verbunden, ohne dass sie genau sagen könnte, warum.

An einem späten Nachmittag begegnet sie Lali, die sie von der Kunsthochschule kennt.

«Wohin geht's?», fragt Tamar.

«Underground.»

«Legst du heute Abend auf?»

«Ja.» Lali zeigt auf den Gepäckträger ihres roten Puch-Fahrrads. Sie hat ein 8-Spur-Tonbandgerät und einen fetten, schwarzen Akku darauf festgeschnallt. «Kommst du auch?»

«Später. Ich muss noch was erledigen.»

Tamar schaut der davonradelnden Lali nach. Der Akku ist uralt und zerfressen. Ihr Tonbandgerät war mal topmodern – im Jahr 1955. Die riesigen grauen Schalter wurden mit braunem Paketklebeband befestigt. In dieser Stadt gibt es keinen Strom, aber eine blühende Elektromusik-Szene. Alle machen das Beste aus dem, was es gibt.

Tamar sitzt in einem Fenster von Daniel Daniels Platten-palast. Sie wartet geduldig darauf, dass Leute hereinschneien. Dawit hat für sie eine Anzeige in einer Lokalzeitung aufge-geben: «Bringt mir euer Tiflis.» Eine unverbindliche Auffor-derung. Kleidungsstück oder Brief, Bild oder Stift, Bekennt-nis oder Foto, auf jeden Fall ein persönlicher Gegenstand, der mit einer Erinnerung verbunden ist und etwas von der Stadt und ihrer Vergangenheit vermittelt. Objekte aus dem Alltagsleben, die eine Geschichte erzählen. Tamar möchte ein Archiv von Tiflis zusammenstellen, eine lebendige Bi-bliothek der Stadt. Sie soll Gegenwart und Vergangenheit verknüpfen.

Gegen Mittag bringt eine alte Bebia einen Umschlag voller Fotos, ein rotes Tuch der Jungen Pioniere und eine Schachtel mit Anstecknadeln aus der Ära der Sowjetunion. Als Kind liebte Tamar dergleichen. Lenin, vor einem roten Stern in die Zukunft lächelnd. Nun aber, eine Anstecknadel mit blau-goldener Weltraumrakete und roten, spiralförmig aufsteigenden Atomen in der Hand, kann sie nur noch an das grässliche sowjetische Paradox denken: ein Idealismus, hinter dem sich mörderische Gewalt verbirgt.

Die alte Bebia zeigt auf eine der Postkarten, die sie mit-gebracht hat. «Mein Großvater war als Kind mit ihm be-freundet. Er kam oft zum Tee.»

Die Postkarte zeigt Josef Stalin in Farbe vor einer in Schwarz-Weiß gehaltenen Formation von Soldaten. Er trägt eine weiße Uniform mit roten Schulterstücken.

«Er war ein netter Junge, sagte meine Großmutter. Er mochte ihre Suppe. Wir Georgier sind alle wie eine Familie. Kann man seine Familie hassen?»

Tamar ist klar, dass sich viele Menschen nach Stalin sehnen wie nach einem verlorenen Vater. Und wer wollte es ihnen verübeln? Während sie die Postkarte betrachtet, nimmt Stalin plötzlich Zazas Gesichtszüge an. Je länger die Brotschlangen und je lausiger die Stromversorgung, desto tiefer die Sehnsucht nach der Vergangenheit. Nostalgie verklärt selbst den brutalsten Diktator, denkt Tamar.

Sie bedankt sich bei der Bebia, verstaut das Material in einer Kiste und betrachtet die anderen Dinge darin: eine Uhr mit einer Abbildung des Baikalsees auf dem Zifferblatt; die Speisekarte eines alten Ausflugsrestaurants im Gebirge; ein Kochbuch mit zerfledderten Seiten; ein handgestrickter Pullover. Hier trifft die Vergangenheit auf die Gegenwart. Tamar braucht diese Relikte fremder Leben, sie erzählen Geschichten, die ihr vielleicht verraten, wer sie ist, was ihre eigene Geschichte ist. Sie sammelt die Dinge wie Perlen auf einer Schnur.

Tamar geht eine Treppe hinunter und betritt einen Raum, in dem Bässe wummern und Lichter blitzen. Musik im Wettstreit gegen dröhnende Dieselgeneratoren. Auf der kleinen, improvisierten Bühne legt Lali Musik auf, krachend, die Lautstärke schwillt an. Neben ihr steht ein Filmprojektor, der ein Bild von Präsident Schewardnadse und die Worte «Fuck the future» an die Wand wirft. Levan steht mit einem Drink und einer Zigarette an der Bar.

Das Underground ist das erste freie Theater Georgiens und spricht vor allem die jüngere Generation an. Es befindet sich im Keller eines Kaufhauses, direkt gegenüber dem prachtvollen Rustaweli-Theater, und es war Levans Idee. Das Underground zieht die Lehren aus der kommunistischen Diktatur: Zum ersten Mal können Künstler tun, was immer sie wollen. Levan neigt zu konservativen Stücken, öffnet sich aber der subversiven Szene. An der Theaterbar versammelt sich stets eine wilde Mischung von Leuten, man feiert bis tief in die Nacht. Levan charakterisiert sein Theater gern mit dem Begriff «Freiheit», aber wie Tamar weiß, ist Freiheit eine komplizierte Sache.

Tamar und Dawit fühlten sich gleich nach der Eröffnung vom Underground angezogen. Es war ihre Zuflucht, während die Welt draußen von einer Katastrophe in die nächste taumelte. Tamar liebte die bunt gemischte Crew, die Ausschweifungen, die allgemeine Mir-ist-alles-scheißegal-Haltung. Wir haben nichts, dachte Tamar, also haben wir auch nichts zu verlieren.

Im Westen würde man es Punk nennen, aber hier schert sich niemand um derlei Etiketten. Die Leute kleiden sich nach Belieben, sie tragen Uniformteile der Jungen Pioniere, dazu türkische Jeans und Fetzen von alten Autoreifen, eine gewagte Mixtur. Ein Duo, das sich «Stalins Tochter» nennt, spielt eine Kreuzung zwischen Gitarre und Cello – sie bezeichnen das Instrument als «Giello». Schauspieler bereiten auf einer Kochplatte Suppe für Fremde zu. Die Suppe ist wässerig, und der selbst gebrannte Schnaps macht blind, aber die Leute sind zufrieden.

Schauspielerinnen und Künstler, Musiker und Tänzerinnen, Drogendealer und Trinker, Dichterinnen und Spieler, Expats und Einheimische, Akademiker im Anzug und Söldner in Flecktarnuniform. Levan führt Menschen aus allen gesellschaftlichen Bereichen zusammen. Er mischt überall mit. Die Betriebskosten des Underground sind zwar gering – die Miete ist ein Witz, und niemand macht sich die Mühe, die Stromrechnung zu bezahlen –, aber der Eintritt ist umsonst. Tamar fragt sich oft, woher Levan das Geld nimmt, wie der Laden überleben kann.

Tamar lehnt an der Wand, nippt an ihrem Bier und beobachtet eine Gruppe von Männern, alle mit einer Kalaschnikow über der Schulter. Im Chaos der postkommunistischen 1990er wickelt man Geschäfte oft so ab. So schützt man sein Viertel, so entschärft man Rivalitäten. Jeder ist bewaffnet.

Ein Mann sticht heraus, sie kann den Blick nicht von ihm lösen. An den Seiten sind seine Haare schwarz, oben hat er einen weißen Schopf. Sie beobachtet, wie er zwei warme Argo-Biere von der Bar nimmt, seine massigen Hände umschließen die Hälse. Zu ihrer Überraschung steuert er auf sie zu und bietet ihr eines an.

«Du bist Tamar, richtig? Ich heiße Skunk. Ich kannte Zaza, deinen Vater.»

Sie muss schlucken. Skunk nippt am Bier.

«Er hat mit meinem Vater in Moskau studiert. Aslan Varajew. Sie waren gut befreundet. Ich habe oft auf dem Schoß deines Vaters gesessen. Er hat mir Süßigkeiten mitgebracht. Die Schokoriegel – Mischka Kosolapij. Wir zwei sind also praktisch miteinander verwandt.»

Tamar schnürt es die Brust zusammen, als Skunk herzlich lächelt und den Gewehrriemen auf seiner Schulter richtet. Dann zieht er ein Foto aus der Brusttasche. Sie kann die Szene darauf sofort einordnen: Sie selbst ist zu sehen, wie sie mit Zaza das Urlaubsgepäck in den Lada lädt.

«Woher hast du das?», fragt sie.

«Ich könnte dir so einige Geschichten erzählen.»

Sie zögert.

«Behalt das Foto. Ich schenke es dir.» Skunk reicht es ihr. «Ich hätte da eine Frage zur Natur des Menschen. Eigentlich eine Frage für einen Moralphilosophen: Steckt das Böse von Anfang an in uns oder wird es durch die Umstände geweckt?»

«Wie kommst du auf so was?»

«Stalin zum Beispiel. Hätte es die Säuberungen gegeben, wenn er das Priesterseminar erfolgreich absolviert hätte?»

«Ich denke, jeder hat die Möglichkeit zum Bösen und zum Guten in sich.»

«Ja», sagt Skunk. «Das sehe ich auch so. Aber könnte man das Böse ganz auslöschen?»

«Wahrscheinlich nicht.»

«Hast du je erlebt, dass ein Toter wiederauferstanden ist?»

«Wie meinst du das?»

«Wunder, Tamar. Wenn du wüsstest», sagt er und reicht ihr seine Visitenkarte. «Ruf mich an, wenn du bereit bist, über Zaza zu sprechen.»

Er dreht sich um und kehrt zu seinen Kumpeln zurück. Tamars Herz rast. Dawit taucht neben ihr auf, als würde er ahnen, dass sie Beistand braucht.

«Du siehst aus, als hättest du einen Geist gesehen», sagt er.

«Der Mann da …», sagt Tamar. Sie will auf Skunk zeigen, aber er ist weg. Sie betrachtet das Foto, das sie mit Zaza zeigt, und spürt, wie ihre Wangen brennen. Dawit spendiert ihr ein Bier, dann noch eines. Sie trinkt schnell und viel, als müsste sie innerlich abkühlen.

Es ist schon weit nach Mitternacht, als Levan zu ihr kommt und sie umarmt. Sie riecht die Ausdünstungen zu vieler trunkener Nächte auf seiner Haut. Er schenkt zwei Gläser ein und bringt einen Toast aus.

«Wir haben unterschiedliche Eltern, und trotzdem bist du meine Schwester», verkündet Levan. «Ich liebe dich, Tamar.»

«Kennst du einen gewissen Skunk? Macht ihr vielleicht zusammen Geschäfte?», fragt sie.

Levan winkt ab. «Willst du meine Schischiga sehen?»

«Wovon redest du, Idiot?»

«Von meiner Flussgöttin. Meiner Superkarre. Ich liebe dich, Tamar.» Er nimmt ihr Gesicht in beide Hände. «Komm, wir fahren ein Stück.»

Zehn Minuten später wird sie von Levan in die Fahrerkabine eines olivgrünen GAZ-66 gehievt, ein Militärlaster mit dem Spitznamen Schischiga.

«Woher hast du die Karre?», fragt sie, als Levan den PS-starken Motor aufheulen lässt.

«Bizz-nizz», antwortet er mit starkem russischem Akzent und lacht.

Er fährt gekonnt und geht routiniert in die Kurven, obwohl er nie Soldat war, also keine Erfahrung mit solchen Fahrzeugen hat. Sie verlassen die Stadt. Er ist gut gelaunt, hat an diesem Abend aber etwas an sich, das ihr Angst macht.

«Wohin geht's?», fragt Tamar.

«Du musst nicht alles wissen», antwortet er mit schwerer Zunge.

«Du entführst mich doch nicht etwa?»

«Oh, doch, Tamar. Ich verkaufe dich als Braut an Skunk. Der alte Skunk! Wie viele Esel bekomme ich wohl für meine hübsche Schweee-ster?»

Er lacht trunken. Böiger Wind, doch der Laster liegt gut auf der Straße. Tamar studiert Levans Gesicht. Auf seiner Wange ist die Narbe eines Messerkampfs zu sehen. Sie weiß viel zu wenig über ihn.

Sie sind gut hundert Kilometer nach Westen gefahren, als ein Militärflugplatz in Sicht kommt. Kalter, öder Beton. Aufgereihte, grünlich schimmernde MiG-Jets, die sich still und bedrohlich vom Nachthimmel abheben. Levan fährt zu den Kasernengebäuden und setzt vor einer Tür zurück. Er stellt den Motor aus und sagt: «Da sind wir.»

Zwei Uniformierte begrüßen ihn mit einer Umarmung und geben ihm einen dicken Umschlag, vermutlich voller Geld. Sie lachen, dann werden Flaschen herausgeholt.

«Tamar», sagt Levan, «ich möchte dir meine Freunde vorstellen. Die Förderer des Underground-Theaters.»

Einer der jovialen Typen schaltet auf Kavalier um. Er reicht ihr die Flasche mit einer Verbeugung, als wäre es kein selbst gebrannter, beißender Tschatscha, sondern Champagner. Sie trinkt einen Schluck und muss husten. Levan öffnet die Kasernentür mit einer schwungvollen, theatralischen Geste. Dahinter schimmern Waffen im Schein der Deckenleuchten.

«Gewehre?», fragt Tamar.

«Kalaschnikows», antwortet Levan grinsend. Er holt eine und drückt sie ihr in die Hand. Sie ist überraschend schwer. Als sie die Hand um das Magazin legt, löst es sich und fällt zu Boden.

«Nein, so nicht, Tamar.» Er hebt das Magazin auf und führt vor, wie man die Waffe hält, so behutsam und sanft, als wäre sie ein Kind.

«Muss ich jetzt beeindruckt sein?»

Levan zuckt die Schultern.

Tamar hält probehalber die Kalaschnikow, während die Männer den Laster beladen. Etwas weiter weg steht ein schwarzer Wolga mit laufendem Motor. Das hintere Fenster gleitet nach unten. Tamar erkennt den kuriosen Haarschopf. Skunk nickt ihr zu. Der Laster wird mit Dutzenden halb automatischer Waffen beladen, ein ganzer Berg Feuerkraft, ein beunruhigender Anblick, findet Tamar. Und Skunk beunruhigt sie auch. Er winkt, dann gleitet die getönte Scheibe langsam und bedrohlich und wie als Warnung nach oben.

SECHS

Tiflis, Georgien
14.–31. Oktober 1997

Happiness Is a Warm Gun

Drehbuch: Tamar Tumanischwili
Regie: Dawit Anoschwili

Szene 1
Vor der Nationalbank Georgiens, Tiflis,
11:00 Uhr

[TAMAR spricht in eine handgehaltene Videokamera.]

TAMAR
Irakli und Vanuschka waren seit ihrer Kindheit
eng befreundet. Sie waren unzertrennlich. Dann
fand Irakli heraus, dass Vanuschka mit seiner
Freundin schlief. Irakli forderte Vanuschka zum
Duell heraus. Irakli dachte an einen Faustkampf;
Vanuschka erschien mit einem Messer. Irakli verlor seine Freundin - und trug einen Schnitt im
Gesicht davon. Eines Tages verfolgte Irakli die
beiden jungen Liebenden bis zum Tiflis-See. Er
wartete ab, bis sie ineinander verschlungen eingeschlafen waren, dann schoss er sie jeweils in
Kopf und Herz. So sieht Gerechtigkeit in Georgien
aus. Die Halbstarken und ihre Kanonen.

Szene 2

In der Nationalbank Georgiens, 11:05 Uhr

[Die Aufnahme ist schwarz-weiß, stumm und leicht
verwischt. Manchmal wackelt das Bild. Uhrzeit
und Datum sind rechts unten zu sehen, die Kamera
steht still.]

[Ein langer Tresen trennt die Bankangestellte
von der Kundin. Kunden stehen geduldig Schlange.
TAMAR tritt ein, SIE trägt eine blonde Perücke
und eine Sonnenbrille. SIE tritt unter die Überwachungskamera, spricht hinein.]

TAMAR
Guten Morgen, Tiflis.

[Es geschieht rasant. TAMAR geht auf KASSIERERIN
zu, holt eine Pistole aus der Handtasche, feuert
in die Luft. KASSIERERIN hebt ihre Hände. KUNDEN
sind verängstigt. TAMAR richtet die Waffe auf
KASSIERERIN.]

TAMAR
Tasche vollmachen. Wenn ich bitten darf.

[TAMAR richtet die Pistole zur Decke, feuert ein
zweites Mal. Könnte man genau hinschauen, dann
würde man keine Spuren entdecken - keinen rie-
selnden Staub, kein Einschussloch, nichts. TAMAR
lächelt KASSIERERIN an und schnappt sich die
Tasche mit Geld.]

TAMAR
Ich wünsche einen schönen Tag.

[TAMAR geht zur Überwachungskamera. TAMAR lächelt, zielt, schießt. Bild wird schwarz.]

Nach dem Video beginnt die Menge im Underground zu toben. Unter den Händen der inspirierten Lali ertönen raue Beats, ein markerschütternder Bass. Es wird getanzt. Dann fällt der Strom aus. Dunkelheit und Stille, es ist atemberaubend dramatisch. Jemand zündet eine Kerze an, dann brennt noch eine. Ein weiches Licht erfüllt das Underground. Levan versammelt Schauspieler und Schauspielerinnen im Kreis. Sie legen einander die Arme über die Schultern, ihre Köpfe berühren sich, während sie ein Lied über zwei Geschwister singen, die ihr Dorf gegen plündernde Eroberer verteidigen. Das Lied handelt von Mut, Selbstaufopferung und Verlust. Alle haben Tränen in den Augen. Frauen geben Becher mit Tschatscha aus, Krüge mit Bier. Tamar merkt, dass alle Blicke auf sie gerichtet sind.

«Los, sag was», fordert Dawit sie auf.

«Sagen? Was?»

«Zu deinem Video, Dummbatz.»

Sie hat das Video kurz nach ihrer Begegnung mit Skunk gedreht. Das Gespräch mit ihm saß ihr im Nacken. Dazu seine gewalttätige Ausstrahlung, die Aura dunkler Geheimnisse. Außerdem fürchtet sie sich vor Waffen und findet es beunruhigend, dass Levan damit handelt. Im Laufe der letzten Monate hat sie in Tiflis immer mehr Gewalt beobachtet: Freunde wurden erschossen, Gangs gingen aufeinander los. Man scheint nicht mehr miteinander zu reden. Eines Tages beschloss sie beim Erwachen: Es reicht. Sie fuhr mit einer Pistolenattrappe aus der Requisitenkammer des Underground und mit einer Videokamera zur Bank, begleitet von Dawit. Es war natürlich absurd, eine Bank mit einer Attrappe zu überfallen, aber was blieb ihr übrig?

«Manchmal hat man genug davon, von der Regierung abgezockt zu werden», sagt Tamar zur Menge im Underground. «Manchmal hat man genug davon, sich den Arsch abzufrieren, während andere schmausen wie Könige. Manchmal hat man genug von Politikern, die in Limousinen rumgurken und Geld bunkern, das sie uns abgezockt haben. Was ist das schlimmere Verbrechen? Eine Bank zu gründen oder eine Bank auszurauben? Wenn die Regierung das eigene Volk beklaut, denkt man unwillkürlich, es könnte auch ganz anders laufen.»

Tamar holt die Tasche mit der Beute aus ihrem Rucksack.

«Hat jemand Hunger?», fragt sie. «Braucht jemand einen Pullover? Oder einen Stromgenerator? Bitte greift zu. Aber seid nicht zu gierig, andere könnten auch was brauchen.»

Sie übergibt die Tasche an die Menge. Anfangs glauben die Leute, sie würde scherzen, doch als jemand eine Hand voller Geldscheine herausholt, staunt man lautstark. Dann lacht jemand; die Stimmung wird ausgelassen. Man wirft Scheine wie Konfetti in die Luft. Sogar Levan lässt sich anstecken, er drückt Tamar einen Kuss auf die Wange und spendiert eine Lokalrunde Tschatscha. Plötzlich gibt es wieder Strom, die Lichter gehen an, die Musik läuft weiter. Eine ältere Frau mit langen, grauen Haaren und grauer Strickjacke spricht Tamar an.

«Ich bin Rachel Grabinsky. Ich wollte dich schon lange kennenlernen, Tamar. Lust auf einen Drink?»

Rachel spricht Russisch mit starkem Akzent und misst höchstens eins sechzig. Tamar fühlt sich trotzdem eingeschüchtert, zum Teil wegen der englischen Begriffe, die Rachel wiederholt einstreut. Für Tamar ist Englisch die Sprache von Popsongs, den Text von *Like a Virgin* kennt sie auswendig.

Rachel reicht ihr ein Bier und sagt: «Ich würde dich gern bei deiner Arbeit unterstützen.»

«Wie meinst du das?»

«Ich bin für eine NGO namens Freedom Ink tätig. Ich fände es super, wenn du weitere Videos wie das vom Bankraub drehen könntest. Wir würden es finanzieren.»

«Ihr wollt mich dafür bezahlen, Performancevideos zu drehen?»

«Ja.»

«Und wieso? Das interessiert doch kein Schwein.»

«Diese Leute schon», entgegnet Rachel und zeigt auf die Menge, in der die Tasche mit dem Geld herumgeht.

«Klar, immerhin verteile ich Kohle.»

«Du hast einiges dafür riskiert.»

«Ja und?»

«Es gibt nichts umsonst, Liebes. Alles hat seinen Preis.»

Tamar nippt am Bier. In der Brusttasche von Rachels grauem Baumwollhemd steckt ein Kugelschreiber. Ihre Haare sind so struppig, als wäre sie gerade erst aufgestanden, ihre Strickjacke ist löcherig. Aber sie trägt eine superedle, leuchtend blaue, perfekt sitzende Jeans.

Sie fährt fort: «Was du tust, entspricht exakt meiner Vorstellung von gewaltlosem Widerstand.»

«Wie meinst du das?»

«Wir werden den Totalitarismus in der ehemaligen Sowjetunion stürzen und eine echte Demokratie etablieren, Tamar. Wir beide gemeinsam.»

Tamar lacht. Rachel scheint es aber absolut ernst zu sein.

«Durch Performancevideos?»

«Warum nicht?»

Die folgenden Wochen verbringen Tamar und Rachel gemeinsam. Sie schlendern durch den bunten, chaotischen Basar der Deserteure, der sich in einem ehemaligen Bahnhof befindet. Bei einem ägyptischen Händler dort kauft Tamar am liebsten ihre Gewürze; daneben werden riesige Wassermelonen angeboten, die sie mit Macheten zerteilen.

Rachel ist für Freedom Ink tätig und zugleich Akademikerin und Autorin mit Wohnort Toronto, die in Tiflis über postsowjetische Staaten forscht. Sie arbeite an einem Buch über sozialen Aktivismus im ehemaligen Ostblock, erzählt sie, in dem sie auch Tamars Performancekunst thematisieren wolle. Tamar fühlt sich geschmeichelt, fragt sich aber, ob sie so viel Aufmerksamkeit verdient. Außerdem ist sie kein Fan des «sozialen Aktivismus», ein Begriff, der in ihren Ohren so klinisch und abstrakt klingt wie eine ärztliche Diagnose.

Trotzdem verbringt sie ganze Tage am Stück mit Rachel, deren Ehrgeiz ansteckend und reizvoll ist. Als Rachel erklärt, in Tiflis ein Büro für georgische Politaktivisten einrichten zu wollen, klingt das so, als wäre es das Wichtigste auf der Welt, und Tamar, zunächst skeptisch, lässt sich schließlich überzeugen.

Rachel redet zwar ständig über Arbeit und Aktivismus, weiß aber auch das Leben zu genießen. An diesem Abend sitzt sie mit Tamar und Dawit in der Beatles Bar am Rustaweli-Boulevard, Treffpunkt der Expats. Unter Schwarz-Weiß-Fotos der Fab Four schwelgen sie mit Wodka, Gurken und Klößen.

«Laut Tamar bist du investigativer Journalist», sagt Rachel, die einen Eiswürfel ihres Drinks lutscht.

«Er wird mit Anna Politkowskaja gleichziehen», antwortet Tamar an seiner Stelle.

«Du findest also gern die Wahrheit heraus?», fragt Rachel.

Dawit zuckt die Schultern. «Ich schätze, ich habe ein Talent dafür, ans Licht zu bringen, was andere verbergen wollen.»

«Das ist eine echte Begabung.»

«Ah, ja? Wohl eher viel Arbeit für wenig Geld.»

«Es ist deine Berufung, das lässt sich mit Geld nicht aufwiegen», sagt Rachel und prostet ihm zu.

«Ich habe ihn gebeten, Nachforschungen über meinen Vater anzustellen», sagt Tamar neckisch, «aber bislang hat er noch nichts Skandalöses herausgefunden.»

«Du möchtest wissen, was für eine Art Mensch er war?», fragt Rachel.

Tamar antwortet: «Unbedingt.»

«Das bezweifele ich», flüstert Dawit Rachel verschwörerisch zu. «Wenn man gräbt, stößt man immer auf Dreck. Wer ist schon an positiven Neuigkeiten interessiert? Das wäre viel zu öde, das gibt's nicht mal in den Abendnachrichten.»

Tamar lacht, sie fühlt sich angenehm betrunken. Rachel leert ihren Drink, bestellt noch einen. Dann ertönt *A Hard Day's Night* aus den Lautsprechern, und sie springt auf, eilt mit geschmeidigen Schritten auf die Tanzfläche und verliert sich dort in den Lichtern. Dawit und Tamar folgen ihr. Paul und John kreischen, und Rachel auch, sie schüttelt ihre grauen Haare. Tamar und Dawit tanzen und brüllen gemeinsam mit ihr, drei ausgelassene Kinder, die sich königlich amüsieren.

Tage später sitzen Tamar und Rachel auf einem Stapel Holzkisten vor den Erdgeschossfenstern des Hauses der Bebia in der Ritsa-Straße. Die Bebia kocht auf ihrer Propangasflamme. Von streunenden Hunden gierig beäugt, essen Rachel und Tamar die Gerichte, die ihnen durch ein Schiebefenster auf kleinen Plastiktellern gereicht werden. Rachel verputzt gebratene Auberginen, spült sie mit Tschatscha hinunter und raucht dazu eine Viceroy. Noch nicht mal elf Uhr vormittags, und sie sind schon angetrunken.

Tamar erkundigt sich nach Rachels familiärem Hintergrund. Rachel erzählt, sie sei in Vilnius, Litauen, in eine jüdische Familie geboren worden, ihr Vater sei Professor, ihre Mutter Lehrerin gewesen. In ihren Zwanzigern sei sie dann nach Kanada ausgewandert.

«Mir war nicht klar, dass du Jüdin bist», sagt Tamar.

«Ich bin nicht gläubig. Aber ich komme trotzdem nicht davon los. Ich koche mal was für dich. Meine Hühnerbrühe ist der Hammer, und meine Matzeknödel sind göttlich.»

«Matzeknödel?»

«Bleischwere Kugeln aus Gluten, die für echt koschere Verstopfungen sorgen. Man wird seine Vergangenheit nie wirklich los.»

Tamar will wissen, warum sie die Sowjetunion verlassen habe, aber Rachel gibt nur wenige Details oder Genaueres preis. Durch diverse geschickte bürokratische Schachzüge, die mit einer vergessenen, dann wiederentdeckten Tante in Wiarton, Ontario, zu tun gehabt hätten, sei es ihr möglich gewesen, in den Siebzigern nach Kanada auszuwandern.

Rachel erzählt lieber, wie sie sich in Toronto Englisch beigebracht hat: «In öffentlichen Büchereien, durch Modezeitschriften und Speisekarten.» Sie ist stolz auf den Fleiß, durch den sie es an die Universität geschafft und in einer

Sprache promoviert hat, die sie gerade erst gelernt hatte. Sie erhielt Auszeichnungen, Lob und am Ende eine Professur für Politikwissenschaft an der University of Toronto. «Ist nicht leicht für eine Frau», sagt sie, «und für eine Ausländerin schon gar nicht.»

«Warum bist du nicht in Litauen», fragt Tamar, «sondern hier in Georgien? Was bedeutet dir unser Land?»

«Hier tut sich etwas Besonderes, zumal in deiner Generation. Ihr verkörpert die Hoffnung auf Wandel.»

«Und welcher Wandel soll das sein?»

Rachel drückt ihre Zigarette mit einer Vehemenz aus, die Tamar erschreckt.

«Die Frage lautet: Kann auf dem Gebiet der ehemaligen Sowjetunion eine echte Demokratie entstehen? Ohne Korruption, Bestechung, staatliche Gewalt und Geheimnisse?»

Tamar lacht. «Ja, wenn Kühe fliegen könnten.»

«Demokratie, Glaubensfreiheit, Gleichberechtigung von Mann und Frau, Rechte für queere Menschen. Sollte es in Ländern wie Georgien, der Ukraine, Weißrussland oder sogar Russland eines Tages tatsächlich freie Wahlen geben, dann wäre das Menschen wie dir zu verdanken.»

Tamar schweigt dazu. All das ist schwer vorstellbar. Rachels Zuversicht und Zukunftsvisionen irritieren sie. Und sie fragt sich, wie ihr eigenes Leben wohl aussähe, wenn sie ausgewandert wäre. Würde sie jetzt an einer Elite-Universität lehren, in Amerika, Frankreich oder Deutschland Kunststipendien erhalten? Sie stellt sich ein schönes altes Haus mit Zimmern voller Bücher vor, Vernissagen, bei denen man nicht ständig einen Stromausfall befürchten muss. Sie fragt sich, wie es wäre, eine amerikanische Jeans zu tragen, die dreimaliges Waschen unversehrt übersteht, mit Reißverschlüssen, die länger als einen Monat funktionieren.

Bei ihrer nächsten Begegnung hat Rachel Fragen an Tamar. Sie sind in Daniel Daniels Plattenpalast, ein Lieblingsort von Rachel und vielen anderen Expats. Während sie Kaffee trinken und Jazz hören, bringt ihnen Lali – abends DJane und tagsüber Barista eben hier – einen Teller mit gemischtem Gebäck.

«Das haben wir nicht bestellt», sagt Tamar.

«Geht aufs Haus», entgegnet Lali und nickt ihr über die Schulter zu. «Der Chef hat sie spendiert.»

Ein kurioser, bärtiger Typ winkt ihnen lächelnd zu. Natürlich aufs Haus. Rachel hat überall Freunde. Tamar angelt sich mit der Gabel etwas, das aussieht wie Baklava.

«Warum hast du keinen festen Freund?», fragt Rachel.

«Ich habe Dawit.»

Rachel winkt ab. «Ich spreche von Liebe.»

«Ich liebe Dawit. Wir haben keinen Sex, sind aber verwandte Seelen.»

Rachel zieht eine Grimasse. «Du bist mir ähnlich, glaube ich. Weißt du, was das Problem mit Männern ist?»

«Nein.»

«Dass sie Männer sind.»

Tamar lacht.

«Die Ehe war nie mein Ding. Liebe auch nicht. Aber ich habe einen Sohn», sagt Rachel. «Er heißt Joseph. Er ist etwas jünger als du.»

«Oh.» Tamar legt die Gabel ab, nippt am schwarzen Kaffee.

«Du fragst dich sicher, warum ich nie von ihm erzählt habe.» Rachel entzündet zwei Zigaretten, eine reicht sie Tamar. «Er tickt ganz anders als ich. Er will einen MBA machen. Finanzen sind offenbar sein Ding.»

Tamar lacht. «Er rebelliert gegen dich.»

Rachel legt die Stirn in Falten. «Für die meisten Leute in Toronto zählen nur Immobilien und Hedgefonds. Joseph ist da keine Ausnahme. Sein Umfeld hat ihn geprägt.»

«Was sind Hedgefonds?»

«Wen interessiert's? Joseph fehlt immer etwas.»

«Was denn zum Beispiel?»

«Liebe. Aufmerksamkeit. Bestätigung.»

«Klingt nach einem echten Sorgenkind.»

Rachel zieht an ihrer Zigarette und mustert Tamar durch den Rauch.

«Irgendjemand hat mir mal die Weisheit gesteckt: ‹Das Leben ist ein Chaos.› Joseph hat ein Problem mit chaotischen Zuständen. Du hingegen nicht. Das mag ich an dir.»

«Liegt wohl an den Umständen, unter denen ich aufgewachsen bin. Man beißt sich durch.»

Rachel schiebt eine braune Papiertüte über den Tisch und fordert Tamar stumm auf, hineinzuschauen. Sie enthält Rachels blaue Wrangler-Jeans.

«Ich breche morgen nach Hause auf, aber du sollst wissen, wie sehr es mich freut, dich kennengelernt zu haben, Tamar.»

«Ist die für mich?»

«Aber sicher.»

«Ich fürchte, mir fehlen die Worte.»

«Sag einfach, dass du sie gern anziehen wirst. In ein paar Monaten bin ich zurück …» Rachel zögert. «Möchtest du mich nach Kanada begleiten?»

«Wozu?»

«Ich könnte an der Uni ein Fellowship für dich organisieren. Du könntest bei mir wohnen.»

Tamar lacht. Aber Rachel meint es todernst.

«Ich denke darüber nach», sagt sie.

«Sein Zuhause zu verlassen, ist verteufelt schwierig. Ich

war kaum älter als du, als ich in einen Flieger nach Wien gestiegen bin. Ich hatte das Gefühl, mir wäre alles geraubt worden. Dazu die unvorhersehbare Zukunft. Klar, dass man sich ängstigt.»

Nach Kaffee und Kuchen gehen sie zum Flohmarkt auf der Trockenen Brücke. Rachel möchte für Joseph ein paar Souvenirs kaufen. Sie entscheidet sich für Wollslipper, eine Schneekugel und eine Postkarte. Plötzlich ist sie wie verwandelt – sie wird bleich, ihr Gesicht fällt ein, ihr Gang wird schleppend. Sie bleiben auf der Baratschwili-Brücke stehen, unter ihnen fließt der Mtkwari. Rachel bettet ihren Kopf auf Tamars Schulter. Tamar ist von dieser Geste überrascht, sträubt sich aber nicht dagegen, sondern lässt sich auf die Wärme des fremden Körpers ein.

SIEBEN

Bolnissi, Georgien
19. Oktober 1999

Der gemietete Bus hält vor dem Bahnhof Poladauri, am Rand der Kleinstadt Bolnissi, zwei Stunden südlich von Tiflis. Tamar schaut aus dem Fenster. Rachel verlässt den Bus mit Eugene aus Minsk und Lena aus Riga. Tamar sieht sie am Kiosk feilschen – sie braucht Viceroys und andere lebensnotwendige Dinge wie alte Pepsi-Plastikflaschen mit selbst gebranntem Schnaps und Kartoffelchips mit Paprikageschmack. Rachel ist süchtig nach Kartoffelchips mit Paprikageschmack.

Tamar betrachtet die alten Leute, die sich vor dem Bahnhof dieses Nests auf dem Land herumtreiben. Sie stehen schwankend wie träge Tiere, die sich gerade aus dem Staub erhoben haben, vor ihren Ständen, Plastiktüten mit Petersilie und Dill in den Händen, mit Steinpilzen, die sie im Wald gesammelt haben, und mit schwarzen, selbst gestrickten Socken. Der riesige Supermarkt hinter ihnen ist verriegelt und verrammelt.

«Was meinst du, Dawit?», fragt sie. «Sollen wir einen Bauernhof kaufen, eigenes Gemüse anbauen und Wein keltern?»

«Haselnüsse», sagt Dawit, der von seinem Notizbuch aufsieht. «Haselnüsse haben Potenzial. Wir könnten sie an den Hersteller von Nutella verkaufen und stinkreich werden.»

«Und wie baut man Haselnüsse an?»

«Ich habe keinen Schimmer.»

«Neulich habe ich etwas total Verrücktes gehört. Amerikaner besuchen Tiflis, um sich nachts in ihrem Hotel verhaften, in ein ehemaliges KGB-Gefängnis verschleppen und dort verhören zu lassen.»

«Ja, das wird Schwarzer Tourismus genannt.»

«Wie kommt man nur auf so was?»

«Heutzutage ist das Kaputte exotisch, deshalb hat es einen hohen Marktwert. So gesehen liegt eine glänzende Zukunft vor uns.»

Tamar verzieht das Gesicht und zündet eine Zigarette an. Dawit kritzelt in sein blaues Notizbuch. Vor einem Jahr veröffentlichte Der Spiegel seine Reportage *In einem Land ohne Hunde kläffen die Katzen.* Tamar findet, dass diese abgedroschene Phrase nach Konservatismus und Traditionalismus stinkt, aber Dawits Verwendung des georgischen Sprichworts stellte eine ätzende Kritik an der Unfähigkeit aller georgischen Politiker der letzten Jahre dar, es passte, wie Tamar zugeben muss, perfekt zu den unqualifizierten, korrupten Führern, die nach dem Kollaps des Kommunismus von Freiheit und Hoffnung schwadronierten, ohne ihre Versprechen je zu erfüllen. Die eine ganze Nation in Chaos, Gewalt und Armut versinken ließen. Überflüssig zu sagen, dass die einheimische Presse Dawits Text nicht zu drucken wagte.

Die Veröffentlichung im Spiegel war der bislang größte Erfolg seiner Journalistenlaufbahn, der auch deshalb möglich wurde, weil sein Text zum rechten Zeitpunkt kam. Während er daran arbeitete, tauchte Georgien wieder in den westlichen Nachrichten auf, weil man eine Ölpipeline vom aserbaidschanischen Baku über Tiflis bis zum türkischen Hafen Ceyhan plante. Die längste Pipeline der Welt, finanziert von BP und der US-Regierung, ein Projekt westlicher Arroganz und Gier: Erdöl direkt vom Kaspischen Meer, unter Ausschaltung der Konkurrenz durch Russland und den Iran.

Dawit hatte die Bedeutung dieses Projekts früh erfasst. Und er sollte recht behalten. Inzwischen war Tiflis mit Postern gepflastert, die James Baker und Bill Clinton zeigten – amerikanische Helden, die, so die Hoffnung, Georgien vor dem Bankrott bewahren würden. Ein Land ohne Hunde, wahrhaftig.

Für die Reportage hatte Dawit Interviews mit georgischen Bauern geführt, die ohne jede Entschädigung enteignet worden waren. BP stellte billige georgische und armenische Arbeitskräfte ein, und Russland ließ an der unsicheren Grenze Südossetiens als Drohgebärde MiG-Jets aufsteigen. Das war schlecht fürs Geschäft und schreckte Investoren ab, gab Dawits Karriere aber Aufwind.

Auch Tamar hat einen Lauf. Seit zwei Jahren, genauer seit ihrer ersten Begegnung mit Rachel, zeigen westeuropäische Galerien immer wieder Interesse an ihr. Man bot ihr Residenzen in Stuttgart und Berlin an, die Stiftungen von Siemens und Bosch winkten mit Stipendien, Freedom Ink unterstützt sie finanziell. Und vielleicht, so das Gerücht, wird sie Georgien auf der Biennale von Venedig repräsentieren. Dawit hat recht, denkt sie. Das Kaputte ist exotisch und hat seinen Marktwert.

Doch sie hadert mit ihrem Erfolg. Bei einer Ausstellungseröffnung im Düsseldorfer K20 vor einem halben Jahr fühlte sie sich fehl am Platz. Während ihr Bankraub-Video auf eine sieben Meter hohe Wand projiziert wurde, begutachteten Kunstkenner die Objekte ihres Projekts *So ist Tiflis*. Sie wand sich innerlich, während die blasiert lächelnden Leute Fotos betrachteten, die den jugendlichen Stalin beim Teetrinken in Gori zeigten, oder Anstecknadeln, die das sowjetische Weltraumprogramm propagierten. Die Kunstwelt – reiche, Riesling süffelnde Schnösel, die farbenfrohen Zwirn und dicke Brillengestelle trugen – lauschte den Reden der Kuratoren und Kuratorinnen, die die Bedeutung von Tamars Werk erläuterten. Dieses wurde nach höflichem Applaus und noch höflicherer Konversation aber rasch abgehakt – man wandte sich den Käsehäppchen zu. Der Straßburger Weichkäse mit Vulkanasche, erfuhr Tamar, war besonders delikat. Sie konnte es den Leuten nicht mal verdenken. Der Käse war tatsächlich sensationell gut.

Die Türen des Busses schließen sich. Sie haben den Ort rasch hinter sich gelassen und setzen ihre Fahrt auf der holperigen Landstraße fort. Gar keine üble Idee, mit Dawit aufs Land zu ziehen, denkt sie. In Mtskheta wären Grundstücke für einen Spottpreis zu haben. Er könnte schreiben, sie würde sich um den Garten kümmern und lernen, wie man Haselnüsse anbaut. Eine tröstliche Vorstellung.

Während sie durch den Wald fahren, muss Tamar daran denken, dass Rachel ihr eine Stelle als Dozentin an der University of Toronto besorgt hat. Dort soll sie ein Jahr Performancekunst und politischen Aktivismus lehren, nur hat sie gewisse Zweifel an diesem Plan. Sie misstraut Rachels Großzügigkeit. Sie stellt sich vor, sie nach ihrer Ankunft in Toronto zu Hause nicht vorzufinden. Sie stellt sich eine verschneite Stadt voller Wolkenkratzer vor. Sie stellt sich vor, wie es wäre, weder die Sprache noch die Sitten noch die Menschen zu verstehen. Sie stellt sich vor, mutterseelenallein und enttäuscht zu sein und schließlich zu scheitern. Und sie stellt sich vor, am Ende kleinlaut nach Tiflis zurückzukehren.

Tamar lauscht einem Gespräch zwischen Rachel und einem langhaarigen Mittzwanziger aus Belgrad namens Goran, der eine Kufiya trägt. Die beiden sitzen vorn im gemieteten Bus und erörtern die politische Situation in seiner Heimatstadt.

«Weißt du, was ich mir wirklich wünsche?», fragt Rachel.

«Nein», sagt Goran.

«Dass man Milošević die Eier abschneidet. Könntest du das für mich erledigen?»

Rachel betrachtet ihn durch den dichten Zigarettenqualm. Sie wird bald fünfzig, aber ihre Energie ist ansteckend. Wenn sie diskutiert, unterstreicht sie ihre Argumente durch Gesten, als wäre die Luft aus Papier und ihr Zeigefinger ein Stift. Wenn sie ohne Scheu ihre dichten, grauen Haare löst, ist Tamar stets bezaubert, fragt sich aber, ob es nicht auch Show ist, zumal Rachel gern flirtet. Sie vertritt die Einstellung – in gewisser Weise ihr Markenzeichen –, dass man die Wahrheit niemals vertuschen darf.

Der Bus erreicht das ehemalige Lager der Jungen Pioniere. Der Anblick der gelblichen Hütten mit den braunen Satteldächern und metallenen Vordächern weckt viele Erinnerungen. Tamar fällt ein, wie ihr rotes Halstuch im Wind flatterte und gegen ihre Wangen klatschte. Sie hat noch den blauen Rock und die weiße, gestärkte Bluse vor Augen, die weißen Strümpfe, die sie bis zu den Knien zu ziehen versuchte. Der Kommunismus, denkt sie, hatte viele Gesichter. Und die Uniform der Jungen Pioniere gab ihr Halt.

Als Dawit erfuhr, dass sich soziale Aktivisten und Aktivistinnen aus Staaten der ehemaligen Sowjetunion treffen wollten, um Ideen und Strategien für einen sozialen und politischen Wandel auszutauschen, bestand er auf ihrer Teilnahme, obwohl Tamar zunächst wenig Lust hatte.

«Ich würde gern darüber berichten», meinte er.

Dann erzählte Rachel ihnen von den Demokratie-Workshops. «Den Unterricht in gewaltfreiem Widerstand solltest du dir nicht entgehen lassen, Tamar», sagte sie augenzwinkernd.

Tamar spürt die Kluft zwischen Vergangenheit und Gegenwart. Sie betrachtet die vertraute Wiese mit den ausgeblichenen blauen Schaukeln und metallenen Rutschen. Hier baute sie mit Dawit den ersten durchsichtigen Palast. Damals liefen sie über Gras und Moos, heute ist der Boden kahl und uneben. Der durchsichtige Palast – diese Verkörperung eines freundlicheren, offeneren Kommunismus – gehört längst der Vergangenheit an.

Der Bus hält vor den ehemaligen Unterkünften der Jungen Pioniere, insgesamt vier Häuser. Rachel verkündet auf Englisch: «Ich freue mich sehr, dass ihr alle da seid. Während der nächsten paar Tage werden wir hier gemeinsam arbeiten, essen und übernachten. Wir werden unsere Erfahrungen, Vorstellungen und Zukunftsstrategien austauschen. Sucht euch ein Bett und macht euch mit den anderen bekannt. Um achtzehn Uhr wird zu Abend gegessen. Wir haben spannende Tage vor uns.»

Als Tamar das Haus Nr. 2 betritt, wittert sie altes Holz, feuchte Deckenbalken und Schimmel. Sie wirft ihren Rucksack oben auf ein Etagenbett, Bücher und Klamotten fallen heraus. Die Wrangler-Jeans, die sie vor zwei Jahren von Rachel bekommen hat, hat sie noch nie getragen. Die Vorstellung, hineinzuschlüpfen, behagte ihr nicht. Die Jeans steht für eine Tamar, die sie gern wäre. Vielleicht scheue ich deshalb auch vor Toronto zurück, denkt sie.

Ihr Rucksack enthält drei Bücher, alle von Rachel, und Tamar hat sie gelesen. Zwei behandeln politische Erinnerungen aus den 1980ern: *Lots Weib: Wie ich lernte, die Nostalgie zu verabscheuen.* Und: *Die Heimsuchung: Geschichten eines sowjetischen Refuseniks.* Tamar überfliegt die Klappentexte und Zitate. Die New York Times preist Rachel als «verlorene Verwandte Sontags», als «Kind Hannah Arendts und Ernesto Laclaus». Beide Bücher sind eine Mischung aus persönlichen und politischen Reminiszenzen. Tamar hat sie gern gelesen, aber was Rachel nach dem Zusammenbruch des Kommunismus geschrieben hat, findet sie besser. Diese Bücher lassen das Literarische hinter sich und bieten konkrete Leitlinien und politische Tricks für Sozialaktivisten.

Ihr neuestes Buch, *Wie man eine Diktatur überwindet: Anleitung zum gewaltfreien Widerstand,* vor einem Jahr erschienen, enthält Kapitel wie diese: *Wie man die Medien nutzt, um Aufmerksamkeit zu erlangen und seine Botschaft zu vermitteln; Ironie als Waffe: Die Bedeutung von Humor und subversiven Taktiken im Rahmen einer demokratischen Revolution; David in Goliath verwandeln: Wie man seine kleine Bewegung (glaubhaft) groß erscheinen lässt; Knüppeldick: Warum die Polizei zuschlagen soll und wieso man nicht zurückschlagen darf; Demokratisch denken, resolut agieren.*

Die zentrale These des Buches leuchtet Tamar mehr als ein: Ohne Zustimmung der Bevölkerung ist ein Diktator machtlos. Anfangs fühlte sie sich beleidigt; es klang, als sollten gewöhnliche Bürger und Bürgerinnen für die Verbrechen der Mächtigen verantwortlich gemacht werden. Doch je mehr sie las, desto besser verstand sie, dass es Rachel nicht um Schuldzuweisungen ging, sondern darum, dass die Menschen sich engagierten. Das Buch ist eine Anleitung für den Kampf gegen politische Gleichgültigkeit. Und Tamar ist dankbar für Rachels Tipps – sie will Menschen helfen, die Kontrolle über ihr Leben zurückzugewinnen.

Tamar liest *Wie man eine Diktatur überwindet* als ein Buch, das sie lehrt, einer Regierung und deren Institutionen wieder zu vertrauen, als ein Buch, das die Ansicht vertritt, die Demokratie könne eine gerechtere Zivilgesellschaft erschaffen. Ein sowohl radikales als auch praktikables Konzept. Rachel schreibt, sie hoffe, zu «einer gütigeren, ehrlicheren Welt» beizutragen. Tamar fühlt sich davon angezogen, weiß aber nicht, wie es funktionieren soll. Wie lässt sich eine seit Generationen währende Korruption durch Humor beseitigen? Wie kann man einer Regierung mithilfe von Graffiti beibringen, besser für die Bevölkerung zu sorgen? Und wie sollen Bürger nach jahrzehntelangem Machtmissbrauch Vertrauen zu einer Regierung fassen?

Tamar schlüpft in die Wrangler. Die Jeans passt wie angegossen, der Reißverschluss funktioniert einwandfrei. Sie schiebt die Bücher unter ihr Kopfkissen und geht zur Gruppe, die sich um ein Feuer versammelt hat, dessen Flammen in den Herbsthimmel schlagen. Tische sind mit Essen beladen, man kann sich nach Herzenslust bedienen. Ein Dutzend der über dreißig Teilnehmer stammt aus Georgien. Manche, etwa Lali und Mariam, kennt Tamar von der Kunsthochschule, anderen begegnet sie zum ersten Mal, etwa den zwei Theaterleitern aus Weißrussland und dem schwulen Aktivisten aus Warschau, der eine Zeitschrift über sowjetische Homoerotik herausgibt, den Straßenaktivisten aus Belgrad, der Lyrikerin aus Vilnius oder der Anarchistin aus Riga. Ein Paar aus Lwiw, Galyna und Andriy, haben Jiddisch studiert und sind zum Judentum konvertiert, weil die Erneuerung Osteuropas nach ihrer Auffassung ein Bekenntnis zur Vergangenheit voraussetzt.

All diese Fremden schüchtern Tamar ein. Sie scheinen viel selbstsicherer, viel konsequenter, viel erfahrener als sie. Die Frage, wie eine Regierung zu stürzen sei, könnte sie nicht beantworten. Sie war auch nur selten auf Demos. Sie fühlt sich deplatziert und unsicher und beschränkt sich darauf, zuzuhören und zu beobachten. Es geht um etwas, an das sie nicht recht glauben kann, aber gern glauben würde: Wandel.

Goran, der Aktivist aus Belgrad, spielt einen Song von Bob Dylan auf der Gitarre, während Rachel Schalen mit Suppe herumreicht. Frisches Brot aus der Bäckerei von Bolnissi wärmt Tamars Magen. Dawit schlendert zu ihr, und sie sitzen nebeneinander am Feuer.

«Genießt du's?», fragt er.

«Irgendwie schon. Und du?»

Dawit flüstert ihr ins Ohr: «Ich frage mich manchmal, wer Rachel wirklich ist.»

«Wenn du ihre Bücher lesen würdest, wüsstest du's.»

«Ist eine Geschichte wahr, nur weil sie erzählt wird?»

Tamar zuckt die Schultern und beißt einen Happen Brot ab. «Wer kann in Menschen hineinschauen? Ich mag sie jedenfalls.»

«Alle lieben Rachel.» Dawit lächelt. «Ist übrigens eine tolle Jeans.»

«Danke.»

«Begleitest du sie nach Toronto?»

«Mal schauen.» Tamar verschweigt, dass sie vielleicht nicht mehr nach Georgien zurückkehren würde, wenn sie ginge. «Ich würde dich vermissen.»

«Du wirst immer meine Frau sein.» Er küsst sie auf die Wange. «Du hast mich mal gebeten, Nachforschungen zu deinem Vater Zaza anzustellen, weißt du noch?»

«Ja …» Tamar holt tief Luft. «Hast du etwas herausgefunden?»

«Noch nichts Konkretes, aber ich glaube, ich habe eine Spur. Soll ich sie weiterverfolgen?»

«Na klar.»

«Gut», sagt Dawit, und beide entspannen sich. «Keine Sorge, Tamar. Alles ist in Butter.»

Sie fragt sich, was Dawit herausfinden wird. Die Wahrheit, denkt sie, kann nichts Gutes sein. Sie verdrängt diesen Gedanken. Es ist schön, mit Dawit wieder im Pionierlager zu sein. Das Feuer lodert, der kühle Oktoberabend bekommt eine festliche Atmosphäre. Sie lässt sich vom Geist des Treffens anstecken. Sie trinkt warmes Bier und streicht über den weichen Stoff ihrer Jeans. Vielleicht hat Dawit ja recht. Vielleicht könnte es gut werden in Kanada. Dann nickt Tamar am Feuer ein, schreckt nur manchmal aus dem Schlaf auf.

ACHT

In den Monaten nach den Demokratie-Workshops dämmerte Tamar, dass Rachel wesentlich mehr Gelder zur Verfügung standen, als es zunächst den Anschein hatte. Sie übergab Tamar Umschläge von Freedom Ink, die dicke Dollarbündel enthielten. Von diesem Geld kaufte Tamar eine bessere Videoausrüstung. Das Geld sprudelte nur so. Rachel mietete ein Büro im Zentrum von Tiflis, das sie mit einem halben Dutzend Computer, einem Fotokopierer, Faxgerät, Büroutensilien und einem Dieselgenerator ausstattete. Ein paar der Georgier, die an den Workshops in Bolnissi teilgenommen hatten, versammelten sich dort, um zu arbeiten. Sie diskutierten zwei Mal die Woche über Strategien zur Mobilisierung der georgischen Öffentlichkeit.

Die Demokratie-Workshops in Bolnissi erwiesen sich als wichtige Katalysatoren für die Bewegung. In Belgrad begannen nach einer weiteren gefälschten Wahl und der Ermordung politischer Gegner friedliche Proteste unter der Parole «Gotow je» – «Er ist erledigt». Die Tage von Slobodan Milošević waren gezählt. Die serbische Bewegung Otpor, «Widerstand», angeführt von jungen Leuten wie Goran, wandte Taktiken an, die Rachel in ihrem Buch erläutert hatte. Sie sprühten ihr Graffiti – eine Faust – mit einer Schablone überall in Belgrad auf Wände. Die Demonstrationen hatten immer mehr Zulauf, daneben gab es politische Aktionen, und man nahm die alten Männer, die sich an die Macht klammerten, in bissigen Performances aufs Korn. Es war eine gewaltlose Revolution, die die Herzen der Menschen gewann – sogar Militär und Polizei legten die Waffen nieder und nahmen an den Demos teil. Das Ganze wurde Bulldozer-Revolution genannt, nachdem ein Arbeiter namens Joe seinen Radlader in das Gebäude gefahren hatte, in dem sich das von Milošević kontrollierte staatliche Medienunternehmen befand.

Als der Präsident im Oktober 2000 endlich abdanken musste, war das für die gesamte Bewegung ein inspirierender Moment. Tamar jubelte gemeinsam mit allen anderen im Freedom-Ink-Büro in Tiflis, als sie im Radio davon erfuhren. Wichtiger noch war, dass sich Rachels gewaltfreie Taktiken als wirksam und junge Leute wie Goran als fähige Anführer erwiesen hatten. Tamar stellte ein Schwarz-Weiß-Foto, das Rachel und Goran mit geballter Faust auf den Stufen des Parlaments zeigte, neben ihr Bett.

Nach dem Erfolg in Belgrad kehrte Rachel für einen Workshop nach Tiflis zurück. Inspiriert von Otpor nahmen sie den Namen *Kmara* an («genug» auf Georgisch). Freedom Ink kaufte mehrere Tausend Sprühdosen, Hunderte Videokassetten sowie einige Dutzend Großbildschirme und Projektoren. Dann sprühten sechs Leute das Wort «Kmara» zehntausend Mal auf Mauern, um eine Massenbewegung zu suggerieren. Tamar, Lali und Mariam verteilten an der Staatlichen Universität von Tiflis Pamphlete an Studierende, organisierten einen Demonstrationszug und studentische Wahlen. Dawit, der inzwischen für den einzigen unabhängigen Nachrichtensender Georgiens arbeitete, Kartli 2, brachte eine Reportage über die Demonstrationen. Im Oktober zogen Tausende Studierende durch die Stadt und forderten das Ende von Bestechung und Korruption im Universitätswesen.

Eines Tages müssen Rachel und Tamar bei der Ankunft im Büro von Kmara feststellen, dass man die Computer zertrümmert, die Scheiben eingeschlagen und den Fotokopierer demoliert hat. Einige Festplatten fehlen auch. Tamar reagiert panisch. Rachel lacht nur.

«Was ist daran so lustig?», fragt Tamar.

«Aufregend, oder?»

«Nein. Ich habe Angst, Rachel.»

Rachels Miene wird ernst. «Verstehe. Aber glaub mir: Dies ist ein gutes Zeichen. Es bedeutet, dass sie uns fürchten. Es bedeutet, dass wir *Macht* haben.»

Tamar schaut sich im Büro um. Es ist ein einziges Chaos.

«Was, wenn jemand von uns hier gewesen wäre?», fragt Tamar. «Was, wenn jemand verletzt worden wäre?»

Rachel nimmt sie in den Arm und drückt sie beruhigend. «Wäre jemand hier gewesen, dann wäre man nicht eingedrungen. Keine Sorge, Tamar. Niemandem wird etwas passieren.»

Das beruhigt Tamar keineswegs. Auf dem Heimweg wird sie von einem Typ mit schwarzer Jeans und blauem Hoodie angehalten.

«Hey, kennen wir uns?», fragt er auf Georgisch.

Tamar geht weiter.

«Du drehst diese Videos, stimmt's?»

Tamar hält den Kopf gesenkt. Als sie um die Ecke biegt, holt er sie ein. Und als sie die Straße überqueren will, packt er sie beim Arm.

«Dawit soll's lassen, sag ihm das», befiehlt er auf Russisch.

An jenem Abend bittet Dawit Tamar um ein Treffen in der Ritsa-Straße. Sie hat ihn wochenlang nicht gesehen. Er sieht toll aus in seinem blauen Nadelstreifenanzug mit der lila

Blüte am Revers. Er ist seit Monaten in aller Munde – seine mutigen, investigativen Beiträge fesseln die ganze Nation. In seiner Sendung, die jeden Freitag um achtzehn Uhr ausgestrahlt wird, enthüllt er die Lügen und die Korruption mächtigster Politiker. Die hassen ihn, aber die einfachen Georgier lieben seine Schonungslosigkeit. Manche seiner Reportagen werden in Deutschland und Großbritannien ausgestrahlt, Nachrichtenmoderatoren von CNN und BBC haben ihn über Satellitentelefon interviewt. Es läuft so gut, dass er im Stadtteil Saburtalo eine Eigentumswohnung in der fünfzehnten Etage eines Neubaus erwerben konnte. Tamar bewohnt das Künstleridyll in der Ritsa-Straße nun allein, sie freut sich über den Erfolg ihres Freundes. Aber auch ihre Tage in der Ritsa-Straße sind gezählt. Sie wird mit Rachel nach Toronto gehen. Wenige Monate noch, dann wird sie sich in einer anderen Welt befinden. Sie vermisst Dawit schon jetzt.

Zu Hause angekommen, setzt Tamar Kaffee auf. Als sie Dawit durch die Pforte kommen sieht, geht ihr das Herz auf. Er arbeitet gerade an einer Story über die georgische Opposition, die durch heimlich aufgenommene Videos kompromittiert werden soll, und ist sehr aufgeregt. Aufnahmen des russischen FSB und der georgischen Geheimpolizei zeigen junge Politiker mit minderjährigen Prostituierten in illegalen Bordellen. In Wahrheit sind sie in eine vorbereitete Falle getappt; das Ganze dient dazu, das Machtmonopol der Regierung Schewardnadse zu zementieren.

«Plus ça change», sagt Dawit. «In einem Land ohne Hunde ...»

Tamar fällt die Warnung des Mannes im blauen Hoodie ein, und sie zuckt zusammen. Im Georgien, in dem sie aufgewachsen sind, ist niemand dafür qualifiziert, ein Land zu führen, ist niemand eine ehrliche Haut. Es gibt nur Diebe,

Mörder und Lügner. Katzen statt Hunde. Dawit will das ändern, und das macht ihr Angst.

«Jeder weiß, dass Schewardnadse mit Putin unter einer Decke steckt. Aber Schewardnadse will zugleich kassieren, was der Westen für das Öl zahlt. Der Bastard spielt ein doppeltes Spiel – mit den Amerikanern und mit den Russen. Und das werde ich beweisen.»

Tamar sagt: «Vorhin hat jemand von mir verlangt, dir zu sagen, dass du's lassen sollst.»

Er tut das verächtlich ab. «Ich erhalte ständig Todesdrohungen.»

«Und Zaza? Hast du etwas herausgefunden?»

«Ich habe dir von der Spur erzählt, richtig? Hat ein bisschen gedauert, aber ich treffe bald jemanden.»

«Und?»

Er schüttelt den Kopf. «Genaueres weiß ich erst morgen, aber …» Dawit zögert. «Ich denke, Zaza lebt.»

«Was?»

«Laut meiner Quelle hat er seinen Tod vorgetäuscht.»

«Und wo zum Teufel steckt er jetzt?»

«Das werde ich herausfinden.»

«Weißt du noch mehr?»

«Am Tag seines angeblichen Todes hielt sich Zaza im KGB-Archiv auf. Aber nicht als einer der Protestierenden.»

Dawit legt ihr eine Hand auf die Schulter. Tamar klammert sich so fest an die Kante des Küchentischs, als wollte sie ein Stück abbrechen. Sie holt tief Luft und fragt: «Bleibst du über Nacht?»

Später schläft sie in seinen Armen ein, findet zum ersten Mal seit Wochen Ruhe.

Als sie erwacht, ist er weg. Ihr Telefon klingelt.

«Komm zu Dawits Wohnung», sagt Rachel. «Sofort.»

Tamar zieht mit pochendem Herzen ihre Wrangler-Jeans und die Jeansjacke an. Sie schlingt sich einen grauen Polyesterschal um den Hals. Sie bildet sich ein, jemand wolle nach ihr greifen, aber als sie herumfährt, ist da niemand.

Dawits Wohnung ist mit Absperrband abgeriegelt. Tamar will hineinstürmen, aber Rachel hält sie zurück.

Ein Polizist verweist sie an das Städtische Krankenhaus Nummer eins. Vor dem Hintergrund fleckiger, gelber Kacheln liegt Dawit auf einer alten Bahre. Jung und im blauen Nadelstreifenanzug, mit der lila Blüte eines Sonnenhuts am Revers und mit einem Loch in der Stirn.

DRITTER AKT

LÜGEN UND VERSÄUMNISSE

November 2003

«Der wahre Magnet aller Weltkörper
muss ein Herz sein.»

JOHANN WILHELM RITTER,
*Fragmente aus dem Nachlasse
eines jungen Physikers*

EINS

Toronto, Kanada

10./11. November 2003

Vier Mal wählt Joseph die Nummer. Vier Mal legt Joseph auf. Rabbis gehen ihm auf die Nerven, Gott dagegen jagt ihm Angst ein, obwohl Rachel seine Existenz stets geleugnet hat. Manche Menschen, glaubt er, sehen Sachen, die sie besser nicht sehen sollten. Zum Beispiel Rachel oder der Rabbi. In Momenten der Verzagtheit hat Joseph das Gefühl, Gott würde zuschauen, wie er scheitert, immer wieder scheitert.

Er schließt die Augen. Er empfindet es als quälend, die Kontrolle über seinen Körper, über eine Situation zu verlieren. Wenn sich die Migräne regt, sieht er Bilder – ein Universum aus chaotischen, verstörenden Farbwirbeln. Dann wartet er jedes Mal ab, bis die Wirkung des Vicodin einsetzt, bis es ihn mit seinen Tentakeln umfängt. Der Effekt ist sowohl schmerzlindernd als auch belebend. Er wählt wieder, und dieses Mal legt er nicht auf.

«Ja, hallo?»

«Rabbi Gurnisht? Hier ist Joseph Grabinsky.»

«Und welchem Anlass verdanke ich das Vergnügen?» Der Rabbi klingt überrascht.

Das Telefon fällt zu Boden. Joseph hofft kurz, die Verbindung wäre unterbrochen. Er bückt sich, um den altmodischen Apparat aufzuheben. Nein, die Verbindung ist nicht tot.

«Sie ist gestorben.»

«Verzeihung?»

«Rachel. Sie ist Freitagnacht an Herzversagen gestorben.»

«Das tut mir aufrichtig leid, Joseph.»

Er verschweigt dem Rabbi, dass Rachel vor vier Tagen mitten in der Nacht anrief und ihn bat, Medikamente zu besorgen, für sie sehr untypisch. Sie klagte über «starke Kopfschmerzen». Zwei Tage später fand er seine Mutter tot in ihrem Wohnzimmer. Nun steht er in ihrer Küche, um die Beerdigung zu organisieren, ohne zu wissen, wie sie sich diese vorgestellt hat.

«Keine Sorge, Joseph. Sie erhält eine würdige Beerdigung», sagt der Rabbi. «Hältst du eine Rede?»

«Ich spreche ungern vor Publikum», erwidert Joseph etwas lahm und verlegen. Er umschließt das Telefon fester mit der Hand. «Noam Chomsky möchte ein paar Worte sagen.» Chomsky hat an diesem Vormittag angerufen. Er hatte den Nachruf in der New York Times gelesen.

Rabbi Gurnisht entlässt ein sonderbares Schmatzen.

«Chomsky», sagt er, als wäre es der Name eines exotischen Drinks. «Tatsächlich?»

«Sie waren befreundet.» Chomsky schaute früher oft vorbei und nahm das Sofa in Beschlag.

«Sollten wir die Politik bei der Beerdigung nicht besser außen vor lassen?»

Joseph bereut kurz, den Rabbi angerufen zu haben. Er hat aus Pflichtgefühl und Respekt zum Telefon gegriffen. Rachel hätte sicher an etwas Ausgefallenes gedacht, eine Trauerfeier auf den Seychellen etwa, auf der die Gäste ihre Asche verstreuen und zu den Klängen einer Mariachi-Band tanzen würden. Sie liebte diese Musik und feierte gern, nur ist Joseph derlei Trara völlig fern. Außerdem hat Rachel weder ein Testament hinterlassen noch Wünsche formuliert, Joseph muss sie also erahnen. So war es immer.

«Das Problem mit Religionen», pflegte Rachel zu sagen,

«besteht darin, dass ihnen Humor fremd ist. Gott ist ein Witzbold, Joseph.»

«Hast du nicht gesagt, Gott sei tot?», entgegnete er dann.

Sie überhörte ihn. «Alles Heuchelei. Spießige Rabbis, die Tugend predigen und am nächsten Jom Kippur die Schickse hinten in der Straße ficken. Man sollte Widersprüche nicht ausblenden. Man sollte sie akzeptieren. Wenn ich mal tot bin, Joseph, möchte ich, dass auf meinem Grabstein steht: ‹Hier ruht ein Widerspruch.›»

«Rabbi», sagt Joseph, «wenn Rachel Grabinsky eine würdige Beerdigung erhalten soll, dürfen wir uns nicht verbiegen. Wir können die Politik also nicht außen vor lassen.»

«Meinetwegen. Aber Chomsky bleibt weg.»

«Würden Sie etwas sagen?»

«Ich bin Rabbi, Joseph. Es ist mein Job, bei einer Beerdigung zu sprechen. Aber deine Mutter war eine bedeutende Frau. Deshalb sollte eine nahestehende Person ein paar Worte sagen.»

Joseph hört im Hintergrund die Kinder des Rabbi toben.

«Deine Mutter und ich waren selten einer Meinung. Dennoch finde ich, man soll die Vergangenheit auf sich beruhen lassen. Das ist die Bedeutung des Todes. Man lässt los.» Der Rabbi spielt auf eine Debatte an, die er vor zwei Jahren mit Rachel führte. Rachel hatte in der Globe and Mail einen ätzenden Leitartikel veröffentlicht: «Liebe Palästinenser: Ihr tragt keine Schuld am Holocaust.» Darunter war die zornige Replik von Rabbi Gurnisht zu lesen. Die Zeitung hatte die Sache groß aufgemacht: Die Fotos beider nahmen die halbe Seite ein, sie starrten einander so grimmig an wie Preisboxer in Las Vegas. Rachel genoss diese Auseinandersetzung in vollen Zügen.

«Deine Mutter hat eine würdige Beerdigung verdient.

Eine jüdische Beerdigung. Das hätte sie sich so gewünscht»,
sagt der Rabbi und lässt wieder das eigentümliche Schmatzen
hören. Joseph fragt sich, ob er eine Zahnprothese trägt oder
eine Süßigkeit lutscht. «Du bist ihr einziges Kind. Niemand
kannte sie so gut wie du», ergänzt der Rabbi. «Du solltest es
als Mitzwa verstehen.»

Joseph legt auf. Verständlich, dass Gurnisht glaubt, eine
solche Beerdigung wäre Rachels Wunsch. Alle Juden sollen
jüdisch bestattet werden, egal, wie weit sie vom Weg abge-
kommen sind – so spricht Gurnisht. Ob Rachel das aber
genauso sehen würde, daran hat Joseph seine Zweifel.

Er spürt, wie sich ein Schmerz in seinem Kopf ausbrei-
tet, und nimmt ein weiteres Vicodin. Dann schenkt er sich
ein Glas Johnnie Walker Red aus einer Flasche ein, die er in
Rachels Barschrank entdeckt hat. Der billige Whisky wärmt
seine Kehle und spendet Trost. Er schenkt sich noch einen
ein. Der Rabbi hat recht, er sollte etwas sagen. Joseph zieht
die Kappe vom Montblanc-Füller, den er im letzten Jahr von
seinem Boss zu Weihnachten bekommen hat. Er setzt die
Feder aufs Papier, weiß aber nicht, wie er beginnen soll. Also
genehmigt er sich ein drittes Glas und schläft danach noch
auf dem Stuhl ein.

Das Telefon reißt ihn aus dem Schlaf.

«Wo steckst du, Teufel noch mal?», will Tamar wissen.

«Es beginnt gleich.»

Joseph hat im Anzug gepennt. Etwas Mundspülung, ein
Spritzer Hermès, die dunkle Tom-Ford-Sonnenbrille und
zwei Lorazepam, dann rast er im Taxi durch die Stadt. Er
erreicht das Bestattungsinstitut mit fünfzehn Minuten Verspätung. Dort drängen sich Professorinnen und Professoren
aus Rachels Institut, diverse politisch Engagierte aus ihren

Aktivismus-Tagen und eine bunte Mischung ihrer Freunde und Bekannten.

Das Lorazepam beginnt zu wirken. Joseph gleitet auf Menschen zu, gibt vor, sie zu kennen. Linke Berühmtheiten wie Judith Butler oder Naomi Klein sowie Großakademiker, deren Namen Joseph nie behalten hat, weil sie ihm nichts bedeuten. Die senile Tante Gertie ist auch erschienen, genau genommen keine Tante, sondern eine ehemalige Nachbarin aus High-Park-Zeiten. Gertie fummelt so lange an ihrer Zahnprothese herum, bis diese auf den blauen Plüschteppich plumpst. Louis, stets der treue Gatte, hebt sie auf, wischt sie ab, setzt sie ihr wieder ein.

Joseph muss gleich sprechen, weiß aber noch immer nicht, was er sagen soll.

«Niemand kannte sie so gut wie du», sagte der Rabbi. Einerseits trifft das zu. Als einziges Kind einer Alleinerziehenden lernte er Seiten seiner Mutter kennen, von denen viele nichts ahnten. So nahe wie er stand ihr kaum jemand – Tamar ausgenommen. Aber was gab seine Mutter von sich selber preis? Sie konnte endlos über postkommunistische Regierungswechsel, Solidarität und gewaltfreie Revolutionen dozieren. Aber Persönliches? Ihre Gefühle? Wenn Menschen pausenlos reden, bedeutet das noch lange nicht, dass man etwas über sie erfährt.

Der Nachruf in der New York Times charakterisierte Rachel als «das uneheliche Kind einer Liebe zwischen Mutter Teresa und Slavoj Žižek». Bei Rachel Grabinsky mangelte es nie an Superlativen. Sie war produktiv gewesen, klar. Sie hatte immer einen Stift in der Hand, ein zweiter steckte in der Brusttasche ihres grauen Hemds (sie kleidete sich stets so monochrom, als wäre ihr Leben ein grobkörniger Arthouse-Film). Wenn sie gerade keinen Artikel schrieb oder

Vorlesungen plante, las sie, las unentwegt. Das Haus war ein Museum ihrer Bücher.

Es beherbergte aber auch ein Geheimnis. Joseph weiß noch, wie ihm zum ersten Mal aufging, dass seine Mutter nicht diejenige war, die zu sein sie vorgab. Damals war er acht. Er spielte in ihrem Schlafzimmer mit zwei filigranen, silbernen Ohrclips, die er gern befühlte – sie hatte sie auf einem Istanbuler Markt gekauft. Er legte sie manchmal an und spielte für sich, er entstamme einem anderen Ort, einer anderen Zeit. In seiner kindlichen Fantasie war er dann ein Pharao, ein Maya-Prinz.

An dem Tag überkam ihn der Drang, die Schmuckschatulle genauer zu untersuchen. Nachdem er den ganzen Schmuck entnommen hatte, bemerkte er ein Loch im Boden. Joseph zog das dünne Holzbrett heraus. Darunter verbargen sich eine Herrenuhr mit kyrillischem Herstellernamen, ein rostiges Rasiermesser und zwei goldene Manschettenknöpfe mit blauen Steinen.

«Joseph», sagt der Rabbi und fasst ihn am Ellbogen. «Wir sind bereit für deine Rede.»

Dreihundert Menschen drängen sich auf den Holzbänken der Benjamin's Park Memorial Chapel. Alles riecht frisch gereinigt. Joseph stellt sich einen Raum voller Toter vor, die von müden Händen mit Schwämmen gewaschen werden. Plötzlich steht Tamar neben ihm, eine Tasse Kaffee in der Hand.

«Du siehst aus, als könntest du's gebrauchen.»

Joseph ringt sich ein Lächeln ab. «Danke.»

Ein Kaffee ist jetzt genau richtig. Als er den Kopf neigt, um einen Schluck zu trinken, sieht er auf dem Teppich die Stelle, wo Gerties Gebiss gelandet ist.

«Ich bin kein Schriftsteller. Weder habe ich fünfhundert Bücher verfasst, noch bin ich dafür bekannt, das zwanzigste Jahrhundert gedeutet zu haben. Das hat Rachel, meine Mutter, getan.» Joseph räuspert sich. Er hätte sie gern Mom genannt, aber das passte ihr nicht. Für ihn war sie «Rachel».

«Rachel verwob schon beim Morgenkaffee Geschichte, Politik und Popkultur miteinander. Als ich fünf war, las sie mir Auszüge aus Hannah Arendts *Elemente und Ursprünge totaler Herrschaft* vor.» Die Leute nicken, tröstlich, eine Bekundung ihres Beistands. «Alle bewunderten Rachel. Studierende, Kollegen und Kolleginnen, sogar ein paar Rabbis.» Ein leises Lachen geht durchs Publikum.

Joseph entspannt sich. Der Kaffee hilft ihm, sich zu konzentrieren; das Lorazepam lässt ihn schweben. Er hat das Gefühl, auf einer Welle zu reiten. Die Sache ist leichter als gedacht.

«Ich kann nicht allen Facetten ihrer Persönlichkeit gerecht werden. Wie alle anderen kenne ich nur Bruchstücke und Ausschnitte. Deshalb würde ich euch gern eine Geschichte erzählen.»

Er entdeckt Tamar, die ganz hinten steht. Sie nickt ihm ermutigend zu.

«Ich war damals sechs, es war ein Freitagabend. Rachel war Atheistin, aber sie mochte das Abendessen am Schabbat, es war ein Relikt ihrer Kindheit in Vilnius.» Er nippt am Kaffee. «Wie üblich saßen jede Menge Intellektuelle, Akademiker und Journalisten in der Küche, Leute wie Götter, mit fetten Egos und großen Ideen, Leute, die den Lauf der Welt verändern konnten. Jedenfalls bildeten sich das manche ein.» Einige Gäste lachen. «Der Alkohol floss in Strömen. Ich bot auf einem Silbertablett Horsd'œuvres an – ich kellnerte gern, wenn sie feierte. Rachel stellte die Musik leiser, ließ im Wohnzimmer alle in einem Halbkreis Aufstellung nehmen und begann mit ihrem Vortrag.»

Joseph bemüht sich, Rachel zu imitieren: Schwerer osteuropäischer Akzent, die Konsonanten werden durchgehend verschliffen. «Heute Abend präsentiere ich eine Lektion in sozialer Gerechtigkeit: mein Sohn, Joseph Grabinsky.»

Die Trauergäste lachen teilnahmsvoll. Joseph neigt sich zum Mikro. Er merkt, dass er es doch ganz gerne hat, wenn andere ihm zuhören.

«Rachel nahm mich, hob mich hoch und setzte mich auf den Kaminsims und flüsterte: ‹Wie wir's geübt haben, Joseph.› Meine kurzen Beine hingen über die Kante. Ich sollte mich abstoßen, sie wollte mich auffangen. Nachmittags, als wir die Sache geübt hatten, war mir jedoch nicht klar gewesen, dass so viele Leute zuschauen würden. ‹Ich will nicht›, sagte ich mit einem Gefühl, als ob ich auf dem Gipfel des Mount Everest sitze. Rachel sagte: ‹Joseph, Schätzchen, Rachel liebt dich. Liebst du Rachel denn nicht auch?› Ihr Blick war streng. Ich wollte nicht springen, sehnte mich aber zugleich nach ihrer Liebe und ihrem Lob. Also stieß ich mich ab. Rachel wich zurück, und ich knallte auf den Boden.

‹Siehst du, mein Schatz?›, sagte sie triumphierend, den Blick auf die Gäste gerichtet. ‹Verstehst du, wie es zugeht auf der Welt? Sie wimmelt von Arschlöchern und Lügnern. Ja, heul nur, Joseph Grabinsky. Die Welt kennt kein Mitleid.›»

Einige Leute räuspern sich. Joseph will fortfahren – er möchte die Rede zu einem schönen, warmherzigen Abschluss bringen, wie es sich für einen liebenden Sohn gehört –, doch als er weitersprechen will, fehlen ihm die Worte. Und dann, das hat er lange nicht mehr erlebt, bricht er in Tränen aus. Rabbi Gurnisht geht aufs Podium zu. Bevor er etwas sagen kann, zwängt sich Joseph an ihm vorbei und spurtet durch den Gang. Als er mit einem Fuß im dicken, blauen Teppich hängen bleibt, erschrecken alle, doch er fängt sich und rennt durch die Hintertür auf den Parkplatz. Das Vicodin, das Lorazepam, der Whisky – sein Kopf fühlt sich an wie aufgebläht. Alles sprudelt. Alle Erinnerungen, alle Gedanken. Die Mutter, die er kannte. Die Mutter, die er gern kennengelernt hätte.

ZWEI

Toronto, Kanada

11. November 2003

Joseph sitzt auf der Treppe, er hat das Gefühl, als hätte man ihm einen Schlag mit der Bratpfanne verpasst.

«Das war ja mal ein Auftritt.»

Tamar trägt eine ausgewaschene Bluejeans und eine schwarze Jeansjacke. Sie hat sich einen langen, grauen Schal um den Hals geschlungen. Sie wirft ihm seinen Mantel zu.

«Den hast du bei deinem Hundert-Meter-Sprint vergessen.»

Sie hat feuchte Augen, schwer zu sagen, ob sie geweint hat. «Soll ich dich mitnehmen?»

«Wohin denn?»

Seine Frage klingt fast komisch gewichtig.

«Zum Friedhof.» Bei diesen Worten zieht Tamar eine Grimasse. «Du weißt schon – wo man Verstorbene zur letzten Ruhe bettet.»

Als Joseph schweigt, führt sie ihn die Treppe hinunter, danach zu Rachels verbeultem, altem Buick. Ihr linkes Hosenbein ist hinten verdreckt, und Joseph fragt sich, wo sie war. Ihm kommt der absurde Gedanke, sie könnte seine Mutter schon bestattet haben, er selbst hat wenig Lust dazu.

Tamar lenkt den Buick über den Parkplatz des Bestattungsinstituts. Es riecht nach Rachel: Dunhill-Zigaretten und Yves Saint Laurents Opium. Joseph fremdelt mit dem Auto, obwohl er unzählige Male darin gesessen hat. Er stellt das Radio ein, sucht einen Sender. Tamar blinkt, und als sie links auf die Straße abbiegt, entgeht sie knapp einem rasant näher kommenden Taxi. Sie bleibt ruhig und fädelt sich in den Verkehr ein. Joseph wischt sich Schweiß von der Stirn. Er würde sie gern bitten, nicht so waghalsig zu fahren, sagt aber nichts, sondern fummelt weiter am Radio herum. Tamars Fahrstil macht ihn nervös. Um ehrlich zu sein, ist er in Tamars Gegenwart immer nervös. Sie ticken absolut unterschiedlich. Eigentlich ein Wunder, dass sie seit einigen Jahren so eng befreundet sind.

Sie lernten sich vor drei Jahren auf einer Party bei Rachel kennen. Er trank ein Glas in der Küche, direkt neben dem ovalen, als Bar dienenden Tisch voller Wein, Whisky und Wodka. Rachel freute sich, wenn er an ihren Partys teilnahm; obwohl sie so überlebensgroß war, suchte sie seine Bestätigung. Für Joseph war es ein Anstandsbesuch, er blieb meist eine gute Stunde, dann verschwand er.

An jenem Abend waren die üblichen Verdächtigen versammelt, Leute, die er seit seiner Kindheit kannte. Hochfliegende Ideen, Riesenegos. Joseph ahnte, dass dem so war, weil sie nichts anderes vorzuweisen hatten: In Ermangelung von Ruhm und Reichtum bleibt Akademikern nur die intellektuelle Geltung, die sie durch Posen unterstreichen. Trotzdem musste sogar Joseph zugeben, dass sich Rachel durch etwas auszeichnete, das in ihrem Umfeld kaum jemand besaß. Das wurde ihm an jenem Abend erneut bewusst, nur konnte er es nicht benennen. War es Charisma? Ihr Auftreten? Ihre dramatische Ader? So unzuverlässig und unnahbar Rachel als Mutter oft war, er konnte nicht leugnen, dass sie das gewisse Etwas großer Persönlichkeiten hatte.

Rachel stellte die Musik leise und stieg auf einen Küchenstuhl. Ungeachtet ihrer eins sechzig konnte sie einen ganzen Raum beherrschen, wenn sie wollte.

«Wir hören es in den Winden, die von Kiew und Belgrad,

von Minsk und Moskau, Tiflis und Almaty her wehen: Eine neue Generation wünscht Demokratie, Gerechtigkeit und Wandel. Aber wie die Vergangenheit abschütteln, die eingefleischte Unterwürfigkeit? Das sowjetische Trauma wurde von Generation zu Generation weitergegeben. Ein Wandel bedarf enormer Anstrengungen.» Rachel legte eine Kunstpause ein. Man hätte eine Stecknadel fallen hören können.

«Viele von euch wissen, dass ich im Laufe der letzten Jahre immer wieder Workshops in Tiflis geleitet habe. Manche werden meine Artikel über die bürgerlichen Strukturen und die bescheidene, aber lebendige Demokratiebewegung kennen, die mit Unterstützung durch Freedom Ink in Georgien entstanden ist. Ihr habt mich auch von einer Performancekünstlerin erzählen hören, Tamar Tumanischwili, eine der bedeutendsten Gegenwartskünstlerinnen Europas. Heute Abend ist sie unter uns, ihr dürft sie also endlich kennenlernen. Tamar?»

Eine große Frau mit kurzen schwarzen Haaren winkte und lächelte schüchtern, während die Gäste höflich applaudierten. Sie schien zu frieren, obwohl es in der Küche mollig warm war, denn über dem weißen T-Shirt trug sie einen braunen Hoodie, dazu einen grauen Schal.

«Tamar hat an unserer Universität ein Stipendium erhalten, sie wird die Studierenden in politischer Performancekunst unterrichten. Sie ist in Kanada, weil das Leben in Tiflis für Frauen wie sie riskant ist. Weil die Kräfte der Vergangenheit in ihrem Teil der Welt bis heute mächtig sind. Dennoch glauben wir, dass für Menschen wie Tamar Hoffnung besteht. Hoffnung für Georgien und die gesamte einstige Sowjetunion. Es werden Demokratien entstehen. Und es werden sich neue und offene Gesellschaften entwickeln, nicht zuletzt dank Menschen wie ihr.»

Joseph sah, wie Tamar umringt wurde. Die Aufmerksamkeit schien ihr peinlich zu sein, aber sie erzählte angeregt. Er konnte zwar nichts verstehen, beobachtete aber ihre Körpersprache. Es gefiel ihm, wie sie ihre Worte durch energische Gesten unterstrich. Sein Handy brummte, es war eine SMS von Cindy.

Cindy: Zum Abendessen zurück?
Joseph: Ja ☺
Cindy: Chinesisch?
Joseph: Ja ☺

Er hatte sie die ganze Woche nicht gesehen – sie war Investmentbankerin und schob, wie er, zig Überstunden. In letzter Zeit war sie häufiger geschäftlich unterwegs gewesen, als ihm lieb war. Joseph griff nach dem Mantel, doch als er zu Tamar schaute, bemerkte er, dass ihr Glas leer war. Er nahm eine Flasche und ging hin, um ihr nachzuschenken.

«Du bist sicher Joseph.» Er nickte. «Darf ich dich was fragen? Warum gibt's hier nichts zu essen?»

«Rachel glaubt, Alkohol wäre nahrhaft genug.»

«Ich bin am Verhungern.»

«Magst du Fettluken?»

«Sind das Schalen voller Fett?»

Joseph lachte. Dann sagte er, ohne nachzudenken: «Komm in zwei Minuten raus.»

«Und wieso?»

«Ich ahne dunkel, dass du lieber woanders wärst. Und ich bin auch hungrig.»

Seine Forschheit überraschte ihn selbst. Auf dem Weg hinaus lief er Rachel über den Weg. Sie drückte ihn so fest, dass er kaum noch Luft bekam.

«Danke, dass du gekommen bist», sagte sie. «Hast du Tamar kennengelernt?»

«Ja, sie ist sehr sympathisch.» Er verschwieg ihre Fluchtpläne.

«Ihr werdet euch bestimmt blendend verstehen.»

Er küsste sie auf die Wange und ging zum Auto. Nachdem er auf das Lederpolster des schwarzen Lexus gesunken war (Cindys Firmenwagen), schwankte er zwischen Bill Evans und John Coltrane, entschied sich aber für Cannonball Adderleys *Somethin' Else*. Der dominante Bass, untermalt von weichen Klavierakkorden, ertönte aus den Stereolautsprechern. Joseph schloss die Augen. Miles Davis' Trompete klang wie eine frische Brise. Herrlich, fand er und wünschte sich, sein Leben wäre auch so schön. Er zückte sein Handy.

Joseph: Wird doch später. Morgen Brunch? ☺
Cindy: Muss vormittags ins Büro. Abends Drinks?
Joseph: Gern ☺
Cindy: Essen im Kühlschrank xoxoxo

Gelbes Licht ergoss sich auf den Rasen, als Tamar das Haus verließ. So etwas, ging es Joseph durch den Kopf, hatte er noch nie getan, und zugleich konnte er das, was er tat, nicht einordnen. Er war stolz auf sein geregeltes Leben. Es war in Wochen eingeteilt, diese in Stunden. Er war seit zwei Jahren, zwei Monaten und sechsundzwanzig Tagen mit Cindy zusammen. Er hatte sie zu Beginn seiner Zeit an der Business School kennengelernt; sie war etwas älter als er und anfangs seine Mentorin, am Ende seine feste Freundin, jetzt seine Verlobte. Ihre Beziehung war solide wie ein Investmentfonds, also: Wieso ging er mit einer georgischen Performancekünstlerin essen, die er kaum kannte?

«Ich würde gern was anderes hören», sagte Tamar, als sie auf den Beifahrersitz glitt. «Darf ich?»

«Klar.»

Tamar stellte die CD aus und einen Sender ein, der elektronische Tanzmusik brachte. Der Bass ließ die Sitze beben, das ganze Auto schien zu vibrieren. Joseph fragte sich, ob er nicht einen schweren Fehler begangen hatte.

Er hielt in der Dupont Street vor dem Vesta Lunch, in dessen Fenster ein Neon-Hotdog blinkte.

«Voilà. Die Fettluke», sagte er.

«Ein Diner! Wie in den Filmen», rief Tamar entzückt.

Joseph denkt gern an diese erste Begegnung zurück. Tamar war begeistert von allen Details: die laminierten Speisekarten, die gekachelten Wände, die Serviettenspender aus Edelstahl, die längs des Tresens auf dem Boden festgeschraubten Barhocker. Joseph fühlte sich jetzt plötzlich entspannt in ihrem Beisein, er hatte das Gefühl, ganz er selbst zu sein, obgleich er sein wahres Selbst nicht hätte definieren können. Ihre Gegenwart tat ihm jedenfalls gut. Ihm ging auf, dass er dringend Freunde brauchte. In seiner Kindheit und Jugend hatte er nur wenige gehabt. Und heute fehlte ihm die Zeit, Freundschaften zu pflegen. Er unterhielt sich gern mit Tamar. Obwohl sie so unterschiedlich waren, spürte er eine Vertrautheit mit ihr. Es überraschte ihn, dass er sogar dann gebannt lauschte, als sie von ihrer Performancekunst erzählte.

«Einmal stand ich zwei Tage nackt und voller Erdöl vor dem georgischen Parlament.»

«Mein Gott. Und wieso?»

Tamar zuckte die Schultern. «Als Protest gegen die Baku-Tiflis-Ceyhan-Pipeline.»

«Sie schafft in Georgien doch Arbeitsplätze.» Dank ukrainischer Kunden, für die er Geld angelegt hatte, kannte er einige Fakten.

«Glaubst du wirklich, BP oder George W. Bush ginge es um Jobs für Arbeitslose in Rustawi? Sie enteignen Bauern, um an billiges Rohöl zu kommen.»

Joseph versuchte sich vorzustellen, wie Tamar nackt und öltriefend vor Hunderten Menschen stand. Er schämte sich kurz für sie.

«Wurde die Pipeline am Ende gebaut?»

«Na sicher.»

«Warum dann der Protest?»

«*Irgendwas* muss man tun, Joseph. Welchen Beruf hast du noch gleich?»

«Ich mache demnächst meinen MBA. Danach strebe ich einen Top-Job in einer Top-Firma in der Bay Street an, Hedgefonds-Manager, wenn möglich.»

«Und das heißt?»

Joseph sah sich veranlasst, die Grundprinzipien des Investmentbanking zu erläutern. Während er von unterbewerteten Sicherheiten und kalkulierten Risiken sowie davon sprach, das Portfolio seiner Kollegen und Kolleginnen übertrumpfen zu wollen, klang er lebhaft, ja aufgeregt.

«Geld ist nach meiner Auffassung gleichbedeutend mit Sicherheit. Es geht darum, für dich selbst und deine Nächsten die Zukunft zu sichern. Es geht darum, eine Grundlage für Kinder und Enkel zu schaffen.»

Er wusste natürlich, dass es nicht nur das war. Es ging auch darum, sich etwas Luxus gönnen zu können – und mit der Zeit immer mehr. Joseph war neun gewesen, als er im Kaufhaus Hudson's Bay in der Queen Street einen dunkelblauen Doppelreiher von seinem Ersparten gekauft hatte. Er hatte Mühe, Rachel zu überreden, ihn dorthin zu fahren.

Sie verabscheute es, für Frivolitäten wie Kleidung Geld zu verpulvern, und sie stritten, bis sie vor der Kasse standen. Später einmal, bei einer Shake-'n-Bake-Mahlzeit, die er selbst zubereitet und stolz «poulet élégant» genannt hatte, füllte er Traubensaft von Welch's in das Kristallglas seiner Mutter, öffnete danach die mitgebrachte Aktentasche und überreichte ihr die Mappe mit der Arbeit, die er für sein Social-Studies-Projekt verfasst hatte. Er hatte sich mit den Vorzügen der Reagonomics und des Trickle-down-Kapitalismus befasst. Die Mappe enthielt auch eine großformatige Kopie des Mittagsmenüs im Scaramouche, nobelstes Restaurant von Toronto, die Vorspeise vierzig Dollar, ohne Steuern. Man schrieb das Jahr 1987.

Tamar rutschte auf ihrem Platz herum. «Bist du verheiratet?»

«Nein, aber ich habe eine Verlobte. Cindy.»

«Ich würde sie gern kennenlernen.»

«Klar. Aber erst mal isst du noch einen Grillkäse. Ich bestehe darauf.»

Tamar kicherte. «Ein super Laden. Unglaublich, wie der Koch seine fettigen Hände an der Schürze abwischt.»

«Er heißt Sid.»

«Siehst du den Mann in der Ecke? Wie viel Zucker will er noch in seinen Kaffee tun? Es waren schon sechs Würfel, glaube ich.»

Joseph betrachtete im Küchenspiegel, wie der an Schlaflosigkeit leidende John Paul unaufhörlich seinen Kaffee umrührte.

«Vielleicht ist er ein Spion», sagte Joseph.

«Er observiert uns, das steht fest.»

«Für die Russen oder für die Amerikaner?»

«Eindeutig für die Russen», sagte Tamar. «In seinen Taschen würde man wahrscheinlich Berge eingesteckter Zuckerwürfel finden.»

Joseph lachte.

«Darf ich etwas gestehen?», fragte Tamar. «Als du von diesen Hedgefonds erzählt hast, habe ich mir vorgestellt, du würdest morgens mit einer Gartenschere zur Arbeit fahren, im Innenhof eines großen Glasgebäudes auf eine Leiter steigen und einen Baum beschneiden. Es fällt aber kein Laub, sondern Geld. Ist das dein Job als Hedgefonds-Manager?»

Joseph lachte so schallend, dass er fast vom Stuhl kippte.

«Ja, so sieht mein Job dann aus, Tamar.»

Eine Woche später sammelte er Tamar ein Stück von Rachels Haus entfernt ein – besser, seine Mutter wusste nichts –, um mit ihr ins Kino zu gehen und danach im Vesta zu essen. Es war ihre erste freitägliche Verabredung. So ging es einen Monat, dann sechs Monate, schließlich ein ganzes Jahr. Sie quatschten über Gott und die Welt: Kindheit, Lieblingsbücher, beste Freunde, erste Küsse. Tamar erzählte von Dawit. Er erzählte von Cindy.

Ihre Leben klafften in vielerlei Hinsicht auseinander: Sie waren in weit voneinander entfernten Weltregionen mit unterschiedlicher Geschichte aufgewachsen, hatten unterschiedliche Muttersprachen und unterschiedliche Jobs. Sie war drei Jahre älter und hatte Dinge erlebt, die Joseph nie verstehen würde. Trotzdem lauschte er ihren Geschichten aus Tiflis mit Hingabe und genoss umgekehrt, wie sie ihm zuhörte. Er hielt sein Leben für ziemlich banal, aber sie schien sich nie zu langweilen. Was sie verband, war der Wunsch nach einem Vertrauten. Anders gesagt: Beide fühlten sich einsam. Und beide kannten ihren Vater nicht.

Normalerweise sprach Joseph ungern über Gary. Sein

Vater war selten da gewesen, und wenn, dann hatte er Rachel schlecht behandelt, bis er irgendwann, Joseph war noch klein gewesen, unter rätselhaften Umständen verschwunden war. Tamar gegenüber hatte Joseph komischerweise keine Hemmungen, vielleicht, weil sie nicht bohrte. Eines Abends, sie saßen bei Kaffee und Kirschkuchen im Vesta, brach ein Damm. Als Junge, bekannte er, habe er Rachel immer wieder gedrängt, von seinem Vater zu erzählen. Er habe wissen wollen, was Gary zum Frühstück gegessen und auf welcher Seite des Bettes er geschlafen habe, wer sein Lieblings-Baseballer gewesen sei. Rachel habe meist ausweichend geantwortet, also sei er noch hartnäckiger gewesen. Und schließlich habe Rachel enthüllt, dass sich Gary vom Bloor-Street-Viadukt in den Tod gestürzt hatte. Damals war Joseph sechs.

Tamar senkte den Blick auf ihren Teller. «Schrecklich, wenn sich jemand das Leben nimmt. Welche Qualen dem vorausgegangen sein müssen ...»

Joseph hätte gern gestanden, wie schwer der Selbstmord seines Vaters ihn belastet hatte. Nachdem er es erfahren hatte, war er jahrelang von Albträumen geplagt worden, in denen Männer vom Himmel stürzten. Doch er schüttelte nur den Kopf und trank einen Schluck Kaffee.

Tamar spürte sein Zögern und sagte: «Du kannst mir alles erzählen, Joseph, egal was.» Als er nicht reagierte, fuhr sie fort: «Weißt du noch, dass ich dir mal von meinem besten Freund in Tiflis erzählt habe – Dawit?»

Joseph nickte.

«Wir haben einander ‹Wahr-Sager› genannt.»

Joseph ahnte, dass eine Geschichte damit verbunden war, hakte aber nicht nach. «Das klingt schön», sagte er.

«Man braucht einen Menschen, dem man sich vollständig öffnen kann, in aller Ehrlichkeit. Das ist wichtig. Ich habe Dawit verloren. Könnten wir stattdessen Wahr-Sager sein?»

Joseph hatte plötzlich einen Kloß im Hals. «Gern», sagte er, hob seinen Teller mit Kirschkuchen und stieß mit ihr an.

Einige Monate später, Joseph hatte gerade seinen MBA mit cum laude bestanden, fand er nach der Heimkehr Cindys Laptop angeschaltet auf dem Tisch vor. Es gehörte sich natürlich nicht, doch ein Instinkt drängte ihn, einen Blick in ihre E-Mails zu werfen. Er stieß auf eine Fülle böser Überraschungen und Lügen. Cindy hatte in der Firma eine Affäre mit ihrem Boss, Menachem. In letzter Zeit hatte sie ständig Überstunden machen müssen – in Hotelzimmern mit Kingsize-Betten, wie sich nun herausstellte. Die beiden benutzten sogar Codewörter und Wegwerfhandys. Diese Entdeckung erschütterte Joseph in den Grundfesten.

«Ich bin blind», sagte er im Vesta Lunch immer wieder, während er die Gabel in ein Stück Apfelkuchen bohrte. «Warum sehe ich nicht, was sich direkt vor meinen Augen abspielt?»

Tamar sagte: «Ich rette dich aus diesem Schlamassel. Es muss aber schnell gehen. Als würde man ein Pflaster abreißen. Du darfst nicht groß überlegen.»

Sie half ihm, eine Eigentumswohnung in der King Street West zu finden, und auch, aus Cindys zweistöckigem Haus im Stadtviertel Annex auszuziehen. Sie hinterließ sogar eine Botschaft auf Cindys Schreibtisch: «Respekt ist ein Wort mit sechs Buchstaben.» Joseph fragte sich, was das zu bedeuten hatte, war aber froh, dass Tamar ihm durch diese schwere Zeit half. Er war dankbar für ihre Freundschaft. Nach dem Einzug in seine neue Wohnung war er jedoch oft verwirrt – manchmal verschwammen die Grenzen, dann wirkte ein

Kinobesuch wie ein Date. Er ertappte sich dabei, wie er Wörter abwog und gedanklich ins Stocken kam. Er wollte sich Tamar öffnen, seine Gefühle offenbaren. Er fieberte dem Freitagabend entgegen, wenn sie eine SMS schrieb, Codewort Vesta. Fünfzehn Minuten später erwartete er sie bei der Ulme in der Sorauren Avenue, ein Stück von Rachels Haus entfernt. Die Heimlichtuerei ihrer Verabredungen war elektrisierend, sie schienen sich in einer anderen Dimension abzuspielen. Joseph hatte stets das Gefühl, endlich durchatmen zu können.

Einige Monate nach seinem Abschluss erhielt er einen Job in einem wichtigen Unternehmen. Tamar war stolz auf ihn, zugleich aber neugierig, und so lud er sie in sein neues Büro in der Bay Street ein. «Willst du mal schauen, wo sich die Räder des Kapitalismus drehen?», fragte er.

Es ging auf Mitternacht zu, als Tamar in der zweiundsiebzigsten Etage aus dem Fahrstuhl stieg. Sie war noch nie in einem so hohen Gebäude gewesen. Als sie auf den Ontariosee hinabschaute, merkte er, dass sie sowohl eingeschüchtert als auch begeistert war. Tief unter ihnen lauerte die Stadt. Joseph reichte ihr ein Glas Whisky, und sie saßen auf der Kante seines Schreibtischs und sogen den Ausblick in sich auf. Tamar zog ihren Wollmantel aus. Sie trug ein T-Shirt mit dem Aufdruck «Unterwäsche ist ein Komplott, mit dem der Staat unser Denken kontrolliert». Joseph hatte den vagen Eindruck, sie würde flirten. Er mochte ihre großen, schmalen Ohren und spürte kurz den kuriosen Drang, sie zu beschützen.

«Der Aktienmarkt basiert auf Spekulation», erklärte Joseph und zeigte auf den Computerbildschirm. Die vielen Zahlen stärkten sein Selbstvertrauen, er war plötzlich fokussierter. «Ich nenne das ‹Träume und Hoffnungen›. Was die

Leute glauben, wird eintreten, was sie hoffen, wird sich erfüllen, was sie wollen, wird geschehen.»

«Und welches Ereignis erhoffst du dir, Joseph?»

Er wandte sich zu ihr um. «Hoffnung ... na ja. Ich verlasse mich meist auf mein Gespür.»

«Die Intuition», sagte sie.

Joseph zögerte. Er wusste, das war sein Stichwort, und trotzdem küsste er sie nicht, sondern richtete seinen Blick wieder auf den Bildschirm und führte Tamar vor, wie er Portfolios aus Hongkong verwaltete. Am nächsten Morgen ließ er die Szene Revue passieren: Sie trug ein sexy T-Shirt; er zeigte ihr seine Daten.

Das liegt über ein Jahr zurück. Nun fährt Tamar auf den Parkplatz des Friedhofs und stellt den Motor aus. Joseph schaut auf sein Handy.

«Der Rabbi», sagt er. «Drei verpasste Anrufe. Wahrscheinlich will er wissen, wo ich abgeblieben bin.»

Tamar lässt das Fenster runter und entzündet eine Zigarette. Joseph fummelt am Radio herum. Dieses Mal funktioniert es. Aus den alten Lautsprechern scheppert ein Countrysong. Der Text ist witzig und ein bisschen traurig.

«Rachel wird mir fehlen», sagt Tamar.

«Mir auch.»

Joseph meint, was er sagt. Er hat an Rachel manches auszusetzen gehabt, fühlt sich ohne sie – seiner Rede zum Trotz – jedoch verloren. Er ist jetzt eine Waise. Und obgleich er erwachsen ist und für sich selbst sorgen kann, scheint ihm, dass ein Leben ohne Eltern das einsamste überhaupt ist. Egal, wie schwierig es mit ihnen war.

«Mein Vater hatte einen Kater namens Ilja, den er sehr mochte», erzählt die rauchende Tamar, die den Parkplatz betrachtet, als wäre der eine Kinoleinwand. «Als Ilja starb, wollte ich das nicht wahrhaben. In der einen Sekunde ist das perfekte, kleine Geschöpf noch rumgesaust, in der nächsten war es tot und still. Der Tod ist die schlimmste aller Ungerechtigkeiten.»

Joseph stimmt ihr zu. Als er Rachel fand, glaubte er zunächst, sie würde auf dem Sofa ein Nickerchen machen, eine Ausgabe der New Republic offen auf der Brust. Zugleich lag etwas Sonderbares in der Luft. Er wollte sie wecken, berührte ihren erkalteten Arm, zuckte zurück. Er hatte sich noch nie so gefürchtet.

«Wenn du jetzt mit deinem Vater sprechen könntest, was würdest du ihm sagen?»

Tamar überlegt. «Ich würde am liebsten ein stinknormales Gespräch über irgendwas führen, einfach um herauszufinden, ob wir etwas gemeinsam haben.»

«Details über sein Leben wären dir also egal?»

«Ja. Was sollte ich damit?»

Joseph muss ihr beipflichten. Er wüsste nicht, was er Gary sagen würde, vorausgesetzt, er könnte mit ihm sprechen. Andererseits hätte er bestimmt jede Menge Fragen. Hank Williams säuselt im Radio, er singt von Nachtzügen und Sternschnuppen.

«Warst du mal in Yukon?», fragt Tamar.

«Nein.»

«Ich auch nicht. Aber ich liebe Jack London.»

«Er gehört zu meinen Lieblingsautoren.»

«*Ruf der Wildnis* ist mein Favorit. Hättest du Lust, mit mir dorthin zu fahren? Wir könnten das Auto deiner Mutter nehmen.»

Tamar zieht einen Flachmann aus ihrem Hoodie. Sie trinkt einen Schluck, reicht ihn Joseph. Bahnt sich zwischen ihnen etwas an? Sie hat jedenfalls recht. Rachel ist tot. Nun scheint alles möglich zu sein. Yukon, denkt er. Wieso nicht, verdammt? Er trinkt einen Schluck Whisky, schaut Tamar an.

Sie sagt: «Oh, nein. Das ist eine ganz schlechte Idee.»

Zu spät. Er beugt sich zu ihr hinüber und küsst sie. Zu seiner Überraschung erwidert sie den Kuss. Ohne nachzudenken, greift er nach ihrer Taille, sie nach seiner Krawatte. Er versucht, ihre Jeans nach unten zu ziehen, aber sie will nicht über die Hüften gehen. Sie zerrt seine Hose bis auf die Knöchel. Da knallen Autotüren, und er hört die Stimme des Rabbi.

«Joseph? Joseph, wo bist du?»

«Sicher beim Grab!», ertönt eine andere Stimme.

Die Stimmen entfernen sich. Tamar und Joseph, beide halb nackt, müssen lachen. Er hievt sich auf sie.

«Ich habe kein Kondom.»

«Geht auch so.»

Joseph stellt sich vor, wie es von außen aussieht, was der Rabbi und die Gemeindemitglieder angesichts des wackelnden, alten Buick denken mögen. Er versucht vergeblich, Tamar in die Augen zu schauen. Stattdessen starrt er ihren Hals an, die Konstellation von Muttermalen, die sich bis zu ihrem Kiefer zieht. Joseph will das hier mehr als alles andere. Sie hoffentlich auch. Er knallt mit dem Hinterkopf gegen den Rückspiegel, und sie müssen wieder lachen, dann werden sie ernst, ja grimmig, als wollten sie so schnell wie möglich an ein Ziel gelangen. Und das tun sie.

DREI

Joseph steigt aus und erblickt Noam Chomsky, der gebückt einen Schnürsenkel seiner Brogues bindet. Er will an ihm vorbeihuschen, aber es ist zu spät.

«Joseph», sagt Chomsky und richtet sich auf. «Deine Rede war sehr bewegend.»

«Sie müssen mich nicht loben.»

«Doch, doch. Deine Mutter hat mir viel bedeutet. Mir ist klar, wie heikel Familien sein können. Es fällt oft schwer, sich ehrlich über ein Elternteil zu äußern.» Chomsky streicht über seinen hellen Kamelhaarmantel und blickt zum Himmel auf. «Deine Mutter hat diese kühlen Novembertage geliebt.»

Dieser Mann verunsichert Joseph. Er war zehn, als Chomsky ihm beibrachte, wie man einen trockenen Martini mit Olive mixt. Mit zwölf hörte er, wie Chomsky, der mit Rachel auf dem Sofa saß und billigen Pflaumenwein trank, über das Ende des Kapitalismus und Israels unheilige Allianz mit Amerika schwadronierte.

Irgendwann sagte Rachel: «Weißt du, was ich gern hätte?»

«Nein», sagte Chomsky.

«Eine richtig edle Perlenkette», antwortete sie.

Hinter ihnen fällt eine Autotür zu, und Joseph dreht sich um. Tamar hantiert mit ihrem Gürtel. Auf ihrer Jeans zeichnet sich ein feuchter Fleck ab. Als sie zu Joseph aufschaut, wendet er den Blick ab.

«Entschuldigen Sie», sagt er zu Chomsky. «Der Rabbi wartet.»

Am Grab stehend, versucht Joseph, seinen in Unordnung geratenen Anzug zu richten. Der Fleck auf Tamars Jeans irritiert ihn; er hat Sorge, die Sache im Auto könnte ein Fehler gewesen sein. Tamar war immerhin ein Schützling seiner Mutter, ja mehr noch – eine enge Freundin.

Rabbi Gurnisht spricht mit drei Männern, alle mit alter Jeans, Holzfällerhemd und Kippa. Der Sarg erinnert Joseph an ein kleines Tier. Er spürt, dass die Spannung in seinem Kopf wieder zunimmt, und schiebt die Hände in die Manteltaschen. Statt der erhofften Vicodin-Dose ertastet er eine Pappschachtel. Er hatte sie ganz vergessen.

«Vielleicht kommst du in die Synagoge, wenn das hier vorbei ist, Joseph? Ich könnte dich das Kaddisch lehren. Ich weiß, wie es ist, ein Elternteil zu verlieren.»

Joseph begegnet dem gütigen Blick des Rabbi. Er hat das Gefühl, sein Glaube wäre plötzlich gefestigter.

«Dein Vater hat oft gebetet», ergänzt der Rabbi.

«Ach ja?»

«Wenn er in Toronto war, kam er am Samstagvormittag in die Schul. Dann haben wir geredet.»

Joseph hat kaum Erinnerungen an Gary. Seine Mutter zeigte ihm einmal ein Foto, das seinen Vater schlafend auf einem Stuhl zeigte. Kein schmeichelhaftes Bild, Joseph fühlte sich peinlich berührt.

«Mir war nicht klar, dass Sie ihn kannten.»

«Wir haben uns auf Russisch unterhalten.» Rabbi Gurnisht streicht nachdenklich über seinen Bart.

«Gary sprach Russisch?»

«Aber sicher. Er hat eine Weile in Moskau gelebt. Dort hat er deine Mutter kennengelernt.» Der Rabbi trat dichter an ihn heran. «Eigentlich dürfte ich das gar nicht wissen, aber Rachel kam auch manchmal in die Schul. Sie hat sich dann zu den Frauen gesetzt und zugehört.»

«Meine Mutter?»

Der Rabbi nickt. «Komm in die Synagoge, Joseph. Dort können wir weiter über beide sprechen.»

Undenkbar, dass seine Mutter die Synagoge zum Beten aufgesucht hat. Das Märchen des Rabbi nervt Joseph. Er holt die Schachtel mit dem Cherry Blossom von Hershey hervor, den er an dem Vormittag, als er sie tot auffand, in ihrer Küche entdeckte. Er hat seit seiner Kindheit keinen mehr gegessen. Er sieht Tamar in der zweiten Reihe, sie plaudert mit der senilen Tante Gertie. Auf ein Zeichen von Gurnisht wird der Sarg ins Grab gesenkt. Joseph mag nicht hinschauen und betrachtet stattdessen Tamar. Sie wirkt entspannt, fast heiter. Vielleicht hat der Rabbi recht. Beten kann nicht schaden. Außerdem würde er gern mehr über seinen Vater erfahren.

Joseph holt den Cherry Blossom aus der Schachtel und beißt hinein. Kirschsirup füllt seinen Mund, ein Kindheitsgeschmack. Auf ein weiteres Zeichen von Rabbi Gurnisht bückt er sich, um mit der Schaufel Erde aufzunehmen. Sie ist überraschend schwer. Als er ans Grab seiner Mutter tritt, schießen ihm Fragen durch den Kopf. Was hatte Rachel in Moskau zu suchen? Warum war Gary dort? Er lässt die Erde fallen, sie plumpst dumpf auf den Sargdeckel. Joseph schaut ins Grab, als wollte er einen letzten Blick auf Rachel werfen. Und er wünscht sich kurz, Tote könnten sprechen.

VIER

Nach der Beerdigung nimmt Joseph ein Taxi zur Synagoge. Doch beim Anblick der breiten, geschwungenen Türen und Bleiglasfenster besinnt er sich anders. «Rachels Haus», sagt er, nur kann der Taxifahrer damit nichts anfangen. Wie könnte irgendjemand wissen, wo er jetzt hinmuss?

Rachels Küche ist ein einziges Chaos. Leere Weinflaschen und das schmutzige Geschirr des Abendessens vom Freitag stehen noch auf dem Küchentisch. Normalerweise hätte Tamar aufgeräumt, aber sie hielt sich in einem Meditationszentrum im Norden auf, bis sie durch Joseph von Rachels Tod erfuhr. Er nimmt eine offene Flasche, schenkt sich ein Glas Wein ein. Mitten im Raum stehend, überfällt ihn der Drang, ein Gebet zu sprechen, doch er kennt keines. Sein Judentum ist dasjenige Rachels: der Friedhof Europa.

«Wenn es nicht Hitler war, dann Stalin», sagte Rachel in Josephs Kindheit oft. Jene Familienangehörigen, die nicht dem Holocaust zum Opfer gefallen waren, kamen unter den Sowjets ums Leben; Hitler und Stalin waren die zwei Teufel, die alles Schlechte im Haus verantworteten. War das Geschirr nicht sauber, dann war Hitler schuld; war der Tresen dreckig, dann war das Stalin anzulasten. In Wahrheit war Rachel schlicht und einfach das Putzen verhasst.

Joseph ist hier, um sauber zu machen, erstarrt jedoch angesichts der Herkulesaufgabe. Ein Lippenstift von Rachel steht auf dem Tisch. Er stellt sich vor, die Kappe abzuziehen und die Spuren ihrer Lippen zu betasten. Der abgestandene

Wein weckt eine leichte Übelkeit. Typisch, dass Rachel ihre Küche in einem so desaströsen Zustand hinterlassen hat. Ihr Alltag war ein permanentes Chaos, man musste lernen, damit zu leben: Pyramiden aus Büchern, Stapel von Papieren, überall Staub, Berge schmutzigen Geschirrs. Seine Mitschüler auf der Highschool nannten sein Haus nur «Poltergeist».

«Warum Poltergeist?», fragte Rachel irgendwann.

«Weil bei uns das Chaos poltert.»

«Man muss im Leben Prioritäten setzen, mein lieber Joseph. Sicher, das Haus könnte reinlicher sein, aber wofür möchtest du in Erinnerung behalten werden? Für deine blitzblanke Badewanne oder dafür, im weltweiten Kampf gegen den Faschismus etwas bewirkt zu haben?»

«Die Küchentresen heroischer Kämpferinnen gegen den Faschismus müssen also dreckig sein?»

Joseph leert sein Glas, schenkt nach und öffnet einen Hängeschrank. Zu seiner Überraschung entdeckt er eine ganze Packung Cherry Blossoms; die rote und blaue Schrift auf den gelben Schachteln verheißt köstliche Süße. Er nimmt sich ein paar, dann geht er nach oben.

Die Schwelle von Rachels Büro war stets die Grenze zu einem anderen Universum. Als Kind verharrte Joseph meist in der Tür, als würden ihn unsichtbare Mächte zurückhalten. Er stellte sich oft vor, seine Mutter würde vor einer Weltkarte sitzen und Schachfiguren auf Russland und Brasilien, Indien und Amerika, Korea und Kamerun setzen, die sie am nächsten Tag verschob und so die neuesten Nachrichten schrieb. In Josephs Augen war Rachel keine Intellektuelle; sie erfand Schlagzeilen.

Er kippt ein Fenster, um kühle Luft hereinzulassen. Ihr riesiger Holzschreibtisch nimmt ein Drittel des Büros ein;

darauf gibt es kein freies Fleckchen. Papier, Entwürfe von Artikeln, Notizen zu laufenden Vorlesungen, aufgeschlagene Bücher, viele mit Eselsohren, Tintenfläschchen und leere Thunfischdosen voller Zigarettenkippen. Im Bücherregal steht die Schmuckschatulle, mit der er als Kind gespielt hat. Er kippt sie aus. Bunte Ohrringe, Perlenketten und Armreife prasseln auf den Schreibtisch. Er fischt das Holzbrett heraus, unter dem sich ein Geheimfach verbirgt, und erwartet, goldene Manschettenknöpfe mit blauen Steinen und eine Uhr mit kyrillischer Inschrift vorzufinden. Stattdessen enthält das Fach eine Postkarte und einen weinroten, kyrillisch beschrifteten Pass mit Hammer und Sichel in Goldprägung. Joseph schlägt ihn auf.

Anfangs erkennt er sie nicht. Sie ist jung, etwa zwanzig, und sehr hübsch. Sie trägt ihr dunkelbraunes Haar kurz, mit Seitenscheitel. Die rechte Augenbraue steht etwas höher als die linke. Unter dem Hemdkragen sind zwei Knöpfe offen. Als er ihre hohe Stirn und das Grübchen im Kinn betrachtet, dämmert ihm, dass auch Rachel einmal jung war. Er steckt den Pass in eine Tasche seines Blazers.

Die Postkarte stammt aus einer vergangenen Epoche: den 1970ern. Sie zeigt die metallene Statue einer Frau, bestimmt an die zwanzig Meter hoch, die auf einem Gebirgskamm über einem schlammigen Fluss und einer Stadt aufragt. Ihr Gesicht hat markante Züge, ihr Oberkörper ist kräftig. In der rechten Hand hält sie ein Schwert, mit der linken eine Schale. Joseph weiß nicht, um welchen Ort es sich handelt, aber die Stimmung des Bildes ist ihm vertraut. Er dreht die Postkarte um. Die Briefmarken sagen ihm auch etwas: Braune und graue Raketen umkreisen Planeten, man feiert die Wunder der Wissenschaft. Ein Mann, bereit für die Reise zu den Sternen, setzt einen Astronautenhelm auf. Die Schrift

ist winzig klein; sicher eine fremde Sprache. Bei genauerem
Hinschauen entpuppt sie sich jedoch als Englisch.

September 1984

Liebe Rachel,

Postämter sind wie Bahnhöfe. Darum sammeln
manche Menschen Briefmarken - sie bilden
sich gern ein, auf Reisen zu sein. Nicht
ich. Ich schreibe dies (kritzel-kritzel)
direkt im Postamt (kritzel-kritzel), weil
ich dir sonst nie schreiben würde. Ich bin
feige, aber das weißt du ja schon. Du willst
mit Recht wissen, warum ich verschwunden
bin … Du hast etwas verloren, und das muss
ich ausbügeln. Eine alte Bar in Tiflis,
eine Kerze, ein guter Tropfen. Wäre schön,
wenn wir gemeinsam einen trinken könnten.
Wenn man den Kaukasus lange genug betrachtet, nimmt er die Gestalt eines Herzens an,
wusstest du das? Wendy ist mit dem Bus ins
Gebirge gefahren und hat mit einem Einheimischen namens Vano gesoffen. Dann wurden
sie eingeschneit. Vano bot ihr sein Bett an.
Er nahm ein Schwert von der Wand, legte es
im Bett zwischen Wendy und sich und sagte:
‹Falls ich es wage, diese Grenze zu über-
treten, stößt du mir das Schwert meines
Großvaters ins Herz!› Im nächsten Frühjahr
schlossen sie den Bund der Ehe. Hier tun die

Menschen, was sich gehört. Ich würde auch
gern tun, was sich gehört. Ich habe eine
georgische Seele … und eine Frau. Gut - nun
ist es heraus. Die Katze ist aus dem Sack,
der Schleier ist gelüftet und so weiter.
Ich liebe dich noch immer, Rachel. Aber ich
kann nicht mit einer Frau zusammenleben, die
mich nicht liebt. Ich bedauere sehr, deinen
Sohn nicht gemeinsam mit dir großziehen zu
können. Du wirst ihm irgendeine Geschichte
erzählen müssen.

Cheerio
Gary

Joseph liest die Postkarte mehrmals. Die Wörter werden mit
jedem Mal kleiner, die Sätze verschachtelter, die Aussagen
dunkler. Er hat das Gefühl, durch eine Stadt ohne Straßen-
schilder zu laufen. Er hält sich an die Hausnummern. Diese
bieten aber auch keinen Halt; sie ziehen ihn in die Vergangenheit. Im Oktober 1984, damals war er sechs, wollte er
von Rachel wissen:
    «Woran ist Dad gestorben?»
    «Er hat sich das Leben genommen.»
    «War er traurig?»
    «Er fühlte sich verloren.»
    «Können wir sein Grab besuchen?»
    «Sein Grab ist weit, weit weg.»
    Unter der Schmuckschatulle entdeckt Joseph einen Ord-
ner mit seinem Namen darauf. Er enthält kleine Botschaften,
die er als Kind unter Rachels Tür durchschob.

Dein Rauchen bringt mich um.
Ich bin traurig, wenn du mir nicht Gute
Nacht sagst.
Du musst der Politik von Reagan und
Thatcher mehr Aufmerksamkeit schenken.
Manchmal glaube ich, du liebst die
Perestroika mehr als mich.
Hast du nach Dads Tod noch mal etwas von
ihm gehört?

Joseph scheint alles zu entgleiten, er spürt erste Schmerzen. Er müsste etwas nehmen, um einem Migräneanfall vorzubeugen, will aber kein Vicodin. Er würde lieber etwas trinken. Er steckt die Postkarte ein und eilt nach unten. Dort erwägt er, den Rabbi anzurufen, tut es aber nicht und sucht stattdessen ein sauberes Glas, findet keines, lässt Wasser in die Spüle laufen, gibt Spülmittel hinein. Als er mit dem Abwasch beginnen will, schneidet er sich an einer Glasscherbe. Von seiner Hand tropft Blut ins Wasser. Der Schnitt brennt höllisch.

Er sollte die Wunde ausspülen, betrachtet das Blut jedoch als Zeichen und lässt es bleiben. Er schenkt sich einen Whisky ein, trinkt ihn auf ex, stellt das Radio an. Es läuft krachend laut, die Lautstärke lässt sich nicht mehr regeln. Er bat Rachel zigmal, das blöde Ding zu ersetzen, bot ihr sogar seine alte Stereoanlage von Bose an, die sie mit der Begründung ablehnte, das Radio funktioniere doch prima. Das sagte sie über vieles.

Er reißt den Stecker aus der Wand und schleudert das Radio quer durch den Raum. Es streift eine auf dem Küchentisch stehende Vase, die wackelt, kippt und auf dem Fußboden in tausend blaue Scherben geht. Die LED-Anzeige des Radios blinkt. Dann klingelt sein Handy. Unbekannter Anrufer.

«Hallo?»

Er bildet sich ein, am anderen Ende ein Krachen zu hören.

«Tamar?»

Seine Wunde blutet immer stärker. Er reißt ein Stück Haushaltspapier ab, drückt es darauf.

«Wer ist da?», fragt Joseph. «Hallo?»

Die Verbindung bricht ab.

1988. Joseph ist zehn. Rachel will rasch Zigaretten kaufen.

«Was tust du, wenn jemand an die Tür klopft?»

«Ich mache nicht auf.»

«Und wenn weiter geklopft wird?»

«Ich mache nicht auf.»

«Und wenn doch?»

«Dann wird es schlimm für mich.»

«Gut.» Rachel tätschelt seinen Kopf. «Bin gleich wieder da. Ich bringe dir was mit, okay?»

Ein Ritual von Mutter und Sohn. Am Samstagvormittag verlässt Rachel das Haus, um Zigaretten zu kaufen. Sie bringt Joseph stets etwas mit. Meist einen Cherry Blossom, seine absolute Lieblingsschokolade, wenngleich es laut Rachel seit einiger Zeit Produktionsengpässe gibt. Allein gelassen, widmet er sich seinem bevorzugten geopolitischen Spiel: «Reagan und Gorbatschow: das ultimative Gipfeltreffen.» Er streicht mit einer Hand über die straff pomadisierten Haare und setzt seine beste Cowboy-Reagan-Miene auf. In den Spiegel starrend, unterbreitet er Gorbatschow ein Angebot, das dieser nicht ausschlagen kann: Im Gegenzug für das Versprechen, in Russland demokratische Wahlen abzuhalten, verspricht er ein Freihandelsabkommen, eine Reduzierung der nuklearen Mittelstreckenraketen und die Möglichkeit, *Familienbande* mit Michael J. Fox zu schauen.

Da wird an die Tür geklopft. Joseph zaudert. Noch ein Klopfen. Es klingt hartnäckig. Trotz der Anweisung seiner Mutter macht er auf. Vor der Tür steht ein Mann mit einer Kappe der Chicago Cubs und mit einer braunen Papiertüte in der Hand.

«Möchtest du einen Cherry Blossom?», fragt er.

Joseph greift in die Tüte, ohne nachzudenken, reißt die gelbe Verpackung auf und stopft sich die Süßigkeit in den Mund.

«Magst du Baseball?»

Joseph nickt.

«Möchtest du mal zu einem Spiel gehen?»

«Meine Mom ist gleich zurück.»

«Am nächsten Samstag. Ich besorge Karten. Die Jays gegen die Yanks.»

Rachel hält nichts von Baseball. Joseph schon, aber bei einem Spiel war er noch nie. Er hört die Spiele in seinem Zimmer heimlich im Radio.

«Wir treffen uns nächsten Samstag bei der Ulme in der Sorauren Avenue. Du darfst aber niemandem davon erzählen. Kannst du ein Geheimnis für dich behalten?»

Joseph nickt.

«Geheimnisse», sagt der Mann, «sind süßer als Cherry Blossoms.»

Joseph wird von Tamar aus dem Schlaf gerüttelt. Er liegt am Fuß der Treppe, eine leere Whiskyflasche neben sich, Erbrochenes auf den Klamotten und in den Haaren.

«Ab unter die Dusche», befiehlt sie. Er gehorcht.

Beim Duschen erinnert er sich an das Baseballspiel, das er

damals heimlich besuchte. Der Mann roch nach Old Spice und schalem Tabak. Sie saßen im CNE-Stadion, aßen Hotdogs und tranken Coca-Cola Classic, während die Jays von den Yankees in Grund und Boden gestampft wurden. Hätte es damit sein Bewenden gehabt, dann hätte Joseph diesen Nachmittag im Nachhinein vielleicht für einen Traum gehalten. Aber der Mann fuhr ihn nicht direkt nach Hause, sondern hielt in der Yonge Street, wo sie in einem Laden namens «Sam the Record Man» bis in den dritten Stock hinaufstiegen, weil der Mann nach Jazz-Platten schauen wollte. Joseph fand es todlangweilig.

«Schon mal Jazz gehört?», fragte der Mann.

Joseph schüttelte den Kopf.

«Hast du mal in deinem Zimmer gehockt und das Gefühl gehabt, ganz woanders sein zu wollen? An einem absolut verrückten Ort?»

Joseph nickte.

«Genau das ist Jazz. Und dies sind die zwei besten Jazz-Alben aller Zeiten.»

Er reckte zwei Platten in die Höhe: *Somethin' Else* von Cannonball Adderley und *Blue Train* von John Coltrane. Joseph hatte den Eindruck, als wären diese Alben irgendwie heilig, und versuchte, sich die Cover einzuprägen.

Als er abends endlich heimkehrte, war Rachel außer sich vor Sorge.

«Wo zum Teufel warst du?»

«Bei Dad.»

«Wie meinst du das?»

«Warum hast du mir nicht gesagt, dass er lebt? Warum hast du mich belogen?»

«Weil er für mich gestorben ist.»

«Ich hasse deine Geheimnisse.»

Gegen Abend räumen sie schließlich die Küche auf. Tamar und Joseph arbeiten Hand in Hand, schweigend und effektiv. Als sie fertig sind, setzt sie Kaffee auf und inhaliert den Rauch ihrer Zigarette, als wäre er ein Lebenselixier. Joseph hat zuletzt mit sechzehn geraucht, schnorrt aber trotzdem eine Zigarette. Sie schmeckt nach tiefer, entlegener Wildnis. Nachdem er sie aufgeraucht hat, bittet er um eine zweite. Sie sprechen nicht über das, was sich im Auto zugetragen hat. Er erzählt nichts von dem Pass, der Postkarte, der Vergangenheit oder von Gary. Er wüsste nicht, wo er beginnen sollte.

Stattdessen fragt er: «Lust auf Kino?»

Tamar nickt. «Ja.»

Sie fahren mit Rachels Auto zum Kino und schauen einen Film, ohne den Titel zu kennen. Sie sehen sich darin nicht gespiegelt, der Film hat nichts mit ihnen zu tun, was etwas Erleichterndes hat. Danach kuscheln sie sich ins Einzelbett in Josephs Kinderzimmer, wo Tamar seit geraumer Zeit schläft. Sie klammern sich so fest aneinander, als hinge ihr Leben davon ab.

FÜNF

Mit vierzehn jobbte Joseph als Zeitungsbote. Während der Herbstmonate sparte er seinen Verdienst und erwarb schließlich einen Plattenspieler. Anschließend fuhr er in die Stadt, ging in den dritten Stock von «Sam the Record Man» und kaufte zielsicher *Somethin' Else* von Cannonball Adderley und *Blue Train* von John Coltrane. Wieder zu Hause, legte er sich aufs Bett und lauschte der Musik. Nicht, dass er auf Anhieb einen Zugang gefunden hätte; die Klänge waren ihm fremd, er konnte sie nicht einordnen, und es gab keinen Text, der Halt geboten hätte. Trotzdem wollte er die Bedeutung der Musik entschlüsseln. Irgendwo zwischen diesen Tönen verbarg sich Garys Geheimnis, das zugleich sein Geheimnis war.

Joseph wuchs ohne Vater auf, aber während seiner Jugend nahm Rachel teils monatelang Familien bei sich auf. Ihr Haus war eine Anlaufstelle auf halbem Weg zwischen Ost und West. Frisch aus der UdSSR emigrierte Familien quetschten sich in den Raum gegenüber von Josephs Schlafzimmer und sorgten dafür, dass das Haus der Grabinskys genauso überfüllt war wie die Räumlichkeiten, die sie in Moskau, Leningrad oder Riga zurückgelassen hatten. Er wusste nicht, wie er seinen Freunden an der Highschool diese Situation erklären sollte – die Details waren ihm peinlich. Er lebte ungern so beengt. Irgendjemand brüllte immer. Sieben oder acht Fremde teilten sich eine Küche, eine Dusche und eine Toilette mit wackeliger Türklinke.

Als Joseph Tamar davon erzählt, liegen sie nebeneinander im Bett. Es ist der Morgen nach der Beerdigung, vier Uhr früh. Sie schmiegt sich an ihn und sagt: «Dann kennst du das ja auch.» Und schläft sofort wieder ein.

Sie atmet tief und regelmäßig. Ihre Art zu atmen ist sicher nicht besonders. Wer von uns ist schon besonders? Trotzdem hat er das Gefühl, ihr Atem wäre die Musik der Welt. John Coltranes unvergleichliche Saxofon-Soli. Die warme Bassline von *Somethin' Else*. Er hat den Drang, seine Hände auf ihre schmalen Ohren zu legen. Um sie zu beschützen.

Tamars Augenlider flattern, und er fragt sich, ob sie glücklich ist, ob sie jemals von einem Menschen glücklich gemacht wurde, ob Glück überhaupt von Bedeutung ist. Dann denkt er: Und wenn es mich glücklich macht, sie beim Schlafen zu beobachten? Er hat sofort ein schlechtes Gewissen, immerhin ist Rachel gerade gestorben. Also denkt er stattdessen an Garys Postkarte. Ihr Inhalt ist ein Schlag: Gary verschwand, weil Rachel ihn nicht liebte. Gleichzeitig ärgert sich Joseph. Warum hielt sein Vater keinen Kontakt – und sei es sporadisch?

Joseph erzählt der schlafenden Tamar nicht, dass er es hasste, das Haus mit sowjetischen Immigranten teilen zu müssen. Er zog sich in sein Zimmer zurück, um ihnen zu entfliehen, und hörte Jazz, jene Musik, die von der Ferne träumt. Ja, er sehnte sich nach Musik und danach, zu entrinnen, vor allem aber nach Liebe. Er ahnte, dass weder Rachel noch Gary zu lieben verstanden. Die Hände auf ihre Ohren gelegt, sieht er Tamar beim Schlafen zu. Dann flüstert er: «Ich liebe dich.»

Joseph erwacht am späteren Morgen. Er braucht einen Moment, um zu begreifen, dass er sich nicht in seiner Eigentumswohnung in der King Street befindet, sondern nackt in seinem Kinderzimmer liegt. Neben ihm ist das Bett noch warm von Tamar. Er zieht sich an und geht nach unten. Dort steht ein Topf mit heißem Kaffee. Die aktuelle New York Times liegt auf dem Küchentisch. Es ist Mittwochvormittag, und sein Boss hat ihm nicht weniger als zehn SMS geschickt. Scheint, als werde er im Büro dringend gebraucht.

Joseph spürt einen Luftzug. Als er zur Hintertür geht, steht sie einen Spalt offen. In den Garten tretend, sieht er die Metallpforte sanft hin und her schwingen.

«Tamar?», ruft er.

Die Sorauren Avenue ist ungewöhnlich still. Tamar ist nirgendwo in Sicht. Er vermutet, dass sie etwas fürs Frühstück besorgt. Joseph schließt die Pforte und kehrt ins Haus zurück, um sich Kaffee einzuschenken. Er trinkt einen Schluck, greift dann in die Innentasche seines Blazers und stellt fest, dass der alte Pass seiner Mutter nicht mehr darin steckt. Er geht mit dem Kaffee nach oben, um nachzuschauen, ob er ihn dort vergessen hat. Beim Eintreten erschrickt er. Das Zimmer wurde durchwühlt. Überall Bücher, der Papierkorb ausgeleert, Aktenordner wurden geöffnet und zerfleddert, Aktenschränke aufgerissen, Notizbücher liegen auf dem Fußboden. Das Fenster steht offen, und der hereinwehende Wind ist wie ein Echo von Josephs Schrecken und Bestürzung.

Er ruft Tamar an, aber ihr Handy ist aus. Er hinterlässt eine Nachricht und versucht, möglichst ruhig zu klingen. Er denkt: Jemand hat etwas gesucht. Jemand hat Rachels sowjetischen Pass geklaut. Wurde Tamar entführt? Er befürchtet das Schlimmste, macht sich furchtbare Sorgen. Auf dem Fußboden liegt ein offener Ordner mit ausgeschnittenen Artikeln über Tamars Performances und Fotos, auf denen sie mit Freunden und Familie auf der Bühne zu sehen ist. Eine Fotoserie zeigt eine Frau im Kampfanzug. Sie trägt eine blonde Perücke und eine Sonnenbrille und starrt in die Kamera. Auf dem letzten Bild hebt sie Perücke und Brille an und entpuppt sich als Tamar. Sein Handy klingelt.

«Joseph?»

«Tamar! Wo zum Teufel bist du?»

«Am Flughafen.»

«Alles in Ordnung?»

«Ich muss dringend etwas klären, okay? Ich kann dir noch nicht sagen, was. Ich fliege heim.»

Das Schweigen, das folgt, ist eine Tortur.

«Hast du Rachels Büro durchwühlt?», fragt er.

«Ja. Entschuldige das Chaos.»

Er atmet erleichtert auf. «Ich dachte schon, es wäre ein Einbruch. Ich dachte, du wärst in Schwierigkeiten …»

Joseph bemerkt verspätet, dass Tamar schluchzt.

«Tamar?»

Die Verbindung ist unterbrochen.

VIERTER AKT

REISEN AUF ART
DER DOPPELHELIX

November 2003

Jeder muss er selbst sein.
Und zugleich nicht er selbst.

TSCHETSCHENISCHES SPRICHWORT
(nach Peter Nasmyth)

EINS

Während des Fluges nach Istanbul schreit ein Baby in den Armen seiner Mutter. Spitze Schreie, die Tamars Befindlichkeit spiegeln. Auch ihr ist zum Heulen, und sie schließt sich in der Toilette ein, um zu weinen. Mascara läuft über ihr aufgequollenes Gesicht. Sie hat das Gefühl, in einer ausweglosen, finsteren Höhle festzusitzen. Genau das, begreift sie, ist Traurigkeit: eine Höhle voller Verluste. Als sie zu ihrem Platz zurückkehrt, ist das Baby eingeschlafen. Tamar ist hellwach und weiß nicht, was sie denken, was sie tun soll. Sie streicht über den Umschlag des sowjetischen Passes. Sie schlägt ihn auf der Seite mit Foto und Namen auf: Anna Litvak. Sie berührt das schwarz-weiße Passfoto. Was enthüllt ein Gesicht? Welche Geschichte birgt ein Foto?

Tamar ruft sich die Ereignisse der letzten paar Stunden in Erinnerung. Als sie in Josephs Armen einschlief, betrauerte sie Rachels Tod und fühlte sich zugleich getröstet. Sie schlief, bis er zu erzählen begann. Es war wie im Traum. Sie hört Joseph gern zu, folgt gern den sanften Schlenkern seiner Gedanken. Der Rhythmus seiner Worte begleitete sie in den Halbschlaf. Nach dem Aufstehen wusch sie ihr Gesicht mit kaltem Wasser. Anschließend betrachtete sie seine unter dem Deckbett zusammengerollte Gestalt, seinen blauen Blazer, der unordentlich auf dem Fußboden lag. Sie hob ihn auf, um ihn über einen Stuhl zu hängen, als ein Pass herausfiel. Darin stand der Name Анна Литвак. Anna Litvak. Als sie das Foto betrachtete, erkannte sie Rachel – als Zwanzigjährige.

Sie glaubte zunächst, sie bilde sich das ein. Danach ging sie schnell die paar möglichen Erklärungen durch: Vielleicht eine zufällige Ähnlichkeit, vielleicht ein eineiiger Zwilling, vielleicht war Anna Litvak eine verschollene Tante. Doch je länger sie das Foto betrachtete, desto tiefer ihre Überzeugung, dass Rachel Grabinsky nicht die Person war, als die sie sich ausgegeben hatte.

Tamar durchwühlte Rachels Büro. Blätterte in Notizbüchern und Akten und überflog diverse Zettel. Es musste eine Erklärung geben. Andererseits war es vielleicht nur eine eingebildete Ähnlichkeit, eine Ausgeburt ihrer Trauer. Das Geburtsdatum im Pass war jedoch dasjenige Rachels, ihre grauen Augen waren unverkennbar. Obwohl die Frau auf dem Foto noch jugendlich war, glaubte Tamar nicht, sich zu irren: Rachel Grabinsky war identisch mit Anna Litvak. Und wie Nana ihr vor vielen Jahren erzählt hatte, war Anna Litvak ihre leibliche Mutter.

Sie lief rauchend im Büro auf und ab. Sie duschte sich, schrubbte ihre Haut, bis sie brannte. Die Wahrheit ließ sich nicht auslöschen. Die mögliche Wahrheit, dachte sie. Sie brauchte Gewissheit, bevor sie Joseph davon erzählte. Sie zog sich an, kaufte eine Zeitung, kochte Kaffee. Sie klammerte sich an normale, alltägliche Tätigkeiten, nur: Was war noch normal? Sie konnte es nicht fassen.

Schlagartig rückte alles in ein anderes Licht. Jeder Moment, jedes Gespräch mit Rachel erhielt eine neue Bedeutung. Die Pausen, das lange Schweigen, die Tränen. Zufälle, die in Wahrheit keine gewesen waren. Ihre erste Begegnung im Underground; die Gelder von Freedom Ink; ihr Job an der Uni; die Tatsache, dass sie hier wohnte und Rachels Sohn kennengelernt hatte ... Joseph, ihren Halbbruder.

Tamar hatte das Gefühl, ihr Kopf müsse platzen, ihr Magen war in Aufruhr. Sie fiel auf die Knie und erbrach den Kaffee, den sie eben getrunken hatte. Sie fühlte sich überfordert, hätte am liebsten alles abgeblockt. Sie glaubte, ohnmächtig zu werden, und stützte sich am Küchentresen ab. Sie verdrängte den Gedanken an Joseph. Als sie sich gefasst hatte, wischte sie das Erbrochene auf, kippte jede Menge Bleichmittel aufs Linoleum und schrubbte mit einer seit Jahren nicht gekannten Wut. Der Bleichmittelgeruch beruhigte sie; sie musste austilgen, was passiert war. Danach rief sie Levan an.

«Hallo, Tamar. Ich wollte mich gerade bei dir melden.» Sie hörte, wie er sich eine Zigarette anzündete. «Ich habe von Rachels Tod erfahren. Tut mir aufrichtig leid. Du bist sicher total fertig.»

«Wer zum Teufel ist Anna Litvak?», fragte sie durch zusammengebissene Zähne.

Levan zog lange an seiner Zigarette. Das Geräusch, das er beim Inhalieren entließ, klang heiser, sie musste an ein absaufendes U-Boot denken. Nur dass sie es war, die absoff.

«Wir reden, wenn du wieder in Tiflis bist.»

«Warum in Tiflis?»

«Zaza lebt, sagt Skunk. Er weiß, wo er sich aufhält.»

«Bitte?»

«Offenbar im Gebirge. Skunk behauptet, Zaza sei eine Art Mönch geworden. Um Buße zu tun. Ehrlich, Tamar, dein Vater ist absolut durchgeknallt.»

Sie hätte eine Zigarette gebraucht, aber ihre Hände hörten nicht auf zu zittern.

«Tamar», sagte Levan, «du musst heimkehren.»

ZWEI

Joseph blickt auf den Stapel Post in Rachels Flur. Seit ihrem Tod treffen täglich Dutzende Beileidsschreiben ein. Er traut sich nicht, sie zu lesen. Ein zerknittertes Telegramm lautet: *slavoj zizek bittet um nachsicht schafft es nicht zur beerdigung*. Ein dicker Umschlag ist an ihn adressiert: «Genosse Joseph Grabinsky». Er hebt ihn verdutzt auf und betrachtet die Handvoll aufgeklebter Briefmarken. Die Schriftzeichen darauf sind ihm fremd, er kann sie geografisch nicht einordnen. Er geht mit dem Umschlag in die Küche und öffnet ihn, zieht einen Brief und eine Mappe mit Dokumenten heraus. Zuerst liest er den auf vergilbtem Papier getippten Brief.

Lieber Genosse Joseph,
du kennst mich nicht, und doch bin ich kein
dunkles Franz-Kafka-Geheimnis. Deine fins-
tere Vorgeschichte bringt mich dazu, dir
zu schreiben. Ich kenne die wahren Melo-
dien deines Vaters, Gary Ruckler, deshalb
diese kleine Aussendung, die große Wahr-
heiten beinhaltet. Keine Sorge - ich spiele
Geschichte wie Charlie Parker ein Jazz-
Solo: sturmbrausend improvisiert und hoch-
gradig gestört. Ich bin ein immerwährender
Fan Parkers, Genie-Virtuose unserer uralten
Ornithologien.

Ich schreibe dir aus dem phänomenaligsten
LP-Laden der Welt - meinem Plattenpalast.
Vielleicht bevorzugst du die schillernde
CD. Vielleicht bist du ein eingefleischter
Napster und hörst die triste Musik des Räu-
bers MP3, Verderber unserer Seelen. Wenn dem
so ist, werde ich lernen, deine Blödheit zu
erdulden. Du wiederum musst lernen, dich in
Vinyl zu verlieben, denn was ist das Rund
aus Vinyl, wenn nicht, wie schon Thelonious
Cat intonierte, in Zeit gestanzte Herrlich-
keit? Ich sende dir die alte Scheibe, damit
du sie endlich wieder auflegen kannst: ein
Doppelalbum deines Lebens.
Es handelt sich jedoch um Unterlagen aus dem
Schrank, nicht um Musik. Ja, du entstammst
dem Land der Dunklen Geheimnisse. Willst
du die Wahrheit erfahren? Wenn die Große
Gemeinsame Sozialistische Mutterbrust ver-
siegt, gieren alle nach Fakten - und einer
hübschen Wrangler-Jeans. «Wir wollen wissen,
was war!», schreien sie. Aber stimmt das?
Wir sind so gruselig menschlich. Ich biete
dir hiermit eine heikle Gelegenheit. Vielleicht sagst du: «Nein, danke, Kumpel», und
damit ist die B-Seite abgehakt.
Und doch ist die Gen-Ballade etwas anderes
als die Verslehre der Wrangler-Jeans. Dein
Erbe ist dir ins Innerste eintätowiert. Wenn
du dies liest, erfährst du also, was du
längst wusstest. Sei achtsam und schau genau
hin. Du musst zwischen den Zeilen lesen,

neben den Wörtern und im Urgrund deines
Genom-Projekts. Dein Vater ist aus Gründen
in die Binsen gegangen, die sowohl wichtiger
als auch banaler sind, als du glaubst. Spä-
ter kannst du mir dann die große postalische
Herzerfrischung senden und deine Gedanken
bekunden.
Und: Beim Lesen bitte Charlie Parker mit
machtvollen Dezibellen hören. Nur der Bird-
man vermag die Pein unserer tristen, kläg-
lichen Leben in Musik zu verzaubern.

Untertänigst, dein
Daniel Daniel
Impresario und Eigentümer von Daniel Daniels
Plattenpalast
Tiflis, Georgien

Anna-Litvak-Dossier (1977–1978)

Autoren: Oberst A. M.; Genossin O. V.;
Unterleutnant Z. G.; Komitee für
Staatssicherheit (KGB)

Übersetzt von: Gary Ruckler,
Central Intelligence Agency,
Langley, Virginia, USA

Status: streng geheim

Dossier Nr. 4123

Akte 82104 (zuvor die Akten 44833 und 18923)

Name: Litvak, Anna

Alter: 26

Geburtsdatum: 12. August 1951

Geburtsort: Universitätskrankenhaus Vilnius

Vater: David Litvak

Mutter: Devorah Litvak

Größe: 162 cm

Gewicht: 58 Kilo

Haarfarbe: braun-grau

Besondere Merkmale: Brillenträgerin. Linkshände-
rin.

Angehängt: Berichte über die Ereignisse zwischen
dem 15. August 1977 und dem 21. Mai 1978. Be-
sonderer Dank gilt Oberst A. M., Genosse O. V. und
Unterleutnant Z. G. für ihre Berichterstattung
sowie dem Komitee für die kritische Durchsicht.

**Protokoll der Vorgänge auf dem Moskauer
Internationalen Flughafen, 15. August 1977.
Zuständig: Oberst A. M.**

Am 15. August 1977 erhielt ich den Auftrag, Ge-
nossin Anna Litvak, ihr zweijähriges Kind sowie
Unterleutnant Z. G. zum Moskauer Internationalen
Flughafen zu begleiten. Genossin Litvak hielt das
Kleinkind. Ich trug ihren Koffer, Unterleutnant
Z. G. ihre Aktentasche.
Während der vergangenen drei Jahre hatte Genossin
Litvak wiederholt Beschwerden eingereicht, in
denen sie behauptete, aufgrund ihrer jüdischen
Herkunft Opfer rassistischer Vorurteile und An-
feindungen zu sein. Sie bekundete ihren Wunsch,
das Mutterland zu verlassen, und stellte schließlich einen Ausreiseantrag zwecks Zusammenführung
mit einer entfernten Angehörigen sowie des Studiums von Politikwissenschaften und Literatur an
der McGill University, Montreal, Kanada. Aufgrund ihrer herausragenden akademischen Leis-
tungen wurde ihr ein volles Stipendium zuerkannt.
Auf Empfehlung des Parteisekretärs des Bezirks
Moskau, Genosse B. Y., wurde ihr Antrag bewil-
ligt, allerdings unter der Bedingung, dass sie
von Unterleutnant Z. G. begleitet werde. Diese
Bedingung wurde Genossin Litvak zunächst verschwiegen.
Unterleutnant Z. G. bekam den Auftrag, Genossin
Litvak auf dem Flug nach Montreal (mit Transit in
Wien) zu begleiten. Dort hätten sie ein Zuhause
gründen und das Kind als Paar großziehen sollen.

193

Um dies glaubwürdig erscheinen zu lassen, wurden
sie am 10. April 1977 in Moskau getraut. Ein hin-
reichend überzeugendes Szenario, wie das Komitee
befand. Meine Aufgabe bestand darin, ihre Abreise
zu beaufsichtigen.

Als eine Aeroflot-Angestellte das Boarding frei-
gab, führte ich das Paar die Treppe hinab aufs
Flugfeld. Wir gingen bewusst langsam, um keine
Aufmerksamkeit zu erregen. Dann erreichten wir
die Gangway. Bevor Genossin Litvak diese hinauf-
stieg, bat der Unterleutnant sie, ihm das Kind
zu geben. Genossin Litvak und Unterleutnant Z.G.
waren die Letzten, die an Bord gingen. Sie gab
ihm das Kind, er reichte ihr die Aktentasche und
folgte ihr dann hinauf. Ich wartete unten. Als
Genossin Litvak das Flugzeug betrat, blieb Unterleutnant Z.G. stehen und flüsterte der Flugbegleiterin etwas zu, die daraufhin im Flugzeug
verschwand und die Tür verriegelte. Unterleutnant
Z.G., der noch das Kind hielt, kehrte daraufhin
zu mir zurück.

Ich fragte Unterleutnant Z.G. barsch, warum zum
Teufel er nicht an Bord gegangen sei. Z.G. antwortete: «Das widerspricht meinen Prinzipien.»
Was das heißen solle, fragte ich. Er gab keine
Antwort. Sein Blick war schwer zu deuten. Er
war nicht er selbst. Als ich zum Flugzeug auf-
sah, konnte ich Genossin Litvak erkennen, sie
presste Gesicht und Hände gegen ein Fenster. Die
Triebwerke wurden gestartet. Unterleutnant Z.G.
machte kehrt und entfernte sich eilig. Er hielt
das Kind wie einen Sack Kartoffeln. Ich rannte

ihm nach. Er wiederholte: «Das widerspricht
meinen Prinzipien.» Er sagte das zu niemand Be-
stimmtem, als wollte er es dem Wind gestehen.

Moskau, 22. August 1977
Gezeichnet: Oberst A.M., Komitee für Staatssicherheit

**Protokoll eines Gesprächs zwischen Genossin
O.V., Kellnerin im Restaurant Rasputin,
Montreal, Kanada, und Genossin Litvak**

Ich begegnete Genossin Anna Litvak am 9. November
1977 im Restaurant Rasputin, Boulevard Saint
Laurent, Montreal, Kanada. Sie gestand, bei uns
zu essen, weil sie Heimweh habe. Ich brachte ihr
Borschtsch mit saurer Sahne und Dill. Danach eine
Portion Wareniki, nicht ganz frisch, wie ich zugeben muss. Genossin Litvak empfand das Essen als
tröstlich. Danach spendierte ich ihr einen Wodka.
Sie bestellte einen zweiten. Daraufhin wechselte
sie von steifem Englisch zu elegantem Russisch
und wurde redseliger. Sie schien erst jetzt richtig zu sprechen.
Sie erklärte, dass sie in Kanada war, um zu studieren. Das, gestand sie, sei herausfordernd und
das Leben beschwerlich, sie habe vieles zurück-
lassen müssen. Ich ergriff ihre Hand und sagte:
«Allein hat man's nicht leicht.» Genossin Litvak
berichtete, ihr Mann und ihr Kind lebten vermutlich in Moskau. Ich erkundigte mich nach ihren
Freunden in Montreal. Sie gab an, jüdische Verwandte zu haben, nur hätten sie kaum Gemeinsam-
keiten, sie lese lieber Bücher und schaue *The
Young and the Restless* (Genossin Litvak gestand eine «kranke» Vorliebe für die Serie). Ich
schenkte ihr nach, und sie fragte, ob ich mich zu
ihr setzen wolle. Das Restaurant war leer, also
nahm ich ihr gegenüber in der Sitzecke Platz,
zwischen uns die Wodkaflasche.

Beim fünften Glas erzählte sie eine wirre Geschichte. Sie erwähnte ein Buch, einen Amerikaner, einen Tschetschenen, einen Georgier, ein
Rollfeld, ein Kind, das sie liebte, aber nicht
gewollt hatte. Sie erzählte von Moskau, von
einem Fenster zum Fluss, einem Erbe, das sie
nicht kannte. Dann beichtete sie, dass sie Mann
und Kind vermisse. Ich fragte: «Warum kehren
Sie nicht heim?» Sie erwäge es oft, sagte sie,
fürchte sich aber. «Wovor denn?», wollte ich wissen. Sie antwortete ausweichend, sie genieße die
Freiheit, es sei belastend gewesen, permanent observiert zu werden, und trotzdem habe sie Schuldgefühle. Ich sagte: «Wollen Sie Ihre Tochter denn
wirklich alleinlassen?»
Genossin Litvak wischte sich Tränen aus den
Augen. Ich beruhigte sie, ließ sie in meine Handfläche weinen. Sie sagte: «Ich kapiere es nicht.
Ich schätze, ich werde es nie kapieren.» Sie
weinte wieder, schüttete Wodka in sich hinein.
Als die Flasche leer war, bat sie um eine neue,
stand schließlich auf und blinzelte, als wäre ihr
Blick getrübt. Im nächsten Moment erbrach sie
sich. Ich stützte sie auf dem Weg zur Toilette,
wo sie sich nochmals übergab. Ich achtete darauf,
dass ihr die Haare nicht ins Gesicht fielen.
Dann brach sie zusammen. Ich fuhr sie im Taxi ins
Royal Victoria Hospital. Man diagnostizierte eine
Alkoholvergiftung, pumpte ihren Magen aus und
hängte sie an den Tropf. Ich wartete unterdessen
vor der Tür. Es war gegen drei Uhr fünfzehn.
In den Krankenhausfluren herrschte Stille. Mir

drohten die Augen zuzufallen. Ich kann mich an
einen Mann mit schäbigem Mantel und blauer Base-
ballkappe erinnern, der in Begleitung einer Kran-
kenschwester erschien. Er lächelte mir zu. Ich
bemühte mich, Augen und Ohren offen zu halten,
aber die Tür war geschlossen. Als ich eine Stunde
später erwachte und einen Blick ins Zimmer warf,
war Genossin Litvak verschwunden.

Montreal, Kanada, 10. November 1977
Gezeichnet: P.K., Oberleutnant, Komitee für
Staatssicherheit, Zuständiger Offizier

Bericht über die Observierung von Genossin Litvak

Zuständig: Unterleutnant Z. G.

Am 8. März 1978 erhielten wir Informationen, die uns zu einer Einzimmerwohnung in Torontos Stadtviertel High Park, 12 Indian Road Crescent, führten. Die Bewohnerin, eine gewisse Rachel Grabinsky, promoviert derzeit an der University of Toronto in Politikwissenschaften mit Schwerpunkt Sowjetunion. Im Zuge der Observierung konnte ich bereits nach einigen Tagen zweifelsfrei feststellen, dass es sich bei Rachel Grabinsky trotz veränderter Haarfarbe (Kastanienbraun) in Wahrheit um die Genossin Anna Litvak handelt. Im Folgenden verwende ich ihren wahren Namen.

Wir nehmen an, dass Genossin Litvak von dem amerikanischen Staatsbürger Gary Ruckler, Mitarbeiter der Central Intelligence Agency, aus dem Krankenhaus in Montreal geholt und an diesen neuen, 548 Kilometer entfernten Wohnort gebracht wurde. Er erledigt die Einkäufe und kocht, während sie ihrem Studium nachgeht. Zunächst war er die Schulter, an der sie sich ausheulen konnte, wie es in Amerika heißt, aber mit der Zeit schien sich eine sexuelle Beziehung zu entwickeln. Als sich eine Gelegenheit fand, drang ich in die Wohnung ein und entdeckte auf dem Küchentisch einen Umschlag mit fünfzig US-Dollar, vermutlich hinterlassen von Agent Ruckler. Genossin Litvak verwendete diese Geldmittel für den Kauf von Büchern, Stiften und Notizheften. Außerdem fand

ich einen kanadischen Pass, ausgestellt auf den
Tarnnamen Rachel Grabinsky, sowie im Bad ein
Haarfärbemittel (braun).
Ich folgte Genossin Litvak mehrere Wochen, um
ihren Tagesablauf zu studieren. Von Montag bis
Freitag fährt sie gleich morgens zum Campus der
University of Toronto, um Seminare und Vorlesungen zu besuchen. Anschließend arbeitet sie in der
Robarts Library. In einer Arbeitsnische im fünften Stock liest sie stundenlang Bücher und Artikel und macht sich Notizen. Am frühen Nachmittag
nimmt sie eine Straßenbahn in Richtung Westen und
steigt in der Roncesvalles Avenue aus, wo sie an
der Theke des polnischen Deli schwarzen Kaffee
trinkt und Dunhill-Zigaretten raucht. Sie bestellt stets zwei Scheiben Wonder Bread, getoas-
tet und gebuttert. Sie scheint auf Butter fixiert
zu sein. Ich konnte mehrmals beobachten, wie sie
kleine, abgepackte Portionen einsteckte. Ebenso,
wie sie Marmelade mit einem Messer direkt aus dem
Glas aß. Sie benutzt einen blauen Kugelschreiber
von Bic und ein rotes Notizbuch von Hilroy.
Am Nachmittag des 20. Mai 1978 betrat Genossin
Litvak um 14:20 Uhr eine Arztpraxis, wo man ihr
mitteilte, dass sie in der sechsten Woche schwanger sei. Anschließend fuhr sie mit dem Bus zum
polnischen Deli, wo sie eine kanadische Süßigkeit
namens Cherry Blossom bestellte. Diese packte
sie sorgfältig aus und schnupperte daran. Dann
halbierte sie die Süßigkeit und aß die darin ent-
haltene Maraschino-Kirsche, als wäre diese der
Leib Lenins.

Am 21. Mai 1978 verfasste ich einen Brief an
Genossin Litvak und steckte ihn in ihren Brief-
kasten. Da ich die Absicht hatte, ihr Vertrauen
zu gewinnen, schrieb ich sehr persönlich und bat
um ein Treffen. Am späteren Abend konnte ich beobachten, wie Genossin Litvak den Brief las. Sie
zerriss ihn, verbrannte die Papierfetzen und
weinte sich danach an Agent Rucklers Brust aus.

Toronto, Kanada, 22. Mai 1978
Gezeichnet: Z. G., Unterleutnant, Komitee für
Staatssicherheit

DREI

Während des Fluges gelingt es Tamar, eine Runde zu schlafen, wenn auch unruhig. Sie träumt, dass Rachel und Anna Karten spielen. Als sie ihre Blätter auf den Tisch legen, sind diese identisch: vier Könige und ein Ass. Nachdem sie erwacht ist, bemerkt sie, dass sich ein Mann, der zwei Reihen vor ihr sitzt, zu ihr umgedreht hat und sie anstarrt. Als er ihren Blick registriert, wendet er sich ab. Er erinnert sie stark an Dawit: olivbrauner Teint, hohe Stirn und tief liegende Augen, gespaltenes Kinn sowie Muttermale auf der Wange und dem rechten Ohr. Obendrein ist er ähnlich gekleidet: blauer Nadelstreifenanzug und lila Blume im Revers. Ein unheimlicher Wiedergänger, der sie auf die Frage bringt, ob sie gefahrlos nach Tiflis zurückkehren kann.

«Nur wer paranoid ist, überlebt», sagte Rachel nach Dawits Ermordung. Tags darauf nahm Tamar ihre Einladung nach Kanada an. Drei Tage später flog sie nach Toronto. Vorgesehen war ein einjähriger Aufenthalt, doch sie blieb drei Jahre. In Anbetracht von Dawits Tod sah sie keinen Sinn darin, heimzukehren.

Auch nach der Landung in Istanbul steht sie unter Anspannung. Während sie ihren Koffer durch den Flughafen trägt, blickt sie mehrmals über die Schulter. Sie bildet sich ein, von dem Fluggast verfolgt zu werden. Sie wäscht sich in einer Damentoilette das Gesicht. Danach ist der Mann weg, aber als sie auf der Anzeigetafel nach ihrem Anschlussflug schaut, entdeckt sie ihn vor einem Zeitungsladen.

Ihr Flug fällt aus. Am Informationsschalter fordern zahllose erboste Reisende ihr Geld zurück. «Unsere Fluggesellschaft ist für die Sperrung des Flughafens in Tiflis nicht verantwortlich», erklärt die Angestellte. Daraufhin beginnen die jetlaggeplagten Reisenden, erregt zu debattieren. Es kursieren Spekulationen und Verschwörungstheorien, die erklären sollen, warum der Flughafen gesperrt wurde, wer dahintersteckt, was Gott oder Putin im Schilde führen. Tamar entdeckt den Mann ein weiteres Mal, er telefoniert mit seinem Handy. Während sie sich durch den Flughafen Istanbul-Atatürk schlängelt, stellt sie sich vor, dass Rachel sie beobachtet. Als sie nach der Zollkontrolle die Türkei betritt, sieht sie sich nicht noch einmal um. Sie schreitet durch die Tür in die Welt und taucht in der Nacht unter. Dawits Doppelgänger ist nirgendwo zu sehen.

Sie fährt mit einem Taxi zum Basar im Viertel Sultanahmet. Dort kauft sie ein schwarzes Tuch und verliert sich im Gewirr des Marktes. Sie schlendert durch Spaliere puderzuckeriger Süßwaren, vorbei an Männern, die Backgammon spielen, durch Gänge mit Jeans und Bergen von Nylonpullovern. Tamar verspürt den Wunsch, hierzubleiben, für immer zu verschwinden.

Als sie den heruntergekommenen Busbahnhof erreicht, kauft sie eine Fahrkarte und hüllt ihren Kopf in das Tuch. Eine halbe Stunde vor der Abfahrt des Busses nach Tiflis will ein Mann im schwarzen Anzug und mit Klemmbrett ihren Reisepass sehen. Er schaut auf das Foto, dann schaut er sie an, und sie nimmt das Tuch von ihrem Gesicht. Niemand ist derjenige, der zu sein er vorgibt, denkt sie, nicht einmal ich. Kurz vor Tagesanbruch steigt sie in den Bus, um die dreitägige Fahrt entlang des Schwarzen Meeres anzutreten, dies in der Hoffnung, ihre Ungeduld zu verlieren, eventuellen Verfolgern zu entwischen und zu ergründen, wer sie ist und woher sie stammt, wenn es denn überhaupt eine Rolle spielt.

VIER

Joseph liest die Dokumente am Küchentisch seiner Mutter.
Er fühlt sich wie ein Zeitreisender, der einer Frau begegnet,
die ihm fremd ist, obwohl er mit ihr aufwuchs. Das geheime
Leben seiner Mutter, detailreich und schwarz auf weiß, löst
sowohl Neugier als auch eine gewisse Verstörung in ihm aus.
Er liest die Dokumente ein zweites Mal. Rachels Leid und
ihre Verluste schmerzen ihn, aber zugleich ist er verärgert,
weil sie ihm so viel verheimlicht hat. Was davon ist wahr?,
überlegt er. Soll er Dokumenten Glauben schenken, die pas-
senderweise einen Tag nach Rachels Beerdigung durch den
Briefschlitz geschoben wurden? Und was, wenn die Informationen der Wahrheit entsprächen?

Joseph tut etwas nie Dagewesenes: Er bittet seinen Chef
telefonisch um eine Woche Urlaub. Er hat sich noch nie ei-
nen Krankentag erlaubt, nicht einmal auf der Grad School.
Sein Chef zeigt Verständnis, ist aber auch besorgt. Nach dem
Gespräch legt Joseph die Dokumente zur Seite. Er muss die
Angelegenheiten seiner Mutter regeln, das hat jetzt Vorrang.
Er wird das Haus verkaufen müssen, aber das hat Zeit, zu-
nächst muss er ihr Büro aufräumen – eine Herkulesaufgabe.
Die Arbeit hat etwas Stabilisierendes, er ist froh über die
Ablenkung und schafft sich ein eigenes Ritual aus Kaffee-
trinken und Aufräumen. Er geht die Notizen, die Akten und
die Korrespondenz seiner Mutter durch. Er sortiert vieles
aus, die wichtigen Dokumente passen am Ende in wenige
Plastikboxen. Dieses Aussieben tut ihm gut.

Abends liest er in Rachels Büchern.

«Sie hatte ein kompliziertes Leben», sagte Tamar einmal zu ihm.

In einer Passage ihres ersten Buches, *Lots Weib*, schildert Rachel, wie ihre Mutter, Devorah, abwäscht. Sie beschreibt die Vehemenz, mit der sie Teller schrubbte. Rachel reflektiert über das, was Devorah als jüdische Sowjetbürgerin und Gattin eines vom KGB ermordeten Akademikers an Schrecken zu erdulden hatte. Devorah arbeitete sich an den Tellern ab, als wollte sie Wut und Groll und Ängste und die Gräuel des zwanzigsten Jahrhunderts abschrubben. Als Joseph den Blick hebt, sieht er Rachel vor der Spüle stehen, sie schrubbt wie ihre Mutter. Und er begreift, dass sich die Geschichte bei Mutter und Tochter wiederholt hat.

Lots Weib gilt als politisches Erinnerungsbuch, doch der Name Anna Litvak fällt auf keiner Seite. Weder Rachels Erlebnisse in Moskau und Montreal noch Gary werden thematisiert. Ein Mann namens «Z. G.» kommt nicht vor, genauso wenig die Tatsache, dass sie vor Joseph ein anderes Kind hatte, das ihr weggenommen wurde, sein Halbbruder oder seine Halbschwester. Rachel schildert stattdessen das Leid in Vilnius, das Verschwinden von Nachbarn und Freunden, die Inhaftierung ihres Vaters.

Joseph entdeckt eine nicht angezündete Zigarette seiner Mutter im Aschenbecher. Er hat das Bedürfnis, mit ihr zu reden, doch sie ist weit, weit weg. Er würde sich gern auf das Positive besinnen, aber Tamars Abwesenheit bedrückt ihn. Verlangen schafft Verwirrung, und Joseph sehnt sich nach der Zeit zurück, als sie nur befreundet waren. Damals war alles klarer, geordneter. Ihn plagt unwillkürlich die Sorge, sie könnte wegen ihm abgereist sein.

Ob ihr Aufbruch irgendwie mit Anna Litvak zusammenhängt? Er zündet die Zigarette an. Er braucht unbedingt jemanden, mit dem er darüber sprechen kann. Der Einzige, der infrage kommt, ist der Absender der Dokumente, Daniel Daniel, der seine E-Mail-Adresse unten auf seinem kuriosen Brief notiert hat. Und so schreibt Joseph – leicht angetrunken, ein bisschen liebeskrank und mutterseelenallein – zu später Stunde diesem fremden Menschen.

Von: <josephg@hotmail.com>
An: <daniel.daniel@plattenpalast.ge>
Betreff: Details
Datum: 12. November 2003, 23:08 Uhr

Lieber Mr. Daniel,
ich habe Ihren Umschlag mit dem Dossier erhalten. Ist mein Vater noch am Leben? Wenn ja, wo kann ich ihn finden? Sind Sie von Gary gebeten worden, mir die Dokumente zu schicken?
Mit freundlichen Grüßen
Joseph Grabinsky

Von: <daniel.daniel@plattenpalast.ge>
An: <josephg@hotmail.com>
Betreff: Re: Re: Details Details Details
Datum: 13. November 2003, 00:15 Uhr

Lieber Genosse Joseph,
ich danke für die knappe und postkehrende Herzerfrischung. Wie schön, dass du deine Geschirrspülmaschine geleert hast. Mein Gipfelbestreben ist es, Platten-Impresario Nr. 1 zu sein,

ich werde dir also exakt mitteilen, was du beinahe brauchst. Ich kann deine Ambulanz im Hinblick auf diverse Väter gut verstehen. Wir sind keine genetischen Mutanten, erben aber elterliche Mutationen. Das ist fürchterlich, vor allem, wenn man der Nachfahre von Pavianen ist. Zum Glück gilt das nicht für dich.

Ich bin froh, dass du die Dokumente gelesen und das kritische Auge deines Vaters geerbt hast. Wie es der Zufall verlangt, liebt Gary meinen Plattenpalast heiß und innig und kauft seine Langen Platten nur bei mir. Ich biete gute Preise, auch Familienrabatte, inklusive exklusiver Bekanntmachung mit Thelonious Cat, dem residierenden Genie der Felidae. Ich habe viele gute Arrangements, darunter ein Second-hand-Rap-Album von William Shatner, ideal für Kanadier wie dich.

Gary weiß nicht, dass ich dir lang und breit schreibe oder KGB-Dossiers verschicke. Ich tue das, um einem alten Freund zu helfen, als Brücke über aufgewühlte Wasser – Simon and Garfunkel sind betrüblich ausverkauft, aber Cat Stevens schnurrt in Ein-Dollar-Kisten. Du musst begreifen: Gary ist der Abwesende Vater, erfüllt von Charlie-Parker-Schmerz. Er kennt dich nicht durch Geburtstagstorten, obwohl sie sicher köstlich sind.

Dein freundlicher
Daniel Daniel
Eigentümer und Besitzer von Daniel Daniels Plattenpalast
Und dem Ewigen Kaffeehaus
Tiflis, Georgien

Von: <josephg@hotmail.com>
An: <daniel.daniel@plattenpalast.ge>
Betreff: Re: Re: Re: Details Details Details
Datum: 13. November 2003, 03:15 Uhr

Hi Daniel,
danke für deine Antwort. Kennst du seinen genauen Aufent-
haltsort?
J

Von: <daniel.daniel@plattenpalast.ge>
An: <josephg@hotmail.com>
Betreff: Re: Re: Re: Re: Details Details Details Details
Datum: 13. November 2003, 03:30 Uhr

Lieber Genosse Joseph,
ich weiß vieles. Ich beherrsche biblisches Hebräisch und
Gutes Samaritanisches Englisch. Ich kenne die Qua-
dratwurzel eines Springbrunnens und alle Geheimnisse der
Spice Girls. Ich weiß auch, wo dein Vater ist und was er will.
Tatsächlich will er dir sehnlichst begegnen. Es mag dich vor
den Kopf stoßen, doch er fürchtet die Nähe zwischen Vätern
und Söhnen. Deshalb haue ich ein Ungewöhnlich Listiges
Arrangement vor: Du kommst nach Georgien, und ich kon-
struiere eine tränenströmend einmalige Vereinigung und den
amerikanischen Film der Woche, zwei zum Preis von einem.
Spezialisierte Fußnote: Als weltweit renommierter Besitzer
famoser und fantastischer Platten habe ich zahlreiche
Freunde. Meine Ex-Frau Keti etwa, die mich nur ein klein
wenig hasst, könnte sehr wirklichkeitsnahe Touren mit dir
machen. Leider ist der Wellness-Gulag mitsamt erlesener

Verhaftung im Hotel in dunkelster Nacht, Luxus-Verhör
und eiskalter Zellenlatrine derzeit nicht zu genießen, weil der
Knast bei einem Erdbeben eingekracht ist. Aber keine Sorge,
wir bügeln die zerstörten Realitäten aus. Ich verheiße großes
Vergnügen und die Erklärung aller Familienrätsel. Ich bin
überzeugt, wir sind bald beste Freunde.
Dein Handelnder in sämtlichen Restsoßen,
Daniel Daniel
Daniel Daniels Plattenpalast, Heimstatt des Dicken Donut

Von: <josephg@hotmail.com>
An: <daniel.daniel@plattenpalast.ge>
Betreff: Re: Re: Re: Re: Re: Details Details Details Details
Datum: 13. November 2003, 08:20 Uhr

Lieber Daniel,
ich erwäge deinen Vorschlag, habe aber Bedenken wegen der
Reisewarnung der Regierung – hätte ich etwas zu befürchten? Theoretisch könnte ich sofort aufbrechen.
Joseph

Von: <daniel.daniel@plattenpalast.ge>
An: <josephg@hotmail.com>
Betreff: Re: Re: Details Details Details Details!!
Datum: 13. November 2003, 08:33 Uhr

Lieber Genosse Joseph,
danke für deine E-Mail. Ich bin froh, dass du so viele Gedanken und Besorgungen hast – masel top, wie die Deinen
sagen! (Die Hebräer sind mein Lieblingsstamm Nummer 2,

gleich nach den allgewaltigen Skythen, die Gene des Ameisenfressers hatten, dieses exzeptionellen Besteigers von Bergen.) Dein Vater wird vor Freude aus dem Heimchen sein – ich kann mir seine Überraschung schwer ausmalen, wenn ihr euer Wiedersehen feiert wie am Ende eines großen amerikanischen Films, dessen Titel ich nicht kenne, obwohl es ihn ganz bestimmt gibt. Ich liebe das Truthahn-Dinner; hier haben wir es nie so schön.

Ich schreibe gegenwärtig, weil ich glaube, du bist zu vollgestopft mit Sorge. Das ist typisch fremdländisch. Hör nicht auf Warnungen von Regierungen. Stalin war ein Georgier, trotzdem sind wir keine Nation von Bekloppten. Mein Onkel Boris, dies nur als Beispiel, trank in einer Stunde und sechsunddreißig Minuten dreizehn Liter Rotwein aus der ruhmreichen Region Ratscha. Die Wissenschaft beweist, dass er stets nett ist, exzellente Kotze und gütige Herzen hat.

Um deine Neurosen zu versüßen, notiere ich hier einen kurzen und originalen Überlebensleitfaden für Georgien.

1. Georgien ist ein extremes Macho-Land, wo der Mann hart sein und mindestens zwei Schusswaffen haben muss.
2. In Georgien muss der Mann immer saufen, außer er ist schlimm krank.
3. In Georgien darf kein Mann so tun, als wäre er schlimm krank, weil wir ihn sonst als Lügner erschießen müssten.
4. In Georgien ist es gut, eine Waffe bei sich zu führen, falls man wirklich schlimm krank ist und der Lüge bezichtigt wird.
5. In Georgien musst du unbedingt Christ sein (wir mögen keine Muslime, Sinti oder Roma, Russen, Chinesen, Amerikaner oder Inder. Hebräer sind okay. Wir mögen aber kalifornische Mädchen, sexy Französinnen und italienische Gangster wie Tony Soprano).

6. In Georgien sind alle Mädchen wunderschön und todsicher Jungfrau, du solltest also mindestens eine heiraten.

Gott segne dich, Genosse Joseph, und Gott segne Georgien.

Dein neuer bester Freund,
Daniel Daniel,
Eigentümer des Ergötzlich Fantastischen Plattenpalastes

FÜNF

Ein Medizinstudent, der nach billigem Kölnischwasser riecht, hilft Tamar, ihren Koffer auf die Gepäckablage zu hieven. Er kann nicht älter als dreiundzwanzig sein, strahlt aber die Ernsthaftigkeit eines Jugendlichen aus, der sich beweisen will. Danach liest er im Schein einer Taschenlampe, die Brille auf der Nase, weiter in einem medizinischen Lehrbuch, brütet über Abbildungen, die nackte Haut zeigen, Querschnitte und Röntgenbilder. Als er umblättert, erblickt sie die Zeichnung eines Fötus im Mutterleib mitsamt der bläulichen Nabelschnur, die Mutter und Kind verbindet.

Tamar würde gern Joseph anrufen, nur hat sie hier kein Netz, und was sollte sie auch sagen? Sie fragt sich, wie Nana reagieren wird, wenn sie die Tür öffnet. Sie hat sich während ihrer drei Jahre in Toronto extrem selten bei ihren Adoptiveltern gemeldet. Hin und wieder ein Brief, ein sporadischer Anruf. Sie wurde nicht zuletzt durch Schuldgefühle gehemmt. Als sie nach einem Jahr hätte zurückkommen sollen, war das Leben in Toronto so bequem, und wenn sie an Heimkehr dachte, fand sie jedes Mal Gründe, doch noch zu bleiben. Außerdem hatte sie Rachel. Tamar ahnte jedoch, dass sich Nana über einen regelmäßigeren Kontakt gefreut hätte.

Deshalb hat sie ein schlechtes Gewissen. Andererseits ist Nana am Telefon stets wortkarg, und viele Gespräche enden damit, dass sie in Tränen ausbricht. Sie wird sich über das Wiedersehen mit Tamar maßlos freuen und sie gleichzeitig schelten, weil sie ihr Kommen nicht angekündigt hat, und derweil ihr Lieblingsessen kochen, eine Kharcho-Suppe, als wären Speisen und deren Verzehr der höchste Ausdruck von Liebe. Der Trost, den Nana zu spenden vermag, ist trotzdem nicht das, was Tamar braucht. Vielleicht hat sie sich aus diesem Grund so selten gemeldet. Sie stellt sich vor, in Nanas Küche zu sitzen und zu futtern, bis sie platzt, bis die Fragen aus ihr herausbrechen: «Wer zum Teufel ist Anna Litvak? Und wie bin ich zu euch gekommen?» Doch sie weiß genau, dass Nana trotz allem keine Antworten geben würde.

SECHS

Joseph schaltet sein Blackberry aus, schließt damit auch die letzte E-Mail von Daniel Daniel. Für einen kurzen Moment entscheidet er sich um, löst den Sicherheitsgurt und steht auf.

«Alles in Ordnung, Sir?», fragt eine Flugbegleiterin.

«In Ordnung?»

«Das Gate wird geschlossen, Sir. Bitte nehmen Sie wieder Platz.»

Joseph setzt sich und schließt den Gurt mit einem mulmigen Gefühl. Er wirft ein paar Lorazepam ein und denkt über Daniel Daniel nach. Geht es dem Mann darum, ihn zu verarschen, oder schreibt er immer in diesem Stil? Vermutlich, alles andere wäre wohl fies. Von Trauer und Verlust gebeutelt, hat Joseph obendrein das Gefühl, alles wäre nur Einbildung. Andererseits sitzt er in einem echten Flugzeug neben echten Menschen. Auch das Dossier ist echt – es steckt in seiner ledernen Umhängetasche – und genauso die E-Mails. Tamar ist sein einziger Trost. Und vielleicht ist sie alles, was zählt.

Das Flugzeug hebt ab, und Joseph lässt alles Vertraute hinter sich. Er sieht Toronto in der Nacht verschwinden, die Lichter der Stadt versinken rasch im Dunkeln. Allen inneren Widerständen zum Trotz weiß er, dass diese Reise erforderlich ist. Immerhin haben zwei Frauen, die für ihn von höchster Bedeutung sind, einen Bezug zu Georgien. Sobald die Maschine Flughöhe erreicht, wird er von Müdigkeit überwältigt, der Tribut der anstrengenden letzten Wochen. Irgendwo über Ost-Ontario schläft er ein.

Joseph kann sich an den Transit nicht erinnern, und trotzdem muss er sich durch den Flughafen Heathrow zu einem anderen Flieger geschleppt haben, in dem er gleich wieder in einem tiefen, lorazepamschweren Schlummer versank. Es ist schon Samstag, als er nach zig Flugstunden gegen drei Uhr früh ruckartig erwacht. Die Reifen setzen auf, und man klatscht, als das Flugzeug zum Stehen kommt. Als Joseph aus dem Fenster schaut, liegt der Flughafen in tiefem Dunkel. Dem Piloten ist trotz mangelnder Beleuchtung eine sichere Landung gelungen. Joseph klatscht verhalten mit.

«Als Gott den Völkern dieser Welt ihr jeweiliges Land zuteilte, waren die Georgier zu besoffen, um dabei sein zu können. Also hat er ihnen kurzerhand sein eigenes Land geschenkt», sagte Tamar eines Abends im Vesta zu Joseph.

«Ist bestimmt herrlich, im Paradies aufgewachsen zu sein», meinte Joseph.

Tamar grinste. Und nun versteht Joseph die Ironie ihrer Worte. Er folgt den Fluggästen, die ins Freie drängen, die rötliche Glut hastig angesteckter Zigaretten verleiht vielen Gesichtern etwas Bedrohliches. Taschenlampenstrahlen zucken unheimlich über die Wände der Flughafengebäude. Mit einer Welt ohne Elektrizität, einer Stadt ohne Lichter hat er nicht gerechnet.

«Pass bitte.»

Joseph schiebt seinen Reisepass unter der Glasscheibe durch. Der Zollbeamte mustert ihn, danach das Passfoto. Mehrmals blickt er fragend auf und ab. Schließlich notiert er eine Summe auf einem Zettel, den er Joseph hinschiebt.

«Fünfzig?», fragt Joseph.

«Amerikanisch.»

«Dollar? Ist das Ihr Ernst?»

Der Zollbeamte zieht den Zettel zurück und schließt den

Halbkreis der Fünf, sodass eine Sechs daraus wird. Er lächelt vage. Joseph zählt zögernd sechs Zehn-Dollar-Scheine ab und schiebt sie unter der Scheibe durch. Der Zollbeamte stempelt seinen Pass.

Als Joseph das Flughafengebäude verlässt, hat er das Gefühl, beraubt worden zu sein. Daniel Daniel wollte ihn abholen, scheint aber nicht gekommen zu sein, also schaltet er sein Handy an, um nach SMS zu schauen, doch es gibt kein Netz. Er sieht sich nach einem Taxi um, das ihn zum Marriott Hotel bringt, dort hat er ein Zimmer gebucht. Morgen könnte er in das hoteleigene Fitnessstudio gehen, vorausgesetzt, er ist ausgeschlafen. Das wäre ein guter Start in den Tag.

«Du mitkommen», sagt ein bulliger Typ, der auf ihn zutritt.

«Wohin mitkommen?»

«Sofort.»

«Sind Sie Daniel Daniel?»

Die Miene des Mannes verrät ihm, dass er es nicht ist. Joseph versucht, den Eindruck zu erwecken, als wüsste er, wo er hinmuss, doch der Mann lässt sich nicht täuschen.

«Sonderpreis.»

Die Augenwinkel des Mannes sind so dunkel, als hätte er Schläge kassiert, aber vielleicht ist es schlicht sein Teint, Joseph vermag es nicht mit Gewissheit zu sagen.

«Fünfundzwanzig Dollar. Ich dich fahre Zentrum.»

«Sehr freundlich von Ihnen, aber ich werde abgeholt.» Joseph schaut auf seine Uhr.

«Du mitkommen, Hauptmann Hosenscheißer.»

Zwei Männer treten aus dem Schatten. Auch sie massig, mit Stiernacken, in schwarzen Lederjacken. Außer ihnen hält sich hier niemand mehr auf. Einer der Typen schiebt eine Hand in die Jackentasche und richtet, wie Joseph vermutet, eine Pistole auf ihn. Er befürchtet, man könnte ihn ins Auto stoßen und einen Sack über seinen Kopf stülpen. Er ist gerade in Georgien angekommen, und schon droht eine Entführung.

«Wir dich fahren», sagt der Vierschrötige. «Oder sonst.» Er versucht zu lächeln, bringt aber nur eine Grimasse zustande. «Schönes Auto – deutsch Mercedes. Du mögen wirst.»

In diesem Moment rumpelt ein weißer Lada haarscharf neben Joseph auf die Bordsteinkante. Der Fahrer kurbelt das Fenster hinunter und schreit: «Hey, Mann, schön, dich zu sehen!»

Der Vierschrötige glotzt Joseph an.

«Steigst du endlich ein?», ruft der Fahrer des Lada.

Joseph zaudert beim Anblick des Mannes, der einen buschigen Vollbart trägt und trotz nächtlicher Dunkelheit eine Sonnenbrille mit schwarzem Gestell und quadratischen, knallgelben Gläsern. Joseph will einsteigen, aber der Vierschrötige tritt auf ihn zu.

Der Lada-Fahrer brüllt: «Steig ein. Scheiß auf diese Arschlöcher von Mafia-Kutschern.»

Einer der Typen hat immer noch die Hand in der Tasche, ein Pistolenlauf blitzt auf. Der Fahrer springt aus seinem Lada wie ein Springteufel aus der Box. Er trägt eine alte Jeansjacke und ein Led-Zeppelin-*Houses-of-the-Holy*-T-Shirt, das schon bessere Tage gesehen hat. Er ist von mittlerer Größe, hat stämmige Beine und eine fette Wampe, die ihn sonderbar unförmig wirken lässt. Er mustert Joseph, anschließend die drei Typen. Dann taucht er in sein Auto zurück und zieht unter dem Vordersitz ein kurzes Gewehr hervor. Er feuert drei Mal in die Luft. Bei den Schüssen bekommt Joseph fast einen Herzinfarkt.

Danach ertränkt er die Typen in einem Sturzbach georgischer Beschimpfungen. Joseph hat den Eindruck, dass er sie sowohl niedermacht als auch veralbert. Je länger er brüllt, desto beschämter wirken sie. Er zielt mit dem Gewehr, und sie heben die Hände und weichen zurück. Dann wirbeln sie herum und laufen zum Terminal. Der Ladatyp schiebt das Gewehr wieder unter den Sitz und klappt die gelben Gläser hoch, unter denen eine normale Brille zum Vorschein kommt. Er geht auf Joseph zu.

«Genosse Joseph, willkommen in meinem Land. Ich bin dein langer Freund, Daniel Daniel. Du bist reisemüde, nehme ich an. Sollen wir zu deinem Hotel fahren?»

Der Lada hüpft förmlich von der Bordsteinkante, als er Gas gibt. «Lass uns Zeugnis von diesem hollywoodreifen haarscharfen Entrinnen ablegen», erklärt er. «Du bist Dustin Hoffman, und ich bin Robert Redford, dein fröhlicher Sundance Kid.»

Joseph greift über die Schulter – aber es gibt keinen Sicherheitsgurt. Also verriegelt er die Tür. Daniel Daniel schaltet die Musikanlage ein, auf dem Rücksitz beginnen zwei gigantische Lautsprecher zu dröhnen.

«Charlie Parker», brüllt Daniel Daniel, während er eine Zigarette anzündet. «*A Night in Tunesia*!»

Das Saxofon jault, die Reifen quietschen, und Daniel Daniel klappt die gelben Gläser wieder hinunter. Er fährt, als wäre er auf der Flucht. Fahrspuren scheinen ihm egal zu sein – gibt es überhaupt Fahrspuren? Nicht für den entgegenkommenden Verkehr, wie es scheint. Joseph klammert sich an die Fensterkurbel. Die Fahrt besteht aus einer Folge knapp vermiedener Kollisionen. Nachdem Daniel Daniel aufgeraucht hat, steckt er den Kopf aus dem Fenster und saugt, mit einer Hand lenkend, Luft in sich hinein.

«Was zum Teufel soll das?», schreit Joseph.

«Ich filtere meine Lunge!», brüllt Daniel Daniel und zieht den Kopf zurück ins Auto. «Solltest du auch machen. Ist irre gesund. Wie ich sehe, bist du körperlich genauso fit wie ich.» Joseph versucht, ein Bild von der Umgebung zu gewinnen, wird aber von Scheinwerfern geblendet. Er hält verzweifelt Ausschau nach Gesichtern, Landmarken, Kreuzungen, Schildern. Vergeblich. Er muss unbedingt ins Hotel, um Tamar anzurufen, damit sie weiß, wo er wohnt und sie sich treffen können. Er will ihr das Dossier zeigen, das ihm Daniel Daniel geschickt hat. Sie soll ihm auf die Sprünge helfen.

Daniel Daniel zündet sich noch eine an und erklärt todernst: «Diese Typen sind echte Arschlöcher. Gut, dass keiner krepiert ist. Wäre sonst ein schlimmer Besuch in Georgien geworden. Hast du deine Knarre mitgebracht?»

«Was? Nein! Natürlich nicht.»

«Kein Problem. Ich kann dir meine borgen.»

«Ich würde gern etwas essen und danach ins Hotel, um mich aufs Ohr zu hauen.»

«Prima Idee. Für herzerwärmende Wiedervereinigungen braucht es einen Hut voller Schlaf.» Daniel Daniel tätschelt Josephs Oberschenkel. «Du wirst Gary mögen, versprochen. Aber zuerst machen wir ein paar hübsche Besichtigungstouren. Du musst alles sehen, uns selber eingeschlossen.»

In der Dunkelheit nähert sich frontal ein Scheinwerferpaar.

«Wieso hält das Auto direkt auf uns zu?»

«Georgische Hochzeitsgesellschaft. Alter Brauch. Wird dir gefallen.»

Joseph schaut kurz zu ihm. Daniel Daniel blinzelt hinter der Sonnenbrille, als wollte er den Blick fokussieren. Das näher kommende Auto ist keine zwanzig Meter entfernt.

Joseph macht sich folgenden Reim auf dieses kuriose Ritual: Bräutigam besäuft sich, Bräutigam fährt besoffen, Bräutigam fordert jeden heraus, der ihm in die Quere kommt. Man hört Blechdosen hinter dem Auto auf der schlaglöcherigen Straße klappern. Ein paar Männer recken ihre Köpfe aus den Fenstern. Daniel Daniel lässt den Motor aufheulen, Joseph dreht sich der Magen um. Daniel Daniel hupt, Joseph schreit auf. Die Hochzeitsgesellschaft weicht in letzter Sekunde aus.

«Wir siegen, wir siegen!», jubelt Daniel Daniel.

«Kommt es auch zu Zusammenstößen?», japst Joseph, der beinahe hyperventiliert.

«Ständig. Die Braut ist dann untröstlich trübe.»

Schließlich drosselt Daniel Daniel das Tempo. Charlie Parkers Saxofon jault weiter, und Joseph beruhigt sich. Die Atempause währt jedoch nicht lange. Vor ihnen steht ein Streifenwagen am Straßenrand, und zwei Männer mit großen Winkerkellen fordern sie zum Anhalten auf. Daniel Daniel hält widerwillig. Als einer der Polizisten gegen die Scheibe klopft, beginnt er zu zittern. Zuerst zittern seine Hände, danach seine Arme und Beine, am Ende zittert er am ganzen Körper. Er winkt nervös, hebt einen Finger, um eine Minute herauszuschinden. Der Polizist klopft erneut, und wieder hält Daniel Daniel den Finger hoch.

«Was soll das? Kurbel das Fenster runter», sagt Joseph.

Der Polizist verlangt die Papiere.

«Daniel Daniel hat kein Papier», flüstert er Joseph zu, immer noch zitternd. Dann reicht er dem Polizisten etwas, das aussieht wie ein Führerschein. Der Polizist studiert das Dokument im Schein seiner Taschenlampe und tut dann so, als wollte er es einkassieren. Zum zweiten Mal innerhalb einer Stunde ist Joseph bereit, jemanden zu bestechen.

«Hier, versuch's mal damit», sagt er und gibt Daniel Daniel zehn Dollar. Er hofft, das möge reichen.

Daniel Daniel steckt dem Polizisten den Schein zu. Der nimmt ihn entgegen und schlendert zum Streifenwagen. Daniel Daniel trommelt hochnervös aufs Lenkrad.

«Zwecklos.»

«Und wieso?»

«Problem. Fettes Problem.»

«Welches denn?»

«Ist nicht meine Mühle, Meister.»

«Du hast den Wagen geklaut?»

«Sehr warm. Sehr heiß. Irre heiße Ware. Fingerverbrennend.»

«Ja, verflucht noch mal, Daniel.»

Als der Polizist gemächlich zu ihnen zurückkehrt, zittert Daniel Daniel noch heftiger. Joseph zieht einen Fünfziger aus seiner Brieftasche.

«Versuch's mal damit.»

Dazu kommt es aber nicht mehr. Der Polizist steht vor der Autotür, als Daniel Daniel den Motor startet und Vollgas gibt.

«Wir zahlen es ihnen zurück.»

Aber der Lada braust schon los, und die Polizisten spurten zu ihrem Wagen, um die Verfolgung aufzunehmen. Im Vorbeirasen weist Daniel Daniel beflissen auf Josephs Hotel hin – «Da ist es», sagt er, «das Marriott! Ein Juwel von Hotel!» –, und Joseph starrt es sehnsüchtig an: ein Juwel des Rustaweli-Boulevards, wahrhaftig, weit und breit das einzige erhellte Gebäude, leuchtender als ein Weihnachtsbaum. Dummerweise brettern sie mit halsbrecherischer Geschwindigkeit daran vorbei. Wie Joseph voller Angst registriert, funktioniert keine einzige Ampel, dennoch gelingt es ihnen, die Bullen in den dunklen Straßen abzuhängen. Als Daniel Daniel den Lada endlich parkt, ist Joseph plötzlich speiübel.

«Mir ist schlecht.»

«Genosse Joseph, du bist wirklich spannend.»

«Ich leide an Reisekrankheit.»

«Ich auch, mein liebes Macho-Brüderchen. Ich bin temposüchtig.»

Joseph öffnet die Tür, beugt sich hinaus und erbricht sich auf die Straße. Daniel Daniel tätschelt seinen Rücken.

«Tut immer gut, das Innere rauszulassen, Genosse. Du bist viel zu vollgestopft mit Sorge. Alles wird gut.»

Joseph sehnt sich nach einer Dusche und einem sauberen Hotelbett. Nach Zimmerservice und einer Toilette für sich allein, aber Daniel Daniel beharrt darauf, ihn diese Nacht bei sich zu beherbergen. Joseph ist zu fertig, um sich durchzusetzen.

«Gibt's hier überhaupt mal Strom?», fragt er, zu einem finsteren Plattenbau stolpernd.

«Sei nicht albern. Strom gibt es eine Stunde pro Tag – manchmal auch zwei. Leider wissen wir nie, wann genau. Ein überaus vorhersehbares Problem der Gemeinsamen Sozialistischen Mutterbrust-Mentalität: Niemand bezahlt seine kapitalistischen Rechnungen. Permanente Revolution bedeutet ewiges Chaos.»

Das Gebäude wirkt, als würde es auf Stelzen balancieren. Daniel Daniel besteht darauf, den Koffer zu tragen, zum Glück, denn Joseph war nicht klar, dass sein Gastgeber im siebzehnten Stock eines Hochhauses ohne Fahrstuhl wohnt. Daniel Daniel weigert sich, eine Taschenlampe zu benutzen, während sie die Treppen erklimmen.

«Besser, du siehst nichts», sagt er.

Im Treppenhaus stinkt es nach Urin und verbranntem Gummi. Joseph hat das Gefühl, sich in einen Abgrund zu begeben, obwohl es nach oben geht. Er fragt halblaut, was die Architekten bezweckt haben, ob dieser Bau wohl eine Prüfung für die menschliche Seele sein soll. Daniel Daniel entgegnet, geprüft werde nur die Idiotie der Miete zahlenden Bewohner.

«Dank der Gemeinsamen Sozialistischen Mutterbrust-Mentalität lebt jeder im Haus des Verrückten Diebs. Der einzig wahre Markt ist der schwarze. Zum Glück verkaufe ich viele Platten. Morgen zeige ich dir meinen Laden. Heute entspannen wir uns inmitten des opulenten Luxus meines ehemaligen Schwiegervaters. Er ist ein weltberühmter Künstler mit exzellentem Geschmack.»

Joseph gibt sich nicht der Illusion hin, er hätte Luxus zu erwarten. Als Daniel Daniel die Wohnungstür öffnet, tut sich jedoch eine andere Welt auf. Kerosinlampen verbreiten ein sanftes Licht, Carlos Gardel gurrt auf einem alten Victrola-Plattenspieler, und es duftet nach warmem Essen. Hohe Decken, und der Blick auf die in das Licht der Morgendämmerung getauchte Stadt – ausufernd und weitläufig, mit Klippen über einem mäandernden, schlammigen Fluss – überrascht Joseph durch seine Schönheit. Die Übelkeit ist noch nicht verflogen, aber der morbide Charme der maroden Stadt gefällt ihm. Im kerzenhellen Badezimmer wäscht er Gesicht und Achselhöhlen mit kaltem Wasser, das in Plastikkanistern bereitsteht, putzt sich die Zähne und zieht ein frisches Hemd an.

«Hau rein, Genosse Joseph.»

Sechs Uhr früh, und Joseph hat keinen Hunger, aber der Duft erinnert ihn an die Gerichte, die Tamar gekocht hat. Im Kerosinlicht, in einem Hochhaus, das seinem Zusammenbruch entgegenzuschwanken scheint, kommt ihm der Gedanke, dass Tamar ihre Worte vielleicht doch nicht ironisch gemeint hat. Dies mag nicht das Paradies sein, aber doch ein Ort, an dem er sich heimisch fühlen könnte. Heimisch wie noch nie. Daniel Daniel füllt die Gläser mit rubinrotem Wein.

«Auf alte und neue Freunde», sagt er.

Joseph hebt sein Glas. Die Übelkeit legt sich vorübergehend.

SIEBEN

Istanbul – Samsun, Türkei
13. November 2003

Der Bus verlässt Istanbul, fährt über Land. Unterwegs beginnt es zu tagen. Tamar fällt auf, dass das Licht aus Schichten besteht, Konturen und Dimensionen aufweist, die sie nie zuvor bemerkt hat. Irgendwann, sie nähern sich der Schwarzmeerküste, erschrickt sie beim Anblick ihres Spiegelbilds in der Scheibe. Und als die Sonne über dem Meer aufgeht, leuchtet vor ihren Augen eine Erinnerung auf – sie ist geblendet, Schleusen öffnen sich in ihrem Gedächtnis.

Tamar erinnert sich an sonnenglitzerndes Metall. Sie erinnert sich an kahlen Beton, an das rasende Rotieren von Propellern, an eine Hand, die ihren Arm packt. Sie erinnert sich daran, zu einem Auto getragen, in einen Zug gesetzt worden zu sein. Sie erinnert sich daran, in den Armen ihres Vaters eingeschlafen zu sein, an viele Worte in unverständlichen Sprachen. An erregte Diskussionen in schmalen Gängen. Sie erinnert sich an Abschiedsschmerz, daran, dass sie um ihre Mutter weinte, an eine beschwichtigende Geschichte, an Mythen, nahrhaft wie Milch. Sie erinnert sich an Baumwollstoff und wie eine alte Frau ihre Windel wechselte, während ihr Vater rauchend zusah, über seinem Kopf kräuselte sich Rauch. Sie erinnert sich an eine singende Frau, einen stöhnenden Mann, an rotes Velours und Sitze mit Paisleymuster. Sie erinnert sich an die Felle von Yaks und an Fingerhüte, an Wodka und Zigaretten und eine zwanzigköpfige Blaskapelle, an Zirkuskünstler, Männer mit Kalaschnikows und Frauen mit Stricknadeln. Sie erinnert sich daran, wie ihr Vater panisch seine Manschettenknöpfe suchte, wie sie helfen wollte, damit alles gut würde. Sie erinnert sich daran, allein gelassen worden zu sein, an die einsame, zäh verstreichende Zeit, den bergauf kriechenden Zug, ihre Erleichterung, als ihr Vater zurückkehrte. Sie erinnert sich an gefüllte Eier und warme Milch und daran, zum ersten Mal gelaufen zu sein. Zwei wundersame Schritte im schwankenden Zug. Sie weiß noch, wie anstrengend das war, wie sie anschließend in die Arme ihres Vaters sank. Sein Geruch, Leder und Schweiß, alles, was sie unter Liebe zu verstehen lernte. Zaza. Doch warum sie in dem Zug saß, weiß sie nicht.

Sie erinnert sich an einen lichten Tag, an hohe, blendend weiße Berge. Sie erinnert sich daran, von Zaza in einer neuen Sprache unterrichtet worden zu sein, an das Kreischen von Bremsen, an schwelende Angst. Sie erinnert sich daran, wie er sie in einen Korb setzte, an eine Ratte auf den Gleisen. Sie erinnert sich daran, ein zweites Mal allein gelassen worden zu sein und im Freien zu warten, bis er zurückkehrte, nun mit einem Auto. Sie erinnert sich an den Beifahrersitz und daran, weinend ihr erstes Wort auf Georgisch gesagt zu haben: *Mama.* Tamar wiederholt es in einem fort. *Mama, Mama, Mama.* Zaza kitzelt und küsst sie, er singt vor Glück: *Du bist mein Mädchen, du bist mein Mädchen, du gehörst zu mir.*

ACHT

Protokoll der Observierung des Agenten Gary Ruckler

Zuständig: Unterleutnant Z.G.

Ich observierte Agent Ruckler zwei Wochen bei der Ausübung seines Dienstes für die Central Intelligence Agency. Er verfasst Berichte, führt Telefongespräche in geheimen Dienststellen und trifft Agentinnen und Agenten, vielfach Angestellte der University of Toronto, der Canadian Broadcast Corporation und anderer liberaler Institutionen. Nach meiner Einschätzung leistet Agent Ruckler mittelmäßige Arbeit. Dies zeigte sich auch, als Genossin Litvak ihm meinen persönlich gehaltenen Brief vorlas. Er errötete tief, was darauf schließen ließ, dass er sich für seine Nachlässigkeit schämte. Genossin Litvak lehnte sich schluchzend gegen seine Brust. Agent Ruckler blickte aus einem Fenster der Wohnung direkt in meine Richtung. Ich befand mich in einem Gebäude auf der anderen Straßenseite. Ich senkte mein Fernglas, lächelte und winkte.

Danach ließ Agent Ruckler in der Wohnung alles Verdächtige verschwinden. Wenn er Genossin Litvak etwas mitzuteilen hatte, schaltete er das Radio ein. Er huschte in Gassen und Geschäfte, um mich abzuschütteln, teils mit Erfolg. Wir verstrickten uns in ein raffiniertes Katz-und-Maus-Spiel.

Als Agent Ruckler am Abend des 10. Juni 1978 mit
Genossin Litvak dem Geschlechtsverkehr frönte,
wollte er offenbar demonstrieren, dass ich ihm
egal sei, denn er schaute direkt danach in meine
Richtung.
Als ich den Befehl erhielt, nach Moskau zurückzukehren, wollte ich Genossin Litvak darüber
informieren, dass sie, wie vom Komitee geplant,
zu mir stoßen könne. Ich gab mich als Student aus
und trat auf dem Campus der Universität an sie
heran. Sie begann sofort zu schreien und lenkte
so die Aufmerksamkeit der Umstehenden auf uns.
Ich entfernte mich möglichst rasch.
Ich sah Agent Ruckler ein letztes Mal in «Sam
the Record Man», einem Plattenladen in der Yonge
Street. Ich folgte Agent Ruckler bis in den
dritten Stock und beobachtete dort, wie er etwas
in ein braunes Notizbuch schrieb. Später betrat
er ein Büro. Ich wartete zwanzig Minuten, doch
er kam nicht wieder heraus. Danach habe ich Agent
Ruckler kein weiteres Mal gesehen.

Moskau, UdSSR, 26. Juni 1978
Zuständig: Z. G., Unterleutnant, Komitee für
Staatssicherheit

Beim Erwachen entdeckt Joseph einen weiteren Bericht auf dem Fußboden neben seiner Matratze. Er liest ihn und schaut danach aus dem Fenster auf hohe Wohnblocks mit schmutzigen Fenstern und rissigem Beton. Eine bedrückende Aussicht, eine missglückte Utopie der 1970er. Er spürt, wie das Hochhaus im Wind wankt, sieht auch die anderen Gebäude der Siedlung schwanken, als würden sie einen Takt angeben. Er sehnt sich nach einem sauberen Bett und einem Bad, wo er das Klo nicht mit aufgefangenem Regenwasser spülen muss.

«Wie komme ich zu meinem Hotel?», fragt er.

«Problem, kein Problem.»

Daniel Daniel liegt auf einer Bettcouch, bekleidet nur mit einer engen, schwarzen Jeans. Er hat die getönten Gläser nach oben geklappt und schmökert durch die Lesebrille in einem zerlesenen Buch. Seine Wampe ist mit grauen Haaren gesprenkelt, in seinem struppigen Bart hängen Krümel. Er hat sowohl eine Zigarette als auch ein Zimtbrötchen in der freien Hand und raucht und isst abwechselnd.

«Wer bist du eigentlich?», fragt Joseph. «Und warum hast du zwei gleichlautende Vornamen?»

Diese Fragen scheinen Daniel Daniel zu verärgern. Er klappt die russische Übersetzung von *Moby Dick* mit einem Knall zu und setzt zu einer Geschichte an.

«Ich bin nicht nur ein famüröser Plattenladen-Impresario, sondern war auch Musikant. Zu Sowjetzeiten habe ich in einem Free-Jazz-Trio Trompete gespielt, war auch auf Tournee. Das Trio ist nicht rasant berühmt, aber in Baku gehe ich abends mit meiner Trompete in einen opulenten Nachtclub namens ‹Funked up East›, und man bittet mich, mit der Band des Clubs zu spielen. Auf die Frage nach meinem Namen sage ich ‹Daniel›. Keine Ahnung, warum mir dieser amerikanische Name so gefällt. Manchmal will man ein Held sein. Wie Daniel, der brave, starke Mann aus der Bibel. Er rockt im Haus der Löwenkatzen.

Bei der Session spiele ich ausufernde, überschwappende Soli. Meine neuen Bandkollegen mögen diese Hinaufkletterei zur Unsterblichkeit nicht. Der Bass will mich bändigen. Das Saxofon beschießt mich mit bösen Tönen. Dann brüllt der Drummer: ‹Hey, Daniel, hör endlich auf zu dudeln, verfluchte Scheiße!› Ich verirre mich aber im Groove. Damals bin ich nicht mal auf Drogen, obwohl ich's mir heiß und sinnig wünsche. Der Drummer brüllt wieder: ‹Hey, Daniel … Daniel, Daniel!› Er brüllt das hundert Mal oder so. Ich erwache erst aus meinen Charlie-Parker-Duseleien, als er mir ein Becken an den Kopf knallt. Als die Band am Ende des Abends vorgestellt wird, werde ich dem überfreuten Publikum als Daniel Daniel serviert. In dieser Kürze liegt das Gewürz, es ist viel einfacher, als hundert Mal Daniel zu sagen.»

Joseph fragt: «Und woher kennst du meinen Vater?»

«Wir begegnen uns an der Moskauer Universität. Wir jazzen gemeinsam.»

«Mein Vater hat Musik gemacht?»

«Eigentlich ist Gary ein mittelprachtvoller Amateur. Damals haben wir eher gesoffen.»

«Ihr seid also Saufkumpane.»

«Kumpelhafte Kumpane, die saufen.»

Joseph stöhnt. Er weiß nicht, ob er diese Geschichten glauben soll, und tut es überhaupt etwas zur Sache, ob sie wahr sind oder nicht? Er muss die richtigen Fragen stellen, nur das zählt. Er muss sich vorbereiten.

«Wie bist du an das KGB-Dossier gekommen?»

«Gary hat es mir gegeben. Er will, dass ich darauf aufpasse. Er ist nicht zuverlässig, er achtet nicht mal auf sich selbst.»

«Und du hast es mir mit der ganz normalen Post geschickt?»

«Kopien, Genosse, Kopien. Ich bin kein Idiot. Du musst ihn kennenlernen, das ist wichtig. Du hast etwas erfahren, richtig?»

Joseph kann dem nicht widersprechen. «Wann treffen wir uns mit ihm?»

«Um elf.»

«Also in einer Stunde?»

«Du bist nicht bereit?»

«Doch, doch, ich bin bereit. Darum bin ich ja hier.»

Joseph ist jedoch in keiner Weise vorbereitet. Die Aussicht, dem leibhaftigen Gary zu begegnen, macht ihm Angst. Er hat dieses Zusammentreffen zigmal durchgespielt, aber nun, da es konkret wird, erfasst ihn Panik.

«Entspann dich, Genosse. Ich verstehe, dies ist eine hochgrätig ungeheuerliche Situation. Dein Vater hat ein gutes, gütiges Herz. Du wirst ihn mögen. Aber er hat Schiss.»

«Du willst sagen, er ist feige.»

«Das auch.»

Joseph liest im Dossier erneut den Abschnitt über Garys Verschwinden. Er erinnert sich daran, wie er mit zehn zwecks eines Baseball-Nachmittags «gekidnappt» wurde – so nannte es Rachel. Die Blue Jays bezogen Prügel von den Yankees, er trank zu viel Gezuckertes, stopfte zu viele Hotdogs in sich hinein. Irgendwann später legte er die Lieblings-Jazz-Platten seines Vaters auf und hörte sie, bis er sich die Musik zu eigen gemacht hatte. Die konnte jedoch nicht ersetzen, was ihm fehlte. Damals vergaß er nicht etwa, die entscheidenden Fragen zu stellen, nein, er war erst gar nicht auf die Idee gekommen, irgendetwas zu fragen.

Daniel Daniel reicht ihm einen Becher. Joseph hält es für Kaffee und muss nach dem ersten Schluck würgen. «Oh, Mann! Was ist das?»

«Tschatscha, das Gesöff der Toten. Mein Großvater braut ihn.»

Nach dem ersten Schluck hat Joseph das Gefühl, ein Riese hätte ihm eins mit dem Knüppel übergebraten. Er will den Becher zurückgeben, aber Daniel Daniel wehrt ab. «Wird besser. Ehrlich.»

Joseph nippt mit aller Vorsicht noch einmal. Verrückterweise ist der Tschatscha nun nahezu genießbar. Das Gebäude wankt wieder, es scheint sich im Einklang mit seinen Gedanken zu bewegen. Joseph begreift, dass er die Kontrolle doch nicht ganz verloren hat.

«Es gibt einen zweiten Grund für mein Kommen», gesteht er. «Eine Frau.»

«Der Lockruf der Holden.»

«Sie heißt Tamar Tumanischwili.»

Daniel Daniel starrt ihn durch den Zigarettenqualm an. «Du meinst die berühmte und nervenzerreibende Performancekünstlerin?»

«Du kennst sie?»

«Na klar.»

«Sie hat in Toronto bei meiner Mutter gewohnt, und wir haben uns angefreundet. Wir sind sehr eng.» Joseph räuspert sich. «Nach Rachels Tod ist sie nach Georgien gereist. Ich muss sie sehen.»

Daniel Daniel beäugt ihn argwöhnisch. «Warum rufst du sie nicht an?»

«Habe ich getan, aber sie geht nicht ran.»

«Hast du Botschaften hinterlegt?»

«Aber sicher.»

«Du bist verrückt und in sie verknallt.»

«Wie? Nein.»

«Du bist der dumme Mann, Genosse Joseph.»

«Könntest du mir helfen, sie ausfindig zu machen?»

Daniel Daniel ächzt. «Oh nein, ich will nicht darin verworren werden. Georgische Frauen sind riskant, und du bist hier, um meinen alten Freund zu treffen. Nur du kannst deinen Vater der mannhaften Verzweiflung entheben.»

«Ich bin nicht hier, um Gary aufzumuntern. Ich war noch klein, als er sich verpisst hat. Meine Mutter hat lange behauptet, er wäre tot.»

«Ich weiß, was du schluchzt, Genosse Joseph. So erläuft es allen vaterlosen Söhnen. Ohne sie leben wir mit Geistern. Ich kann dir verheißen, dass du die Begegnung nicht bereuen wirst. Sperr dein Herz auf. ‹Mein Leben lang habe ich mich nach etwas gesehnt, das ich nicht beziffern kann.› Hört sich an wie Whitney Houston. In Wahrheit sind wir Söhne André Bretons. Man kann vieles von Leuten lernen, die sich in die Binsen geschlagen haben, und jeder verbirgt einen Fremden hinter seiner Fassade.»

Joseph schaut sich in der Wohnung um. Gespenstische Bilder starren ihn an: Ophelia im roten Kleid tanzt mit dem Geist Winston Churchills; Richard II. mit Stalinschnauzer hämmert die Faust auf den Tisch; Hamlet hält den Totenschädel des Kapitalismus, oben aufgesägt und vollgestopft mit Dollarscheinen.

Daniel Daniel erzählt von seinem Schwiegervater, Zurab,

in dessen Wohnung sie sind. «Noch ein Vater, der sich verkrümelt. Zurab war Bühnenbildner – diese Gemälde zeugen von seinen irrwitzigen Ausbrütungen.»

Zurabs alte Pinsel, in Blechdosen gequetscht, erinnern Joseph an die Hände von Toten, die den Lebenden winken.

«Und wo ist dein Schwiegervater jetzt?», fragt er.

«Neben mir. In Georgien sind die Toten unsere Begleiter. Sie sind unsere extrem klaustrophobisierenden Nachbarn.»

Daniel Daniel erzählt, Zurab habe jeden Sommer in Abchasien verbracht. Bei Kriegsausbruch sei er zwischen die Fronten geraten. Zurabs Nachbarn – gute Bekannte seit Jahrzehnten – hätten, mit Forken und Kalaschnikows bewaffnet, an seine Tür gepocht, um ihn zu töten. Sie hätten auch seine Gemälde verbrennen wollen. Zurab habe auf sein Leben nichts gegeben, auf seine Kunst aber schon. Also habe er, Daniel Daniel, seinen ersten Raub organisiert.

«Das Wichtigste im Leben, gleich nach dem Lügen, ist das Klauen. So überlebt man am besten.»

Bevor die Flammen in Sochumi Zurabs Lebenswerk vollständig vernichten konnten, luden er und seine Ex-Frau, Keti, so viele Gemälde wie möglich auf einen sowjetischen GAZ-66. Daniel Daniel schätzt, ein Viertel des Werkes gerettet zu haben. Sie fuhren durch eine Landschaft von Mord und Minen, Hinrichtungen und Vergewaltigungen, folgten einem Strom von Flüchtlingen bis nach Tiflis.

«Das Leben ist nicht immer schön, Genosse, hm?»

Joseph willigt ernüchtert ein. Als die Gebäude wieder zu schwanken beginnen, ist er vorbereitet. Er muss seine Gedanken schlicht schwirren lassen, nach links, nach rechts. Vielleicht gelingt ihm das. Vielleicht kann er mit den Toten reden, sobald er gelernt hat, sich mit dem Chaos zu bewegen.

NEUN

Tamar muss daran denken, wie sie während der Bahnfahrt in Zazas Arm schlief. An Landschaften, die vorbeizogen wie in einem Traum. Sie denkt an ihren Vater. Warum saßen sie damals im Zug? Wo waren sie eingestiegen? Ist Zaza tatsächlich noch am Leben? Und warum hat er das Bedürfnis, Buße zu tun?

Sie fahren durch die Türkei nach Osten. Auf Erhebungen sind die Ruinen antiker Tempel zu sehen. Tamar sitzt seit zwei Tagen in diesem Bus, und sie hat einen Rhythmus entwickelt – sie versinkt in Erinnerungen, raucht, schläft. Nachts hält der Bus in dunklen Dörfern. Während eines Halts vor einem Gebäude im Nirgendwo steigt sie aus und schlingt auf dem Parkplatz ihren dünnen Mantel eng um sich, während die anderen Fahrgäste schwarzen Tee und starke Zigaretten herumgehen lassen. Plötzlich ertönen Schreie, die ihren Blick auf eine Runde von Männern im Schein einer Straßenlaterne lenken. Mit einem Zuckerwürfel auf der Zunge nippt sie am Tee, Süße erfüllt ihren Mund, fließt heiß durch ihre Kehle. Ein Feuer lodert in einer Blechtonne, die Nacht ist kalt und feucht. Warum wuchs sie bei Nana auf, wenn Rachel tatsächlich mit Anna Litvak identisch, also ihre Mutter war? Hat Anna sie weggegeben? Was veranlasst eine Mutter, ihre kleine Tochter im Stich zu lassen?

Das liebste Theaterstück der jugendlichen Tamar war Bertolt Brechts *Der kaukasische Kreidekreis*. In der Aufführung in Tiflis spielte Sascha den Erzähler; sie liebte es, ihren

Stiefvater auf der großen Bühne am Rustaweli-Boulevard zu sehen. Die Geschichte der Magd Grusche fand sie am faszinierendsten. Als die Gattin des Gouverneurs ihr Baby im Chaos eines Putsches zurücklässt, nimmt sich Grusche des Kindes an. Sie flieht ins Gebirge und zieht den Jungen auf wie ihren eigenen Sohn. Jahre später erfährt die Frau des Gouverneurs, was Grusche getan hat, und verlangt ihren Sohn zurück. Brecht stellt also die Frage: Wer ist die wahre Mutter des Kindes? Die Frau, die es geboren, oder die Frau, die es großgezogen hat?

Tamar lehnt sich an eine Mauer am Parkplatz, schiebt sich einen zweiten Zuckerwürfel in den Mund und nippt am Tee. Sie hat von Nana gelernt, einen Mund voll heißem, süßem Tee zu genießen. Für sie steht fest, dass sie Nanas Tochter ist. Nana hat alles für sie getan. Für das Schwimmtraining Pausenbrote eingepackt; ihr Strümpfe gestrickt; sie gelehrt, einen Pullover zu stopfen. Nanas Liebe war ihr Lebenselixier. Was täte es, so gesehen, zur Sache, wenn Rachel alias Anna ihre leibliche Mutter wäre?

Das Geschrei wird lauter. Irgendetwas brennt, Leute strömen zusammen.

«Scheiß-Kurden», giftet eine alte Frau.

Während Tamar beobachtet, wie die Kurden türkische Fahnen verbrennen und im Chor eine eigene, unabhängige Nation fordern, fragt sie sich, ob Joseph verstehen würde, dass Sehnsucht in dieser Weltregion Geschichte schreiben kann, dass Protest hier so lebensnotwendig ist wie das Atmen. Immerhin wurde Gott hier von Amirani herausgefordert, stahl Prometheus hier das Feuer von Zeus, und Medea erschlug ihre Kinder. In dieser mythischen, aus Revolutionen geborenen Landschaft. Um in Toronto leben zu können, musste Tamar einen Teil ihrer Persönlichkeit ausblenden. Sie hatte das Gefühl, im Stand-by-Modus zu leben. Und das war ... nett. Nach Dawits Ermordung brauchte sie diese Erholung.

Nun aber, auf dem Heimweg, spürt Tamar, wie sie umschaltet. Sie fragt sich, ob Joseph kapieren würde, dass die Rufe und Gesänge der Kurden und Kurdinnen in gewisser Weise auch die ihren sind. Das Herumtrampeln auf den Nationalfarben der Unterdrücker, das jederzeit in Gewalt umschlagen könnte. Normalerweise hätte sie jetzt den Drang verspürt, ihre Gefühle in einem Kunstwerk zu verarbeiten, nur fehlt ihr ein Rahmen, der all das bündeln könnte. Diese Erzählung – die davon handelt, wer sie ist und woher sie stammt – sprengt die Möglichkeiten von Darstellung oder Performance. Sie vermisst Rachel und wünscht zugleich, sie wäre nie in ihr Leben getreten. Am liebsten wäre ihr alles egal, aber das Gegenteil ist der Fall.

ZEHN

Tagsüber wirken die Vororte von Tiflis trübsinnig und wie verkatert. Prostituierte und Polizisten plaudern am Straßenrand, stecken ihre Reviere ab. Babuschkas verkaufen alte Briefmarken, Dauerwürste, Wollsocken, Tschatscha und Benzin in Plastikflaschen. Hin und wieder tapern Schweine oder eine Kuh auf der Suche nach Futter über die Straße. Daniel Daniel lenkt einen «geliehenen» 300er-Mercedes durch verwahrloste Straßen. (Er behauptet, Autos nicht zu klauen, sondern zu leihen, sie stünden sonst «so ungeliebt und trübsinnig herum».) Während sie bergab fahren, versucht Joseph, die Stadt in sich aufzunehmen, doch es kommt ihm vor, als würde er von ihr verschluckt.

Breite Boulevards, ein Opernhaus, nagelneue, aber leer stehende Einkaufszentren, uralte Apotheken. Verzierte Balkone und Satteldächer aus blauen und grünen Ziegeln. Kreisverkehre mit Skulpturen im Stil des sozialistischen Realismus, versiegte Springbrunnen, marode Brücken. Die Statue der Mutter Georgiens, eine gigantische Geschmacksverirrung, hält ein Schwert in der einen Hand, in der anderen eine Schale Wein. Sie steht am Rand eines windgepeitschten Gebirgskamms. Joseph kennt diese Statue von Garys Postkarte, hat aber nicht geahnt, dass sie so riesig ist. Er hat das unbehagliche Gefühl, ihn würde jemand beobachten.

Daniel Daniel rumpelt auf einen Bürgersteig, stellt den Motor aus. Das Heck ragt auf die Straße, der Wagen wirkt wie ein gestrandeter Wal.

«Wir sind sehr zielnah. Willkommen im Paradies.»

Auf der Hauswand eines Backsteingebäudes, das den Eindruck erweckt, gleich einstürzen zu wollen, steht in handgemalten Lettern: «Daniel Daniels Plattenpalast.»

Joseph wird eine brüchige Treppe hinaufgeführt, anschließend durch eine wackelige Glastür. Er hat mit einer winzigen Klause gerechnet, findet sich aber in einem riesigen Raum mit Holzparkett, hoher Decke und Wänden wieder, bemalt mit bunten Raumschiffen und knalligen Farbwirbeln. Aus gut versteckten knisternden Lautsprechern ertönt eine Cello-Suite von Bach. Unter der Decke hängen Lüster mit brennenden Kerzen, an denen gelbes und weißes Wachs hinabläuft. Junge Leute sitzen auf orangen Plastikstühlen, sie trinken Kaffee, essen große Kuchenstücke, lesen in Zeitungen und Zeitschriften. Auf einem langen, L-förmigen Bartresen aus Holz und Kunstleder steht eine alte Kasse, auf der wiederum eine schwarze Katze mit weißem Kinn sitzt. Eine junge Frau reicht den Gästen Kaffee, Gebäck und Platten. Hinter ihr an der Wand hängt ein gerahmtes *Houses-of-the-Holy*-T-Shirt wie jenes, das Daniel Daniel am Vorabend trug, wenn auch älter, wie Löcher und Fransen verraten.

«Das ist Lali», sagt Daniel Daniel und zeigt auf die junge Frau hinter der Bar, «meine rechte Hand, in gewisser Weise meine Tochter und außerdem Kuratorin unserer phänomenalen Punk-Sammlung.» Lali schenkt Joseph ein höfliches Lächeln. «Und dies ist das residierende Felidae-Genie, Thelonious Cat. Bitte beachte sein natürliches Bianco-Ziegenbärtchen. Und bitte nicht mit Donuts füttern. Er ginge sonst aus dem Kleber.» Daniel Daniel nimmt den Kater in die Arme und küsst ihn zärtlich auf die Stirn. «Thelonious, sag unserem neuen besten Freund Hallo, dem Genossen Joseph.» Der Kater gähnt.

Eine Kiste voller Platten auf einem der Tische weckt Josephs Neugier. Als er sie durchgeht, entdeckt er seltene B-Seiten, die er nie gehört hat, Konzerte, die ihm vollkommen unbekannt sind: Dizzy Gillespie in Moskau, Dave Brubeck in Stettin, der Duke in Riga. Und es handelt sich nicht nur um amerikanischen Jazz, sondern auch um russische und litauische Trios, lettische und armenische Duos, ukrainische und kasachische Big Bands – eine ganze Welt, von der er nichts geahnt hat. Die Fülle und die Vielfalt überraschen ihn.

Daniel Daniel murmelt Lali etwas ins Ohr. Die Musik verstummt, im Laden tritt Stille ein. Gäste heben den Blick von ihrem Kaffee, ihrer Zeitschrift. Joseph genießt den Moment, bevor die Nadel auf eine andere Platte gesenkt wird. Er erkennt die Klaviersequenz auf Anhieb, sie klingt verhalten, fragend. Dann antwortet das tiefe Tenorsaxofon. Die Musik klingt warm, schön, üppig. Das einzige gemeinsame Album von Duke Ellington und John Coltrane, eine Kombination, wie sie perfekter nicht sein könnte. Daniel Daniel reicht ihm eine Tasse Kaffee. Joseph trinkt einen Schluck, geht dann weiter die Platten durch. Eigentlich ist es mir egal, ob mein Vater aufkreuzt oder nicht, denkt er.

«Super Laden», sagt Joseph und tritt zu Daniel Daniel an einen Tisch.

«Gefällt dir?»

«Klar. Er ist cool.»

Daniel Daniel senkt dankend den Kopf.

«‹Cool› ist das dickste Kompliment, das die Menschheit kennt. Ich danke dir, Genosse Joseph.»

Joseph betrachtet die jungen Leute, die unter den flackernden Kerzen rauchen und Kaffee trinken. Die Szene ist eine Hommage an eine vergangene Ära und an eine Boheme, die so nie existiert hat. Viele schwarze Rollkragenpullover.

Auf den Tischen stapeln sich Aschenbecher und Gedichtbände von Allen Ginsberg, Lawrence Ferlinghetti und Sylvia
Plath. An den Wänden hängen Poster von Miles Davis, Bessie
Smith und Charlie Parker. Es gibt sogar das Foto eines viel
jüngeren, schmaleren Daniel Daniels mit dichtem, schwarzem Bart und dunkler Sonnenbrille, der Trompete spielt.

«Mir war nicht klar, dass Jazz hier so ein großes Ding ist.»

«Jazz ist Revolution ohne Worte. Schon zu Zeiten der
Großen Gemeinsamen Sozialistischen Mutterbrust war er
wichtig. Bevor man redet, wird gespielt. Jazz protestiert,
ohne etwas zu sagen.»

Für Joseph ist Jazz wie ein Ort, an dem er zur Ruhe
kommt. Ein Bereich stiller Abgeschiedenheit, in dem er sein
wahres Ich findet. Seine Mutter zog ihn zwar immer damit
auf – «Dir ist schon klar, dass Jazz dem Kampf entsprungen
ist, oder? Dass du den Freiheitskampf der Afroamerikaner
benutzt, um dich von deinem mühseligen bourgeoisen Leben zu erholen?» –, und doch findet er, dass sein Faible nicht
nur Ausdruck seines Privilegs ist. Er braucht Jazz genauso
wie die Hoffnung. Jazz birgt eine Schönheit, auf die er bauen
kann.

«Und? Was wirst du deinem Daddy sagen?», fragt Daniel
Daniel, der teelöffelweise Zucker in seinen Kaffee kippt. Er
hat die gelb getönten Gläser wieder runtergeklappt.

«Keine Ahnung», gesteht Joseph.

Er hat sich diesen Moment unzählige Male ausgemalt.
Er schwelgte sogar in Wiedersehens-Fantasien, als er noch
glaubte, Gary wäre tot. An seinem Geburtstag notierte er
stets eine einzeilige Frage und schob sie wie ein Gebet unter
sein Kopfkissen.

«Was isst du lieber zum Frühstück, Porridge oder Eier?»

«Hast du nachts Schlafprobleme?»

«Siehst du die Welt jetzt aus dem Grab?»

Diese Fragen kamen ihm schon damals lächerlich vor. Und heute hat er den Eindruck, dass dem Schweigen seiner Mutter etwas Grausames innewohnte. Warum hat sie nie etwas gesagt?

Joseph schaut auf seine Uhr, danach zur Tür. Viertel nach elf. «Er ist zu spät.»

«Gary kommt nie pünktlich. Die Zeit ist sein schlimmster Freund.»

Joseph schwenkt den nun lauwarmen Kaffee. Auf dem großen Tisch entdeckt er das letzte Buch seiner Mutter: *Wie man eine Diktatur überwindet*.

«Vielleicht solltest du deinen Vater nicht nach der Vergangenheit befragen», schlägt Daniel Daniel vor. «Frag lieber: ‹Wie geht es dir, Vater, der du nicht bist im Himmel?›»

«Ich dachte eher an so was wie: ‹Warum hast du mich verlassen?›»

«Vielleicht mit guten Gründen», sagt Daniel Daniel.

«Gründe findet man immer.»

Joseph nimmt das Buch seiner Mutter zur Hand und betrachtet die Schwarz-Weiß-Fotos, auf denen Demonstrierende in diversen Städten zu sehen sind. Er selbst hatte für derlei Proteste nie etwas übrig. Sich von der Welt angepisst zu fühlen und Wandel einzufordern, als wäre man ihm Gerechtigkeit schuldig, hat er stets als selbstbezogen empfunden. Sogar als vermessen. Im Falle Garys scheint ein gewisser Protest dennoch berechtigt zu sein. Ihm kommen die Worte «Scher dich zum Teufel» in den Sinn. Aber ist er tatsächlich zehntausend Kilometer geflogen, um das zu sagen?

Daniel Daniels Handy klingelt. Er geht ran, spricht flüsternd. Als er aufblickt, wirkt er besorgt. «Leider ist Gary gerade unpassend. Er hat einen sehr großen Unfall.»

«Was? Geht es ihm gut?»

«Er muss zum Arzt. Aber es geht ihm gut. Er ist nur mittelmäßig hypochondronisch. Er fragt, ob wir nachmittags um vier in deinem Hotel zusammenstoßen können.»

«Klar.»

Joseph blättert weiter im Buch seiner Mutter, erleichtert, nicht bekennen zu müssen, was er fühlt, und entdeckt ein Foto, das Tamar auf einem Panzer zeigt. Thelonious Cat springt auf seinen Schoß und macht es sich gemütlich, als wäre es sein Zuhause. Daniel Daniel lächelt anerkennend. Joseph hat das starke Gefühl, dass etwas Wichtiges fehlt, ein bestimmtes Narrativ ignoriert wird. Er leert seine Tasse und sagt, er wolle Tamar sehen.

Daniel Daniel stöhnt. «Und wie soll das gehen? Wir wissen nicht, wo sie ist.»

«Ihr Bruder Levan leitet das Underground. Er könnte es wissen.»

ELF

Der Bus rollt durch die türkische Provinz, erklimmt grüne Hügel, gesprenkelt mit Schafen. Tamar hat immer noch kein Netz. Sie beobachtet einen Mann im schwarzen Anzug, der ganz vorn sitzt. Er senkt den Blick auf sein Klemmbrett, zieht gleichzeitig ein Klapphandy aus der Tasche und tippt eine Nummer ein. Er spricht leise, dreht sich um. Kurz begegnen sich ihre Blicke.

Beim nächsten Halt steigt Tamar aus und schlendert über einen Markt. Sie biegt um die nächste Ecke, dann um eine weitere, bis sie am Ufer des Schwarzen Meeres steht. Die Nachmittagssonne lässt die Wellen aufblitzen, und sie muss an die vielen unterschiedlichen Spielarten von Liebe denken. Mutterliebe, Vaterliebe, Bruderliebe, die Liebe der Hände und Körper. Man kann Geheimnisse lieben, List und Tücke, den Widerstand oder auch eine multiple Identität. Sie denkt an Rachels Liebe, und bei dem Gedanken an Zazas Liebe hat sie ein flaues Gefühl im Magen wie beim Anblick des Meeres, das zugleich nach Osten und nach Westen strömt.

Auf dem Rückweg zum Bus kommt sie an einem ganzen Berg billiger Nokia-Handys vorbei, Dutzende davon, und daneben steht ein Russe, der an einen Fischhändler erinnert.

«Funktionieren die Dinger?», fragt sie.

Er nimmt ein rotes Telefon, schiebt eine SIM-Karte hinein und sagt: «Probier's mal, Schätzchen.»

Sie gibt Lalis Nummer ein, vergeblich. Danach ruft sie Levan an.

«Hey», sagt Tamar.

«Wo bist du?»

«Ich habe die malerische Strecke gewählt.»

«Soll heißen?»

«Der Flughafen war gesperrt.»

«Jetzt ist er wieder offen.»

«Wir sehen uns in ein, zwei Tagen.»

Sie beendet das Gespräch, reicht dem Händler ein paar Scheine und kehrt zurück zum Bus, das kleine Handy in der Hand. Der Medizinstudent schläft mit dem Buch auf seinem Gesicht. Sie schickt eine SMS an Lali und Goran: *Fahre mit dem Bus durch die Türkei nach Hause.*

Nach Dawits Ermordung und Tamars Flucht aus Georgien war Rachel besorgt.

«Halt dich besser bedeckt», sagte sie, als Tamar von einer Demo gegen die Erhöhung von Studiengebühren heimkehrte. «Mach dich eine Weile unsichtbar.»

«Und was soll ich währenddessen tun?»

Rachel gab ihr ein ledergebundenes Notizbuch. «Schreib über deine Erlebnisse. Du hattest ein interessantes Leben.»

Tamar stöhnte. Sie hatte nicht die Geduld, herumzusitzen und etwas aufzuschreiben. Sie sehnte sich nach weiteren Aktionen, nach Kunst. Am Ende gab sie trotzdem nach und stellte zu ihrer Verblüffung fest, dass es ihr guttat, mit Tinte auf Papier zu schreiben. Manchmal schrieb sie Briefe, die in die Vergangenheit gerichtet waren: an Dawit, den sie vermisste; an Zaza, der noch am Leben war, wie sie wusste; an sich selbst, eine Tamar, die in Berlin oder New York hätte leben können; und an Anna, eine Frau, die sie gern kennengelernt hätte. Sie schrieb auf Englisch, weil sie dadurch Abstand zu sich selbst gewann – sie brauchte diese Distanz.

Tamar schrieb auch Freunden und Freundinnen in Tiflis. Meist E-Mails. Ein reger Austausch begann. Laut Goran und Lali hatten die Ermittlungen im Fall von Dawits Ermordung zur Verhaftung eines Schäfers aus Swanetien geführt, der den Mord mutmaßlich ausgeführt hatte. Er hatte jedoch kein erkennbares Motiv, und die Polizei argwöhnte, dass er nur als Bauernopfer herhalten musste – ein weiteres Opfer im schmutzigen Spiel der Hintermänner. Vermutlich würde Dawits Tod ungesühnt bleiben; die wahren Verantwortlichen für seinen Tod würden ungestraft davonkommen.

Tamar fragt sich manchmal, ob diese konstante Verschleierung der Wahrheit ein Symptom des kollektiven Traumas ist. War Zaza an jenem Tag im Jahr 1991 deshalb im KGB-Archiv? Was hatte er verbrochen? Angesichts des nationalen Prozesses Richtung Wahrheit und Versöhnung – gab es vielleicht bestimmte Wahrheiten, die ihn bedrohten? Und warum will er jetzt Buße tun? Wieso kämpft nicht auch er für Transparenz, Ehrlichkeit sowie dafür, dass Täter zur Rechenschaft gezogen werden?

Der Wunsch nach alldem ist seit dem Brand des KGB-Archivs vor zehn Jahren nie ganz erloschen. Die Hintergründe des Mordes an Dawit wurden zwar vertuscht – vorerst –, aber Wahrheiten haben die Eigenart, ans Licht zu kommen. Tamar ist trotz der apathischen Orientierungslosigkeit ihrer Generation stolz auf das, was sie durchlitten hat und vielleicht noch erreichen wird. Lali und Goran waren während der Jahre in Toronto ihre rettenden Anker, blieben eine Brücke zu ihrem alten Selbst. Sie erzählten von ihren Projekten, von ihrem Austausch mit demokratischen Bewegungen in Moskau und Kiew. Von Auftritten auf städtischen Plätzen und in Parks und dem Medienecho darauf, von ihrer Zusammenarbeit in Menschenrechtsfragen mit dem georgischen

Verband Junger Juristen. Sie informierten Tamar über Uni-Proteste, Graffiti-Aktionen und die Bemühungen um eine Zivilgesellschaft.

Vor gut zwei Wochen schrieben sie Tamar über die Wahlen. Die Wahlbeobachter der EU warfen Schewardnadse Betrug vor. Man berichtete von vielen Leuten, die mehrfach gewählt hatten. Schewardnadse hätte nie und nimmer neunzig Prozent der Stimmen erhalten, das war allen klar, denn der junge Micheil Saakaschwili hatte eine ganze Generation jüngerer Menschen für Wandel und Demokratie mobilisiert.

«Die Leute gehen auf die Straße», schrieb Lali. «Sie haben die Schnauze voll.»

ZWÖLF

Tiflis, Georgien
15. November 2003

Daniel Daniel führt Joseph durch eine Gasse auf einen Innenhof voller Müll und ausrangierter Möbel. Joseph stolpert beinahe über ein altes Bettgestell, seine Brust schmerzt, als er Luft holt. Er fragt sich, welche Gifte in der Luft liegen, welche toxischen Partikel aus Tschernobyl er einatmet (der Ort ist Tausende Kilometer entfernt, der Super-GAU siebzehn Jahre her, und doch glaubt er sich von Strahlung umgeben). Entspringt sein Misstrauen gegenüber der postsowjetischen Luft einer von Spionagethrillern geschürten Paranoia oder seinem Bedürfnis, Tamar zu beschützen? Er würde sie gern vor der Welt beschirmen. Doch in Wahrheit ist er der Schutzbedürftige.

«Nimm dich vor Levan in Acht», warnt Daniel Daniel, als er gegen die Metalltür des Underground pocht. «Er handelt mit dunklen und geheimnisvollen Dingen, einschließlich deiner Seele. Und sag ihm ja nicht, dass du in seine Schwester verknallt bist.»

Vera, die Eintrittskarten verkauft und offensichtlich auf Klamotten mit Leopardenfellmuster steht, öffnet die Tür und teilt ihnen mit, Levan sei bei seiner Mutter, Nana. Sie kritzelt die Adresse auf einen Zettel.

Daniel Daniel rast durch die Straßen. Die Ampeln funktionieren nicht, jeder schlängelt sich irgendwie durch die Verkehrswildnis, und die Adresse, die sie erhalten haben, existiert nicht. Daniel Daniel scheint dennoch jeden Moment zu genießen, er gibt Gas und braust um die verkehrsungeregelten Ecken, erkundigt sich bei wildfremden Leuten nach Nanas Haus. Joseph schließt die Augen und betet, heil anzukommen – dass Autofahren religiöse Inbrunst erfordert, ist für ihn eine vollkommen neue Erfahrung.

Daniel Daniel hält vor einer Sackgasse und zeichnet einen Plan auf eine herausgerissene Notizbuchseite: eine Straße, die sich auf einen Hügel schlängelt, auf dem eine Einäugige namens Nastja abgefülltes Benzol und Tschatscha verkauft. Daniel Daniel zeichnet sie als Oger aus einem Märchen. Anschließend notiert er auf der Rückseite weitere Informationen für Joseph.

«Diese Details sind superwichtig», erklärt Daniel Daniel und klappt die getönten Gläser hoch, um zu prüfen, was er notiert hat. «Die Häuser haben keine Nummern, und Straßen existieren nicht immer. Im Staate Georgien sind die Bürger ein existenzielles Problem.» Er gibt Joseph den Plan. «Wir sehen uns am Nachmittag, wenn du Gary triffst.» Joseph steigt aus und erklimmt, dem Plan folgend, den Hügel.

Die Details sind erstaunlich präzise, Daniel Daniel hat sogar Mülltonnen und weggeworfene Spritzen eingezeichnet, doch die einäugige Nastja ist kein Oger, sondern ein hübscher Teenager mit Goldzahn und Glasauge. Sie bietet Joseph löslichen Kaffee an, den er auf einem Hocker sitzend trinkt. Bis auf zwei Wachleute, die auf einem Baumstumpf Backgammon spielen, ist die Straße verwaist. Die Luft brennt in seinen Augen, und wieder hat er das Gefühl, dass die Luft, die er einatmet, bedrohlich ist. Er kauft einen Strauß Iris. Nicht weit von der Hügelkuppe steht ein hübscher rosa Sessel auf der Straße. Im Näherkommen sieht er, dass Schaumstoff und Spiralen aus dem Polster quellen wie die Eingeweide eines erlegten Tiers. Er erblickt ein Haus mit umlaufendem Balkon. Auf sein Klopfen erscheint eine schwarz gekleidete Frau, die die Tür einen Spalt öffnet, ohne die Kette zu lösen.

«Sprechen Sie Englisch?», fragt Joseph.

Sie schüttelt den Kopf. «*Ara.*»

Joseph studiert die phonetischen Umschriften, die Daniel Daniel auf der Rückseite des Plans notiert hat. «Wohnt hier Nana Tumanischwili?», fragt er dann auf Georgisch.

Die Frau schüttelt wieder den Kopf, nun energischer. «*Ara, ara.*»

Sie knallt die Tür zu. Der rosa Sessel wankt im Wind. Joseph schaltet sein Blackberry an, klopft ein zweites Mal und hält der Frau ein Foto hin. «Tamar. Meine Freundin. Rachel. Meine Mutter. Sind Sie Nana?»

Er reicht ihr das Handy durch den Türspalt. Sie betrachtet das vor nicht allzu langer Zeit aufgenommene Foto von Tamar und Rachel, beide angesäuselt. Sie runzelt die Stirn, und Joseph befürchtet kurz, sie könnte sein Handy packen und auf den Boden schleudern. Aber stattdessen löst sie die Kette und bittet ihn herein. Als er ihr den Blumenstrauß überreicht, hellt sich ihre Miene auf. Sie sagt etwas, das er nicht versteht. Ein Dutzend brennende Bienenwachskerzen stehen in einer Ecke auf einem angelaufenen Silberteller. Im Flur hängen Fotos von Tamar. Eines zeigt sie als Kind in einem gelben Badeanzug, einen Arm um die Taille eines Mannes gelegt, sicher der Adoptivvater, Sascha. Auf einem anderen steht sie zwischen ihm und einem jungen Mann, wahrscheinlich Levan, auf einer Theaterbühne. Ein Bild unten rechts zeigt eine Frau im Hochzeitskleid, daneben ein Mann im hellblauen Smoking, beide umringt von Familie und Freunden. Tamar bei ihrer Hochzeit mit Dawit.

Da geht die Haustür auf, und ein großer, stämmiger Mann

mit einem dichten blonden Vollbart tritt ein. «Ich bin Levan», sagt er auf fast akzentfreiem Englisch. «Und du?»

Joseph stellt sich als Rachels Sohn und Freund von Tamar vor. Er erklärt, dass er auf der Suche nach ihr ist.

«Freut mich sehr, dich kennenzulernen, Joseph Grabinsky. Leider ist Tamar nicht in Tiflis.»

«Wann kommt sie?»

«Sie ist noch unterwegs. Bitte, komm rein. Sei unser Gast.»

Levan führt Joseph ins Esszimmer. Dort wird ihm ein Stuhl angeboten. Zu seinem Erstaunen hat die schwarz gekleidete Frau eine ganze Mahlzeit aufgedeckt. Überbackenes Käsebrot und Rührei, dunkle Würste und Auberginen, eine Kanne mit schwarzem Tee. Levan entkorkt eine Flasche Wein und füllt zwei Gläser.

«Weißt du, wo Tamar sich gerade aufhält?», fragt Joseph.

«Nein», antwortet Levan. «Aber Nana freut sich sehr über dein Kommen. Es schmerzt uns, dass du deine Mutter verloren hast.»

«Danke.»

«Meine Mutter hat Rachel geliebt. Sie haben sich nicht immer gut verstanden, aber sie war wie eine Schwester.»

Nana stellt einen Kessel mit heißer Suppe auf den Tisch. Sie signalisiert Joseph durch eine Geste, sich zu bedienen. Das Haus entspricht haargenau Tamars Schilderung: die alten Möbel, die gerahmten Gemälde russischer und georgischer Künstler, das von Notenblättern bedeckte Klavier, zahllose Bücher, Gedichtbände und Romane. Er hat das Gefühl, in ein früheres Jahrhundert versetzt worden zu sein. Nana trägt eine weiße Schürze über ihrem schwarzen Kleid. Ihre Warmherzigkeit überwältigt ihn. Joseph hat das Gefühl, zur Familie zu gehören, obwohl er Nana und Levan gerade erst kennengelernt hat. Und die Suppe, auf die Nana frische Kräuter gestreut hat, duftet herrlich.

Der erste Löffel ist eine Offenbarung. Joseph weiß nicht, woraus sie gemacht ist, aber sie scheint Wunderkräfte zu entfalten. Er hat das Gefühl, als wäre etwas in seinem Magen geöffnet worden, der letzte Hauch Übelkeit verfliegt. Joseph wendet sich Hühnchen und Roter Bete, Petersilie und den warmen Chatschapuri zu. Die Walnusssoße der Auberginen ist wunderbar, Knoblauch und Dill schmecken köstlich. Nachdem Levan einen Toast ausgesprochen hat, leert Joseph genüsslich sein Glas Wein, danach ein zweites. Der Wein schmeckt erdig und lässt sein Blut beschleunigt durch die Adern rauschen. Er trinkt weiter, obwohl er längst genug hat. Joseph gibt sich der Einbildung hin, Tamar könnte wie durch Zauberhand hier erscheinen, wenn er nur genug essen und trinken würde. Nana sagt etwas zu Levan.

«Sie wüsste gern, ob Sorge an deinem Herzen nagt.»

Diese ebenso intime wie direkte Frage ist Joseph peinlich. Aber sie ist auch treffend und aufrichtig. Er weiß, dass Trauer zermürbend sein kann.

Nana verschränkt ihre Hände. Sie wischt sich hinter der Hornbrille Tränen aus den Augen. Sie weint.

«Du kannst Nana sagen, dass ich meine Mutter sehr vermisse.» Joseph schnürt es die Kehle zu. Er isst rasch einen weiteren Löffel von Nanas Zaubersuppe.

«Trauer und Verlust wiegen schwer, aber der Verlust der Mutter ist die schlimmste Tragödie», sagt Levan, wendet sich ab und flüstert Nana etwas zu. Sie antwortet, und er dolmetscht. «Sie will wissen, ob du deshalb hier bist. Um Rachels Geist nahe zu sein.»

«Ja, in gewisser Weise», antwortet Joseph. «Sie war gern hier, stimmt's?»

«Deine Mutter hat Georgien geliebt. Sie hat Tamar geliebt, sie hat Nana geliebt, die Kmara-Bewegung und das Underground, ja sogar mich.» Levan tunkt frisches Brot in einen Dip aus gehacktem Spinat und Granatapfelkernen. Er kaut mit offenem Mund und leert dann ein ganzes Glas Wein mit wenigen Schlucken. Er scheint alles mit Volldampf zu tun. Levan wischt seine Hände ab und erklärt: «Ich möchte dich für heute Abend ins Underground einladen. Wir werden eine große Party feiern und gemeinsam trinken. Ab jetzt sind wir Freunde, Joseph Grabinsky. Gute Freunde.» Levan drückt Josephs Hand so fest, dass es schmerzt.

«Sehr gern.»

«Ruf mich an, wenn du etwas brauchst.» Levan steht auf und gibt ihm seine Karte. «Und keine Eile. Du kannst bleiben, solange du möchtest. Du bist unser Gast.»

Joseph ist gerührt von Levans Gastfreundschaft – der ganz im Gegensatz zu Tamars Worten kein brutaler Kerl ist. Er schlägt die Tür hinter sich zu, als er geht, und kurz darauf klingelt das Telefon. Nana nimmt ab und spricht.

«Tamar», sagt sie zu Joseph.

«Sie ruft an?»

«Tamar.» Nana reicht ihm den Hörer.

«Wer spricht da?» Die Stimme klingt heiser.

«Joseph. Und wer sind Sie?»

«Ich stelle die Fragen.»

Schwer zu sagen, ob die Stimme weiblich oder männlich ist. Joseph sagt: «Und was wollen Sie?»

Am anderen Ende wird geschluckt, dann gehustet.

«Ich bin der Sohn von Rachel Grabinsky», ergänzt Joseph.

Ein Schweigen. Dann fragt die Stimme: «Magst du Torte?»

«Torte?»

«Kaffee und Torte.»

«Sicher, ich esse gern Torte.»

«In einer Seitenstraße des Tschawtschawadse-Boulevards gibt's ein Café. Wir treffen uns dort in einer halben Stunde.» Der Anrufer nennt eine Adresse, die Joseph hastig auf Daniel Daniels Plan notiert. «Und sieh zu, dass man dir nicht folgt.»

«Und wie erkenne ich Sie?»

Eine Antwort bleibt aus, es wird aufgelegt. Er kennt nicht einmal den Namen dieser Person. Nana legt auf und zeigt auf den Flur. Als Joseph aufsteht, ist ihm schwindelig. Das Zimmer scheint zu schwanken, die Wände kippen auf ihn zu; er hält sich an der Tischkante fest. Nana stützt ihn, dann schließt sie ihn in ihre Arme, doch er fühlt sich bedrängt. Sie führt ihn bei der Hand durch einen Flur ins Schlafzimmer. Dort ist es stickig und dunkel. Sie reißt ein Streichholz an und entzündet eine Kerze. Dann zieht sie ein Buch aus dem Regal und fischt ein zwischen den Seiten steckendes Foto heraus. Es zeigt Rachel in jungen Jahren und erinnert Joseph an das Schwarz-Weiß-Bild im sowjetischen Pass, den er in ihrem Büro entdeckt hat.

«Rachel, *deda*», sagt Nana, indem sie auf Joseph und danach auf das Foto deutet.

«Ja, das ist meine Mutter.»

Nana presst ihre Hände auf die Brust und beginnt zu weinen.

«Sie müssen nicht traurig sein», sagt Joseph, um sie zu trösten. Sie zeigt ihm das Foto eines Hünen mit dichten, schwarzen Haaren und beigefarbenem Wollmantel, der die Arme vor der Brust verschränkt hat. Aus den Mantelärmeln schauen goldene Manschettenknöpfe mit blauen Steinen heraus.

«Zaza», sagt sie. «*Mama.*»

Ist sie Zazas Mutter?, fragt sich Joseph.

Nana zieht ein drittes Foto hervor: Tamar im Kampfanzug, neben ihr Rachel in älteren Jahren. Joseph weiß, dass es anlässlich einer Performance von Tamar entstanden ist. Er kennt das Foto aus Rachels Buch über Demokratiebewegungen. Die verschiedenen Gesichter verwirren ihn. Wer ist dieser Zaza?

«Tamar», sagt Nana, nimmt das Foto zur Hand und küsst ihr Gesicht. Sie bekreuzigt sich und spricht ein Gebet. Die Geste leuchtet ein: Die Fotos von Tamar und Rachel haben etwas Heiliges. Joseph würde auch gern für die zwei Frauen beten, die er liebt, doch der rätselhafte Zaza liegt über ihnen wie ein Schatten. Er möchte, dass die Frauen auf den Fotos zu ihm sprechen, ihm erzählen, was sie wissen.

Das Telefon klingelt in der Küche, und Nana eilt hin. Josephs Blick fällt auf ein Holzkästchen. Er nimmt den Deckel ab und entdeckt eine auf Russisch geschriebene Notiz, eine Herrenuhr und zwei goldene Manschettenknöpfe mit Lapislazuli. Ein fast unheimlicher Moment – die Vergangenheit berührt die Gegenwart. Joseph fragt sich, wie diese Dinge nach Tiflis gelangt sind. Ohne nachzudenken, lässt er Notiz und Manschettenknöpfe in seiner Tasche verschwinden.

DREIZEHN

Trabzon, Türkei

15. November 2003

Der Medizinstudent döst weiter, sein offenes Lehrbuch zeigt den Querschnitt eines Gehirns. Tamar war nie gut in Biologie, mochte aber die Illustrationen und das Latein: *cortex, cerebellum, ganglia*. Das Gedächtnis, denkt Tamar, ist ein einsamer, niemals kartierter Ort. Während sie sich Georgien nähern, denkt sie an Dawit auf der Krankentrage. Mit wem wollte er sich treffen, und wer gab seine Ermordung in Auftrag? Er stand kurz davor, etwas zu enthüllen, und irgendjemand wollte die Wahrheit weiter vertuschen.

In Dawits Branche herrschte kein Mangel an Feinden. Sogar sein Erscheinungsbild sorgte für hochgezogene Augenbrauen – in den blauen Seidenanzügen und mit der lila Blüte im Revers sah er stets elegant, ja extravagant aus. Zwar machte er in Gesellschaft kein Aufheben um sein Schwulsein, aber es war ein offenes Geheimnis. Tamar hatte Angst um ihn: Ein besoffener, impulsiver Schwachkopf hätte gereicht, Dawit dagegen schien unbesorgt zu sein. Wenn man so viele Feinde habe, sagte er gern, sei man schon wieder unsichtbar. Und sein Arbeitgeber sorge für seinen Schutz.

Tamar erinnert sich an ein Interview, das er mit Soso Abramidze führte, georgischer CEO des Ablegers eines amerikanischen Energiekonzerns. Soso erzählte Dawit vor laufender Kamera, er sei vom FSB bedroht worden: ‹Verkaufen Sie Ihr Unternehmen für zwei Dollar an Putin, andernfalls ...› Soso musste sich fügen, wandte sich jedoch an die Medien. Dawit versprach, alles öffentlich zu machen: ein weiteres georgisches Unternehmen, das vor den imperialistischen Ambitionen Russlands in die Knie ging. Am Vorabend der Ausstrahlung des Interviews wurde Soso tot in seinem Apartment aufgefunden; man hatte seine Hände und Füße hinter dem Rücken zusammengezurrt, er war regelrecht exekutiert worden. Kartli 2 sagte die Sendung ab. Anschließend gingen auf mysteriöse Weise zwei Stunden Filmmaterial verloren. Bewaffnete Bodyguards hielten mehrere Wochen vor Dawits Wohnung Wache. Er schwor, dass er keine Angst habe – anders als Tamar.

«Ich werde beschützt, Tamar. Und außerdem», erklärte Dawit, «bin ich so bekannt, dass es niemand wagen würde, mich zu ermorden.»

Sie entgegnete: «Putin interessiert es einen Scheiß, wie bekannt du bist.»

Dawit schloss sie in die Arme. Sie wollte nicht recht behalten.

Wo waren die Bodyguards, als Dawit erschossen wurde? Waren sie in seine Ermordung verstrickt? Wer war noch beteiligt gewesen? Zaza? Und wer war die geheimnisvolle Quelle, mit der Dawit verabredet gewesen war? Zu welchen Erkenntnissen hatte er nicht mehr kommen können? So viele Fragen, die sie nie gestellt hat. Tamar wollte etwas über Dawits neuen Freund im Vera-Viertel erfahren; über seine Pläne für ein Haus auf dem Land; über die Rezepte, die er als leidenschaftlicher Koch an den Wochenenden ausprobiert hatte. Wie Rachel hatte er seine Geheimnisse mit ins Grab genommen.

Der schwarz gekleidete Mann verkündet den Fahrgästen, sie würden sich der Grenze nähern. Tamars rotes Nokia-Handy piept. Lali hat ein etwas unscharfes Bild der Proteste in Tiflis geschickt: Tausende Menschen auf dem Platz der Freiheit. Tamar kann aufgereihte Zelte erkennen, Mülltonnen, in denen bei Dunkelheit Feuer glühen, und jemanden, der auf den Stufen des Parlaments eine Rede hält. Ein ermutigendes Bild. Dann schreibt Lali.

Lali: Wann kommst du an?
Tamar: 8 Uhr. Zentraler Busbahnhof.
Lali: Wir holen dich ab.
Tamar: Neues von den Protesten?
Lali: 20 000 Leute auf dem Platz. Weitere kommen von außerhalb.

Tamar hält die Zahl zunächst für einen Tippfehler.

Tamar: Im Ernst?
Lali: Ja!

Angesichts dieser Zahl ist Tamar aufgeregt, aber auch nervös. Das Massaker im April 1989, als Soldaten neunzehn Demonstranten auf den Stufen des Parlaments erschossen, steckt ihr noch in den Knochen, und sie fürchtet, die Armee könnte auch dieses Mal mit brutaler Gewalt reagieren. Und falls nicht, falls es tatsächlich gelänge, die Regierung Schewardnadse zu stürzen, was dann? Wie soll eine Nation, in der Mörder, Lügner und Diebe das Sagen haben, die Vergangenheit überwinden?

Tamar tippt Josephs Nummer ein. Es belastet sie, sich nicht richtig verabschiedet zu haben. Sie weiß, dass er leidet; der Tod einer Mutter. Sie kennt diesen Schmerz. Sie landet auf seiner Mailbox und stottert eine verwirrte, auch sehnsüchtige Nachricht.

Der Bus nähert sich der georgischen Grenze, und ihre innere Anspannung wächst. Vor ihr liegt Unvorhersehbares. Man lässt im Bus einen Hut herumgehen, jeder Fahrgast wirft Geld hinein; die gemeinschaftliche Bestechung ist in diesem Teil der Welt ein Übergangsritual. Würden sie die Zollbeamten nicht schmieren, dann säßen sie die ganze Nacht an der Grenze fest. Der Medizinstudent hat kein Geld, also legt Tamar für sie beide zehn Dollar in den Hut. Er dankt ihr beschämt. Er stellt sich als Orhan vor und erklärt, dass er blank sei, weil er seiner Mutter Geld schicke, sie lebe in einem kleinen Dorf an der türkischen Schwarzmeerküste. Tamar beruhigt ihn: «Gern geschehen.»

Als sie ihr Portemonnaie einstecken will, fällt eine Karte heraus. Sie hebt sie auf. Skunks Visitenkarte mit seiner fett gedruckten Nummer. Sie fand ihn zwar beängstigend, hat seine Karte aber aufbewahrt. Als sie über die Kanten streicht, merkt sie, wie scharf sie sind, sie könnte sich glatt daran schneiden. Sie klappt ihr Nokia auf und tippt die Nummer ein.

«Hallo?», sagt jemand auf Russisch. «Hallo? Wer ist dran?»

Tamar bricht den Anruf ab.

VIERZEHN

Als Joseph schließlich Nanas Haus verlässt, ist er sturz-
betrunken, überfressen und vollkommen verwirrt. Der Tag
ist grau und trübe. Alles wirkt entrückt und nostalgisch und
strahlt dank der sechs Gläser Wein, die er intus hat, etwas
Geheimnisvolles aus. Joseph stolpert an der Ecke mit Nast-
jas Kiosk vorbei, zündet sich eine Zigarette an. Nastja beugt
sich wie eine Biologin über ein totes Insekt, studiert es so
eindringlich mit dem einen Auge, als wäre sie ein Mikroskop
auf zwei Beinen. Sie richtet sich auf, als Joseph vorbeitorkelt.

«Tamar?», fragt sie.

«Was?»

Nastja setzt ihre Inspektion des verstümmelten Käfers
fort, dessen Innereien schwarz und klebrig auf die Straße
quellen. Joseph fragt sich, ob er einer Einbildung erlegen
ist – vielleicht hat sie gar nichts gesagt. Seine Kippe beginnt
plötzlich zu brennen, er hat sie am falschen Ende angezün-
det. Er tritt sie aus und geht weiter. An einer Straßenbiegung
steht eine rosa Frauenbüste im Stil des sozialistischen Realismus. Joseph bestaunt ihre enormen Schultern und ihren
furchtlos auf den Horizont gerichteten Blick. Eine heroische
Pose. Vielleicht kann er daraus etwas lernen. Nur was? Alles hat eine Bedeutung, denkt er, als er unter einer Brücke
durchgeht, wo eine Bebia sowjetische Briefmarken anbietet.
Joseph findet die kleinen Abbildungen von Nuklearphysi-
kern und Astronauten reizvoll und ist versucht, welche zu
kaufen, nicht, weil sie so schön wären oder nostalgische Ge-

fühle weckten, sondern weil sie für eine andere Ära stehen. Er sucht Verbindungen zu seiner Vergangenheit, wie schon mit den Manschettenknöpfen und der Uhr.

Joseph trabt zur Adresse, die ihm der rätselhafte Anrufer genannt hat. Zu seiner Überraschung handelt es sich um Daniel Daniels Plattenpalast. Der ist nicht da, Lali dagegen schon. Der vormittägliche Andrang hat nachgelassen, nur wenige junge Leute sitzen da und lesen, und natürlich ist da Thelonious Cat. Joseph bestellt einen Kaffee und pflanzt sich in eine Ecke, setzt Kopfhörer auf und senkt die Plattennadel auf Wayne Shorters *Night Dreamer*. Das fluoreszierende Blau des Covers scheint mit dem Mysterium der Musik zu verschmelzen. Joseph schließt die Augen, gibt sich den Saxofonklängen hin. Nach der ersten Plattenseite beschließt er, Daniel Daniels Scheiben zu hören. Er erkundigt sich bei Lali danach.

«Welche Band? Belomorkanal oder Nacht des Leguans?», fragt sie.

«Was kannst du empfehlen?»

Lali geht Platten durch, die neben der Kasse stehen. Ihre Wimpern und Fingernägel sind lang. Sie hat schwarzen Eyeliner aufgelegt, trägt eine schwarze Jeans und einen schwarzen Pullover. Sie strahlt ein ähnliches Selbstbewusstsein aus wie Tamar.

«Hier», sagt sie. «Diese Platte wurde von Gregor Mendel und Malcolm McLaren inspiriert. Sie ist ziemlich abgefahren.»

Joseph bedankt sich und kehrt mit *Denim und Genom* von Belomorkanal an seinen Tisch zurück. Zu seinem Erstaunen ist das Cover sowohl russisch als auch englisch beschriftet. Es zeigt die verblasste Abbildung einer in Denim gehüllten Hand. Joseph legt die Platte auf, senkt die Nadel in die Rille und setzt Kopfhörer auf. Die Musik ist schnell und komplex, sehr avantgardistisch. Er hört den Bebop-Einfluss Charlie Parkers heraus, den Daniel Daniel so bewundert. Joseph bevorzugt Hardbop und Cool Jazz, schätzt die Musik von Belomorkanal aber genauso wie die Don Cherrys oder Ornette Colemans: Sie ist vielschichtig, technisch perfekt, anspruchsvoll. Daniel Daniel spielt so virtuos wie eigenwillig, die Klänge, auch das Jaulen, erinnern Joseph an die Redeweise seines Freundes. Dem gelingt etwas absolut Neues: Er grundiert seine Musik mit schwarzem Humor.

Joseph schreckt auf, als ihm jemand auf die Schulter tippt. «Joseph Grabinsky? Ich bin Keti. Nanas Cousine. Wir haben telefoniert.»

Eine Frau um die fünfzig streckt ihm ihre kleine Hand hin. Ihr Griff ist erstaunlich fest. «Ist dir auch niemand gefolgt?»

Joseph hat vergessen, darauf zu achten. «Ich glaube nicht.» Er nimmt die Kopfhörer ab, würde gern fragen: «Warum sollte mir jemand folgen?»

Keti zieht ihren Trenchcoat aus und nickt Lali zu, die mehrere Teller mit verschiedenen Kuchen bringt. Beide küssen sich auf die Wangen und wechseln vertraut ein paar Worte.

«Das ist Lali, meine Tochter», sagt Keti.

«Freut mich, dich noch mal kennenzulernen.» Lali lächelt scheu.

«Moment mal ... Keti? Warst du mit Daniel Daniel verheiratet?», fragt Joseph.

Keti sagt auf Georgisch etwas zu Lali. Diese kehrt zur Kasse zurück. «Ja, vor einer Ewigkeit. Wer hält es schon mit Mister Irrsinn aus?» Sie schneidet eine Grimasse, nimmt das LP-Cover zur Hand und zeigt auf die Liste der Musiker auf der Rückseite. «Das bin ich, Ketevan Marjanaschwili. Ich spiele Bass und Kontrabass.» Keti erzählt. Sie ist in einer Künstlerfamilie aufgewachsen. Ihr Vater war der Bühnenbildner gewesen, dessen Gemälde Joseph so bewundert hat. Ihre Mutter, eine Österreicherin, war Bildhauerin. Sie selbst macht seit Jahrzehnten Musik, nimmt bis heute Platten auf und geht weltweit auf Tourneen. «Deshalb spreche ich fließend Englisch», sagt sie, «im Gegensatz zu meinem Ex. Aber keine Sorge – Daniel Daniel und ich haben schon vor langer Zeit kapiert, dass die Ehe nicht unser Ding ist. Wir sind nach wie vor befreundet. Und wir haben Lali.»

Keti lächelt stolz in Richtung ihrer Tochter, bellt dann eine ganze Liste von Bestellungen. Lali serviert umgehend zwei Kaffee und flitzt zurück zur Kasse.

Vier verschiedene Kuchenstücke stehen auf dem Tisch, und Keti erklärt, über wie viele Generationen die Rezepte dafür in der Familie ihrer Mutter weitergegeben und zu welchem Anlass die Kuchen gebacken wurden. Joseph versucht, den ausführlichen Beschreibungen der Esterházy-Cremetorte mit Cognac, knusprigen Beignets mit Pflaumen, Sachertorte und Apfelstrudel zu folgen. Keti ist eine Frau, die ihre Torten extrem ernst nimmt. Sie spießt etwas Schokoladiges mit der Gabel auf, als wäre es ein wildes Tier, das ausreißen will.

«Worauf wartest du? Hau rein! Ist nicht alles für mich. Obwohl ich mich in meinem Alter ebenso gut nur von Torte ernähren könnte.»

Joseph sticht seine Gabel in den blättrigen Teig des Apfelstrudels. Da spürt er etwas Warmes an den Füßen. Thelonious Cat schnurrt auf die erwartungsvolle Art der Katzen, möchte also auch ein Häppchen.

«Ich habe den Plattenpalast mit angekurbelt», erzählt

Keti. «Für mich ist er wie ein zweites Zuhause. Daniel Daniel und Lali sorgen für die Musik. Ich sorge für die Bücher und kümmere mich um die Torten und Kuchen. Ein anständiger Plattenladen braucht guten Kaffee und gehaltvolle Torten, meinst du nicht auch?»

Joseph nickt, obwohl er dergleichen nie bedacht hat. Der Strudel ist jedenfalls köstlich. Und Keti ist ihm sympathisch. Sie ist nicht nur eine vorzügliche Konditorin, sondern spricht auch exzellentes Englisch. Für Joseph hat das etwas Beruhigendes. Thelonious Cat reibt die Wange an seiner Wade.

«Du bist also der Sohn von Rachel Grabinsky. Mein aufrichtiges Beileid zum Tod deiner Mutter.» Keti umschließt Josephs Hand. «Das hat dich bestimmt sehr mitgenommen. Bist du deshalb hier? Um das Land kennenzulernen, das sie so geliebt hat?»

«Ist eine lange Geschichte.»

«Ich lausche ihr gern.»

«Sie hängt mit deinem Ex-Mann zusammen, ob du's glaubst oder nicht.»

Keti ruft Lali etwas zu, und diese antwortet. Keti, offenbar zufrieden, verschränkt die Arme vor der Brust und lehnt sich erwartungsvoll zurück. Der etwas verlegene Joseph berichtet umständlich, was ihn nach Tiflis verschlagen hat, angefangen bei seiner Entdeckung des sowjetischen Reisepasses in Rachels Büro. Er erzählt vom Inhalt des KGB-Dossiers, von den Taxifahrern am Flughafen und dem weinseligen Essen bei Nana vor wenigen Stunden.

«Ich hätte nie geahnt», sagt Joseph, «dass Rachel in Wahrheit eine ganz andere Person ist.»

«Schein und Sein, man kennt das», meint Keti und nimmt ein Stück Esterházy-Torte auf die Gabel.

Joseph erzählt ihr auch von seinem Vater, Gary Ruckler,

den er seit fast zwanzig Jahren nicht gesehen hat. «Laut Daniel Daniel», erklärt er, «lebt Gary hier in Tiflis. Aus irgendeinem verrückten Grund will Daniel Daniel ein Wiedersehen arrangieren. Irgendwie sonderbar, finde ich.»

«Typisch Aslan», meint Keti. «Er muss immer jemanden retten.»

«Wer ist Aslan?»

«So lautet Daniel Daniels wahrer Name. Er mag ihn schon lange nicht mehr, aber ich rufe ihm ab und zu in Erinnerung, wer er ist.»

Joseph fragt sich, warum er sich bei Daniel Daniel nie nach dessen wahrem Namen erkundigt hat.

«Woher stammt er?»

«Aus dem Gebirge, wie die meisten von uns.»

«Du kennst Gary also auch?»

«Nein, ich glaube nicht.»

«Daniel Daniel – Aslan – hat erzählt, sie hätten sich während des Studiums in Moskau kennengelernt.»

«Das war vor meiner Zeit. Aslan hat damals Genetik studiert. Kaum zu glauben, oder?»

Ja, das ist tatsächlich unglaublich. Joseph erzählt Keti, auch Gary spiele Jazz.

«Ich bin mir sicher, dass ich ihm nie begegnet bin, aber das spielt wohl keine Rolle. Aslan kennt alle Welt. Und er fühlt sich stets berufen, jemanden zu retten. Gott weiß, dass er nicht anders kann. Er ist ein sehr spezieller, liebenswerter Chaot, wie du sicher weißt.»

Joseph nickt, den Mund voller Sachertorte, spült dann mit Kaffee nach. Er ist zwar noch pappsatt, aber die Torten und Kuchen sind köstlich. Die Schokolade schmilzt im Mund. Thelonious Cat verlangt maunzend ein Häppchen, aber Joseph zögert.

«Und Tamar? Was hat sie mit alldem zu tun?», fragt Keti, die sich, Krümel am Mund, dem Apfelstrudel zuwendet.

Joseph erklärt, sie habe ihn vor einigen Tagen angerufen und ihm mitgeteilt, sie müsse heimkehren. Auf Drängen von Daniel Daniel sei er dann aufgebrochen, um sie hier zu treffen.

«Wir sind befreundet», sagt er, «gut befreundet.»

«Hast du sie nach deiner Ankunft angerufen?»

«Ja klar, aber ich konnte sie nicht erreichen.»

«E-Mail?»

«Ich hatte noch keine Zeit. Ich schreibe ihr heute Nachmittag.»

«Ich glaube nicht, dass Tamar in Tiflis ist. Sonst hätte sie sich bei mir gemeldet. Und sie hätte bestimmt Nana angerufen.»

«Und wo ist sie jetzt?»

«Wenn ich das wüsste. Hat sie gesagt, warum sie heimkehren muss?»

«Sie sagte, sie müsse einiges klären. Sie klang aufgewühlt.»

Keti wirkt besorgt. Joseph würde ihr gern von den Manschettenknöpfen erzählen, die er bei Nana entdeckt hat. Stattdessen sagt er: «Ich würde dir gern etwas zeigen, vielleicht kannst du mir auf die Sprünge helfen?»

«Klar.»

Joseph reicht ihr das Stück Millimeterpapier mit der Notiz, die er in Nanas Schlafzimmer gefunden hat. Die Handschrift – kyrillisch, leicht schräg, blauer Stift – scheint aus einer anderen Epoche zu stammen. Während Keti liest, berührt Joseph die Manschettenknöpfe in seiner Tasche. Sie fühlen sich an wie ein Talisman, ein Kompass. Alles könnte ein Hinweis sein, und wer weiß, was sich ergibt?

Schließlich liest Keti laut vor: «Es ist weder an mir, dies

weiterzureichen, noch habe ich das Recht, diese Geschichte zu erzählen. Vielleicht gibst du es zu einem passenden Zeitpunkt an sie weiter.»

«Das ist alles?», fragt Joseph.

«Ja, das ist alles.» Keti reicht ihm den Zettel zurück. «Weder Datum noch Unterschrift.»

Joseph steckt den Zettel in die Innentasche seiner Jacke. Was haben diese Worte zu bedeuten? Hat Nana sie zusammen mit der Uhr und den Manschettenknöpfen von seiner Mutter erhalten? Wie hätten sie sonst nach Tiflis gelangen können? Aber aus welchem Grund hätte seine Mutter das tun sollen?

«Ach, übrigens – was bedeutet das georgische Wort ‹mama›?»

«Vater. Wieso?»

Joseph sticht seine Gabel in die Esterházy-Torte. «Nana hat mir das Foto eines Mannes namens Zaza gezeigt und ihn als ‹mama› bezeichnet. Soll das heißen, Zaza ist Tamars Vater?»

«Ja. Tamar war sechs, als er verschwunden ist. Hat sich quasi in Luft aufgelöst. 1991 tauchte er während der Unruhen wieder auf, nur um von der Menschenmenge niedergetrampelt zu werden. Ein tragischer Tod.»

Tamar hat Joseph von Zaza erzählt, aber es waren verstreute Erinnerungen, nichts über seinen gewaltsamen Tod.

Keti lehnt sich auf dem Stuhl zurück. «Ich finde es beunruhigend, dass sie nach Georgien zurückkehrt. Hier in Tiflis schwebt sie in Gefahr.»

«Und warum?»

«Dawit, ihr Ehemann, wurde erschossen. Außerdem kursieren Gerüchte über deine Mutter.»

«Welcher Art?»

«Alte Kommunisten wie Schewardnadse behaupten, die Amerikaner hätten ein Komplott geschmiedet, um die Kontrolle über die Ölvorkommen der Region zu erlangen, und sie sei daran beteiligt gewesen.»

«Meine Mutter?»

«Sie soll im Auftrag der CIA einen Regierungswechsel angestrebt haben, um eine Demokratie westlichen Zuschnitts zu etablieren.»

Joseph traut seinen Ohren nicht. «Du meinst einen Putsch?»

Keti winkt mit der Gabel ab. «Nimm das nicht zu ernst.» Sie tut es ab als paranoiden Unsinn, typisch für die Region. «Das Gerücht – zweifellos von den Russen im Umlauf gebracht – besagte, Dawit und Tamar seien mit finanzieller Unterstützung von George Soros als Agenten angeworben worden und für Rachel tätig gewesen. Gut möglich, dass man dich, als ihren Sohn, auch für einen Agenten hält.»

«Das ist total verrückt.»

«Die Welt ist verrückt, Joseph. Darum essen wir ja Torte. Na los. Lang zu.»

Joseph zwingt sich, einen weiteren Happen Strudel zu essen. Der schmeckt am besten. Außen knusprig, innen saftig, sehr gehaltvoll. Thelonious Cat sitzt da und wartet geduldig. Etwas nagt an Joseph.

«Warum war meine Mutter ausgerechnet in Georgien?»

Keti setzt zu einer Geschichtsstunde an. Georgien, erklärt sie, habe jahrhundertelang unter diversen Besatzungsmächten gelitten. Vor den Russen seien es die Osmanen gewesen, früher die Perser, so sei es über tausend Jahre gegangen. Die Spuren der Unterdrückung reichten aber noch viel weiter in die Vergangenheit, man könne sie bis zu Prometheus zurückverfolgen, der von fremden Göttern an den heiligsten Berg Georgiens gekettet worden sei.

«Wir Georgier sind Experten, was Besatzungsmächte angeht. Wir haben gelernt, unter der Knute fremder Mächte zu leben. Aber uns selbst regieren? Unser Schicksal in die eigene Hand nehmen? Es bedurfte Menschen wie deiner Mutter, um uns vor Augen zu führen, dass wir dazu imstande sind. Das ist die eigentliche Umwälzung, die deine Mutter angekurbelt hat. So gesehen, ist sie weiterhin ein Teil davon.»

Keti erklärt den politischen Eiertanz von Präsident Schewardnadse. Sobald er sich dem Westen zuwendet, ziehen die Russen die Zügel an – außerdem verfolgt er eigene Interessen. Unterm Strich ist es seine unstillbare Gier, von der die Menschen genug haben.

«Ist dir bewusst, Joseph, dass sich keinen Kilometer von diesem Café entfernt fünfundzwanzigtausend Menschen versammelt haben, um Schewardnadses korrupte Regierung aus dem Amt zu drängen? Ihre Anführer sind Leute, die von deiner Mutter gefördert und unterrichtet wurden. Rachel begriff, wie schwierig es ist, in der ehemaligen UdSSR eine gewaltfreie Revolution durchzuführen. Sie wäre begeistert, wenn sie wüsste, was sich jetzt in Tiflis abspielt. Sie ist auch nach ihrem Tod noch eine treibende Kraft des Wandels.»

Keti isst ihren Strudel auf und genehmigt sich ein letztes Stückchen Sachertorte, dann stellt sie die Teller auf den Fußboden. «Na? Was meinst du, Thelonious? Werden wir Schewardnadse stürzen? Wird Rachels Revolution den Sieg davontragen?»

Thelonious Cat schweigt. Er ist vollauf damit beschäftigt, die Kuchenreste zu verputzen.

Keti sieht Joseph an. «Vielleicht hast du recht. Vielleicht

ist Tamar schon in Tiflis. Sie könnte sich längst unter die Demonstrierenden gemischt haben. Möglicherweise will sie nicht, dass jemand von ihrer Anwesenheit erfährt.»

FÜNFZEHN

Türkisch-georgische Grenze
15. November 2003

Tamar weiß noch, dass Nana in Rachels Gegenwart oft verstummte. Sie fragt sich, ob Nana wusste, dass Rachel in Wahrheit Anna Litvak war, und ob beide eine Vereinbarung getroffen hatten. In diesem Fall wäre Nanas schlimmster Albtraum Wirklichkeit geworden, als sich Rachel plötzlich in das Leben ihrer Tochter drängte – die Rückkehr der leiblichen Mutter.

In Brechts Stück bleibt die Entscheidung zwischen Ziehmutter und leiblicher Mutter dem Richter Azdak überlassen, der verfügt, das Kind in einen mit Kreide gezogenen Kreis zu setzen. Beide Mütter, Grusche und die Gattin des Gouverneurs, sollen versuchen, den Jungen zu sich heranzuziehen. Jene, der es gelingt, soll die wahre Mutter sein. Bei diesem Tauziehen verliert Grusche jedes Mal, sie gibt sich keine Mühe. Der verärgerte Azdak will von Grusche wissen, warum sie sich nicht anstrenge, immerhin liege das Schicksal des Kindes in ihren Händen. Grusche antwortet: «Soll ich's zerreißen? Ich kann's nicht!» Aufgrund dieser Worte wird sie zur wahren Mutter erklärt; die Blutsverwandtschaft unterliegt der Wahlverwandtschaft. Die Liebe ist das Zünglein an der Waage.

Trotz ihres Respekts gegenüber Brecht weiß Tamar um die Macht von Blutsverwandtschaft und die Wirkmächtigkeit von Genen. Sie weiß, dass Geschichte auf teils widersinnige Art in den Menschen nachwirken kann. Sie erinnert sich an die finsteren Tage in Abchasien, an den Krieg, der in den Straßen Sochumis Einzug hielt, an Menschen, die ihre Nachbarn im Namen von Stamm und Heimat töteten. Nach der langen Unterdrückung durch die Sowjets erhob sich ein Sturm des Nationalismus, es kam zu Kulturkämpfen und ethnischen Säuberungen. Tamar kann sie spüren – die Blutsbande, die an ihr zerren, das Vermächtnis der Vorfahren, das viele Menschen blindlings handeln, ja morden lässt.

Einige Tage nach Dawits Ermordung besuchte sie Nana. Sie wollte sich vor ihrem Abflug nach Toronto von ihr verabschieden. Tamar hatte Fragen. Nana kochte ihre Lieblingssuppe, hackte Zwiebeln, Walnüsse, Petersilie.

«Erzähl mir von Zaza», bat Tamar.

Nana wand sich, dann schnitt sie weiter.

«Sag etwas, Nana.»

«Was soll ich denn sagen?»

«Wer war Zaza? Was hat er getan?»

Nana seufzte. «Bevor er studierte, waren wir ein Liebespaar. Es war eine naive Jugendliebe. Dann ging er nach Moskau, und ich hörte jahrelang nichts von ihm. Keine Anrufe, keine Briefe, nichts. Und eines Tages stand er vor der Tür, ein hübsches, schlafendes Mädchen in den Armen. Er wusste beim besten Willen nicht, wie man Kinder großzieht. Er brauche meine Hilfe, sagte er. Also habe ich dich aufgenommen.»

«Und warum leben wir hier? Woher stammen wir? Und was wurde aus Anna Litvak?»

Nana hörte auf zu schneiden und reckte das Messer. «Ich weiß es nicht.»

«Du hast dich nie erkundigt?»

«Natürlich habe ich Zaza gefragt. Aber er hat geschwiegen. Was sollte ich tun?»

«Vermisst du ihn?»

«Nein.»

«Am Abend vor seiner Ermordung hat Dawit mir erzählt, Zaza sei noch am Leben.»

Nana griff in einen Schrank. Ihr Ärmel blieb an einem Nagel hängen, und sie verschüttete Salz auf den Boden.

«*Kurva!*»

«Hast du gehört, was ich gesagt habe?»

Nana bückte sich. «Ja, habe ich.» Sie fegte das Salz zornig auf eine Hand und warf es aus dem Fenster auf den Hof. «Überrascht mich das? Nein. Bei dem Mann überrascht mich gar nichts. Besser, du vergisst ihn, Tamar. Wenn Zaza mit im Spiel ist, passiert immer Schlimmes. Er wird von Reue und dunklen Gedanken gequält. Die einzige gute Tat seines Lebens war die, dich zu mir zu bringen.»

Tamar holte die Manschettenknöpfe und Annas Notiz aus der Tasche, legte alles auf den Küchentisch und schob es Nana hin.

«Bewahrst du das für mich auf?»

«Warum denn? Es gehört dir.»

«Ich kann das nicht mitnehmen. Tust du mir den Gefallen? Bis ich heimkehre?»

Nanas Augen füllten sich mit Tränen.

«Du wirst nie mehr heimkehren.»

SECHZEHN

Tiflis, Georgien
15. November 2003

Nachdem Keti den Plattenpalast verlassen hat, schreibt Joseph in sein Notizbuch: «Schein und Sein. Nicht einmal ich bin derjenige, der ich zu sein glaube.» Er verabscheut die Heimlichtuerei seiner Mutter, und gleichzeitig würde er sie gern verstehen. Vielleicht musste Rachel, die ohnehin alles verloren hatte, Anna Litvak sterben lassen. Vielleicht glaubte sie, es wäre von Vorteil, eine neue Identität anzunehmen, aber: Wer war sie? Anna oder Rachel? Und warum hielt sie sich so oft in Georgien auf? Joseph bezweifelt, dass sie für die CIA arbeitete, und obwohl er versteht, dass Georgien ein Land für sie war, in dem sie ihre politischen Ideen und demokratischen Strategien umsetzen konnte, hat er das Gefühl, dass ein Puzzleteil fehlt. Ihre Anwesenheit in Georgien muss einen weiteren, tieferen Grund haben.

Als Joseph aufblickt, ist es später als gedacht: Viertel vor vier. Er ist in fünfzehn Minuten mit Daniel Daniel und Gary in seinem Hotel verabredet. Er bezahlt, dann eilt er auf die Straße.

«Entschuldigen Sie bitte, ich muss zum Marriott Hotel», sagt er zu einer kleinen, älteren Frau, die mit einer voluminösen Einkaufstüte auf dem Bürgersteig steht. «Können Sie mir den Weg beschreiben?»

Sie reicht ihm die Einkaufstüte und erwidert etwas auf Georgisch. Sekunden später hält ein weißer Minivan am Straßenrand. Die Tür geht auf, und die Frau bedeutet Joseph, einzusteigen. Er sackt auf einen freien Platz, die Tür wird geschlossen, und die alte Frau ergreift seine Hand. Alle Fahrgäste sind ältere Semester; alle starren ihn an.

«Marriott Hotel?», fragt er die alte Frau noch einmal.

«Cho, cho.»

Sie fahren eine gefühlte halbe Stunde, dann hält der Minivan mit quietschenden Bremsen, und alle steigen aus. Die alte Frau nickt Joseph zu, wuchtet ihre Einkaufstüte von seinem Schoß und taucht in der Menge unter.

Joseph nimmt im Rückspiegel Blickkontakt mit dem Fahrer auf und fragt: «Marriott Hotel?»

«Dezerter Bazaar», entgegnet der Fahrer. «Du raus.»

Joseph dämmert, dass er am falschen Ort gelandet ist. «Marriott Hotel?», fragt er einen Obstverkäufer, der ihm einen Granatapfel hinhält. Der Mann zeigt auf eine Teestube. Dort erkundigt sich Joseph ein weiteres Mal. Der Mann hinter dem Tresen bietet ihm ein Gläschen schwarzen Tee und zwei Zuckerwürfel an. Joseph dankt und bezahlt, obwohl er den Tee nicht bestellt hat. Während er daran nippt, streift er den Blick eines Hünen mit grauem Filzhut und schwarzem Trenchcoat, der auf der anderen Seite des Raums sitzt. Der schaut sofort weg, und Joseph hat plötzlich das Gefühl, neben sich zu stehen.

Nach dem Verlassen der Teestube schlendert er zwischen Gewürzständen hindurch. Er hält an, um Sonnenblumenkerne zu kaufen, und erspäht den Mann im schwarzen Trench ein paar Stände weiter. Joseph biegt ruckartig in einen Gang mit Pflaumen und Walnüssen ein, wirft einen Blick über die Schulter – wieder der Typ. Joseph geht weiter. Als er stehen bleibt, bleibt auch der Mann stehen. Joseph huscht in einen Laden, sein Herz rast. Keti hat recht, denkt er, man beschattet mich. In einem Gang, flankiert von Ständen mit

Dill, Petersilie und Knoblauch, versucht er, seinen Verfolger genauer zu betrachten. Das Gesicht des Mannes liegt im Schatten des grauen Filzhuts, er könnte einem Film noir nach einem Roman Raymond Chandlers entsprungen sein.

Joseph eilt an mannshohen Ständen mit billigen Plastikschuhen vorbei, Tausende Paare, die auf passende Füße warten. Am Ende des Gangs kommt eine Straße in Sicht, und dort steht ein Lada mit einem Schild, auf dem das handgeschriebene Wort «Taxi» prangt. Joseph drängelt sich ins Freie und steigt ein.

«Marriott Hotel», sagt er zum Fahrer.

Joseph dreht sich noch einmal um, als das Taxi losfährt, und erhascht einen Blick auf den Film-noir-Typen, der lebhaft in sein Handy spricht.

SIEBZEHN

Türkisch-georgische Grenze
15. November 2003

Wenn man spätnachts eine Grenze überquert, hat man stets ein mulmiges Gefühl.

Der Bus hält am Grenzübergang, und alle steigen aus. Tamar bleibt bei Orhan, sie fühlt sich in seiner Begleitung sicherer. Sie stellen sich vor der türkischen Zollstube an, um den Reisepass stempeln zu lassen. Der Bus, in dem sich ihr Gepäck befindet, fährt derweil ein Stückchen weiter. Tamar tritt durch ein Tor in das Niemandsland zwischen zwei Ländern, wo sie ein schneidender, vom teilnahmslosen Meer kommender Wind empfängt. Vor einem großen Stahltor kontrolliert ein bewaffneter Soldat Orhans Papiere, mustert ihn anschließend stumm und drohend. Orhan holt eine Stange Marlboro aus seiner Segeltuchtasche. Der Soldat nimmt sie und lässt ihn passieren. Orhan nickt Tamar ermutigend zu und sagt zu dem Soldaten: «Wir gehören zusammen.»

Auf dem Weg durch den Grenzübergang will Orhan wissen, woher sie komme, wohin sie wolle, und warum sie allein unterwegs sei. Tamar antwortet, dass sie in Tiflis ihre Mutter besuchen will, und fügt hinzu, in ihrem Leben gebe es belastende blinde Flecken, denen sie daheim auf den Grund gehen will. Orhan nickt. Er erzählt auf gestelztem Georgisch, er studiere in Tiflis Medizin, nicht, weil die dortige Ausbildung besser wäre, sondern weil er in der Türkei keinen Studienplatz erhalten habe. Georgien gefalle ihm, doch er habe oft Heimweh und besuche deshalb regelmäßig seine Mutter.

«In Georgien gibt es zu viel Gewalt», sagt er. «Manchmal

habe ich Angst. Sei vorsichtig, Tamar. Du musst bitte, bitte gut auf dich aufpassen.» Er sagt das sehr liebevoll.

Sie treten aus einem dunklen Tunnel auf einen Parkplatz, in der Mitte steht schon ihr Bus. Tamar bemerkt einen schwarzen Van, der vor einem Zaun parkt. Sie passieren einen Händler, der Tee und Brot anbietet, und sie fragt Orhan, ob er etwas will. Er lehnt ab, steigt in den Bus und winkt ihr, eine rätselhafte Geste. Während sie Tee trinkt und frisches Brot isst, kommen zwei Männer auf sie zu. Einer ist groß und hager, der andere klein und stämmig.

«Tamar Tumanischwili?», fragt der Große auf Russisch.

«Ja?»

«Würden Sie bitte mitkommen?»

«Nein, warum sollte ich?»

Der stämmige Mann schlägt ihr den Tee aus der Hand, sie verbrüht sich an der heißen Flüssigkeit.

«Ja, was zum …»

Bevor sie ihren Satz vollenden kann, klebt ihr der Große den Mund zu. Der stämmige Typ packt sie bei den Handgelenken. Sie will sich losreißen, aber sie wird hochgehoben und weggetragen wie ein Möbelstück. Tamar fängt Orhans Blick auf, er sitzt im Bus und schaut ihr nach.

ACHTZEHN

Vor einer Kirche auf der Kuppe eines Hügels gibt das Taxi den Geist auf. «Kaputt», sagt der Fahrer schulterzuckend.

Na prima, denkt Joseph. In diesem Land funktioniert aber auch gar nichts.

Draußen nur wirbelnder Staub. Kahle, öde Felshänge. Der Fahrer zündet eine Zigarette an, hockt sich dann untätig hin.

«Marriott Hotel?», fragt Joseph erwartungsvoll.

Der Fahrer schließt die Augen, presst die Hände auf seine Schläfen und beginnt, halblaut mit sich selbst zu sprechen. Joseph gibt ihm ein paar Dollar und betritt die Kirche. Das Dach ist eingebrochen, alte Gebetbücher liegen im Schutt, der Ort scheint verwaist. Joseph verlässt die Kirche nach hinten und springt über einen Zaun auf ein Feld, hinter dem er Rauch aufsteigen sieht.

Als Joseph das andere Ende des Feldes erreicht, stellt er fest, dass er vor einer Synagoge steht. Ein Mann verkauft Wein aus einem Metallfass. Der ist warm und süß. Nach einigen Schlucken erwägt Joseph, das Gebetshaus zu betreten, doch lautes Getöse lässt ihn innehalten. Er geht durch eine Gasse in dessen Richtung und erreicht einen breiten Boulevard. Irgendjemand packt ihn von hinten bei der Schulter und stößt ihn in eine Menschenmenge, die Transparente und Fäuste schwenkt. Jemand anders drückt ihm ein Stück Brot in die Hand. Joseph ist mitten in die Demo geraten, von der Keti erzählt hat. Er hat absolut keine Lust, sich mitziehen zu lassen, er hat schließlich etwas vor.

Er wird dennoch mitgerissen und versucht vergeblich, sich aus dem Menschenstrom zu drängeln, der Sog ist zu stark. Dann wird er von einem Fremden gegen eine gläserne Doppeltür geschubst, schließt die Augen und schreit. Umstehende lachen und fotografieren ihn. Der Fremde lässt ihn los, und als er die Augen öffnet, stellt er fest, dass er vor den Türen des Marriott steht. Er taumelt in die Lobby, aber Daniel Daniel ist nirgendwo zu sehen. Joseph hat sich zwei Stunden verspätet.

«Kann ich Ihnen helfen?», fragt der Rezeptionist.

«Ja», sagt Joseph, erleichtert, sein Ziel mit heiler Haut erreicht zu haben. «Mein Name ist Joseph Grabinsky. Könnte es sein, dass eine Nachricht für mich hinterlegt wurde?»

Der Rezeptionist schaut nach. «Nein.»

«Gut, dann würde ich gern einchecken.» Joseph kann es kaum erwarten, heiß zu duschen und in einem sauberen Bett zu liegen – der tröstliche, normierte Luxus eines Hotelzimmers.

Der Rezeptionist studiert die Gästeliste und erwidert: «Tut mir leid, aber es gibt keine Reservierung auf Ihren Namen.»

Joseph sucht die E-Mail mit der Reservierungsbestätigung und hält dem Rezeptionisten sein Blackberry vor die Nase. Der Mann sieht noch einmal auf die Gästeliste.

«Ich fürchte, ich kann Sie nicht finden.»

«Schauen Sie gründlich nach. Bitte.»

Der Rezeptionist blättert die ganze Liste durch. «Ich kann Ihre Reservierung nicht finden, Mr. Grabinsky.»

«Schön. Dann hätte ich gern ein Zimmer.»

«Ich bedauere.»

«Wie meinen Sie das?»

«Wir sind komplett ausgebucht, Sir. Wenn Sie möchten, rufe ich in einem anderen Hotel an.»

«Und die Bestätigung?» Joseph reckt wieder sein Blackberry in die Höhe.

«Tut mir leid, Sir. Sie sollten gestern eintreffen, und da Sie nicht erschienen sind, haben wir das Zimmer anderweitig vergeben. Sie sehen ja, was draußen los ist – wir haben jede Menge Journalisten zu Gast.» Er zeigt in die volle Lobby. «Ich versuche aber gern, ein anderes Hotel für Sie zu finden.»

Joseph stöhnt. Er tritt von der Rezeption zurück, schaut auf sein Blackberry. Er hat einen Anruf verpasst, unbekannte Nummer. Eine Nachricht wurde hinterlassen. Anfangs erkennt er die leise Stimme nicht, dann geht ihm auf, dass es Tamar ist.

«Hey, Joseph. Entschuldige, dass ich einfach so abgehauen bin. Ich habe mit meinem Bruder Levan telefoniert, und er meint, dieser Skunk habe Informationen über meinen Vater. Ich muss unbedingt in Erfahrung bringen, was er weiß. Ich fahre gerade mit dem Bus durch die Türkei … Du fehlst mir. Ich hoffe, dir geht's gut.»

Joseph bleibt in der Lobby stehen und lauscht der Nachricht ein zweites Mal. Der Anruf ist einige Stunden alt. Wie konnte er ihn nur verpassen? Er wählt ihre Nummer, die Mailbox springt an. Er steckt sein Handy ein, schaut sich um. Rauchende, trinkende Leute drängen sich in der Lobby. Ein Mann im grünen Anzug nippt an einem exotischen Cocktail. Ob das Gary ist?, denkt Joseph. Jeder hier könnte theoretisch sein Vater sein. Er verlässt das Hotel, ohne zu wissen, was er tun soll.

Die Sonne sinkt, während Joseph ziellos durch die demonstrierenden Massen irrt. Er blickt in Hunderte Gesichter; sie sind verstörend fremd und abweisend. Er vermisst Tamar. Der Klang ihrer Stimme macht ihn fertig. Er würde so gern mit ihr reden, die Ereignisse der letzten paar Tage besprechen, sich einen Reim auf alles machen. Es dauert nicht lange, da ist es dunkel, und die Straßen haben sich geleert. Er hört ein Krachen und glaubt zunächst, es wäre Donner, aber Donner klingt nicht so hohl. Dann biegt zwanzig Meter vor ihm ein Mann aus einer Gasse und verschwindet eilig in den Schatten. Joseph erblickt einen Haufen vor einer Hauswand, geht über die Straße und stellt fest, dass es ein Mann ist, reglos dasitzend, das Kinn auf der Brust. In seiner Stirn klafft ein Einschussloch. Eine graue Flüssigkeit quillt heraus, rinnt über faltige Haut. Es dauert, bis Joseph begreift, dass es der Mann mit dem schwarzen Trenchcoat und dem grauen Filzhut ist. Der Film-noir-Typ.

Er betrachtet die trüben Augen des Mannes. Dann tastet er ihn ab, nimmt Handy und Geldbörse an sich. Er muss herausfinden, wer sein Verfolger war.

Joseph ruft ein Taxi und fährt zur Mutter Georgiens. Von hier aus findet er anhand Daniel Daniels Notizen den Weg zum Plattenpalast. Als er dort anlangt, erfüllt ihn eine Verunsicherung, die nicht nur in der Brust, sondern auch in Händen und Füßen spürbar ist. Alles kommt ihm fremd und entrückt vor – sein eigener Körper, die ganze Welt.

Daniel Daniel begrüßt ihn an der Tür. «Genosse Joseph, wo hast du gesteckt? Ich war mit Gary in deinem Hotel, aber du warst nicht da.»

«Jemand ist mir gefolgt», erwidert Joseph.

«Irgendjemand ist einem immer auf den Hacken.»

«Mein Verfolger wurde in einer Gasse erschossen.»

«Ausgezeichnet. Dann kann er dich nicht mehr exekutieren.»

«Vielleicht sollten wir die Polizei informieren?»

«In Georgien ist die Polizei noch kaputter als die Ampeln.

Komm rein. Wir lösen sämtliche Verspannungen, innerlich und äußerlich.»

Der Laden hat schon zu. Daniel Daniel reicht Joseph ein warmes Bier, und der lässt sich auf das Sofa sacken. Zwischen den Kissen ertönt ein Quäken. Thelonious Cat.

«Tamar hat mir eine Nachricht hinterlassen. Sie ist noch nicht in Tiflis.»

«Wo dann?»

«Sie ist mit dem Bus in der Türkei unterwegs.»

Daniel Daniel streicht über seinen struppigen Bart. «Wieso das?»

«Weiß ich auch nicht. Aber ich mache mir Sorgen. Was, wenn ihr etwas zustößt? Wenn sie in Gefahr schwebt? Sie hat Levan und diesen Skunk erwähnt.»

Daniel Daniel überlegt. «Wir fahren zum Underground. Wir reden mit Levan. Vielleicht hat er dir etwas verschwiegen.»

«Könnte sein.»

Daniel Daniel lässt sich neben Joseph auf das Sofa fallen. Unbeholfen legt er ihm eine Hand auf die Schulter.

«Du bist zu emotional, Genosse Joseph, du lässt dich von deinen Gefühlen unterbuttern.»

«Entschuldige, dass ich nicht pünktlich im Hotel war. Hat sich Gary geärgert?»

«Dein Vater ist nachsichtig und geduldig. Die Unpünktlichkeit hast du von ihm, sie ist ein prominentes Gen. Verspätung ist ein allgemeiner Zustand.»

Daniel Daniel hat recht. Joseph hat das Gefühl, als wäre alles aus dem Tritt, aus dem Takt. Er will die Geheimnisse seiner verstorbenen Mutter enträtseln; die einer Frau, die ihn liebt oder auch nicht; und die eines Vaters, den er kaum kennt. Ich bin immer am falschen Ort, denkt er.

«Keine Bange, Genosse. Wir treffen uns mit Gary. Morgen oder übermorgen, wann immer du willst.»

«Es ist alles das totale Chaos.»

«Nein, kein Chaos. Die schlichte Wahrheit lautet, dass alles am Hinterteil ist, inklusive unserer Seelen. In einem Land ohne Hunde kläffen die Katzen. Berüchtigtes georgisches Redenswort und Soundtrack unseres ramponierten Lebens.»

Joseph trinkt das warme Bier. Thelonious Cat blickt forschend zu ihm auf. «Gibt es weitere Gründe dafür, dass meine Mutter in Georgien war?»

«Rachel hasste die kläffenden Katzen. Sie wollte die Hunde zurückholen. Hast du die Proteste gesehen? Sie betete zum Gott des wirren Chaos. Ein Wandel könnte uns retten.»

Thelonious Cat kuschelt sich zutraulich auf Josephs Schoß. Joseph ist verstört, in ihm brodelt es. *Alles ist bloß Schein.* Er tastet in seiner Hosentasche nach Zazas Manschettenknöpfen, Indizien für etwas, das er nicht sehen kann. Daniel Daniel schaltet eine merkwürdige rote Lampe an und senkt die Nadel auf eine Platte. Er sinkt in eine Tabakrauchwolke zurück, seine Pelzmütze erinnert Joseph an Thelonious Monk. Dann schnurrt Thelonious Cat, und Joseph hat plötzlich das Gefühl, die Zeit würde sich ausdehnen und zugleich wiederholen.

«Weißt du, warum ich Charlie Parker so abgründig verehre?», fragt Daniel Daniel. «Er stickt viele elegante Identitäten in die Westen seiner Melodien. Wäre herrlich, wenn mir das in meinem Leben und in meiner Kunst glücken würde. Leider vermag ich nicht auf elegante Art zu singen. Wer außer Parker könnte das? Manchmal ist es besser, nur zu lauschen.»

«Ich weiß weder ein noch aus, Daniel Daniel.»

«Unsinn, du bist nur trauerkloßig, Genosse. Zu guter Letzt werden wir obsiegen. Was wir gewinnen, ist jedoch nicht ausgemacht. Katzen, die wuffen, sollte man meiden. Und dennoch wird alles, was wir ersehnen, über uns hereinbrechen: Väter, geliebte Frauen, beste Freunde, die Wahrheit über unsere Mütter. Folge den Noten bis zum Ende des Songs. Lass uns die erschröcklichen Schrecken des Herzens hinwegtanzen wie weiland Charlie Parker.»

Charlie Parker
Ornithology

Es folgen Tanzorgien
und sündiges Gepränge

NEUNZEHN

Tamars Widerstand erlahmt, als sie einen heftigen Schlag gegen den Kopf kassiert. Der Parkplatz dreht sich, man stülpt ihr etwas über den Kopf, alles wird dunkel. Dann wird sie in ein Fahrzeug geworfen, der Aufprall erschüttert ihr Rückgrat. Eine Tür gleitet zu, und der Wagen fährt rasant an. Tamar versucht, ihre aufkeimende Panik zu zügeln. Sie hört das Klicken eines Feuerzeugs; ein Radio wird an- und ausgeschaltet. Schmerz schießt ihr durchs Bein. Sie konzentriert sich auf ihre Atemzüge und versucht, sich die Überlebensstrategien ins Gedächtnis zu rufen, die in Rachels Geiselnahme-Seminar behandelt wurden. Sie hat Gorans Stimme im Ohr: «Muskeln anspannen und Fingerknöchel gegeneinanderdrücken. Das wirkt, als würde man sich fügen, obwohl man in Wahrheit Raum zwischen den Handgelenken schafft.» Sie versucht, diesen Rat zu befolgen, hatte aber noch nie ein Händchen für das Lösen von Knoten. Nun hat sie auch noch einen Sack über dem Kopf. In ihrer Verzweiflung knallt sie den Kopf gegen die Seitenwand.

«Was macht sie da?», fragt der Fahrer. Er spricht Russisch mit einem Akzent, den Tamar nicht einordnen kann.

«Demoliert ihren Schädel», antwortet sein Beifahrer.

«Ist sie irre?»

«Halt kurz an.»

Der Motor wird ausgestellt, und Sekunden später zerrt man Tamar aus dem Fahrzeug.

«Wohl verrückt geworden, was?» Der große, hagere Mann reißt ihr den Sack vom Kopf, das Klebeband vom Mund.

«Ich bekomme keine Luft», japst sie.

Die Männer diskutieren in einer Sprache, die sie nicht versteht. Äußerlichkeiten lassen Rückschlüsse auf die jeweilige Persönlichkeit zu: Narben, Goldzähne, nervöse Ticks. Der bullige Fahrer ist ungehalten. Die Bohnenstange ist geduldig.

«Gut, dann eben kein Sack über dem Kopf», sagt er mit seinem rätselhaften Akzent. «Aber du bleibst gefesselt.»

Der Fahrer, eine Zigarette zwischen den Lippen, mustert Tamar im Rückspiegel, sobald sie wieder im Van sind. Sein Beifahrer ist mit einer Kalaschnikow bewaffnet. Sie fahren in hohem Tempo über Land. Der Fahrer wirft ihr immer wieder argwöhnische Blicke zu, der Beifahrer qualmt Selbstgedrehte. Sein Anzug, schwarz und fadenscheinig, steht im Kontrast zur blitzenden, offenbar häufig benutzten Waffe.

«Ihr seid weder Russen noch Georgier», sagt Tamar nach einer guten Stunde Fahrt. «Woher kommt ihr?»

«Willst du eine rauchen?», fragt der Beifahrer.

Sie nickt, und er beginnt gekonnt, einhändig eine Zigarette zu drehen. Sie bemerkt eine kleine Narbe in seinem Nacken, der Nebenfluss auf einer vergessenen Landkarte. Er dreht sich zu ihr um, schiebt ihr die Zigarette zwischen die Lippen, gibt ihr Feuer. Tamar saugt den Rauch in ihre Lungen. Sie muss husten, doch es tut gut.

ZWANZIG

Tiflis, Georgien
15. November 2003

Daniel Daniel rüttelt sich, und Joseph schüttelt sich zu Charlie Parkers *Ornithology*, das aus alten sowjetischen Boxen dröhnt. Daniel Daniel hat ihren Tanz «Die Doppelhelix» getauft, zu Ehren «aller genetischen Mutationen, epigenetischen Retardationen und Hauptstraßen-Komplikationen». Sogar Thelonious Cat ist weniger träge und arrogant, die Musik scheint auch ihn gepackt zu haben. Joseph findet es einerseits sonderbar, mit einem Typen, den er seit einem Tag kennt, und einem ziegenbärtigen Kater zum Jazz einer abgehakten Ära herumzuhampeln, andererseits scheint es auch wichtig zu sein. Wenn alles ein Indiz enthält, muss er lernen, die Zeichen zu deuten. Er muss die Augen und Ohren offen halten.

Vielleicht hat Daniel Daniel recht: Vielsagend, wie sich Charlie Parker die unendliche Vielfalt der Noten anverwandelt, als hätte jede Regung, jeder Ton eine eigene Identität. Niemand ist ein Monolith, denkt Joseph, jeder Mensch hat zig Facetten. Die Frage lautet nicht: «Wer war Rachel Grabinsky?». Sondern: «Wie viele Rachel Grabinskys gab es?» Thelonious Cat begleitet Parkers Solo mit Gejaule; Joseph schließt die Augen und betet um eine Offenbarung, sieht aber nur den blutend in der Gasse liegenden Film-noir-Typen vor sich. Dieser Tanz mit den Toten macht ihm Angst.

Im Laufe der Stunden, seit sie auf der Suche nach Levan zum Underground gefahren sind, hat sich die Stadt verändert. Sie wirkt nicht mehr geisterhaft leer und jenseitig. Die Proteste, die Joseph nachmittags auf dem zentralen Platz erlebt hat, haben sich auf dem Rustaweli-Boulevard bis zum Underground ausgeweitet. Tausende Menschen beugen sich über Balkone, drängen sich auf den Bürgersteigen und dem breiten Boulevard. Sie tanzen und singen und rufen.

«Alles ist in Bewegung», murmelt Daniel Daniel, während er sich durch die Menge in Richtung Theater schlängelt.

Und alles wandelt sich. Das ausgemusterte Bettgestell, das sie vormittags erblickt haben, wurde in eine von Kerzen erhellte Bar und Suppenküche umgewandelt. Levan gibt dampfende Schalen und Tschatscha an die Demonstrierenden aus. Er begrüßt Joseph mit einer bärigen Umarmung und führt ihn danach ins Underground. Dort ist zu Ehren der Proteste eine große Veranstaltung geplant.

«Wir werden saufen wie die Löcher», sagt Levan lachend und patscht Joseph auf den Rücken.

Joseph und Daniel Daniel betreten die kerzenhelle Lobby. Vera, die Ticket-Verkäuferin, die keine Tickets verkauft, betrachtet sich in einem Zerrspiegel. Levan geht eine steile Treppe hinunter, die in einen riesigen, gewölbeartigen Raum mündet. Hier unten befindet sich die Bar des Underground, die Luft ist gesättigt von Qualm und Erwartung. Die fieberhafte Stimmung der Straßen hat auch hier Einzug gehalten. In einer Ecke übt ein Cellist mit pinken Haaren. Alte Provinzler verteilen Rosen an junge Schauspielerinnen. Ein einäugiger Swanetier singt Lieder aus einem fernen Land, die von Riesen und steinernen Türmen für die Toten erzählen. Männer mittleren Alters spielen Backgammon mit unglaublicher Wucht und Verzweiflung, sie schleudern die Würfel auf den Tisch, als ginge es um ihr Schicksal. Jugendliche Mädchen schmieden Pläne für die Revolution. In diesem

Raum herrscht eine Atmosphäre von Ungestüm und rastloser Sehnsucht.

Joseph beobachtet, wie Demokratie-Aktivisten über ein Gerüst aus wackeligen Podesten flitzen. Ein Serbe bellt Anweisungen in ein Megafon; mehrere Personen werfen sich auf den Boden und schlängeln sich vorwärts, andere hängen kopfüber an den Metallstangen des Gerüsts.

«Der Serbe heißt Goran, er ist Lalis Freund», sagt Daniel Daniel. «Er zeigt ihnen, wie man sich verhält, wenn Reizgas eingesetzt wird. Sie müssen Kondition aufbauen.»

Goran und seine Assistenten versprühen harmlose Substanzen, um Reizgas und Pfefferspray zu simulieren, und die Aktivisten und Aktivistinnen bedecken ihre Gesichter hektisch mit Tüchern und schließen die Augen.

Joseph erblickt aus dem Augenwinkel eine Frau mit braunem Hoodie und schwarzer Jeans. Sie sieht aus wie Tamar, und er ruft ihr etwas zu, aber sie wird von der Menge verschluckt. Er will ihr folgen, als es plötzlich wieder Strom gibt. Eine Band schleppt ihre Ausrüstung mitten in den Raum. Der Gitarrist schlägt einen Akkord an, der krachend laut aus dem Verstärker hallt und den Raum erbeben lässt. Alle jubeln. Ein Mädchen in kakifarbener Militärkluft schnappt sich ein Mikro und schreit:

Hey, hey, hey!
Niemand erteilt uns Befehle!
Yo, yo, yo!
Vernichte deine Fascho-Seele!
Ha, ha, ha!
Was du sein willst, das wähle!

Joseph drängelt sich durch die erregte Menge. Er entdeckt die Frau im braunen Hoodie wieder, sie steuert eine Tür an. «Tamar!», brüllt er, aber sie ist schon weg. Die fetzige, krachend laute Musik der Band füllt den ganzen Raum, alle beginnen zu tanzen.

Dann sagt der Sänger der Band etwas auf Georgisch, der Drummer steigert währenddessen langsam den Beat. Joseph bildet sich ein, den Namen «Tamar Tumanischwili» herauszuhören, dann beginnt die Menge zu johlen und zu applaudieren. Ein weißer Lichtstrahl wird auf die Wand geworfen. Tamar steht vor ihm, sieben Meter groß, mit braunem Hoodie und schwarzer Jeans.

Anthrax-Explosion:
Ein Experiment in postsowjetischem Kapitalismus

Ein Film von Tamar Tumanischwili
Untertitel von Rachel Grabinsky
Produziert von Freedom Ink

Rustaweli-Boulevard - Tiflis - Vormittag - 08:55 Uhr

TAMAR
Angeblich kann man in Georgien so ziemlich alles kriegen. Junge Mädchen, Heroin, Kalaschnikows. Hier gibt's alles, heißt es.

[Auftritt PASSANT.]

TAMAR
Hey, findest du auch, dass in Georgien alles zu
haben ist?

[PASSANT zuckt die Schultern, geht weiter.]

TAMAR
Ich frage mich, ob das stimmt. Ich frage mich,
wie schnell ich im Zentrum von Tiflis an biologi-
sche Waffen komme.

[TAMAR hält eine Stoppuhr in die Kamera und startet sie. Mehrere Sekunden verstreichen, bis …]

Didube-Markt - Tiflis - Vormittag - 09:42 Uhr

[TAMAR nähert sich BULLIGEN TYPEN mit schwarzen
Lederjacken und Sonnenbrillen - höllisch fies und
bedrohlich. BULLIGE TYPEN pfeifen und machen an-
zügliche Bemerkungen.]

TAMAR
Was verkauft ihr so?

BULLIGER TYP NR. 1
Was brauchst du denn?

[TAMAR gibt dem BULLIGEN TYPEN NR. 1 einen Zet-
tel. ER verweist SIE an den TÜRKISCHEN TEE-
HÄNDLER, der SIE an den ASERBAIDSCHANISCHEN
FISCHHÄNDLER verweist. Der ASERBAIDSCHANISCHE
FISCHHÄNDLER gibt TAMAR eine Telefonnummer.]

Telefonzelle - Tiflis - Vormittag - 10:03 Uhr

[TAMAR spricht in die Kamera.]

TAMAR
Einhundert Jahre nachdem Louis Pasteur einen
Impfstoff gegen Milzbrand entwickelt hat, pro-
duzieren wir Anthrax, um unsere jeweilige Nation
voranzubringen. Man beachte: Anthrax ist laut der
Biowaffenkonvention verboten. Aber wen kratzt
das?

Anthrax - kinderleicht herzustellen - kann man im
eigenen Keller zusammenpanschen!

Anthrax - bringt die Beulenpest direkt in eure
vier Wände!

Anthrax - löst eure Haut ab, verschont eure
Knochen!

Anthrax - kann Tausende Leben auslöschen!

Anthrax - produziert von zivilisierten Nationen
wie den USA, Großbritannien und der ehemaligen
Sowjetunion.

Ich fand schon immer, dass Anthrax eine ganz
eigene Schönheit hat. Anarchie-Anthrax. Ein An-
thrax-Orgasmus. Ein Anthrax-Schneesturm.

[TAMAR wählt die Nummer, die auf dem Zettel
steht. Man fordert SIE auf, zu einer bestimmten
Zeit an einem bestimmten Ort zu erscheinen.]

Geschäftige Straßenecke - Tiflis - Vormittag - 10:30 Uhr

[Ein schwarzes Auto ohne Kennzeichen hält an der
Ecke. TAMAR zögert. SIE geht zum Auto. Eine Tür
wird geöffnet. TAMAR steigt ein.]

Im Auto - irgendwo zwischen Tiflis und Rustawi - Vormittag - 10:31 Uhr

[Kamera zeigt Himmel und Landschaft durchs Auto-
fenster.]

TAMAR
Wohin fahren wir?

[FAHRER schweigt.]

TAMAR
Hey, du Vollidiot. Wohin bringst du mich?

Bar - Rustawi, Georgien - Nachmittag - 14:56 Uhr

[Brennende Zigarette im Aschenbecher. Auftritt
TAMAR mit blonder Perücke und Sonnenbrille. SIE
setzt sich zu einem Mann im schwarzen Anzug,
DR. KOPORECKI. ER legt eine Aktentasche auf den

Tisch, lässt die Verschlüsse aufschnappen. Sie
enthält zwei Ziplock-Beutel mit grobem, braunem
Pulver.]

DR. KOPORECKI
Anthrax, Stamm Vollum 14578. Einhundert Gramm
pure Erreger.

TAMAR
Sieht aus wie Hundefutter.

DR. KOPORECKI
Mit diesem «Hundefutter» könntest du fünftausend
Menschen töten.

TAMAR
Kostenpunkt?

DR. KOPORECKI
Fünfzehntausend Dollar.

[TAMAR legt ihre Aktentasche auf den Tisch. SIE
öffnet eine Lasche. SIE zögert, atmet schwer,
zieht schließlich die Stoppuhr hervor.]

TAMAR
[flüstert]
Es hat genau sechs Stunden, eine Minute und vier-
undfünfzig Sekunden gedauert.

Nach dem Video spielt die Band weiter. Die Menge beginnt zu toben. Joseph merkt, dass er neben Levan steht, Daniel Daniel ist nirgendwo zu sehen.

«Siehst du, mein Freund? Ich habe Tamar für dich geholt. Komm mit, Sohn der Rachel.»

Joseph folgt Levan in einen kleinen Raum, in dem ebenfalls Kerzen brennen. Stahlstränge ragen aus dem rissigen Betonfußboden. Sie befinden sich in einer Schauspielergarderobe, die Joseph jedoch an einen Verhörraum erinnert. Auf einem Stuhl stehen zwei Gläser und eine Flasche. Levan schenkt ein und reicht Joseph ein Glas.

«Sein oder nicht sein», sagt er. «Eine andere Frage gibt's nicht.»

Als der Tschatscha durch Josephs Kehle rinnt, meint er, sein Geist würde in Flammen aufgehen.

«Heute Abend», sagt Levan, «werden wir *sein*.»

«Woraus wird Tschatscha destilliert?», japst Joseph.

«Dies ist eine Spezialität meines Großvaters. Das Zeug macht dich entweder rundum glücklich – oder du verlierst den Verstand. Und nun sag mal: Wie findest du Tamars Video?»

«Performancekunst war nie so mein Ding.»

«Halb so wild, Performancekunst ist niemandes Ding!» Levan lacht spöttisch.

«Hat Tamar deswegen Ärger bekommen?»

«Na klar! Tamar provoziert gern. Deine Mutter war genauso. Die beiden haben sich gut verstanden.»

Joseph meint, irgendetwas über seinen Schuh krabbeln zu sehen.

«Wieso bist du in Tiflis? Nicht nur wegen meiner Schwester, hoffe ich.» Levan ist jetzt aggressiver und noch betrunkener als bei Nana.

«Nein, nein.» Joseph lacht nervös und erzählt dann, was er Keti in Daniel Daniels Plattenpalast anvertraut hat, nur verworrener und stockender. Er scheint seiner Stimme zu misstrauen.

«Du bist also hier, um deinen Vater kennenzulernen. Eine wichtige Sache!»

«Ja, ich denke schon.»

«Freut mich, dass du auch meine Schwester treffen willst. Blöd, dass sie noch nicht da ist, aber es ist schön, dass ihr befreundet seid. Du bist auch mein Freund, Joseph Grabinsky. Komm, trinken wir auf unsere Freundschaft!»

Der Tschatscha ist so beißend, dass Joseph einen Würgereflex unterdrücken muss. «Ich hoffe, ihr ist nichts passiert», sagt er durch zusammengebissene Zähne. Levan nickt, schließt die Augen, wankt leicht. Joseph wartet auf eine Erwiderung, dann sagt er: «Kennst du jemanden namens Skunk?»

Einen Moment lang wirkt Levan nervös oder verärgert oder beides zugleich, Joseph kann es nicht genau sagen.

«Wer?»

Joseph ahnt, dass er besser nicht nachhakt. Er beschließt, Tamars Nachricht für sich zu behalten. «Egal, ist unwichtig.»

«Trink, Joseph.»

Mit dem dritten Glas beginnt sich der Raum zu drehen. Und Joseph ist plötzlich redseliger.

«Wie war Zaza, Tamars Vater, so als Mensch?»

Levan erstarrt. «Wozu diese Fragen? Ich dachte, wir trinken was. Wir sind doch Freunde, oder?»

«Deine Mutter hat ein Foto von ihm. Sie hat es mir in ihrem Schlafzimmer gezeigt.» Joseph schiebt eine Hand in die Tasche und spielt mit den Manschettenknöpfen wie mit Kleingeld.

«Scheiß auf Zaza, scheiß auf die Vergangenheit. Trink.»

Joseph spürt, wie sich der Alkohol durch die Sehnen schlängelt, über Muskeln torkelt, auf seinen Kortex zuschießt. Die Wände des Raums scheinen sich zu verschieben, und Joseph glaubt, ein Geschöpf in den Schatten lauern zu sehen.

«Was will Tamar in Tiflis?»

«Du stellst zu viele Fragen. Ist alles unwichtig. Möchtest du die georgische Seele kennenlernen? Dann trink.»

Beim fünften Glas hat Joseph das Gefühl, als brenne ihm der Kopf weg.

«Morgen gehen wir auf Jagd.» Levan schenkt noch zwei Gläser ein. «Dann schießen wir ein Wildschwein und braten es am Spieß wie die Altvorderen.»

«Ich bin kein Jäger.»

«Bald bist du einer, Joseph. Du bist Georgier. Aber heute Abend wird getanzt. Tanzt du mit uns, Joseph Grabinsky?»

«Ähm, wo ist die Toilette?»

Levan zieht eine Augenbraue hoch und zeigt zur Decke.

Joseph stürmt aus der Garderobe, danach eine Treppe hinauf, die zu einer Tür führt. Im Raum dahinter gibt es kein Licht, nur ein tiefes Loch, aus dem es nach etwas stinkt, das er nicht sehen will. Während er sich erbricht, hat er das Gefühl, alle Geheimnisse, alle Ängste, jedes Verlangen auszuspeien. Anschließend fühlt er sich schwach, aber klar im Kopf.

Er hat Zazas Manschettenknöpfe in der Tasche, das Handy und die Brieftasche des Film-noir-Typen. Er benutzt das Handy als Taschenlampe. Der Raum ist noch kahler als erwartet. Keine Kloschüssel, kein Fenster, nichts, woran er sich festhalten könnte. Er holt die gold-blauen Manschettenknöpfe aus der Tasche und wiegt sie in der Hand. Schwer zu sagen, warum er sie an sich genommen hat, aber sie müssen eine Bedeutung haben.

«Zaza», flüstert er den Manschettenknöpfen zu. Sie schweigen sich aus.

Das Handylicht erlischt. In der Dunkelheit kommt er wieder zu Atem. Die letzten vierundzwanzig Stunden waren der reine Wahnsinn. Joseph lässt Revue passieren, was er in Tiflis erlebt hat. Das Dossier und die Demonstrationen; der tote Film-noir-Typ; Daniel Daniel, Keti, Lali, Levan und Nana. Er schaltet ein weiteres Mal die Taschenlampe seines Handys an, um die Brieftasche des Mannes untersuchen zu können.

Sie enthält Bargeld, Quittungen und einen vierfach gefalteten Zettel. Es ist die Kopie eines Schwarz-Weiß-Porträts, offenbar mit einem Teleobjektiv aufgenommen: Der Mann trägt einen Bart und ein Mönchsgewand. Eine Narbe zieht sich von einem Ohr bis zum Mund. Er steht vor einem Gebäude, vielleicht eine Kirche, auf einem Hang. Dahinter kann man einen schneebedeckten Berggipfel erkennen.

Der Lichtstrahl erlischt. Joseph muss an das Foto denken, das Nana ihm gezeigt hat. «Zaza», sagte sie, auf einen Mann mit beigefarbenem Wollmantel und blau-goldenen Manschettenknöpfen deutend. *«Mama.»* Er aktiviert das Licht erneut und betrachtet den Bärtigen auf dem Foto. Gut möglich, dass beide Personen identisch sind, obwohl sicher Jahrzehnte zwischen den Fotos liegen, aber Gewissheit hat Joseph nicht.

In diesem Moment vibriert das Handy, und er beschließt, den Anruf entgegenzunehmen. «Hallo?»

Jemand sagt etwas auf Georgisch. Im nächsten Moment wird gegen die Tür gebollert, und Joseph lässt vor Schreck das Handy fallen. Als er es aufhebt, merkt er, dass auch die

Manschettenknöpfe auf den Boden gefallen sind. Im Licht des Handys sieht er in einigen Schritten Entfernung eine riesige Ratte. Die erwidert seinen Blick. Und er stellt fest: Die Manschettenknöpfe liegen direkt unter ihr.

«Scheiße», murmelt Joseph.

Die Ratte verlagert ihr Gewicht.

«Her damit, na los!» Joseph tritt nach der Ratte, vergeblich. Er sieht sich nach einem Gegenstand um, mit dem er sie verscheuchen könnte.

«Du betrachtest die Dinge aus dem falschen Blickwinkel.» Die Ratte spricht zu ihm. Ihre Stimme ist leise und heiser.

«Wie bitte?»

«Hab keine Angst vor dem Chaos. Hab keine Angst vor mir.»

Joseph senkt die eine Hand, in der anderen hält er das Handy, das Licht fällt auf die Ratte.

«Kapierst du nicht? Ich bin das fehlende Bindeglied.»

Joseph schnappt sich die Manschettenknöpfe, steckt sie wieder ein.

Dann sagt die Ratte: «Es ist weder an mir, dies weiterzureichen, noch habe ich das Recht, diese Geschichte zu erzählen. Vielleicht gibst du es zu einem passenden Zeitpunkt an sie weiter.»

Da geht Joseph ein Licht auf.

«Na, siehst du?», sagt die Ratte. «War doch gar nicht so schwer.»

Joseph verlässt die Toilette im Triumph. Er muss unbedingt mit Daniel Daniel sprechen. Die Bar hat sich geleert. Alle sind wieder bei der Demo auf dem Platz der Freiheit.

Hinter der Bar haben sich einige Männer im Kreis versammelt, Schulter an Schulter, und schlagen abwechselnd aufeinander ein. Levan ist darunter, neben ihm steht Daniel Daniel mit der gelben Sonnenbrille und dem *Houses-of-the-Holy*-T-Shirt. Joseph geht auf die aufgekratzte Runde zu. Sein Hemd ist vollgekotzt, die Hose verdreckt. Daniel Daniels Stirn trieft von Schweiß. Da wird Joseph in den Kreis gestoßen und sieht sich von verschwitzten Männern in schwarzen Lederjacken umringt. Die Musik, offenbar vom Balkan, wird lauter; Levan weist ihn durch eine Geste an zu tanzen. Die Männer haken sich an den kleinen Fingern unter, als er schließlich vortritt.

Alle Informationen befanden sich in der Schmuckschatulle in Rachels Büro, er hatte sie also direkt vor der Nase. Gleichzeitig waren sie so gut versteckt wie ihre ganze Vergangenheit. Joseph begreift, dass die Manschettenknöpfe in der Aktentasche gewesen sein müssen, die Anna Litvak auf einem Flugfeld in Moskau von Unterleutnant Z. G. übergeben wurde. Zaza. Tamars Vater. Und dann der Schmerz, das tiefe Trauma, das entstand, als er ihr das gemeinsame Kind entriss.

Der ratlose Joseph ahmt Levan nach – lässt die Schultern mehrmals absacken und springt anschließend auf ihn zu. Schwer zu sagen, ob Levan den Tanz gerade erfunden hat oder ob er traditionell ist. Joseph weiß nicht, ob er alles richtig macht, ob er wie Levan die Hand schwenken soll, als wollte er mit einer Flinte in den Nachthimmel ballern. Daniel Daniel grinst wie ein Irrer. Joseph schaut genauso drein, ebenso Levan, trunken tanzende Männer, die einen losen Kreis bilden.

Warum hat sich seine Mutter in Georgien aufgehalten? Wieso entführt ein Vater sein Kind? Und ist dieses Kind, also Tamar, tatsächlich seine Halbschwester? Warum hat Rachel nie von ihr erzählt?

EINUNDZWANZIG

Der Beifahrer zieht die Kippe aus Tamars Mund, seine Finger streifen ihre Lippen. Ihr tut alles weh, aber durch das offene Fenster spürt sie die kühle Nachtluft auf der Haut. Das Schwarze Meer kann nicht weit sein. Wenn sie nicht ganz falschliegt, sind sie an der Küste, irgendwo südlich von Sochumi, wo sie als Kind die Sommer mit Nana und Sascha im Haus ihres Großvaters verlebte. Für Tamar war Abchasien gleichbedeutend mit endlos langen Sommern am Schwarzen Meer. Damals war sie täglich im Wasser, sie erinnert sich an das Zirpen der Zikaden, an Orangen, so süß, dass ihr noch jetzt das Wasser im Mund zusammenläuft. Und dann war alles vorbei, schlagartig, von einem Sommer auf den anderen. Sie fragt sich, wer das Haus nun bewohnt, wer sich um den Garten kümmert, die üppigen Orangen- und Pfirsichbäume im Hof pflegt. Als der Beifahrer die Zigarette wieder zwischen ihre Lippen steckt, stellt sie sich vor, allein ins Meer hinauszuschwimmen. Sie fand es herrlich, sich den Wellen hinzugeben, es war ein Gefühl grenzenloser Freiheit. Sie ließ alles los, vertraute sich einer geheimnisvollen höheren Macht an, trieb stundenlang, bis die Sonne sank, und ließ sich von den Sternen heimwärts leiten.

Tamar schrickt aus dem Schlaf auf; sie ist tatsächlich eingenickt. Das Fahrzeug steht, der Fahrer geht auf der Straße auf und ab und brüllt dabei in sein Handy. Der neben ihr hockende Beifahrer bietet ihr noch eine Zigarette an. Nach einer Weile zupft er die Kippe aus ihrem Mund, um die Asche abzuschnippen.

«Hast du auch einen Namen?», fragt sie.

«Alex.»

Er schiebt ihr die Zigarette wieder zwischen die Lippen. Nun, da sie seinen Namen kennt, lässt ihre Angst ein wenig nach.

«Wohin bringt ihr mich, Alex?»

Er zuckt mit den Schultern. Der Fahrer brüllt weiter ins Handy. Tamar spürt eine Vibration in der Gesäßtasche, ihr billiges Nokia-Handy meldet sich. Wahrscheinlich fragen sich Goran und Lali, wo ich bleibe, denkt sie.

«Könnte ich einen Schluck Wasser bekommen?»

Alex setzt einen Kanister an ihre Lippen. Die Falten, die sich dabei auf seiner Stirn bilden, lassen Tamar an ein Flussdelta denken. Als er die langen, schwarzen Haare zurückstreicht, kann sie seine Haut riechen: Jasminöl und Schweiß. Da fällt plötzlich Licht in den dunklen Van. Ein schwarzer Wolga blendet kurz auf und hält dann neben ihnen. Alex schiebt die Tür zu, und Tamar sinkt wieder auf das kalte Metall. Der Fahrer steigt ein, lässt den Motor an und folgt dem Wolga.

Tamar schließt die Augen und denkt: Ich muss mich auf den Atem konzentrieren. Zehn Mal einatmen, zehn Mal ausatmen. Das Ganze noch einmal. Bis hundert zählen, bis tausend, bis zehntausend. Während sie Gorans Anweisungen befolgt, hat sie Rachels Stimme im Ohr: «Weiter ruhig atmen», sagt sie.

ZWEIUNDZWANZIG

Tiflis, Georgien
16. November 2003

Auf dem Platz der Freiheit riecht es nach Benzin und Angst. Das lässt Josephs Kopf schwirren, und der Kater, den er dem gestrigen Saufgelage im Underground verdankt, macht die Sache nicht besser. Während sie sich durch die Menschenmassen schlängeln, lässt ihm Daniel Daniel eine kurze Geschichtsstunde zuteilwerden. 1907, erzählt er, habe ein junger georgischer Dichter, Iosseb Dschughaschwili, der später den Namen Stalin angenommen habe, eine Bank ausgeraubt und das Geld im Namen der bolschewistischen Revolution an Lenin übergeben. So habe sie begonnen: eine andere Revolution zu einer anderen Zeit.

Diese Lektion trägt nicht dazu bei, Joseph zu beruhigen oder ihm ein Gefühl der Sicherheit zu geben. Auf dem Platz haben sich über fünfzigtausend Menschen versammelt, und Joseph weiß, dass es zu gewalttätigen Auseinandersetzungen kommen kann. Die Zahl der Demonstrierenden wächst weiter, aber genauso die von Soldaten und Bereitschaftspolizisten. In Tiflis bahnt sich eine Veränderung an, nur ist sie nicht von allen gewollt.

Joseph entdeckt Levan und den serbischen Aktivisten Goran, dem er im Underground begegnet ist. Sie scheinen eine hitzige Diskussion zu führen. Levan stößt Goran gegen die Brust, aber der lacht nur, und Levan gibt ihm einen gutmütigen Klaps auf den Rücken.

Joseph ist hier mit Levan verabredet. Er kann sich an die Details nicht erinnern – als sie darüber sprachen, war er stockbesoffen –, aber es geht um einen gemeinsamen Jagd-ausflug. Daniel Daniel ist zwar sauer, weil die Begegnung mit Gary erneut verschoben werden muss, aber Joseph freut sich auf ein weiteres Gespräch mit Levan. Er weiß wahrschein-lich mehr über Tamar, als er bislang hat verlauten lassen. Jo-seph hofft, sein Vertrauen zu gewinnen und in der Stille des Waldes noch mehr Details zu erfahren, womöglich sogar im nüchternen Zustand.

«Vielleicht begreifst du jetzt», sagt Daniel Daniel und schwenkt eine Hand über die Demonstrierenden, «wie irre die Welt ist, zu deren Entstehung deine Mutter und Tamar beigetragen haben.»

Junge, ehrgeizige Politiker und Politikerinnen und enga-gierte Aktivisten und Aktivistinnen halten auf den Stufen des Parlaments optimistische und idealistische Reden. Be-reitschaftspolizisten und Soldaten bleiben voller Unbehagen am Rand, die Waffen lose im Anschlag. Es gibt Zelte und Schlafsäcke, Wasserflaschen und Kessel mit warmen Ge-richten. Jugendliche verteilen Flyer und Lutscher. Eine alte Frau reicht Joseph lachend eine frische Scheibe Brot. Als er hineinbeißt, macht sie ihm voller Stolz durch eine Geste ver-ständlich, dass sie es selbst gebacken hat. Von Generation zu Generation weitergereichte Rezepte und Geheimnisse, die Tränen der Frauen, die sich mit dem Teig vermischt haben – Joseph meint, all das spüren zu können. Es ist auch sein Erbe.

Levan legt ihm eine Hand auf die Schulter. «Jammer-schade, dass Tamar nicht hier ist», sagt er. «Sie wäre begeis-tert. Herrlich, oder?»

Joseph stimmt zögernd zu.

«Bist du bereit, auf Jagd zu gehen und die georgische Seele kennenzulernen?»

Joseph nickt. In der Nähe beginnen Frauen und Männer zu singen, die sich im Kreis versammelt haben. Ihre Stimmen klingen sowohl fremdartig als auch vertraut. Sie singen a cappella, der Rhythmus ist langsam, aber fest.

«Ist ein georgisches Lied aus dem Gebirge», erklärt Levan. «Es erzählt davon, dass unser Land immer von Fremden besetzt war, dass wir darum kämpfen, wir selbst sein zu können. Genau das ist Freiheit, richtig?»

Das Lied ist schön, und trotzdem empfindet Joseph die Botschaft als Betrug. Was nützt Freiheit, die auf einer Lüge basiert? Er liebt Tamar sehr, aber Nähe und Ausgeglichenheit sind innerer Unruhe gewichen. Tamar und Joseph, Halbgeschwister, Wahr-Sager, die von ihrer Mutter im Dunkeln gelassen wurden. Er weiß noch nicht, ob er sich mit dieser Wahrheit abfinden kann.

Ihre jeweiligen Geschichten – wie zwei Perlen auf eine Schnur gefädelt – bedeuten jedoch wenig, wenn er bedenkt, dass Tamar wie vom Erdboden verschluckt ist. Und wer ist dieser Skunk, den sie erwähnt hat? Levan drängt sich durch die Menge bis zu den Stufen des Parlaments. Bei der Rednertribüne begrüßt er einen Mann in blauem Anzug und flüstert ihm etwas ins Ohr. Micheil Saakaschwili, vielleicht der kommende Präsident, schaut zu Joseph, lächelt ihn an und reckt einen Daumen nach oben.

DREIUNDZWANZIG

Bei Telawi, Georgien
16. November 2003

Tamar träumt von Joseph. Sie bewegen sich Händchen haltend mit einer Menschenmenge. Tamar hat das Gefühl, mitgeschwemmt zu werden. Eine Unterströmung des Traums vermittelt die Botschaft, dass nur die Liebe zähle. Und diese pulsiert zwischen ihnen beiden, sie kann es spüren.

Nachdem sie erwacht ist, muss sie weiter an Joseph denken. Die Gefühle, die sie für ihn hegt, sind heikel. Immerhin hat sie, ohne dies geahnt zu haben, mit ihrem Halbbruder geschlafen. In jenem Moment, angesichts des Todes einer Frau, die sie beide geliebt haben, fühlte sich das richtig an. Als wäre sie heimgekehrt. Aber es darf sich nie wiederholen.

Der schwarze Wolga ist nirgendwo zu sehen. Der Fahrer und Alex murmeln miteinander, als sie von der Straße zu einem Restaurant abbiegen. Im Osten geht die Sonne auf, sie lässt die Silhouetten der Berge purpurn und bläulich schimmern. Tamar hat den Eindruck, dass sie sich östlich von Tiflis befinden.

«Wo sind wir?», fragt sie.

Alex zuckt mit den Schultern. «Hungrig?»

«Ich bin am Verhungern.»

Er verlässt den Van, tritt seine Zigarette aus und verschwindet im Restaurant, auf dessen Rückseite sie geparkt haben. Es geht steil hinab zu einem rauschenden Fluss, das andere Ufer ist bewaldet. Der Fahrer beäugt Tamar im Rückspiegel.

«Könnten Sie die Tür öffnen?», fragt sie. «Ich brauche frische Luft.»

Er brummt, steigt aus und zieht die Tür auf.

«Haben Sie vielleicht eine Zigarette?»

Der Fahrer brummt wieder und kramt eine Schachtel Viceroy Blue hervor.

«Die rauche ich am liebsten», sagt Tamar.

Er steckt zwei Zigaretten an. Sie haben einen Filter, im Gegensatz zu Alex muss er die Enden also nicht zusammenkneifen. Als er ihr eine zwischen die Lippen schiebt, schnappt sie nach seinen Fingern und lutscht daran. Er zieht ein verblüfftes Gesicht.

«Was soll der Scheiß!», schreit er.

Tamar beißt mit aller Kraft zu, dann zieht sie die Beine an – ihre Füße sind noch gefesselt – und tritt ihn wuchtig in den Unterleib. Er kippt mit einem Schmerzensschrei nach hinten. Tamar zieht ihre Hände aus den gelockerten Fesseln und springt auf ihn. Sie reißt eine Pistole aus seiner Jacke und zieht ihm den Kolben über den Schädel. Dann lässt sie sich zur Seite rollen und löst in aller Eile ihre Fußfesseln. Der Fahrer ist bewusstlos, sein Gesicht blutig. Sie rennt zur Schnauze des Vans, wo sie fast mit Alex zusammenprallt. Sie richtet die Pistole auf ihn.

«In wessen Auftrag macht ihr das?»

«Bitte tu die Waffe weg. Ich kann dir helfen.»

Sie zielt und drückt ab, trifft Alex in die Schulter. Schachteln mit Essen fallen zu Boden, als es ihn nach hinten reißt, Blut strömt aus der Wunde.

«Wer hat euch beauftragt?», wiederholt sie.

Da hört sie ein Geräusch hinter sich, und als sie sich umdrehen will, stürzt Alex sich auf sie, um ihr die Pistole zu entreißen. Er versucht, ihren Arm umzudrehen, aber sie rammt ihren Ellbogen unter sein Kinn, stößt ihn mit einem Tritt von sich und feuert ein zweites Mal. Alex stürzt und rollt bis zum Rand des tief eingeschnittenen Flussbetts.

«Wer hat euch beauftragt?», schreit sie ein drittes Mal.

«Skunk.»

«Und wohin sollt ihr mich bringen?»

«Ins Pankisi-Tal, nach Duisi.»

«Was soll ich da? Und wie konnte Skunk wissen, auf welchem Weg ich anreise?»

Aus Alex' Mundwinkel sickert Blut. Weiter unten hört Tamar den Fluss rauschen. Als er noch einmal versucht, sie zu packen, feuert sie ein drittes Mal. Anschließend kehrt sie zum Fahrer zurück, der noch bewusstlos am Boden liegt. Sie zieht die Autoschlüssel und die Schachtel Viceroy Blue aus der Tasche seiner Lederjacke. Als sie am Steuer sitzt, zündet sie eine Zigarette an und kämmt ihre Haare mit den Fingern zurück. Der Lauf der Pistole auf dem Beifahrersitz zeigt nach Nordosten. Sie erschrickt, als ihr Telefon klingelt. Es ist Levans Nummer, aber sie nimmt den Anruf nicht entgegen.

VIERUNDZWANZIG

Tiflis, Georgien

16. November 2003

Auf Micheil Saakaschwili konzentrieren sich die Hoffnungen von fünfzigtausend Menschen. Der junge, in den USA ausgebildete Gegenspieler von Präsident Schewardnadse erachtet sich als den wahren Wahlsieger und unterstellt dem früheren Kommunisten Wahlbetrug. Er steht am Rednerpult und wartet darauf, dass die Menge sich beruhigt.

Laut Daniel Daniel – und zu Josephs Überraschung – möchte sich Saakaschwili Levans Jagdausflug anschließen. Als Levan erzählte, Rachel Grabinskys Sohn sei mit von der Partie, bestand er darauf, sie zu begleiten. Sie wollen zunächst in Saakaschwilis Datscha zu Mittag essen und anschließend in den umliegenden Wäldern auf Wildschweinjagd gehen. Der schlichte Ausflug bekommt auf einmal eine ganz andere Dimension, und Joseph wird immer mulmiger zumute. Ich brauche nur einen Moment allein mit Levan, denkt er und beobachtet, wie Levan Goran etwas ins Ohr flüstert. Goran nickt und zückt sein Handy. Dann sieht Levan in Josephs Richtung. Ihre Blicke treffen sich, und Joseph fühlt sich unwohl. Er will zwar unbedingt mit Levan reden, aber gleichzeitig macht er ihm Angst.

Die Luft knistert förmlich, als Saakaschwili ans Mikrofon tritt. Mit seinem blauen Nadelstreifenanzug und dem weißen Hemd wirkt er nicht so sehr wie der mögliche zukünftige Präsident, sondern eher wie ein Burschenschaftler. Trotzdem gehört er einer neuen Generation an, das ist die Verheißung: Vielleicht können die Sünden der Väter von den Kindern getilgt werden. Noch entscheidender ist, dass Saakaschwili eine große Menschenmenge mitzureißen versteht. Er spricht zunehmend leidenschaftlich und peitscht die Massen auf, die mit Rufen und Liedern reagieren. Nach dem Ende seiner Rede wird Jubel laut, und Saakaschwili geht die Stufen hinunter. Joseph will gerade Daniel Daniel suchen, als er von einem Sicherheitsmann aufgehalten wird.

Er glaubt schon, sich eines Vergehens schuldig gemacht zu haben, als er zu seiner Überraschung den überschwänglichen Mann im blauen Anzug auf sich zukommen sieht.

«Willkommen in unserem Land, mein Freund. Darf ich dich bitten, dich für die Sache der Demokratie und der Freiheit gemeinsam mit mir fotografieren zu lassen?»

Joseph sieht sich um in dem Glauben, Saakaschwili würde jemand anderen meinen. Im nächsten Moment ist er von Mikrofonen umzingelt. Saakaschwili greift ihn bei den Schultern und dreht ihn zu den Kameras um.

«Liebe Mitbürger und Mitbürgerinnen, ich möchte Ihnen Joseph Grabinsky vorstellen. Ohne seine Mutter, Rachel, wäre das, was wir heute auf dem Platz der Freiheit erleben, undenkbar. Wir sind froh, dass Joseph hier ist, um mit uns für die Demokratie zu demonstrieren. Vielen Dank, Joseph. Deine Solidarität bedeutet uns viel. Heute Nachmittag werden Mr. Grabinsky und ich an einem kleinen Jagdausflug teilnehmen. Georgien hat viel zu bieten. Sollte ich Präsident werden, dann werde ich den Tourismus aus dem westlichen Ausland fördern. Wir leben in einem schönen und vielfältigen Land!»

Nach dem Blitzlichtgewitter zieht Daniel Daniel Joseph an der Hand aus dem Gedränge. Als Joseph sich umschaut, reckt Saakaschwili wieder den Daumen in seine Richtung. Joseph fühlt sich bei derlei Auftritten nicht wirklich wohl.

Weder hat er den Ehrgeiz, ins Fernsehen zu kommen, noch will er für seine Mutter und ihre Vorstellung von Freiheit stehen. Sie hat ihn schlicht zu oft belogen und ihm zu vieles verschwiegen.

Joseph und Daniel Daniel werden gebeten, in einen schwarzen SUV mit getönten Scheiben zu steigen, dann fallen die Türen zu. Levan ist verschwunden. Micheil Saakaschwili sitzt am Steuer, bartlos und aufgeregt wie ein Schuljunge. Sein kräftigster, unheimlichster Bodyguard, Dato, mit dunkler Sonnenbrille, Ohrhörern und – wie könnte es anders sein? – schwarzer Lederjacke, sitzt neben ihm. Saakaschwili gibt Gas und lässt die Menge rasch hinter sich. Sie fahren aufs Land, um auf die Pirsch zu gehen.

FÜNFUNDZWANZIG

Achmeta, Georgien
16. November 2003

Tamar lenkt den Van mit zitternden Händen auf die leere Straße. Ihre Handgelenke sind wund von den Fesseln. Sie spürt im Mund noch die Finger des Fahrers, und wenn sie die Augen schließt, sieht sie den blutenden Alex vor sich. Sie tritt das Gaspedal durch. Warum hat Skunk die zwei Typen geschickt, um sie zu entführen? Was soll sie jetzt tun? Sie ruft Levan an, erreicht ihn aber nicht.

Sie überlegt, nach Tiflis zu fahren. Dort könnte sie Levan fragen, wo Zaza sich verbirgt, und ihn anschließend besuchen. Außerdem könnte sie Nana all jene Fragen stellen, die sie quälen: Wusste sie, dass Rachel und Anna ein und dieselbe Person sind? War ihr klar, dass Rachel ihre Tochter wiederhaben wollte? Andererseits weiß Tamar in ihrem tiefsten Inneren, wie die Antworten lauten.

Ihr ist bewusst, dass sie von einem Treffen mit Skunk nichts Gutes zu erwarten hätte. Sie ist ihm zwei Mal begegnet, und er hat ihr stets Angst gemacht. Nach der Begegnung im Underground hat Dawit einiges herausgefunden: Skunk ist ein brutaler Typ, der mit Waffen und Drogen handelt und einen Prostituierten-Ring führt. Laut Dawit hat er Kontakte bis tief nach Abchasien und Tschetschenien; Mittelsmänner von Baku bis Sochumi; seine Machenschaften auf dem Schwarzmarkt decken den gesamten Kaukasus ab. Ein gefährlicher Mann, keine Frage. Und unberechenbar. Trotzdem verfügt er über Informationen, die sie braucht. Sie ist also gezwungen, mit ihm zu sprechen.

Tamar folgt der Straße entlang der Gebirgskette. Hinter Achmeta geht die Asphaltstraße in eine Schlammpiste über. Nach einer Weile wird sie von drei bärtigen Männern mit Tarnwesten und schwarzen Adidas-Jogginghosen gestoppt. Es handelt sich um tschetschenische Kämpfer, die einen provisorischen Checkpoint bemannen und mit Maschinengewehren, Granatwerfern und Leuchtpistolen bewaffnet sind. Einer befiehlt Tamar mit einem Schwenk seiner abgenutzten Kalaschnikow, das Fenster zu öffnen.

«Papiere», sagt er tonlos.

Tamar reicht ihm ihren Reisepass. Seine Kameraden mustern derweil den rostigen Van. Sie können die Papiere an keinem Computer überprüfen, treffen ihre Entscheidungen also nach Gutdünken. Schließlich erhält sie den Reisepass zurück und wird durchgewunken. Sie gibt Gas und rumpelt weiter, passiert die unsichtbare Grenze in Richtung Pankisi-Tal.

SECHSUNDZWANZIG

Region Mzcheta-Mtianeti, Georgien
16. November 2003

Saakaschwili braust auf schmalen Straßen dahin, allerdings nicht halb so draufgängerisch wie Daniel Daniel, und die Musik, die er hört, ist unter aller Kanone. Das Sound-System des Cadillac-SUV ist brillant, nur läuft dummerweise Paul Anka. Saakaschwili zappelt auf seinem Sitz, während er aus voller Lunge schmettert: «And I did it myyyyy waaaay.»

Joseph hält wenig von dem kanadischen Schnulzensänger. Er lässt sich in die Lederpolster zurücksinken und schaut auf einen kleinen Bildschirm, der ein Fußballstadion kurz vor Beginn eines Spiels zeigt. Die Kamera schwenkt auf türkische Fans mit rot geschminkten Gesichtern und Oberkörpern. Ein Fan tunkt eine einzelne Fritte in eine Schale mit Ketchup und futtert dann.

«Du erlebst hier eine uralte Rivalität», erklärt Daniel Daniel. «Zwischen Türken und Georgiern – Muslimen und Christen. Eine wahrhaft aufregende Sache, sozusagen ein Wettstreit zwischen Geschwistern. Der beiderseitige Hass ist immens. Ist eine sehr spezielle Fehde.»

Joseph hat immer noch einen Kater, ihm ist latent schlecht. Da hilft es nicht gerade, dass Saakaschwili duftet, als hätte er in Drakkar Noir gebadet. Der junge Politiker weicht einem entgegenkommenden Auto aus.

«Sie waren prima mit der Presse, Joseph», erklärt Saakaschwili. Er scheint selbst dann politische Reden zu schwingen, wenn er normale Konversation macht.

«Ich habe keinen Ton gesagt.»

«Genau das ist genial. Ich habe Ihre Mutter verehrt. Sie hat mich dazu bewegt, in die Politik zu gehen. Es ist mir eine Ehre, ihren Sohn kennenzulernen.»

Unerträgliches Gerede, findet Joseph. Das Trara, das man um seine Mutter macht, nimmt kein Ende. Er selbst weiß zu viel Privates über sie, wenn auch nicht alles, wie es scheint. Er konzentriert sich auf das Fußballspiel. Die georgischen Spieler scheinen vor dem Anpfiff herumzualbern, sie kicken den Ball mit Knie und Fuß, die Türken dagegen scheinen sich auf den Kampf ihres Lebens gefasst zu machen. Auf einer wackeligen Brücke, die über einen schlammigen Fluss führt, beschleunigt Saakaschwili, und sie lassen die Stadt hinter sich.

«Schon mal gejagt, Joseph?», fragt Saakaschwili.

«Ich hatte noch nie ein Gewehr in der Hand.»

«Ich auch nicht. Mein Vater hat ständig davon geredet, aber er hat mich nie mit dem Jagen vertraut gemacht. Sieht so aus, als wäre es für uns beide eine Premiere. Ich denke, dieser Jagdausflug könnte für die Zukunft Georgiens von entscheidender Bedeutung sein. Ein Wendepunkt. Sollte ich Präsident dieser jungen Nation werden, dann muss ich wissen, wie man als Kaukasier schießt.»

«Sehr wahr», meint Daniel Daniel. «Und extrem wichtig.»

«Ähm … Wo ist Levan?»

«Er muss noch etwas erledigen. Viel beschäftigter Mann. Er kommt zum Essen nach.»

Saakaschwili biegt auf einen Feldweg ein und schaltet auf Allrad, als sie einen Wald erreichen. Dort gibt es keinen Weg mehr, sondern nur Saakaschwilis Willen und seinen Bleifuß.

«Du bist Investmentbanker, sagt Levan. Was hältst du von Kanurennen mit internationaler Beteiligung?», fragt Saakaschwili.

«Ich habe noch nie darüber nachgedacht.»

«Ich habe ein Projekt, das du in Betracht ziehen solltest.»

Saakaschwili geht Joseph auf die Nerven, doch er hat den Zweck dieses Ausflugs nicht vergessen: Er muss mit Levan über Tamar reden; und vielleicht bietet ihm Saakaschwili die Gelegenheit dazu. Irgendwie hängt alles zusammen: Gary, Tamar, das Foto des Mannes vor der Kirche, die erfundene Lebensgeschichte seiner Mutter.

Auf einer Waldlichtung steigen sie aus. Die fast unbelaubten Bäume lassen den Sonnenschein durch, er dringt in den Waldboden. Saakaschwili öffnet den Kofferraum, der sich als regelrechtes Waffen- und Munitionsdepot entpuppt. Daniel Daniel entscheidet sich für ein kleineres Kaliber, Saakaschwili greift nach einer Schrotflinte von Smith & Wesson, Joseph wählt eine Kalaschnikow mit Bajonett, die aussieht wie von etwa 1947. Dato steht mit vor der Brust verschränkten Armen da, bereit, jeden Aggressor, ob Mensch oder Tier, mit bloßen Händen zu bekämpfen. Saakaschwili kann seine Aufregung nicht zügeln.

«Hier muss ein Foto gemacht werden! Ein Foto!», ruft er und reicht Daniel Daniel eine kleine Digitalkamera.

Micheil Saakaschwili und Joseph Grabinsky posieren mit gereckten Waffen wie Helden in einem Western von gestern. Zwei glorreiche Halunken mitten im Nirgendwo. Ein Rascheln im Unterholz stört die Foto-Session, und Sekunden später prescht ein Wildschwein an den verdutzten Männern vorbei. Saakaschwili nimmt umgehend die Verfolgung des Schwarzwilds auf und ballert wie blöde drauflos. Daniel Daniel führt Joseph gelassen zu einem Hochsitz. Oben späht Joseph über den Lauf seiner Kalaschnikow hinweg. Er fragt Daniel Daniel, wo er das Jagen gelernt habe.

«In Georgien kann das jeder», antwortet Daniel Daniel.

«Allerdings jagen wir keine Wildschweine. Wir jagen uns gegenseitig. Nach dem Klauen ist die Jagd das zweite Recht des Mannes. Jeder Georgier kann stehlen, kann schießen, kann tanzen.»

Daniel Daniel packt eine Plastikflasche mit Wein aus und reicht sie Joseph. Dabei erklärt er, eine Kalaschnikow habe eine Schussweite von tausend Metern. «Die Kugel schildert im Flug einen Bogen», ergänzt er, eine Formulierung, die Joseph rührend poetisch findet. Daniel Daniel warnt ihn vor dem Rückstoß und rät, nach unten zu zielen, um ihn abzumildern.

Während dieser Unterweisungen juckt es Joseph in den Fingern, er will am liebsten sofort abdrücken, eine ganz neue Erfahrung für ihn. Die Schatten im Wald werden tiefer.

Saakaschwili taucht enttäuscht zwischen den Bäumen auf. «Das Miststück ist entwischt», sagt er. Anschließend stellt er in fünfzig Schritten Entfernung eine Plastikflasche auf eine Bank. Auf dem Rückweg zum Hochsitz erklärt er: «Ich brauche Übung. Ich will ein echter Scharfschütze werden.» Er setzt sich ein schwarzes Barett auf, als könnte das helfen, und schießt mit seiner Schrotflinte auf die armselige Flasche. Bumm! Bumm! Bumm!

Daniel Daniel drängt Joseph, Saakaschwilis Beispiel zu folgen. Mit ruhiger Stimme sagt er: «Nur keine Angst. Nicht die Augen zukneifen. Und keine Witze reißen.»

Joseph schließt trotzdem unwillkürlich die Augen. Er betätigt den Abzug seiner Kalaschnikow, spürt den Rückstoß. Als er die Augen öffnet, sagt er: «Ich fühle überhaupt nichts.»

«Genosse Joseph?»

Joseph senkt den Blick. Blut sickert aus seinem Schuh. Sein Blut.

«Wir haben ein Problem, ein schlimmes Problem», sagt Daniel Daniel.

Saakaschwili hört auf zu ballern. Sein Babygesicht wirkt verwirrt, dann besorgt, dann schockiert, und am Ende bestreitet er, geschossen zu haben. Daniel Daniel brüllt ihn auf Georgisch an. Saakaschwili brüllt auf Englisch.

«Ich schwöre, ich habe nicht auf ihn geschossen!»

«Sie haben aber als Einziger rumgeballert!»

«Ja, aber das kann doch nicht sein! Ich habe in eine ganz andere Richtung gezielt.»

«Sie sind ein Schwachkopf, kein potenzieller Präsident.»

Blut sickert durch eine Ritze zwischen den Latten und tropft auf den Waldboden. Saakaschwili wird panisch. Er wirft sein Gewehr weg und hilft Daniel Daniel und Dato, Joseph vom Hochsitz herunterzuholen. Daniel Daniel drückt Joseph eine Flasche in die Hand, und während er trinkt, zieht Saakaschwili ihm Schuh und Strumpf aus. Alle sehen gebannt zu, der ganze Wald scheint zu lauschen.

Da taucht Levan mit einer Kalaschnikow zwischen den Bäumen auf. «Was zum Teufel ist hier los?», ruft er im Laufen. Ein kurioser Vogel landet in einem nahen Baum und beäugt Josephs Wunde. Joseph spürt ein Pochen in seinem Körper. Mein Leben, denkt er, versickert im Waldboden.

«Dies ist ein Notfall», erklärt Levan, der die Initiative ergreift und Josephs Fuß mit einem Handtuch verbindet, das innerhalb kurzer Zeit blutdurchtränkt ist.

«Er blutet noch», sagt Saakaschwili überflüssigerweise.

Saakaschwilis Panik und Unfähigkeit, in dieser Situation zu handeln, lässt Levan nur noch aufgeregter werden.

«Nicht mehr lange. Aber die Wunde darf sich auf keinen Fall entzünden. Wir müssen sie desinfizieren.»

«Und womit?»

Levan untersucht die Wunde. Es ist ein glatter Durchschuss. Joseph hat das Gefühl, als hätte man seinen Fuß in Brand gesetzt.

«Mit Schießpulver», meint Dato, der zum ersten Mal etwas sagt.

«Wie bitte?», fragt Saakaschwili.

«Habe ich beim Militär gelernt. Man streut es auf die Wunde und zündet es mit einem Streichholz an.»

«Keine gute Idee», erwidert Saakaschwili. «Ich habe den Mann gerade angeschossen. Und nun soll er auch noch brennen?»

Levan entgegnet: «Dato hat recht. Wir können die Wunde nicht anders desinfizieren.» Er legt Joseph eine Hand auf die Schulter. «Was meinst du?»

«Besser das als eine zweistündige Fahrt zum Krankenhaus.»

Levan nickt. Dato holt eine Patrone aus der Tasche und kratzt mit dem Messer die Hülle ab. Daniel Daniel kippt Tschatscha auf Josephs Fuß, dann gibt er ihm die Flasche. Dato streut Schießpulver auf Eintritts- und Austrittswunde, reißt ein Streichholz an und lässt es fallen. Auf Josephs Fuß schießt eine Flamme in die Höhe. Er riecht verbranntes Fleisch, schreit.

«Unfassbar, was hier abgeht», sagt Saakaschwili, der nervös hin und her tigert. «Wollt ihr mich etwa des Mordes anklagen?»

«Es war ein Unfall», sagt Joseph, dessen Kopf schwirrt – vor Schmerz und durch den Tschatscha. «Das kann passieren.»

«Hört ihr? Das sind weise Worte», sagt Saakaschwili zu den anderen. «Das kann passieren! Das nenne ich abgeklärt. Ja, Unfälle lassen sich nicht vermeiden. So ist es.» Er drückt die Mündung der Schrotflinte nachdenklich an sein Kinn. Der sonderbare Vogel beobachtet die Männer immer noch. Joseph hat das Gefühl, gleich das Bewusstsein zu verlieren.

«Sollte ich – so Gott will – Präsident dieses herrlichen Landes werden, dann werde ich diesen Moment nie vergessen. Ich werde eine Straße nach dir benennen. Nein, eine Autobahn – die Joseph-Grabinsky-Autobahnüberführung.»

Levan sagt: «Ich denke, wir brechen die Jagd besser ab.»

Von den Männern kommt enttäuschtes Murmeln.

«Wir haben aber noch kein Wildschwein geschossen, bloß einen amerikanischen Touristen!», ruft Daniel Daniel, und alle müssen lachen.

Saakaschwili lädt sie zu einem Abendessen in seiner nahen Familiendatscha ein. Er versichert: Es werde mehr als genug zu essen und zu trinken geben. Joseph ist noch benommen. Irgendetwas sagt ihm, dass seine Verwundung kein Zufall war. Sondern ein Hinweis; eine Art Eruption an der Oberfläche, die einen Blick in die Tiefe erlaubt. Daniel Daniel wuchtet Joseph über seine Schulter und schleppt ihn zum SUV. Es ist schön, von einem Freund getragen zu werden.

SIEBENUNDZWANZIG

Duisi, Pankisi-Tal, Georgien
16. November 2003

Tamar fährt durch ein Dorf mit Häusern aus Stein und Teerpappe. Knochige Ochsen ziehen Karren zu einer neu erbauten Moschee aus Backsteinen, deren goldenes Minarett in der Sonne glänzt. Sie kennt den üblen Ruf des Pankisi-Tals. Im Norden grenzt es an Tschetschenien, und die Kisten – fromme Sufis, zu denen sich inzwischen viele tschetschenische Flüchtlinge gesellt haben – leben hier seit über zweihundert Jahren einträchtig mit ihren christlich-orthodoxen Nachbarn. Während des blutigen zweiten Tschetschenien-Krieges, als russische Truppen das Land besetzten, flohen Tausende Tschetschenen zu Fuß über das Gebirge. Die muslimische Bevölkerung wuchs, und die Gerüchte schossen ins Kraut. Putin behauptete, Osama bin Laden verberge sich im Pankisi-Tal und bilde dort Terroristen aus. All das konnte nie bestätigt werden, doch das Tal war von da an verrufen, es hat eine geheimnisvolle und bedrohliche Aura.

Vor einer Straßenbiegung geht Tamar vom Gas. Sie zieht die Schachtel Viceroy aus der Manteltasche. Westliche Journalisten berichten über Bandenkriminalität und Terroristencamps, aber Tamar sieht nur Armut – kleine Bauernhöfe auf kargem Boden.

Sie erinnert sich an etwas, das Zaza in ihrer Kindheit zu ihr sagte: «Ich kannte mal einen kleinen Jungen, der sich in ein wildes Tier verwandelte. Wenn du ein Stinktier witterst, bist du ihm schon zu nahe. Und wenn du das gestreifte Fell siehst, ist es zu spät. Denk immer daran: Jeder war mal ein Kind. Niemand will ein Ungeheuer werden. Aber Kinder erben die Werke ihrer Eltern.»

ACHTUNDZWANZIG

Sioni-Stausee, Georgien
16. November 2003

Während der SUV über Land rast, klingt Josephs Schock ab, aber die Schmerzen machen sich wieder bemerkbar. Sein Fuß brennt höllisch. Er versucht zu meditieren, den Atem zu regulieren, leider mit wenig Erfolg. Er kann die Wunde unter dem provisorischen Verband erkennen, und ihm wird schlecht.

Der SUV hält vor einer kleinen Datscha am Ufer eines Sees, und alle steigen aus. Zwischen den Bäumen weht weiße Wäsche auf einer Leine; in der Nähe gluckert ein Bach. Tannen und Eichen werfen im Sonnenschein des Spätnachmittags lange Schatten. Aus dem Schornstein der Datscha quillt Rauch. Eine Tür geht auf, und heraus strömt der Duft von warmem Essen. Es ist wie in einem Traum von Tschechow.

Auf einer Lichtung entfacht Levan ein Feuer, Daniel Daniel schlendert rauchend und plaudernd umher. Micheil Saakaschwili hat Probleme mit dem Handy, es gibt kein Netz. Dann holt Levan einen alten Rollstuhl mit Segeltuch-Sitz und rostigen Rädern aus der Datscha. Dato verharrt vor einem Baum, lauscht und behält alles im Blick.

«Saakaschwili vergöttert diesen Rollstuhl. Seine Großmutter ist darin gestorben», verkündet Levan stolz. «1937 war kein großes Jahr für die Sowjetunion. Aber das ist Geschichte.»

Joseph ahnt, dass der Rollstuhl für ihn gedacht ist. Levan erbietet sich, ihn über das Anwesen zu schieben, das sich seit Jahrhunderten im Besitz der Familie Saakaschwili befindet.

Joseph willigt ein, denn so kann er mit Levan unter vier Augen sprechen. Levan schiebt den Rollstuhl einen schmalen, steinigen Pfad hinauf. Joseph entlastet seinen Fuß, indem er das Bein auf eine hölzerne Stütze bettet. Die Schmerzen haben sich zu einem Pochen gesteigert, das sein Herz mit Angst erfüllt. Er fragt sich, ob die Wunde – inzwischen mit einem in Streifen gerissenen Anzughemd Saakaschwilis bandagiert – der Anfang seines Endes ist. Der kuriose Vogel aus dem Wald landet über ihm auf einem Ast. Joseph starrt den Vogel an, und der Vogel ihn.

Sie gelangen auf eine Hügelkuppe, und Levan schiebt den Rollstuhl zur Ruine eines Hauses. Eine Backsteinwand ist nach innen gestürzt. «Gab mal ein Erdbeben», erklärt Levan. Er schiebt Joseph durch einen leeren Türrahmen in einen Raum mit zwei alten, kaputten Turbinen.

«Hier wurde Strom für das Dorf erzeugt», sagt Levan. Im Steinfußboden gibt es mehrere sandige, kreisrunde Mulden. Levan kniet sich hin und fegt den Sand aus einer Mulde. Er öffnet den zum Vorschein kommenden Deckel und taucht eine Tonschale in die dunkle Öffnung.

«Die Saakaschwilis haben den Turbinenraum in einen Weinkeller umgewandelt», sagt er. «Der Wein befindet sich in großen, in der Erde versenkten Tonbehältern. So machen wir das traditionell. Koste mal.»

Als er die Schale aus der dunklen Tiefe hebt, ist sie mit einer Flüssigkeit von dunkler, erdiger Farbe gefüllt. Es ist ein köstlicher, schwerer Wein. Joseph fragt sich, wie er Levan Informationen entlocken soll, er ist schließlich kein Verhörexperte oder Agent. Aber mit unbehaglichen Situationen kennt er sich aus, und in solchen Momenten besteht seine Strategie darin, sein Gegenüber mit Fragen zu bombardieren.

«Wolltest du schon immer ein Theater leiten?», beginnt er.

«Nein», antwortet Levan. «Ich wollte ein Krimineller werden. Wie mein Onkel.»

Er erzählt Joseph von Niko, dem Bruder seines Vaters, Sascha, auf dem Höhepunkt der wilden 1990er ein Einbruchskünstler, an dessen nächtlichen Abenteuern Levan häufig teilnahm. Damals war er klein und gelenkig und kletterte mit Unterstützung seines Onkels durch schmale Fenster, um die Tür von innen zu öffnen. Dafür erhielt er zwanzig Prozent der Beute, nicht viel, aber Levan war der Nervenkitzel wichtiger als das Geld.

«Das Leben», sagt Levan, «ist die Kunst, die ich praktiziere. Die Arbeit als Einbrecher schlaucht, das ahnt keiner. In diesem Land klaut jeder. Sogar ein Theaterleiter plündert Geschichten und Seelen.» Er trinkt noch einen Schluck Wein. «Ich habe Tamar erklärt, dass Diebstahl nicht unethisch ist, sondern eine existenzielle Notwendigkeit, aber das hat sie nie begriffen. Sie denkt zu idealistisch. Und das wäre nach Dawits Ermordung um ein Haar auch ihr Tod gewesen.»

«Vielleicht sollte man neue Anreize schaffen», schlägt Joseph vor. «Einen weniger verlogenen, weniger korrupten Staat.»

«Das hat deine Mutter auch immer gesagt.»

Joseph lehnt sich im Rollstuhl zurück und nippt am Wein. Der entspannt, lässt ihn die Schmerzen vergessen.

«Warum bist du in Georgien?», will Levan wissen.

Joseph schaut ihm in die Augen. «Habe ich doch schon gesagt. Ich bin hier, um meinen Vater zu treffen, Gary Ruckler.»

«Und wozu die Frage nach Skunk? Was weißt du über ihn?»

«Nichts.»

«Aber du kennst seinen Namen.»

«Tamar hat gestern, während ihrer Busfahrt durch die Türkei, eine Nachricht auf meinem Handy hinterlassen. Sie will von dir erfahren haben, dass Skunk Informationen über Zaza, ihren Vater, hat. Möchtest du ihre Nachricht hören?» Joseph kramt nach seinem Handy.

Levan geht im Raum auf und ab. «Zwei von Skunks Männern wurden heute ausgeschaltet, nicht weit weg von hier. Einer wurde erschossen, der andere niedergeschlagen. Und gestern wurde Irakli, mein bester Freund, in einer Gasse in Tiflis abgeknallt. Und nun ist Tamar wie vom Erdboden verschluckt. Ich glaube, du hast mit diesen Vorfällen zu tun, Joseph Grabinsky.»

«Nein! Wir stehen auf derselben Seite, das schwöre ich. Wir wollen das Gleiche.»

«Und das wäre?»

«Tamar.»

Levan bleibt abrupt stehen. «Du verschweigst mir doch etwas. Und es muss mit deiner Mutter zu tun haben. Für wen war sie tätig? Arbeitest du für die gleichen Leute?»

«Ich arbeite für niemanden. Ich sorge mich bloß um deine Schwester.»

«Ich mache mir auch Sorgen.»

«Wir könnten einander helfen.»

«Und wie?»

«Wir suchen sie gemeinsam.»

Ein Windstoß fegt durch die Ruine, lässt Metall klappern.

«Die Haltung des Westens ist eine einzige Beleidigung.» Levan läuft weiter auf und ab, seine Gesten scheinen einer unsichtbaren Person zu gelten. «Du bist so privilegiert. Du sprichst von ‹helfen›. Sicher, ihr helft uns seit Jahrhunderten. In Wahrheit aber aus purem Eigennutz. Sonst weiß ich immer, was andere wollen. Was du willst, durchschaue ich dagegen nicht.»

«Ich will Tamar wiedersehen, das ist alles.»

«Deswegen bist du zehntausend Kilometer geflogen?»

Levan schaut ihn drohend an. Joseph schluckt schwer.

«Und wenn ich dir sagen würde, dass du nicht von Saakaschwili angeschossen wurdest?»

«Bitte?»

«Was willst du über meine Schwester wissen?»

«Du hast auf mich geschossen?»

«Ich behalte andere stets im Blick. Sag mir, was du weißt. Pack aus, dann kehren wir zur Datscha zurück. Was willst du in Georgien?»

«Meinen Vater treffen. Und Tamar wollte auch kommen. Keine Ahnung, warum sie in der Türkei in einen Bus gestiegen ist. Seit ihrem Abflug aus Toronto habe ich nicht mehr mit ihr gesprochen.»

Levan holt etwas aus seiner Tasche. Joseph sinkt das Herz in die Hose. «Das habe ich bei der Jagd im Wald gefunden. Es ist aus deiner Tasche gefallen.»

Die Brieftasche des Film-noir-Typen.

«Diese Brieftasche habe ich Irakli geschenkt. Zum dreißigsten Geburtstag.» Levan öffnet den Geldbeutel. «Warum hast du ihn umgebracht? Wegen des Fotos?»

«Ich habe deinen Freund nicht umgebracht.»

«Lüg mich nicht an. Ich hasse Lügner. Ich töte Lügner.»

Levan geht mit geballten Fäusten auf Joseph zu.

«Da bist du ja, Genosse», sagt Daniel Daniel, der atemlos in die Ruine stolpert, Saakaschwilis Schrotflinte in den Händen. «Wie kommt's, dass zwei stolze, gütige Männer zufällig neben den uralten Turbinen dieses nutzlosen Kraftwerks schnabulieren?»

Levan steckt die Brieftasche wieder ein und schaltet von bedrohlich auf jovial um.

«Fortsetzung folgt», sagt er zu Joseph und marschiert zur Tür hinaus. Daniel Daniel schöpft eine Schale Wein. Josephs Puls rast immer noch.

«Wir müssen sofort von hier verschwinden», sagt er.

«Wieso? Was hat Levan gesagt?»

«Er hat auf mich geschossen, nicht der blöde Politiker.»

«Dann wäre er ein adleräugiger Schütze. Zum Glück hat er nur den Fuß erwischt.»

«Ich bin an diesen beschissenen Rollstuhl gefesselt, und der Mann will mich umbringen.»

«Nur keine Sorge, Genosse Joseph. An diesem Ort schreitet er gewiss nicht zur Tat. Wir sind auf der Datscha des nächsten Idiotenpräsidenten Georgiens. Wäre ein Riesenskandal. Und? Neues von Tamar?»

«Sie ist spurlos verschwunden. Levans bester Freund wurde gestern ermordet, und er glaubt, ich wäre der Täter. Wer ist dieser Skunk? Warum drehen alle am Rad, wenn sie seinen Namen hören?»

«Dieser Skunk ist eine schlechte Nachricht auf zwei Beinen, ein leibhaftiges böses Omen, ein unangenehmer Zeitgenosse. Du hast recht, wir sollten von hier verschwinden.»

«Und wie?»

«Bald werden alle viel fressen und viel saufen. Dann pirsche ich dich hinaus. Alter georgischer Trick. Keine Bange, Genosse. Ich bin dein immerwährender Beschützer.»

NEUNUNDZWANZIG

Tamar hält vor einem alten Schulhaus. Die Fenster sind zugenagelt, auf dem Dach hängt eine ausgeblichene UNRWA-Flagge. Ein rotbärtiger Mann mit schmutzigem Arztkittel schürt ein Feuer auf dem Hof.

«Verzeihung, wie komme ich nach Duisi?», fragt Tamar auf Russisch.

«Sie sind schon da.»

Er wirft ein Buch ins Feuer, stochert mit einem Stock in den Flammen.

«Sind Sie Russe?», fragt sie.

«Nein.»

«Das ist gut.»

Der Mann heißt Shamil, und er lädt Tamar ein, sich am Feuer zu wärmen. Eine Frau tritt aus dem Gebäude, ein Bündel in den Armen. Als sie sich nähert, erkennt Tamar, dass es sich dabei um ein kleines Kind handelt, dessen Blick hin und her zuckt, als würde es sich verfolgt fühlen. Shamil zieht ein Stethoskop hervor und horcht es ab. Er weist die Frau an, wieder hineinzugehen, und nimmt dann einen Topf mit kochendem Wasser vom Feuer.

«Ich habe Antibiotika, Desinfektionstücher und Insulin bestellt. Erhalten habe ich löslichen Kaffee. Sechzehn Kartons. Möchten Sie einen?» Er füllt zwei Tassen mit heißem Wasser, gibt Nescafé dazu. Tamar betrachtet das Gebäude.

«Das Kind fiebert», sagt Shamil. «Es hat Tuberkulose. Es wurde an dem Tag gebracht, als wir von den Russen bombardiert wurden.» Tamar lässt ihren Blick über die zerstörte Hausmauer, die kaputten Fenster schweifen. «Sie bombardieren ein Krankenhaus. Unfassbar, oder? Was könnte grausamer sein?»

Er reicht ihr einen heißen Kaffee.

Shamil fragt: «Als sich unsere Vorfahren noch in Höhlen um ein Feuer drängten, was haben sie da zuerst empfunden? Angst oder Hass?»

«Angst, nehme ich an.»

«Nein, ich denke, es war Hass. Die Russen haben in Tschetschenien Lager eingerichtet ...» Er verstummt. «Ich habe große Angst. Hass kenne ich eigentlich nicht. Aber man lernt dazu.»

Über dem Gebirge ballen sich dunkle Wolken, es beginnt zu nieseln. Auf dem Hof hat man eine blaue Segeltuchplane über einer Ansammlung von unterschiedlichsten Gegenständen aufgespannt: medizinische Lehrbücher aus Sowjetzeiten; eine Videokassette mit dem Titel *Wie man ein Kleinunternehmen gründet*; Buntstiftschachteln «Made in China»; eine grüne Vase; eine zerknitterte Ausgabe von Michail Lermontows *Ein Held unserer Zeit*. Tamar nimmt die Vase in die Hand und hält sie ins Licht. Ohne Küchentisch, ein warmes Zuhause, einen Ort für Blumen wirkt sie fremd und deplatziert.

Sie dreht die Vase hin und her. Sie ist breit und geschwungen. Dieser Arzt tut ihr leid, genauso das Kind, das sie für ein Bündel gehalten hat. Sie würde gern die richtigen Fragen stellen, etwas Korrektes sagen. Vielleicht wäre die Welt kein solches Chaos, wenn ihr das gelänge.

«Die Vase hat meiner Frau gehört», sagt Shamil.

«Sie ist sehr schön.»

«Behalten Sie sie. Würde mich freuen.»

Sie weiß, dass sie nicht ablehnen darf.

«Kennen Sie jemanden namens Skunk?», fragt Tamar.

«Ja, wir stammen aus demselben Dorf.» Shamil stochert wieder im Feuer. «Eigentlich heißt er Akhmad.»

Dann erzählt Shamil eine Geschichte: «Wir waren acht und spielten auf den Feldern, als im Dorf Aufregung laut wurde: Eine Theatertruppe hielt Einzug. Akhmad und ich rannten auf den Dorfplatz und folgten der Truppe von dort in den Wald. Es ging auf die Dämmerung zu, und das ganze Dorf hatte sich versammelt. Fackeln säumten die Wege, die Sonne sank. Ich kann mich noch an die Gesichter der Schauspieler erinnern, manche im Schatten, manche erhellt. Einige hatten lange Bärte, andere waren in zerschlissene Gewänder gehüllt. Sie trugen einen gefesselten Mann zu einem Baum. Akhmad hatte Angst, er klammerte sich an mich. Dann wurde wie wild getanzt, und der Baum ging in Flammen auf. Ich ergriff Akhmads Hand und drückte sie fest.»

«Und?», fragt Tamar. «Was wurde aus dem gefesselten Mann?»

«Er sprang aus den Flammen und tanzte mit den anderen. Es war eine Wiederauferstehung. Uns stockte der Atem. Anschließend folgten Akhmad und ich der Truppe zu den Wohnwagen. Akhmad konnte von den Schauspielern nicht genug bekommen. Einer ließ Rubel verschwinden – und zauberte die Münzen hinter dem Ohr wieder hervor oder fischte sie aus der Nase. Sie zogen noch am selben Abend weiter, und Akhmad wollte sich ihnen anschließen.

‹Du bist noch zu klein›, sagte der Rubel-Zauberer zu ihm, ‹und du willst bestimmt nach Hause zu deinem Vater.›

Akhmad schüttelte den Kopf. ‹Ich möchte, dass du mein Vater bist.›

Der Russe lachte und schenkte ihm die Münzen, doch

Akhmad war niedergeschmettert. Dann verschwand die Truppe», sagt Shamil, «und wir waren wieder in unserem Alltag. Ich wünschte, Akhmad hätte sie begleitet. Vielleicht wäre er dann nicht der, der er heute ist. Manchmal frage ich mich, ob wir dem Bösen und der Gewalt auf dieser Welt nur durch Flucht entrinnen können. Jeder war mal ein Kind. Niemand will ein Ungeheuer werden.»

DREISSIG

Daniel Daniel schiebt Joseph ans Feuer. Sein Fuß pocht, immer wieder durchzuckt ihn ein stechender Schmerz, bei dem ihm schlecht wird. Ein Wildschwein brutzelt am Spieß über den Flammen. Levan telefoniert lautstark und nimmt zwischendurch tiefe Schlucke aus einer Flasche. Er zwinkert Joseph zu. Für ihn ist sogar Einschüchterung ein Spiel.

Trotzdem sorgt sich Levan um seine Schwester. Behauptet das jedenfalls. Und wenn Joseph ihm vertrauen wollte – er hat allen Grund, das nicht zu tun –, dann müsste er ihm auch abnehmen, dass er seine Schwester finden will. Dass er ihn angeschossen hat, um ihm Angst einzuflößen, war allerdings überflüssig. Joseph läuft es kalt den Rücken hinunter, obwohl ihn Daniel Daniel dicht ans Feuer gestellt hat. Er hat das Gefühl, in der Falle zu sitzen. Im Beisein dieser Leute, mit verletztem Fuß im Rollstuhl.

Daniel Daniel schlägt mit der flachen Hand auf die Flanke des Wildschweins, dessen Haut zischend platzt. Der junge Micheil Saakaschwili, möglicher nächster Präsident, kommt mit zwei Fremden aus der Datscha, gefolgt von Dato.

«Dies ist Lázló Hosszúlépés», stellt Saakaschwili einen Mann mit weißem Anzug und weißem Hut vor. «Und dies ist Gustav-Peter Schlagzahl.» Gustav trägt eine schwarze Freizeithose und ein blaues Anzughemd. «Beide sind Vizepräsidenten des Internationalen Kanuverbandes. Sie werden mit uns essen. Zuvor wollen sie aber einen Blick auf die Talsperre werfen. Meine Herren, dies ist der ehrenwerte Joseph

Grabinsky aus Kanada.» Saakaschwili erklärt den Vizepräsidenten, Joseph sei ein Investor und verfüge trotz seiner mitgenommenen Erscheinung – Ergebnis eines «dummen Jagdunfalls», wie er augenzwinkernd ergänzt – über finanziellen Wagemut und unbegrenzte Investitionsmittel. Joseph gibt den Männern widerstrebend die Hand.

Saakaschwili und Levan führen sie durch den Wald zu einer Lichtung. Vor ihnen erstreckt sich eine weite Wasserfläche bis zum Horizont. Eine wackelige, auf Betonpfeilern ruhende Brücke führt zu einem Aussichtspavillon. Die karge Weite lässt Joseph an einen fernen Planeten denken. Er fröstelt in seinem Rollstuhl.

«Das ist die Sioni-Talsperre», erklärt Saakaschwili und zeigt auf das durch einen Damm gestaute Wasser. «Sie hat grenzenloses Potenzial.»

«Ein ansprechender Ort», meint Schlagzahl, der die niedrigen Hügel betrachtet.

«Herrliche Aussicht, prächtige Aussichten», ergänzt Hosszúlépés.

«Sollte ich Präsident werden, dann werde ich sofort den Bau von Tribünen mit fünftausend Plätzen für Ihre fantastischen Kanurennen anordnen», erklärt Saakaschwili. «Mr. Grabinsky, ich lade Sie ein, sich als einer der Hauptinvestoren an diesem Projekt zu beteiligen. Fragen?»

Joseph murmelt etwas Unverständliches.

«Leider scheint es recht viele handfeste Hindernisse zu geben», sagt Hosszúlépés und zupft nervös an seinem Schnurrbart.

Schlagzahl deutet in die Ferne, und alle folgen mit ihrem Blick.

«Ist das ein Kruzifix?», fragt Joseph.

«Eine Kirchturmspitze», sagt Levan.

«Eine Kirche mitten in der Talsperre?»

«Das ist den hochintelligenten Ingenieuren der Großen Gemeinsamen Sozialistischen Mutterbrust zu verdanken», sagt Daniel Daniel.

«Dort unten befand sich ein Dorf», erklärt Levan, «jetzt liegt es auf dem Grund der Talsperre. Jedenfalls weitgehend.»

«Das georgische Volk», verkündet Saakaschwili, der auf einen Felsbrocken steigt, «kennt keine Hindernisse. Sollte ich Präsident unserer edlen Nation werden, dann werde ich es durch Kanurennen und andere Sportveranstaltungen zusammenschweißen. Dann werde ich diese Kirche, ja das ganze Dorf rascher verschwinden lassen, als Sie autsch sagen können.» Er zeigt nach rechts. «Und dort lasse ich die längste Wasserrutsche Europas errichten. Mögen Sie Wasserrutschen, Joseph?»

Joseph zuckt mit den Schultern. Hosszúlépés und Schlagzahl nicken ungeduldig. Saakaschwili schaut auf seine Uhr. «Meine Herren?», sagt er. «Das Abendessen wartet.»

EINUNDDREISSIG

Shamil zeigt nach Norden aufs Gebirge. «Skunk lebt gleich dort oben. Ich bete für Sie, Tamar. Viel Glück.»

Tamar bricht zu Fuß auf. Sie durchquert das Dorf, in dem es weder Straßennamen noch Hausnummern gibt. Wann werde ich die Wahrheit erfahren?, denkt sie. Und was wird am Anfang gewesen sein? Hass oder Angst?

Als sie an einer Moschee vorbeigeht, hört sie das Abendgebet. Sie muss daran denken, wie viel die Menschen einander weitergeben und wie viel sich doch verändert, an Generationen und Traditionen, Innovationen und Erfindungen. Sie hat Shamils Frage voller Überzeugung beantwortet, gerät nun aber ins Wanken. Vielleicht stand der Hass am Anfang. Wäre es so, dann würde der Mensch in Furcht leben, es ginge nicht anders.

Sie hat die grüne Vase im Arm. Und obwohl sie ein gutes Stück entfernt ist, meint sie, das Feuer im Krankenhaushof knistern und knacken zu hören. Im Regen trottet sie durch verwilderte Gärten nach Norden und erreicht einen Waldweg. Sie versucht, sich die Route einzuprägen: dort die Wegbiegung; da vertieft sich das Flussbett; dort endet das Feld. Sie plant schon den Rückweg, bevor sie überhaupt am Ziel ist. Als sie zur Eisentür in einer Betonmauer gelangt, fragt sie sich, ob sie lebend zurückkommen wird.

An einem Telefonmast glitzert das Objektiv einer Kamera. Oben auf der Mauer wurden zur Abschreckung Glasscherben in den Beton gesetzt. Tamar pocht gegen die Tür und wartet. Streicht über ihren Nacken, als wollte sie sich hier, an diesem Ort, ihrer Existenz vergewissern.

ZWEIUNDDREISSIG

Sioni-Talsperre, Georgien
16. November 2003

Saakaschwilis Familiendatscha ist eher Jagdhütte als Ski-Chalet. Sie hat mehrere Zimmer, alle holzgetäfelt. In einer Ecke des größten Raums bollert ein Ofen, eine Stehlampe aus den Siebzigern in Gestalt eines orangefarbenen Fliegenden Fisches verbreitet ein recht spezielles Licht. Auf einem langen Holztisch stehen zig Pappteller mit Speisen. Brathuhn; gekochter, mit Walnusspaste gefüllter Kohl; Auberginen mit frischen Kräutern; Gemüse mit Granatapfelkernen. Außerdem mehrere Dutzend Zwei-Liter-Flaschen Wein, alle schon geöffnet.

«All das sollen wir essen?», fragt Joseph entgeistert.

«Aber ja, Genosse. Und auch trinken. Die georgische Supra. Ein Festmahl mit langer Tradition, in deren Verlauf der Gastgeber jede Menge Unsinn labert und die Gäste nötigt, zu essen und zu trinken, bis sie kotzen müssen. Ein tödlicher Brauch», erklärt Daniel Daniel.

«Chatschapuri!», ruft Micheil Saakaschwili. «Meine Leibspeise!» Er schnappt sich ein Brot und stopft sich einen großen Bissen in den Mund. «Ah ... Zu heiß! Nicht essen. Ist noch zu heiß.»

Dato nickt ernst. Levan dämpft das Licht, indem er gegen die Fischlampe schnippt, und alle nehmen Platz. Wein wird eingeschenkt, und Saakaschwili erhebt sich am Kopfende des Tisches, um einen Toast auszubringen.

«Liebe Freunde, ich begrüße euch zu dieser Supra. Nur keine Scheu, redet, wie euch der Schnabel gewachsen ist, und trinkt, was das Zeug hält. Ich würde gern den ersten Toast ausbringen, in meinem Land eine heilige Angelegenheit.»

Saakaschwili neigt voller Ernst den Kopf. «Liebe Freunde, es ist kein Zufall, dass wir heute an diesem Tisch versammelt sind. Ist euch bewusst, dass die Sonde, die die NASA in diesem Jahr zum Planeten Pluto geschickt hat, eine Kapsel mit den größten Hits der Menschheit enthält, darunter ein georgisches Volkslied?» Niemand reagiert darauf. «Nein, das wisst ihr nicht! Lasst uns der Vergangenheit gedenken, bevor wir uns in die Zukunft schlemmen. Unser Land hat viele große und berühmte Menschen hervorgebracht. Etwa Giorgi Saakadse, der im siebzehnten Jahrhundert gegen die Perser kämpfte. Oder Josef Stalin, obwohl er gewiss kein großer Mann war. Mr. Grabinsky, wussten Sie, dass Archäologen den Garten Eden nur dreizehn Kilometer von diesem Ort entfernt lokalisiert haben?»

«Nein, das wusste ich nicht.»

«Und doch lag er hier, in Georgien, diesem verborgenen Juwel zwischen Asien und Europa. Sollte ich Präsident unserer ebenso großen wie bescheidenen Nation werden, dann werde ich unser Land wieder in diesen Garten verwandeln. Das Paradies, Baby!» Saakaschwili legt eine Kunstpause ein. «Ja, gewiss, während der letzten Jahre gab es Probleme. Tragödien haben sich zugetragen. Andererseits: Was wäre das Leben ohne Trauer und Verlust?» Saakaschwili verstummt wieder, damit die Worte sacken können. «All das wird bald Vergangenheit sein. Kanurennen, Wasserrutschen, Weintourismus, Skiabfahrtslauf. Das Projekt Garten Eden! Wir reichen den Menschen Europas und Amerikas die Hand und bitten um Unterstützung. Greift einander bei den Händen. Kommt schon. Nehmt die Hand des Nebenmanns.» Auf seine energische Geste hin fassen sich alle bei den Händen.

Er schließt die Augen. «Lasst uns um Tickets fürs Paradies beten. Ich liebe Georgien, und ich liebe euch alle. Zum Wohl!»

Daniel Daniel flüstert: «Einen so dämlichen Toast habe ich noch nie gehört.»

Joseph leert sein Glas. Er versucht, den schmerzenden Fuß zu verlagern, im Rollstuhl keine ganz einfache Sache. Als man ihm nachschenkt, fängt er Levans Blick auf. Der nickt und prostet ihm zu. Eine nette Geste, andererseits hat dieser Typ seinen Fuß durchlöchert. Joseph muss beweisen, dass er auf Levans Seite steht, dass sie gemeinsam Tamar finden könnten. Wäre er bereit, ihre Nachricht anzuhören, dann wäre alles in Butter.

Daniel Daniel erhebt sich. «Eigentlich bringe ich nur Trinksprüche auf den Jazz und das Langspielvinyl aus. Heute Abend soll mein Toast jedoch dem Autodieb gelten. Ihr müsst wissen, ich war nicht immer ein Jazz-Virtuose à la Charlie Parker. In Moskau hatte ich zahlreiche Schwarzmarkt-Operationen. Nach dem Erschlaffen der Gemeinsamen Sozialistischen Mutterbrust war ich ein virtuoser Autodieb. Vielleicht liegt das Klauen in meiner DNA, vielleicht bin ich schlicht zu erfahren. Wir klauen unaufhörlich. Das Klauen ist sowohl eine der verwerflichsten als auch eine der befriedigendsten Süchte. Ich kann es nur heiß empfehlen. Andererseits macht der Autodieb eine traurige Figur, weil er eine Randgestalt ist. Er sieht ein schönes, glänzendes Auto, es gefällt ihm. Er weiß, es hat einen niedrigen Verbrauch und Turbolader voller Dynamit. Die Gesellschaft sagt aber: Du darfst das Auto nicht haben. Warum beherrscht uns das Phantom des Verlangens so sehr?»

In der Runde antwortet niemand.

«Wenn ich das wüsste! Und doch ist der Autodieb in

unserer Gesellschaft unterernährt. Wer kauft schon illegale Upgrades, wenn nicht der Autodieb? Und so bitte ich euch alle um ein besonderes Gebet. Lob und Preis demjenigen, der den Mut hat zu klauen.» Er kneift die Augen zu.

Saakaschwili sagt: «Vielen Dank, Daniel Daniel. Der Autodieb ist zwar ein Nachkomme unseres Nationalhelden Prometheus – der erste Autodieb überhaupt! –, und doch kann ich diesen Toast als zukünftiger Präsident Georgiens nicht gutheißen.»

Levan sagt: «Ach, halt die Klappe, Mischa. Während du in Washington Hamburger gefuttert und die Backstreet Boys gehört hast, mussten wir ums Überleben kämpfen. Ist man in Georgien nicht reich, dann klaut man. Und wenn man reich ist, klaut man erst recht.»

«Nun, ich nenne das einen Gesetzesverstoß», sagt Saakaschwili mit einem verblüffend moralisierenden Unterton. «Sollte ich Präsident werden – nein, wenn ich Präsident *bin* –, wird diese Nation für ihre festen Regeln und ihr gutes Leben gerühmt werden. Ich weigere mich, auf Diebstahl anzustoßen. Und nun greift bitte zu – nehmt von dem Wildschwein.»

Daniel Daniel knurrt: «Die werden mich noch kennenlernen, diese Arschlöcher.»

Die Platte mit dem leblosen, gebratenen Tier steht mitten auf dem Tisch. Der Anblick schüchtert Joseph ein. Die Männer stopfen sich mit Fleisch voll, essen mit den Fingern. Levan schenkt Tschatscha nach wie Wasser. Saakaschwili feuert sie an, als wäre die Supra eine politische Kundgebung: «Esst, Leute! Esst, bis die Schwarte kracht!» Kaum ist eine Platte leer, trägt eine Angestellte eine neue herein.

«Habe ich gesagt, das Paradies sei dreizehn Kilometer entfernt?», fragt Saakaschwili mit vollem Mund. «Unsinn, es ist hier, es ist das herrliche Satsivi deiner Mutter, Levan. Köstliches Hühnchen! Bitte richte Nana meinen tief empfundenen Dank aus. Ist euch klar, wie anspruchsvoll diese Walnusssoße ist? Worin besteht Nanas Geheimnis? Ich behalte es für mich, Ehrenwort.» Er flüstert Joseph ins Ohr: «Die meiner Mutter ist besser.»

«Man muss die Walnüsse mit der Hand hacken», sagt Levan. «Nicht mit amerikanischen Küchenmaschinen.» Er glotzt Joseph an, als wäre der schuld an der Mechanisierung des Kochens.

«Joseph, dein Toast», sagt Saakaschwili.

Joseph kommt nicht mehr dazu. Aus der Ecke ertönt ein Krachen. Gustav-Peter Schlagzahl, der sich auf dem Stuhl zurückgelehnt hat, um einer Bedienung Platz zu machen, ist auf die Stehlampe gestürzt. Die geht in Stücke, der Raum wird in Dunkelheit getaucht.

«Genau richtig gezeitet», flüstert Daniel Daniel. «Ein Geschenk der Götter.»

Joseph wird durchs Dunkel geschoben. Chaos, Geschepper, eine Kakofonie aus Georgisch, Deutsch, Englisch, Ungarisch. Joseph spürt, wie ihm der Arm mit mächtigen Pranken verdreht wird. Levan. Daniel Daniel zerrt am Rollstuhl. Dann geht wieder Glas in Scherben. Dieses Mal direkt neben Joseph. Er erschrickt. Levan schreit schmerzerfüllt auf.

Drei Frauen huschen ins Zimmer, zünden Kerzen an, huschen wieder hinaus. Levan ist mit blutüberströmtem Gesicht auf dem Fußboden zusammengebrochen.

«Du bringst meinen bekloppten kanadischen Kumpel nicht um!», brüllt Daniel Daniel aus voller Lunge und schleudert die kaputte Flasche gegen die Wand. Er schiebt Joseph zur Tür. «Wir hauen ab.»

Levan springt auf und wirft Daniel Daniel um, setzt sich

rittlings auf ihn und bearbeitet ihn mit Eisenfäusten. Vor Josephs Augen beginnt sich das Zimmer zu drehen. Dato reißt Levan von Daniel Daniel, Gustav-Peter Schlagzahl und Lázló Hosszúlépés fliehen Hals über Kopf zur Tür.

«Immer mit der Ruhe, Cowboy», sagt Saakaschwili und richtet seine Schrotflinte auf Levan. «So läuft's nicht. Lasst uns reden. Wir sind eine Familie. Stimmt's, Joseph? Daniel Daniel?»

Levan knurrt.

«Keine Chance, Kumpels», sagt Daniel Daniel. «Wir sind schon viel zu blau. Danke für den leckeren Abend.»

Er schiebt Joseph zur Tür hinaus, knallt sie zu und verkeilt sie mit zwei Stühlen.

«Nichts wie weg, Genosse. Wir müssen rennen wie geschmierte Kaninchen.»

Daniel Daniel stößt den Rollstuhl einen grasigen Hang hinab auf eine Kiesfläche. Es ist eine wilde, wahnwitzige Flucht. Als Joseph die Augen schließt, spürt er, wie der Rollstuhl fliegt. Er setzt über Flüsse, hechtet über Berge, saust am Himmel dahin. Sie schaffen es irgendwie bis zur Straße. Dann hallen Schüsse.

«Und was jetzt?», fragt Joseph.

Daniel Daniel kramt in der Tasche und holt einen Schlüsselbund heraus.

«Jetzt fahren wir wie der Teufel.»

FÜNFTER AKT

✦

REVOLUTION UND ABRECHNUNG

November 2003

✦

«Was ungewöhnlich angefangen hat,
muss ebenso enden.»

MICHAIL LERMONTOW,
Ein Held unserer Zeit

EINS

Duisi, Pankisi-Tal, Georgien
16. November 2003

Zu Tamars Überraschung ist nicht zugesperrt. Aus Angst vor Hunden oder bewaffneten Wachen stößt sie die Metalltür vorsichtig auf, erblickt aber nur eine alte Frau, die auf einem Felsbrocken hockt und Kleidung in einem Fluss wäscht.

Skunks Haus wirkt von außen bescheiden und unprätentiös. Es ist ein traditionelles, aus Holz erbautes Bauernhaus, im Garten stehen Apfel- und Pfirsichbäume. Das Obergeschoss hat eine reich verzierte, überdachte Galerie, das Dach ist mit Ziegeln gedeckt. Die obersten drei Fenster wirken wie ein träges Lächeln, Tamar kommt es vor wie ein Willkommensgruß.

Auf ihr Klopfen erscheint niemand, also tritt sie so ein, Shamils Vase im Arm. Ihr Selbstvertrauen ist verpufft, sie weiß nicht, was sie tun soll. Sie geht einen schwach erhellten Flur entlang bis in ein Zimmer, in dem zahllose Spiegel mit Goldrahmen hängen. Ihr Spiegelbild, zigmal zurückgeworfen, macht ihr Angst. Sie hat noch Alex' Blut an den Händen. Ihr brauner Hoodie ist zerrissen, die Jeans verschlammt. Sie sieht müde aus, hat Schrammen im Gesicht und kann von Glück reden, noch am Leben zu sein.

Da knarren Fußbodendielen. Sie hört ein Feuer knistern und folgt dem Geräusch. In der Küche, an der sie vorbeischleicht, bereiten fünf Frauen plaudernd ein Essen zu. Ihr Anblick scheint niemanden zu irritieren.

Das Haus ist unerwartet groß. Ein Flur nach dem anderen, und als Tamar um die nächste Ecke biegt, hat sie das Gefühl, im Kreis zu laufen. Schließlich steht sie vor einer runden Luke aus Metall, wie man sie aus U-Booten kennt. Sie betätigt das Drehrad, zieht die Luke auf und schlüpft hindurch.

Ein glänzender, schwarz-weißer Linoleumfußboden dehnt sich vor ihr aus, ein Hauch von Bleichmittel liegt in der Luft. Tamar steht in einem umgebauten Lagerhaus, eingerichtet mit zweckentfremdeter Militärausrüstung. Ein Sofa aus den zusammenmontierten Sitzen eines Jeeps. An der Wand zwei RPG-7-Panzerbüchsen, die als Garderobe dienen. Auf dem Flügel eines alten Flugzeugs, der als Tischplatte dient, drängen sich Petroleumlampen, kitschige Schneekugeln und silberne Kerzenleuchter, ein merkwürdiger Kontrast zu den Militaria.

«Tamar», sagt jemand hinter ihr.

Sie hat nicht gesehen, dass er am Schreibtisch sitzt, und zuckt zusammen: buschiger Bart, Tarnklamotten, gekrönt von einem absurden Vokuhila, an den Seiten schwarz, in der Mitte ein weißer Streifen.

«Skunk.»

«Tee?»

«Gern.»

«Nimm bitte Platz.»

Tamar setzt sich, Skunk dagegen steht auf und geht zu einem alten Samowar. Der Tee ist aromatisch, stark. Sie stellt die Vase auf den Tisch und schiebt sich einen Zuckerwürfel in den Mund.

«Schön, dass du vorbeischaust.»

«Ich war gerade in der Nähe», sagt sie.

Skunk lacht. «Du hättest Alex nicht töten müssen.»

«Du hättest mich nicht entführen lassen müssen. Ich wollte dich anrufen …»

«Ich habe jahrelang auf deinen Anruf gewartet, Tamar. Als

du in Istanbul in einen Bus gestiegen bist, musste ich handeln.»

«Wie konntest du wissen, wo ich war?»

Er zuckt mit den Schultern. «Ich weiß vieles.»

Sie trommelt nervös auf den Tisch. «Du hast Informationen über meinen Vater, sagt Levan. Weißt du, wo er sich aufhält?»

Skunk bietet ihr eine Zigarette an. «Du hast eine lange Reise hinter dir. Lass uns zuerst etwas essen.» Er nimmt die Vase, dreht sie hin und her. «Danke für das Mitbringsel.» Er schnippt mit den Fingern, und die Luke geht auf. Drei Frauen treten gebückt ein, sie bringen heiße Handtücher, Kaviar, Honig, Brot, frischen Käse und Nüsse. Tamar presst ein Handtuch auf ihr Gesicht, die Wärme tut gut.

«Im Dorf bin ich einem Arzt namens Shamil begegnet, offenbar einer deiner Freunde.»

Skunk kichert, als wollte er sagen: «Das arme Schwein.»

«Du warst nicht immer Skunk, hat er gesagt.»

«Ach ja?»

«Er meinte, früher seist du kein Ungeheuer gewesen.» Tamar knüllt das Handtuch zusammen, lässt es auf den Tisch fallen. «Bist du ein Ungeheuer, Akhmad?»

Skunk zeigt beim Lächeln zwei Goldzähne. Seine Nase ist links leicht aufgeworfen, ein Schnäuzchen, was sein Gesicht weicher wirken lässt. «Wie schmecken die Chepalgash?»

«Sehr gut», sagt Tamar, der nicht bewusst war, wie hungrig sie ist.

Skunk mustert sie forschend durch den Zigarettenrauch. «Stimmt, Shamil kennt mich noch als Akhmad, aber der bin ich nicht mehr. Manchmal vergesse ich glatt, dass es ihn gab. Wir vereinen viele Persönlichkeiten in uns, Tamar, und wir tragen viele Namen. Wie deine Mutter.»

Tamar bleibt der Bissen im Hals stecken.

«Ich wette, es gibt mindestens drei Tamars», fährt Skunk fort, «von denen du nichts ahnst. Die du gar nicht kennenlernen willst.» Als sie den Teller von sich fortschiebt, sagt er: «Iss nur weiter.»

«Mir ist der Appetit vergangen.»

«Iss. Ich erzähle währenddessen eine Geschichte.»

Als er nachschenkt, schießt in Tamar Angst auf. Sie fragt sich, was ihr noch bevorsteht.

«Wir schreiben das Jahr 1994», beginnt Skunk. «Der achtundzwanzigjährige Akhmad Varajew, Physikstudent, sitzt in der Staatlichen Universität, Moskau, in seinem Wohnheimzimmer. Er hat gerade den monatlichen Brief seines ‹Onkels› Zaza erhalten. Zwischen den gefalteten Seiten stecken die üblichen zweihundert Rubel, plus fünfzig Rubel für neue Stiefel. Außerdem hat er eine Tüte Mischka Kosolapij bekommen, sein Lieblingskonfekt. Akhmads Vater Aslan ist vor zwanzig Jahren verschwunden, und seither ist Zaza in seinem Leben präsent. Er war der beste Freund seines Vaters und an der MSU sein Mitbewohner. Nun ist Zaza Akhmads Pate und Mentor, und er möchte, dass Akhmad eine Ausbildung erhält.

Akhmad ist Zaza dankbar, ohne die Unterstützung wäre er längst am Ende. Und es ist nicht allein das Geld. Zaza ist ein Bindeglied zu seinem Zuhause, zu seiner Vergangenheit und zu Aslan, seinem Vater.

Er besitzt natürlich Andenken an seinen Vater. Als er nach Moskau ging, hat ihm seine Mutter ein Manuskript von seinem Vater übergeben. Akhmad hat ihn teilweise gelesen, nie komplett, dazu fehlte ihm der Mut. Er kocht einen schwarzen Tee, öffnet die Tüte mit dem Konfekt und liest Zazas Brief am Fenster. Unter ihm strömt die Moskwa.

Mein lieber Akhmad,

ich hoffe, du bist wohlauf. Geht es mit dem
Studium voran? Gut, dass du in Moskau bist.
Bildung ist die einzige Gewissheit, die wir
haben, Wissen das einzige sichere Zuhause.
Ich weiß, das ist dir klar. Wir Männer aus
dem Kaukasus müssen zusammenhalten ...

Die Worte berühren ihn. Sie versetzen ihm aber auch einen
Stich. Akhmad fühlt sich einsam in Moskau, wo man ihm
ständig unter die Nase reibt, dass er anders ist. Er hat einen
dunklen Teint. In der Hauptstadt des Imperiums gilt er als
Tschetschene zweiter Klasse. Zaza kann das nachempfinden.

Akhmad faltet den Brief zusammen und schiebt ihn zu
den anderen in einen Ordner. Dann schaltet er das Radio
an. In den Nachrichten hört er, dass in Tschetschenien der
Krieg ausgebrochen ist; die Russen sind einmarschiert. Die
Spannungen hatten seit Wochen zugenommen. Seine Familie
lebt in den Außenbezirken Grosnys. Nach dem Zusammenbruch der Sowjetunion waren sie aus Georgien nach Tschetschenien zurückgekehrt. Als er zu Hause anruft, kann er im
Hintergrund den Beschuss hören.

‹Hier ist alles in Ordnung›, sagt seine Schwester Eset,
während es wummert und die Scheiben klirren.

In einem Krieg ist nichts in Ordnung, wie er weiß, also
packt er seine Tasche, steckt das Manuskript seines Vaters
ein. Er steigt in einen Zug und fährt heim. Beim Anblick der
Zerstörung ist er entsetzt. Tage später sind alle Zugverbin-
dungen lahmgelegt. Dann fällt der Strom aus. Die Angriffe
nehmen zu. Unmöglich, nach Moskau zurückzukehren. Er

macht keine Karriere als Quantenphysiker oder Ingenieur, sondern fährt Taxi und unterrichtet Algebra an einem Gymnasium. Er sorgt für seine Mutter und seine drei jüngeren Schwestern, Eset, Layla und Deti. Er erläutert Onkel Zaza seine Entscheidung in einem Brief. Zaza schickt weiter Geld, und dafür ist Akhmad dankbar.

Akhmad beteiligt sich nicht am Kampf. Er wünscht sich zwar ein unabhängiges Tschetschenien, weiß aber, dass Freiheit nicht mit Gewalt zu erringen ist. Er glaubt wie Aslan, wie sein Vater, an Bildung; an konkrete Zahlen; an Musik (Basie, Parker, Ellington) und an Literatur (Tolstoi, Turgenjew, Lermontow). Während der Anfangsjahre des ersten Tschetschenien-Krieges engagiert er sich in örtlichen Beiräten. Er beteiligt sich am Aufbau eines Verbands tschetschenischer Anwälte und am Bau von Schulen. Er diskutiert darüber, wie eine unabhängige tschetschenische Regierung zu bilden sei. Sie werden täglich beschossen. Amina ist unruhig und besorgt, wenn Akhmad sein Taxi durch Straßen voller russischer Panzer und Geschosse lenkt. Wenn er abends heimkehrt, ist sie stets erleichtert.

Eines Abends sind Akhmad und Amina zu Hause. Während seine Mutter Brot backt, trinkt Akhmad Tee und liest ihr Passagen aus Lermontows *Ein Held unserer Zeit* vor, ein Lieblingsroman seines Vaters. Akhmad blättert gern in Aslans Goldschnittausgabe, das gibt ihm ein Gefühl von Geborgenheit. Schließlich fragt er seine Mutter, ob sie das Manuskript seines Vaters gelesen hat.

‹Oh, nein›, sagt sie. ‹Er hat es ja für dich geschrieben.›

Akhmad holt die gebundenen Seiten aus seinem Koffer und beginnt, laut vorzulesen.

‹Деним и геном.›

Seine Mutter muss leise lachen.

‹Деним и геном›, wiederholt sie. *Denim und Genom.*

Er liest weiter vor. Die Skurrilität des Textes überrascht ihn – er hat seinen Vater als sehr ernsthaft in Erinnerung –, genauso wie die Tatsache, dass das Manuskript zutiefst persönlich ist. Er hat den Eindruck, ein Tagebuch zu lesen. Seine Mutter knetet weiter den Teig; seine Schwestern spielen bei einer Tante mit ihren Cousinen. Während er über Lyssenko und dessen Theorien liest, über die Absurdität und die Schrecken der damaligen Zeit, ist ihm sowohl zum Lachen als auch zum Weinen zumute. Bei der Frage ‹Wie mit der Vergangenheit umgehen?› läuft es ihm eisig den Rücken hinunter. Seine Mutter nickt immer wieder zustimmend. Als der Beschuss draußen plötzlich aussetzt, blicken beide auf. Die Stille hält mehrere Minuten an, dann wird an die Tür gepocht.

Akhmad schiebt das Manuskript in eine Sesselritze. Als er öffnet, stürmt ein russischer Hauptmann herein und brüllt: ‹Wo ist es?›

Akhmad fragt: ‹Wo ist was?›

‹Der Sprengstoff. Ich weiß, dass ihr eure Kinder als lebende Bomben missbraucht. Alles durchsuchen.›

Fünf russische Soldaten nehmen Schränke, Kommoden und Betten auseinander, reißen die Teppiche hoch, während Amina etwas zu essen zubereitet, um die Russen zu beschwichtigen. Sie kramen im Geschirrschrank, reißen die Bücher aus den Regalen, durchwühlen den Rübenkeller. Sie packen alles, was irgendwie von Wert ist, in ihre Beutel. Am Ende ist alles geplündert. Ein Soldat, sicher nicht älter als neunzehn, fesselt Amina auf einen Stuhl.

Ein anderer Soldat fesselt und knebelt Akhmad und sagt: ‹Ja nicht rühren, sonst stirbt sie. Und schau gut zu.›

Akhmad muss mitansehen, wie die Lermontow-Ausgabe auf den Boden fällt und dort offen liegen bleibt. Aslans Manuskript ist noch immer in der Sesselritze versteckt. Die Sätze, die er zuletzt vorgelesen hat, laufen in Endlosschleife in seinen Gedanken. Vier Männer reißen seiner Mutter die Kleider vom Leib. Sie wechseln sich ab. Für ihren Sohn kann es keinen qualvolleren Anblick geben. Nachdem sie mit ihr fertig sind, nimmt der Hauptmann seine Kalaschnikow.

Zum Glück verliert Akhmad das Bewusstsein. In seinem Traum kollidieren die Worte seines Vaters, zerbröseln aneinander, nehmen neue Bedeutungen an.

‹Genealogie ist wichtig. Wie jeder gute Tschetschene kann ich meine Vorfahren aus sieben Generationen aufzählen. Ich trage die Geschichte meines Volkes in mir. Die Vergangenheit gleicht einem Phantomglied. Unser Körper vergisst nichts.›

Als Akhmad zu sich kommt, geht es auf Mitternacht zu. Die Soldaten sind weg; der Körper seiner misshandelten Mutter liegt in ihrem Blut. Da wird erneut an die Tür geklopft. Kamlila, ihre Nachbarin, seit dreißig Jahren mit seiner Mutter befreundet, stolpert herein. Schluchzend und zutiefst entsetzt zerschneidet sie Akhmads Fesseln mit einem Brotmesser, ihre Hände zittern. Sie halten sich lange in den Armen. Die Fesseln haben seine Gelenke wund gescheuert. Er hält Hände und Gesicht unter den Wasserhahn, danach waschen Kamlila und er Aminas Leiche mit einem Schwamm und kalter Seifenlauge.

Plötzlich wendet seine tote Mutter ihm das Gesicht zu und sagt: ‹Ich bin hungrig, Akhmad. Bringst du mir bitte etwas zu essen?›

Er rennt brüllend in den Wald. Seine Schreie vermischen sich mit dem Summen der Bienen im Bienenhaus seines Großvaters. Sein Schluchzen steigt zwischen den Walnussbäumen bis zu den toten Stromleitungen der Stadt auf. Seine

Tränen versickern im Boden, wo Ratten ihre Nester graben, sie sickern durch Lehmschichten und Verwerfungen bis in die brodelnde Glut des Erdkerns. Akhmad schläft unter den Bäumen ein. In seinen Träumen vermengen sich die Ereignisse des Abends mit denen des letzten Jahrhunderts. Beim Erwachen hat er einen Schopf schlohweißer Haare. In seinem Kopf hallen die Worte seines Vaters nach: ‹Ich wuchs in einem Land auf, das nicht das meine war. Ich habe mich zeitlebens fremd gefühlt. Ich empfinde sogar Moskau als Exil. Die Vergangenheit ist eine Narbe. Sie wirkt nach, sie prägt uns. Und doch definieren unsere Narben unsere Identität genauso wenig, wie mein Freund Zaza durch die Narbe in seinem Gesicht definiert wird.›»

ZWEI

John Coltranes *My Favorite Things* ertönt aus Saakaschwilis High-End-Boxen. Daniel Daniel, die gelb getönten Gläser vor den Augen, brettert im Cadillac durch den Wald. «Gewahre die himmlischen Gaben der Engel, Mann, lausche den zehn Fingern des alten McCoy Tyner, die Klänge zaubern wie die Zehntausend.» Er ist hocherfreut über dieses Fahrzeug, das er als «Flucht-Akquise» bezeichnet.

«Was liegt hinter den Bergen?», fragt Joseph.

«Tschetschenien, Genosse.»

«Fahren wir dorthin?»

«Nach Möglichkeit nicht.»

«Wohin dann?»

«Plan eins: Wir müssen Levan abschütteln. Sollte uns das lebend gelingen, dann denken wir über Plan zwei nach.»

Joseph wirft einen Blick über die Schulter. Weniger als einen Kilometer entfernt kann er Scheinwerfer erkennen.

«Hier ist übrigens deine Brieftasche.» Daniel Daniel gibt sie ihm. «Habe ich Levan geklaut, zusammen mit den Schlüsseln dieses sensationellen SUV.»

«Das ist nicht meine. Sie gehört Irakli.»

«Wem?»

Joseph erzählt Daniel Daniel von seinem Verfolger auf dem Markt in Tiflis, den er später, nicht weit vom Ort der Demonstrationen, tot in einer Gasse auffand. «Dieser Irakli war ein Freund von Levan, und der hält mich jetzt für einen Mörder und ausländischen Agenten, weil ich die Brieftasche bei mir getragen habe.» Als er von dieser Unterstellung erzählt, kommt sie ihm reichlich verrückt vor, aber Daniel Daniel lässt sich nicht beirren.

«Du bist eindeutig ein Spion. Und kein ganz übler», sagt er und steckt sich eine frische Zigarette zwischen die Lippen. «Was hat dich getrieben, einem Toten die Brieftasche zu klauen? Keine noble Tat, das muss ich schon sagen.»

«In dem Moment habe ich gar nicht nachgedacht, das war einfach Intuition. Hast du auch manchmal eine Stimme im Ohr, die dir sagt, was du tun sollst?»

«Ständig, Genosse. Nur sind ihre Anweisungen sinnvoll.»

Die Scheinwerfer des Verfolgerautos scheinen näher gerückt zu sein. Daniel Daniel tritt aufs Gas, zündet seine Zigarette an. Der Wagen nimmt heikelste Kurven, gepeitscht von Zweigen, ein Geräusch, das Joseph an das Klatschen von Levans mächtigen Fäusten erinnert. Das schemenhafte Verfolgerauto sitzt ihnen im Nacken wie ein tobsüchtiges Tier.

«Und was hat dir deine Intuition beschert?», fragt Daniel Daniel.

Joseph kramt in der Brieftasche. Eine geschäftliche Visitenkarte; mehrere Zettel; einige Geldscheine in der Landeswährung. Die Fotokopie – das Bild, das er in der Toilette des Underground betrachtet hat – fehlt jedoch.

«In der Brieftasche steckte eine zusammengefaltete Fotokopie», sagt Joseph, während er noch einmal in jedes Fach schaut. Das Foto, erklärt er bange, eines Mannes in Mönchstracht auf einem Berghang. «Er hatte einen buschigen schwarzen Bart und eine Narbe auf der linken Wange, die sich bis zum Ohr zog. Ich glaube, das Foto zeigt Zaza, Tamars Vater, nur dass er älter wirkt als auf dem Bild, das ich bei Nana gesehen habe.»

Daniel Daniel zuckt zusammen.

«Laut Keti hast du mit Zaza studiert, angeblich wart ihr schon als Jugendliche dick befreundet. Was ist vorgefallen?»

Die Scheinwerfer des anderen Autos kommen immer näher.

«Keti hat dir also erzählt, wer ich tatsächlich bin?»

«Du bist Aslan.»

«Vergiss den Namen. Konzentrieren wir uns lieber auf Zaza.»

«Warum sind alle so besessen von diesem Zaza? Hat er dir etwas angetan? Hast du deshalb etwas gegen Tamar?»

Daniel Daniel schaut in den Rückspiegel, lenkt den SUV ruckartig nach rechts, nach links, dann wieder nach rechts, tritt das Gaspedal bis zum Anschlag durch. Der SUV schießt durch die Luft.

«O mein Gott», japst Joseph.

«Bitte nicht kotzen, Genosse.»

Der Wagen landet mit einem dumpfen Aufprall. Joseph ringt um Atem. In Kopf und Magen geht alles durcheinander.

«Ist im Hintergrund des Bildes eine Kirche zu sehen?», fragt Daniel Daniel.

«Ja, ein Steinbau.»

«Und auf dem Hang steht der gealterte Zaza?»

«Glaube schon, ja.»

Daniel Daniel gibt wieder Gas. Joseph dreht sich der Magen um. Er ist kurz davor, sich zu erbrechen, als Daniel Daniel das Abblendlicht ausschaltet, vom Waldweg abbiegt und über eine Lichtung in einen ganzen Wald aus hohem Schilf rollt. Er stellt den Motor aus, und sie verharren im Mondschein.

«Warum hast du gehalten?»

«Leise, Genosse. Wir müssen still sein wie Kiefern bei einer Brise im späten August. Wir schütteln Levan jetzt ab.»

Sie warten im Schilf und schauen unterdessen wie gebannt in Richtung Waldweg. Joseph dämmert, dass Levan die Fotokopie einkassiert hat. Aber warum? Dann kommen die Scheinwerfer des anderen Autos in Sicht, kurz darauf tanzen sie über den Weg an ihrem Versteck vorbei. Daniel Daniel wartet ab. Schließlich lässt er den Motor wieder an, rumpelt ohne Licht über ein Feld und gelangt auf eine schmale Straße.

«Plan eins ist geglückt. Ich gratuliere, Genosse. Wir sind noch am Leben.»

«Und nun?»

«Folgt Plan zwei: das superduper All-Star-Wiedersehen. Wir treffen uns jetzt mit Gary, deinem Vater.»

DREI

Skunk will sie mit seiner Geschichte einschüchtern, das weiß Tamar. Und es funktioniert.

Er fährt fort: «Am nächsten Morgen spürte ich mit Unterstützung meiner Cousins die Soldaten auf, die meine Mutter vergewaltigt und getötet hatten. Wir überwältigten sie, fesselten und knebelten sie. Dann fuhren wir sie hierher, zum Hof unserer Familie im Pankisi-Tal. Sie mussten am Rand des Grundes eine Grube ausheben. Sie schufteten unter meiner Aufsicht, bekamen nur zähen Haferschleim und schales Wasser. Sie schliefen im Freien, aneinandergefesselt und wimmernd. Schon erstaunlich, was Menschen alles tun, um zu überleben», sagt Skunk. «Und dass man seine Macht ebenso rasch verlieren wie gewinnen kann, ist genauso überraschend.»

Tamar zündet eine Zigarette an und lässt sich in die Lederpolster sinken. Sie betrachtet Skunk forschend – seine rechte Augenbraue zuckt, als würde sie die Zeit messen.

«Die Männer schufteten drei Tage und drei Nächte, bis die Grube vier Quadratmeter groß und vier Meter tief war. Am vierten Tag bat ich sie ins Haus, wo die Frauen meiner Cousins ein reiches Mahl zubereitet hatten. Während sie nach Herzenslust aßen und tranken, ließ ich Ratten in die Grube setzen. Dutzende dieser scheußlichen Geschöpfe. Und nachdem die Soldaten ihre Henkersmahlzeit beendet hatten, wurden sie nacheinander in die Grube geworfen. Sie schrien die ganze Nacht.»

Skunks Augenbraue hört auf zu zucken.

Die Härchen auf Tamars Unterarmen haben sich gesträubt.

«Noch Tee?» Skunk schenkt nach, schiebt ihr einen Teller mit Süßigkeiten hin, die sie misstrauisch beäugt. «Du fragst dich sicher: ‹Warum erzählt er mir das?› Die Antwort lautet: Es ist auch deine Geschichte, Tamar. Die Nacht, als ich meine Mutter verlor – die Nacht, als Akhmad zu Skunk wurde –, war zugleich die Nacht, in der ich begriff, dass es Freiheit und Demokratie nicht ohne Gerechtigkeit geben kann.»

Tamar schlägt die Beine übereinander.

«Aber was ist Gerechtigkeit?», fragt Skunk. «Wie können wir sie herstellen? Wie etwa soll im Fall der Ermordung deines Mannes, Dawit Anoschwili, Gerechtigkeit geübt werden?»

«Eine gründliche Ermittlung, gefolgt von einem fairen Prozess, wäre ein guter Anfang.»

«Komm schon, Tamar. Im Kaukasus gibt es keine fairen Prozesse, und eine Ermittlung sorgt sogar in der besten aller Welten nicht für Gerechtigkeit. Den Schmerz begangenen Unrechts kann sie auch nicht mildern.»

«Er wird sich nie mildern lassen», stimmt Tamar zu.

«In einem Land ohne Hunde kläffen die Katzen», sagt Skunk. «Dieses Sprichwort gilt sowohl für dich als auch für mich, Tamar. Wir sind die Hunde, aber: Was soll mit all den kläffenden Katzen geschehen?»

«Ich bin nicht wie du.»

«Denk mal nach: Du lässt die Wahrheit durch deine Kunst sprechen, denn eine Zivilgesellschaft braucht Ehrlichkeit, wenn sie funktionieren soll. Die Wahrheit liegt auch mir am Herzen. Die wahre Gerechtigkeit. Ohne Gerechtigkeit keine Gesellschaft. Andernfalls wäre sie nur eine Versammlung kläffender Katzen. Dawit verdient Gerechtigkeit. Du verdienst Gerechtigkeit.» Skunk lehnt sich auf dem Stuhl zurück. «Ich denke, man muss andere ein wenig leiden lassen, damit sie kapieren, was man selbst durchlitten hat.»

«Was deiner Mutter widerfahren ist, tut mir unendlich leid. Aber was du mit den Soldaten gemacht hast ...»

«Ja?»

«Das ist unmenschlich.»

«Nein, das ist ausgleichende Gerechtigkeit. Tschatscha?»

Tamar nickt. Skunk holt eine Flasche aus der Schublade. Er schenkt zwei Gläser ein, sie trinken. Der Schnaps brennt in ihrer Kehle.

«Und was hat dieser Auge-um-Auge-Scheiß mit meinem Vater zu tun?», fragt sie.

«Alles.»

«Ich glaube, du willst mir bloß Angst machen.»

«Du hast Angst? Wart's ab, Tamar! Die Wahrheit ist schlimmer als eine Grube voll hungriger Ratten.» Er lächelt. Tamar zündet sich eine weitere Zigarette an, und Skunk schenkt eine zweite Runde Tschatscha ein. «Hat dein Bruder je erzählt, wie wir uns kennengelernt haben?»

Tamar schüttelt den Kopf.

«Gegen Ende des ersten Tschetschenien-Krieges war ich auf einer Party bei Geschäftspartnern. Levan wurde mir vorgestellt, und wir kamen ins Gespräch. Ich mochte ihn sofort. Also begannen wir, gemeinsam Geschäfte zu machen. Wir gründeten ein Konsortium, das zwischen Abchasien, Tiflis und Grosny Handel trieb – ein Korridor des Kommerzes. Waffen, Opium, Frauen. Gehandelt wurde mit allem, und alles war möglich. Wir wurden reich, und wir wurden Freunde. Eines Abends waren Levan und ich sogar nach unseren Maßstäben sturzbesoffen. Er erzählte von seiner

Schwester, einer begabten Performancekünstlerin, die die Welt verändern wollte ... gewaltfrei. Levan war einerseits stolz auf dich, andererseits lachte er über deine Naivität. Ich selbst war begeistert. Optimismus und Kunst sind etwas für Narren, und Demokratie bedeutet unterm Strich bloß Brotkrumen für die Machtlosen und Dummen, aber deine Geschichte packte mich. Ich begann, deine Karriere zu verfolgen, deine Videos und Performances. Ich verschlang Dawits Undercover-Reportagen in den Zeitungen. Und als Rachel Grabinsky auf der Bildfläche erschien und begann, deine Projekte mit amerikanischem Geld zu finanzieren, war ich auch begeistert. Vielleicht, weil ich einst so optimistisch gewesen war. Ich hatte das Gefühl, eine alternative Realität mitzuerleben», gesteht Skunk und macht eine kleine Pause.

«Welche Ausmaße würde sie annehmen? Wann wäre ihr Limit erreicht? Levan vertraute mir an, dass ihr nur Halbgeschwister seid. Er erzählte mir, ein großer Mann mit Wollmantel hatte vor der Tür gestanden, mit dir in den Armen. Ein Mann, der rasch aufbrauste und ebenso rasch wieder lieb war. Levan erinnerte sich an die russische Schokolade, die er euch zusteckte, wenn Nana, seine Mutter, nicht hinsah. Levan erinnerte sich an Gutenachtgeschichten, spannende Mythen und Legenden, die ihm weiter im Kopf herumspukten. Und eines Tages war der Mann weg. Der Mann, den sie Zaza nannten, verschwand genauso plötzlich, wie er gekommen war. Als ich das hörte, wusste ich, dass es der Zaza war, den ich kannte. Der beste Freund meines Vaters Aslan.»

Tamar schluckt schwer. «Und was hat Zaza dir getan?»

«Mir hat er nichts getan, Tamar. Aber Aslan, meinem Vater.» Skunk trinkt einen Schluck Tschatscha. «Ein Rätsel: Zwei alte Freunde kommen an den Ort ihrer Kindheit und Jugend zurück. Beide steigen zu einer Kirche oben auf einem

Berg hinauf, aber nur einer kehrt wieder. Was ist in der Kirche geschehen?»

Tamar schnürt es die Brust zu. «Hat Zaza Aslan getötet?»

«Weißt du, was mich am wütendsten macht?», fragt Skunk. «Wäre mein Vater noch da gewesen, dann wäre meine Mutter nicht vergewaltigt und ermordet worden. Er hätte sie beschützt. Und Zaza, der Held meiner Kindheit? Er war auch nicht für uns da. Er hat meiner Mutter nur Geld geschickt, um sein Gewissen zu erleichtern.»

Tamar ist verwirrt und eingeschüchtert. Der Tschatscha steigt ihr zu Kopf.

«Vor einigen Jahren fiel mir dies in die Hände.» Skunk faltet die Kopie eines Fotos auseinander und legt sie auf den Tisch. Tamar erkennt ihren Vater im Mönchsgewand. Hinter ihm sieht sie die Silhouette der Gergetier Dreifaltigkeitskirche.

«Dein Vater ist zum Schauplatz seines Verbrechens zurückgekehrt, Tamar. Und wir werden ihm folgen.»

VIER

Während sie durch nächtliche Dörfer fahren, wird Joseph von einer nie gekannten Furcht gepackt. Sie gleicht einer Dunkelheit jenseits der Dunkelheit. Seine Schusswunde pocht schmerzhaft, und seine Gedanken flattern wirr.

«Ich habe Irakli nicht getötet», sagt Joseph und steckt die Brieftasche in seinen Mantel.

«Weiß ich, Genosse. Ich war's.»

«Wie bitte?»

«Ich habe Irakli Gonaschwili erledigt, Levans besten Freund und Handlanger Numero eins. Ich habe ihm die Waffe an den Kopf gesetzt und abgedrückt. Sein Kopf ist zerplatzt wie ein Apfel.»

«Warum hättest du das tun sollen?»

«Weil er dich beschattet hat.»

«Woher weißt du das?»

«Weil ich dich beschattet habe.»

«Willst du mich verarschen?»

Daniel Daniel lehnt den Kopf zurück und kneift ein Auge zu, als würde er mit einer Waffe zielen.

«Aber nicht doch. Ich beschütze dich um jeden Preis. Du bist der Sohn von Rachel Grabinsky und Gary Ruckler.»

Eigentlich, denkt Joseph, sollte mich nichts mehr überraschen.

«Hat Rachel Zeit mit dir und Gary verbracht, als sie in den Neunzigern in Georgien war?»

«Gelegentlich. Sie war gern im Plattenpalast. Lausiger

Musikgeschmack, aber eine nette, kluge Frau. Sie hat viel Zeit mit Tamar verbracht.»

Der Gedanke, dass sich Rachel mit Gary traf, obwohl sie Joseph gegenüber grausamerweise darauf beharrte, er wäre tot, tut weh. Und sie verschwieg Tamar, dass sie ihre Mutter war.

«Rachel hat ihre wahre Identität verschleiert», sagt Joseph.

«Das tun viele, Genosse.»

«Sie hat ganze Lebensabschnitte frei erfunden.»

«Jeder beschönigt sein Leben.»

«Ich nicht», entgegnet Joseph zornig. «Sie hat Tamar belogen. Sie hat mich belogen. Wie kann man seinen Kindern die Wahrheit vorenthalten? Das ist einfach nur beschissen.»

Daniel Daniel verstummt. Während der Fahrt betrachtet Joseph die Gebirgslandschaft. Auf einem See spiegelt sich ein Streifen Mondschein, hin und wieder sind verlassene Maschinen zu sehen. Er fühlt sich wie infiziert von Rachels chaotischem Leben, ein schauderhaftes Erbe. Außerdem ahnt er, dass in diesem merkwürdigen, grausamen Paradies gerade ein neues Kapitel aufgeschlagen wird. Doch die Vergangenheit ist ein Schatten, dem man nicht entrinnen kann.

Die Straße schlängelt sich einen Berg hinauf. Sie passieren öde Dörfer, deren Namen in verblasstem Blau auf weißen Schildern stehen. Nach kurzer Zeit geht die Straße in schmale Serpentinen über. Daniel Daniel beschleunigt vor jeder Biegung, geht im allerletzten Augenblick vom Gas und lässt unter den Reifen Steine und Eis aufspritzen.

Bei Sonnenaufgang lassen sie den Kreuzpass hinter sich und fahren wieder bergab. Vereiste Steilwände glitzern wie Stahl im fahlen Licht des Morgengrauens. Neben der glatten Piste geht es Hunderte Meter steil bergab. Nach einem dunklen Lawinentunnel sausen sie ins blendende Licht. Schließlich kann Joseph ihn sehen: den Kasbek. Markant zeichnet der Berg sich am Horizont ab. Dem Mythos nach war Prometheus an seinen Gipfel gekettet. Joseph fragt sich, ob alle, die die etablierte Ordnung herausfordern, dieses Schicksal erwartet. Ob das auch für Gary gilt, dessen Leben ein mit Fehlern gespicktes Chaos war? Aber vielleicht sah Prometheus' Leben genau so aus. Vielleicht dienen Mythen dazu, Ordnung ins Chaos zu bringen. Im Schmutz der Welt und unserer Körper gibt es kein Es-war-einmal.

Sie erreichen Qasbegi am späten Vormittag. Der Dorfplatz bietet eine atemberaubende Aussicht, ringsumher türmt sich das Gebirge. Ferne Gipfel ragen auf wie Himmelssäulen. Das Dorf selbst wirkt verwahrlost und öde. Bis auf ein paar wackelige Stände aus Brettern ist der Platz leer. Alte Babuschkas in mottenzerfressenen Pullovern und schäbigen Wollröcken bieten selbst gemachte Würste und Wollsocken feil, träge Schweine und Kühe hoffen auf ein Häppchen.

Joseph fiebert jetzt. Sein Fuß schmerzt höllisch. Daniel Daniel parkt den SUV in einer schmalen Gasse.

«Sieht nicht gut aus, Genosse», sagt er, als er den Fuß untersucht. «Warte hier, ich besorge Medizin. Nach unseren manischen Depressionen und wilden Abenteuern bist du sicher müde. Schlaf dich aus, Genosse.»

Daniel Daniel knallt die Tür zu und eilt die Gasse hinauf. Joseph fällt in einen tiefen, aber unruhigen Schlaf. In seinen Träumen schweben alle in Gefahr, ist der Todeshauch allgegenwärtig.

Bei Daniel Daniels Rückkehr hat er jedes Zeitgefühl verloren.

«Ein Schmerzmittel und ein Antibiotikum», sagt Daniel

Daniel und reicht ihm zwei unbeschriftete Tablettendosen. Joseph nimmt jeweils zwei.

«Wir besorgen dir warme Klamotten. Dann rufe ich Gary, er soll hier zu uns stoßen», sagt Daniel Daniel. «Und danach suchen wir Tamar.»

«Weißt du, wo sie sich aufhält?», fragt Joseph hoffnungsvoll.

Daniel Daniel tippt sich zwei Mal gegen den Kopf. «Man muss nur eins und zwei zusammenzählen.»

Joseph humpelt durch die nahezu verwaisten Straßen, gestützt von Daniel Daniel. Sie streben durch den immer dichteren Schneefall auf einen kleinen Laden zu. Darin spenden Kerosinlampen Licht, ein Kohleofen sorgt für Wärme. Der Händler hat ein geisterhaftes Gesicht; er spricht so flüsternd, dass Joseph argwöhnt, man würde sie beschatten. Daniel Daniel lässt Joseph Pullover anprobieren, bis sich ein passender findet. Anschließend wählt er einen Wollmantel und einen hölzernen Wanderstock mit einem Adlerkopf als Knauf aus. Daniel Daniel bezahlt alles, seine Großzügigkeit fällt Joseph auf, während er zugleich das eigentümliche Gefühl hat, neben sich zu stehen.

Das Dorf ist dunkel und still. Als die Wolken aufreißen und die fahle Wintersonne durchlassen, kann Joseph auf einer Bergkuppe ein einsames, graues Gebilde erkennen, es zeichnet sich jenseits des Tals vor einem felsigen, schneebedeckten Gebirgszug ab. Schwer zu sagen, was das für ein Bauwerk ist. Es muss jedenfalls uralt sein, und angesichts der Geschichtsträchtigkeit und der brutalen Erhabenheit der Berge fühlt er sich plötzlich schwach und klein.

Der Ort Qasbegi wird von einem Fluss durchschnitten. Auf beiden Ufern ziehen sich Häuser die Hänge hinauf, dahinter erstreckt sich Weideland. Dort grasen Pferde vor Felshängen, die oben schon im Schnee verschwinden. Die fragilen Stromleitungen lassen Joseph an mythische Zahnseide denken, mit der ungestüme Götter ihre Zähne reinigen. Eine kahlköpfige Frau plagt sich mit einer Schubkarre ab, gefüllt mit dürren Ästen. Zurückgelassene Fahrzeuge, verwaiste Werkstätten, Häuser mit gähnenden Fenstern, rostende Maschinen. Sie betreten ein Restaurant, das sich in eine Biegung des Flusses schmiegt. Dort tätigt Daniel Daniel einen Anruf, er murmelt etwas auf Georgisch, legt auf.

«Gary ist bald hier», sagt er. «Inzwischen kümmere ich mich um deinen Fuß und deinen Hunger.»

Sie setzen sich auf weiße Plastikstühle. In einer Blechtonne lodert ein Feuer, draußen wogt dichter Schneefall. Männer, die in einer Ecke am Tisch sitzen, nippen am Wodka und bedenken die beiden Neuankömmlinge mit scheelen, glasigen Blicken.

«Wir sitzen hier an der Grenze zwischen Ost und West, Europa und Asien. Dies ist Lermontows Land.»

Joseph sagt: «Habe ich nie gelesen. Gary mochte ihn, stimmt's?»

Daniel Daniel nickt. «Lermontow diente in der großen Armee des imperialistischen Zaren, er war ein Besatzungssoldat mit Skrupeln, der der Langeweile seines sinnlosen, materialistischen Lebens in Moskau entrinnen wollte. Er kam hierher, weil er frei sein wollte, sowohl im Hinblick auf sein Leben als auch auf die Literatur. Da …»– er weist, wie Joseph vermutet, nach Norden – «… ritt er auf der georgischen Heerstraße. Und dort …»– er zeigt in eine andere Richtung – «… wurde er zum Duell herausgefordert. Er feuerte in die Luft, und sein Gegner erschoss ihn. Dein Vater bewundert ihn. Lermontow starb für seinen Glauben.»

«Woran?»

«An nichts.»

Joseph ist verärgert. Was Daniel Daniel erzählt, klingt nach dem Leichtsinn der Privilegierten. Weder der Russe Lermontow noch sein Vater sind ihm sympathisch, es scheint, als spielten beide aus reiner Abenteuerlust mit den Leben anderer Menschen.

«Also», sagt Daniel Daniel, schaut auf sein Handy und steckt es wieder ein, «nicht mehr lange, dann ist Gary hier. Schon darüber nachgedacht, was du zu ihm sagst?»

«Nein», brummt Joseph. Die Kellnerin stellt eine Flasche Wodka und einen Teller mit Schaschlik auf den Tisch. Joseph trinkt gierig und isst hungrig.

«Du weißt nicht, was du ihn fragen willst?»

«Ist mir absolut egal, ob er auftaucht oder nicht. Der Mann war ein Idiot. Und jetzt ist mein Fuß kaputt, ich fühle mich beschissen, mir ist alles gleichgültig. Ich will nur Tamar sehen.»

«Ich helfe dir.» Daniel Daniel hockt sich vor Joseph, zieht ihm den Schuh aus, schält den blutdurchtränkten Strumpf behutsam ab und untersucht die Wunde. Die Kellnerin bringt eine Flasche mit einer klaren Flüssigkeit, zwei saubere Handtücher und einen Eimer mit warmem Wasser.

«Was wollen wir hier?», fragt Joseph.

«Alles wird sich aufklären, Genosse, wart's ab. Es bedarf nur des richtigen Blickwinkels.» Daniel Daniel zeigt auf den niedrigen Berg mit dem grauen Bauwerk, das im Schneetreiben gerade eben zu erkennen ist. Dahinter ragt schemenhaft der Kasbek auf.

«Ist das die Kirche, die auf dem Foto im Hintergrund zu sehen ist?», fragt Joseph.

«Die Gergetier Dreifaltigkeitskirche», sagt Daniel Daniel. «Wo alles begann.»

Er tränkt ein Handtuch mit der klaren Flüssigkeit und wickelt es um den verwundeten Fuß. Der Alkohol brennt, Joseph muss einen Aufschrei unterdrücken.

«Was ist dort geschehen?»

«Es war nicht meine Schuld. Das dachte ich lange, aber es stimmt nicht.»

«Wovon redest du?»

«Vor vielen Jahren. Viele Dinge. Er gab mir das Buch.»

«Welches Buch?»

«Denim und Genom.»

«Du meinst die Platte?»

«Zuerst ein Buch, danach eine LP.»

Daniel Daniel öffnet eine kleine Tasche und zieht ein Buch heraus. Der mürbe Ledereinband hat rissige Ränder, der Band, bestimmt zweihundert Seiten stark, wurde mit einem schwarzen Bindfaden zusammengezurrt. Joseph nimmt ihn entgegen und löst die Knoten. Auf der Titelseite steht:

Denim und Genom:
Die Legende des Midnight Wrangler

Von Aslan Varajew
Übersetzt von Gary Ruckler

«Was ist das? Und was hat es mit Zaza und der Kirche zu tun?», fragt Joseph.

«Zaza ist alles verhasst, wofür dieser Text steht», sagt Daniel Daniel. «Er beendete unsere Mann-zu-Mann-Freundschaft und führte uns in schreckliche Showdowns.»

«Showdown? Wie meinst du das?»

Daniel Daniel beginnt zu erzählen.

«Im Jahr 1984 hatten Keti und ich den Plattenpalast just eröffnet, Heimstatt erlesener Krapfen und verheerender Prügeltorte. Ich kümmere mich um meinen Kram und die Kohle, lausche dem großen Charlie Parker, als ein Bärenmann reinkommt. Obwohl unsere letzte Begegnung zehn Jahre her ist, erkenne ich ihn sofort an den Pranken, an dem dicken, beigefarbenen Mantel, dem Geruch nach Leder und Schweiß. Zaza wühlt in Kisten, fischt *Unknown Pleasures* von Joy Division raus, kommt zur Kasse. Er liebt den Punk, da hat sich nichts geändert. Er legt das Langvinyl auf den Tresen und öffnet die Brieftasche. Ich erstarre, will etwas sagen, bringe aber kein Wort hervor. Da fällt Zazas Blick auf das an der Wand hängende, gerahmte *Houses-of-the-Holy*-T-Shirt und macht Augen, als würde er einen Geist sehen. Er dreht auf dem Hacken um und verlässt den Plattenpalast.»

«Warum ist das T-Shirt so besonders?», fragt Joseph.

«Weil es Aslan gehörte.»

«Du bist Aslan. Hat Zaza dich denn nicht erkannt?»

«Der Aslan, den Zaza kannte, war tot.»

«Was soll das nun wieder heißen?»

«Zaza folterte und tötete Aslan in der Gergetier Dreifaltigkeitskirche. Ich fand seine Leiche und informierte seine Familie. Akhmad, seinen Sohn. Furchtbar, eine solche Nachricht überbringen zu müssen.»

Joseph erwidert: «Okay. Aslan ist tot. Und wer bist du?»

Daniel Daniel starrt ihn ausdruckslos an.

«Was zum Teufel ist hier los?»

Daniel Daniel greift in seinen Mund und zieht ein Gebiss heraus. Danach setzt er Pelzmütze und Sonnenbrille ab. Joseph sieht zum ersten Mal, dass er grau-blaue Augen hat.

«Verdammte Scheiße noch mal.»

«Hi, Joseph.»

«Hi?»

«Ich bin's. Ich war's die ganze Zeit.»

Joseph stemmt sich schwankend vom Stuhl hoch. Daniel Daniel hält ihm eine Hand hin. Joseph will ihm einen Schwinger verpassen, aber Gary duckt sich. Als Joseph noch mal zuzuschlagen versucht, verliert er das Gleichgewicht und stürzt. Er liegt wimmernd da. Sein Vater reicht ihm eine Hand und zieht ihn auf die Beine.

FÜNF

«Warum bist du hier, Tamar? Was hoffst du zu finden?»

Tamar schweigt.

«Du hast sechsunddreißig Stunden im Zug gesessen. Zweitausend Kilometer von Moskau bis Tiflis. Damals warst du zwei. Zaza hat sich um dich gekümmert. Er hat dich geliebt. Aber warum entführt ein Vater die eigene Tochter?»

Tamar schließt die Augen. Sie sieht eine Startbahn und ein Flugzeug. Ihre Mutter, die hinter einem Fenster steht und ihre Hände auf die Scheibe presst.

«Wenn ich dir erzähle, was in Wahrheit geschah, hilfst du mir dann, Gerechtigkeit zu üben?», fragt Skunk.

Sie hat keinen Grund, ihm zu vertrauen, doch er hat etwas, das sie braucht. Da liegt es, zwischen ihnen auf dem Tisch.

«Wie bist du an dieses Foto gekommen? Hat es mit Dawits Tod zu tun?»

Skunk starrt sie an. «Ja, in gewisser Weise.»

«Hast du Dawit erschossen?»

«Nein. Obwohl kaum etwas geschieht, ohne dass Skunk davon weiß.»

«Wer war es dann?»

«Ist das so wichtig?»

«Ich muss es wissen.»

«Willst du seinen Tod sühnen? Auge um Auge? Gilt das jetzt etwa auch für dich?»

«Wer hat Dawit ermordet?»

«Dein Mann war ein Sturkopf, dem es stets um die Wahrheit ging. Dadurch hat er sich mächtige Feinde gemacht. Das Foto wurde von Irakli aufgenommen. Er hatte das Versteck deines Vaters aufgespürt. Als Dawit davon erfuhr, wollte er Irakli das Foto abkaufen. Irakli verlangte eine Summe, die Dawit zu hoch war, und dann wurde es unschön. Irakli hatte Rückendeckung, Dawit nicht. All das spielt aber keine Rolle mehr, denn Irakli ist inzwischen auch tot.»

Tamar ist speiübel. Und sie ist erschöpft. Sie hat das Gefühl, stundenlang mit Skunk gesprochen zu haben, und zugleich hat sie jedes Zeitgefühl verloren. Sie wird in ein stilles Zimmer mit Blick auf ein abgeerntetes Feld geführt. Sie bildet sich ein, vor dem fernen Wald eine quadratische Grube erkennen zu können. Sie zieht ihre blutige Kleidung aus, legt sich ins Bett und kriecht unter die Decke. Sie schläft sofort ein.

Tamar träumt. Sie sitzt wieder im Van, mit gefesselten Händen und einem Sack über dem Kopf. Sie hört den Motor, spürt, wie der Van eine scharfe Kurve nimmt. Plötzlich hält das Fahrzeug, der Motor wird ausgeschaltet, und die Tür wird aufgezogen. Dumpfe Schritte auf dürrer Erde. Sie wird hinausgewuchtet und in die Dunkelheit geschleift.

Tamar will sich aus dem Traum reißen, aber Skunk ist irgendwie da und befiehlt ihr weiterzuschlafen. Sie ist jetzt nicht mehr im Van, sondern liegt in einer Grube am Rand eines Feldes auf kalter Erde. Das Sackleinen scheuert auf ihrem Gesicht. Sie ist verzweifelt, weil sie nichts sieht. Sie kann die Fesseln ihrer Hände nicht lösen. Also bleibt sie liegen und lauscht dem nächtlichen Geheul der Schakale.

Als sie endlich zu erwachen glaubt, findet sie sich in einem anderen Albtraum wieder – die Träume stecken ineinander wie Matroschka-Puppen.

Irgendetwas nagt an ihrem Schuh. Schneidezähne bohren sich in ein Bein. Ein kleines Geschöpf huscht über ihren Körper bis zum Kopf und zieht den Sack ab. Eine Ratte. Tamar erblickt ein paar Sterne, einen schmalen Mond, das Licht ist schwach. Die Ratte weist auf das Foto, das Zaza im Mönchsgewand zeigt. Tamar kann die Narbe sehen, die sein Gesicht zerschneidet. Die Kirche auf dem Berg am Rand der Welt. Plötzlich steht sie in der Kirche. Zahllose Kerzen brennen. Eine jüngere Ausgabe Zazas zieht den Mantel aus. Da ist ein Mann, man hat ihn auf einen Stuhl gefesselt. Er trägt ein *Houses-of-the-Holy*-T-Shirt.

Schließlich erwacht sie in einem Bett, das in einem kahlen, kalten Zimmer steht. Sie würde ihre Mutter gern fragen: «Wie konntest du diesen Mann lieben?» Nur wäre das, wie sie weiß, eine unsinnige Frage. Dann geht die Tür auf. Skunks gedrungene Gestalt zeichnet sich im Morgenlicht ab. Er stellt ein Tablett mit Tee, Gebäck, Käse und Oliven neben ihr Bett. Ihr Blick fällt auf ihre Kleidung, die man über Nacht gewaschen und gebügelt hat.

«Hier ist dein Frühstück. Danach ziehst du dich an. Wir fahren zu deinem Vater.»

Sie sind auf einer schmalen, teils glatten Straße unterwegs. Sie fahren bergauf, vorbei an Wänden aus Schnee. Je höher es geht, desto weiter scheint Tamar sich selbst und der Welt zu entrücken. Die schmale, tief eingeschnittene Straße wirkt beengend, aber oben auf dem Pass verschlägt ihr die Schönheit den Atem. Unzählige schneebedeckte Gipfel sprenkeln den Horizont.

Der Abend bricht an, als sie das Dorf Qasbegi erreichen. In den kleinen, heruntergekommenen Häusern brennen

Kerosinlampen, der Strom ist ausgefallen. Tamar erblickt die Relikte eines geplatzten Traums: ein aufgegebenes Gewächshaus, kilometerlange Röhren, die verfallende Fabriken mit Gas versorgt haben, ein verrammeltes Intourist-Hotel.

Sie schlängeln sich durchs Dorf, nehmen eine Serpentinenstraße und fahren durch einen Wald, lassen schließlich die Baumgrenze hinter sich. Sie kennt die Strecke, vor vielen Jahren hat sie hier oben mit Sascha, Nana, Dawit und Levan gepicknickt. Sie ließen das Auto unten stehen und wanderten bergauf. Es ist eine schöne Erinnerung an heiße Sommertage, an Freunde und Familie, an gemeinsames Singen, gutes Essen und Getränke.

Skunk fährt weiter, bis die Straße endet. Dort stellt er den Motor ab, und sie steigen aus. Als Tamar in das Tal blickt, das sie vom trügerisch nahen Kasbek trennt, hat sie das gleiche Gefühl wie als Kind – angesichts dieser urgewaltigen Welt eine Zwergin zu sein. Ein Paradies, denkt Tamar, das durch seine Unermesslichkeit Mythen gebar. Wir sind Kinder von Prometheus und Amirani, die alles und jeden bekämpfen. Sie will endlich ausbrechen aus dieser ewigen Unruhe.

Skunk führt sie zu der alten Kirche. Sie treten ein, die hohe, schwere Tür fällt hinter ihnen zu. Dann folgen sie im Schein von Skunks Taschenlampe einem schmalen Gang. Sie erreichen einen Altarraum mit Dutzenden Kerzen, die aber nicht alle schattigen Ecken erhellen können. Durch ein Fenster oben im Gewölbe, welches mit verblassten Malereien verziert ist, kann Tamar den Mond und einige Sterne sehen. Eine Ikone, die Maria mit dem Jesuskind zeigt, schimmert im Kerzenschein auf dem schlichten Altar. Zwei Männer, beide mit Sturmhaube und einer Kalaschnikow über der Schulter, stehen hinter einem Mönch, der zusammengesunken auf einem Stuhl sitzt. Er trägt ein schwarzes Gewand und um den Hals ein großes, goldenes Kruzifix. Skunk weist Tamar einen Holzstuhl dem Mönch gegenüber zu. Er geht zu ihm, greift sein Gesicht, spuckt ihn an. Dann schlägt er mehrmals auf ihn ein.

Sie kann ihn im Kerzenschein nicht genau erkennen, sieht aber die vom Ohr bis zum Mund reichende Narbe, ein vertrauter Schatten, der sich in die Haut gekerbt hat.

«Angeblich kehrt jeder Mörder an den Ort seines Verbrechens zurück. Dass du es getan hast, überrascht mich trotzdem», sagt Skunk. «Sag deinem Vater guten Tag, Tamar.»

Zaza zieht eine Grimasse, Blut läuft über sein Gesicht. Tamar verspürt den Impuls, es wegzuwischen. Sie würde gern sagen: «Siehst du, was du uns angetan hast, du idiotischer Amirani?»

SECHS

«Schon klar, dass du sauer auf mich bist», sagt Gary.

«Sauer?»

«Ich wollte mich früher zu erkennen geben, aber die Ereignisse haben eine Eigendynamik entwickelt. Man hat nicht immer alles in der Hand, richtig?»

Josephs Miene ist steinern. «Bist du überhaupt imstande, ehrlich zu sein?»

«Wahrscheinlich nicht. Entschuldige, dass ich damals einfach so verschwunden bin. Tut mir leid, dass ich gelogen habe.»

«Es tut dir leid?»

«Schuldgefühle», sagt Gary, «sind extrem egoistisch. Trotzdem bereue ich, nicht für dich da gewesen zu sein.»

Joseph stöhnt.

«Ich habe Aslan an der Universität kennengelernt. Wir waren befreundet, er hat mir vertraut. Ich habe ihm versprochen, für die Veröffentlichung seines Manuskripts zu sorgen. Auch dieses Versprechen habe ich nicht gehalten. Ja, es war meine Schuld. Nur war mir das nicht bewusst.»

«Was ist Aslan in der Kirche zugestoßen? Was hast du damals vorgefunden?»

Gary schluckt. «Eine Ratte in einem Käfig und zwei goldene Manschettenknöpfe mit Lapislazuli.»

Joseph zieht sie aus der Tasche und legt sie auf den Tisch. Gary will etwas sagen, schließt den Mund aber wieder.

«Warum bist du all die Jahre in Georgien geblieben?»

«Ich wollte meine Scharten auswetzen.»

Gary umschließt die Manschettenknöpfe mit der Hand, wie um sie zu verbergen.

«Ich habe dich gebeten zu kommen, weil ich dir zeigen wollte, dass sich vieles geändert hat. Um meine Fehler gutzumachen. Und weil Tamar und Zaza in Gefahr sind.»

Sie fahren stumm, den Blick auf die Straße geheftet. Die Sonne geht unter, die Berge versinken in kalten Schatten. Nach all den Jahren hat Joseph endlich die Gelegenheit, mit Gary zu reden, und nun findet er keine Worte.

Er muss an einen Satz von Rachel denken: «Wir lügen alle, Joseph. Ununterbrochen.»

Joseph entgegnete damals: «Ich nicht.»

Rachel sagte: «Das bildest du dir nur ein. Auch du verschweigst manches und schmückst anderes aus. In dieser Hinsicht bist du nicht besser als andere. Jeder macht sich etwas vor. Das sind unsere Lebenslügen.»

Auf der Kuppe des Berges finden sie einen weißen Lada Niva vor. Gary parkt den schwarzen Cadillac-SUV nach kurzer Überlegung weiter unten an der Straße. Joseph humpelt, auf den Wanderstock gestützt, durch den Schnee, die Höhe macht ihm das Atmen schwer. Als sie vor der Kirche stehen, blickt er umher. Das Tal liegt tief unter ihnen, in der Ferne glitzern Gletscher. Ein kleines hölzernes Kruzifix ragt im Schnee auf. Auf halber Höhe verschwindet der Kasbek im Nebel. Die Aussicht verschlägt Joseph die Sprache.

Die Dunkelheit bricht an, Sternenlicht erhellt den schmalen, mit Steinen gepflasterten Weg, auf dem Vater und Sohn zur Kirche gehen. Gary deutet auf eine Blutspur, die vom Lada in Richtung der Gebäude führt. Eine bange Vorahnung überkommt Joseph, zugleich erfüllt ihn eine gewisse Erleichterung. Er ist noch immer ein wenig benommen von der dünnen Luft. Die Kirche vor ihm wirkt leer und still.

SIEBEN

Qasbegi, Georgien
17. November 2003

Skunk tritt auf das Podest hinter dem Altar. Tamar erwartet eine neuerliche Demonstration von Gewalt und Machismo. Stattdessen strahlt Skunk etwas so Ernstes und Feierliches aus, als hätte die altehrwürdige Atmosphäre des Bauwerks, für viele Georgier einer der heiligsten Orte des Landes, auf ihn abgefärbt.

«Danke, dass ihr heute hier erschienen seid», erklärt Skunk und zupft die Aufschläge seines Militärmantels zurecht. «Diese Gelegenheit habe ich seit langer Zeit ersehnt. Sie bedeutet mir viel.»

Zazas Hände sind hinter der Lehne gefesselt, seine Füße an die Stuhlbeine gebunden. Tamar betrachtet seine Gesichtszüge, sie sucht im Zwielicht vergeblich nach einer Familienähnlichkeit, nach etwas Verbindendem.

«Ich begrüße euch zum Prozess gegen Zaza Gogoladse», verkündet Skunk. «Ihr mögt es merkwürdig finden, dass er in einer alten Kirche stattfindet, aber hat ein solcher Prozess nicht etwas von einer Theateraufführung? Und sind Kirchen nicht Orte, an denen man Theater spielt – voreinander und vor Gott? Nein, ich bin nicht gläubig. Aber ich schätze Rituale. Sie verknüpfen uns mit unseren Erinnerungen. Dieses geschichtsträchtige Bauwerk hat immer wieder als Versteck gedient. Hierher hat man in Zeiten der Gefahr die Heiligtümer bedrohter Kirchen in Sicherheit gebracht. Und seit vielen Jahren birgt dieser Ort obendrein ein furchtbares Geheimnis – er steht für eine Zäsur in unser aller Leben. Der vor euch sitzende Angeklagte …»– Skunk zeigt auf Zaza, der zusammengesunken auf dem Stuhl sitzt – «… hat zehn Jahre als Mönch verkleidet in dieser Kirche gehaust. Durchaus passend für einen früheren KGB-Leutnant.»

Zazas Kopf hängt, das Kinn auf die Brust gesunken, Blut rinnt aus einem Mundwinkel.

«Ich habe Zaza nicht immer als Verbrecher angesehen. Es gab Zeiten, da hat er sich um mich gekümmert. Als Kind liebte ich ihn und nannte ihn Onkel. Er hat mich während meines Studiums unterstützt. Ich glaubte damals, er würde all dies aus Liebe tun, tatsächlich tat er es, weil ihn Schuldgefühle plagten. Was ich für die Wahrheit hielt, war die reine Lüge.»

In diesem Raum klingt Skunks Stimme überraschend schön und volltönend. Die hohe Decke und die steinernen Wände verwandeln seine Rede in Gesang.

«Wir verhandeln den Fall von Zaza Gogoladse, der in den Akten, die im Untergeschoss der Zehnten Abteilung des Komitees für Staatssicherheit in Tiflis lagerten, als ‹Unterleutnant Z. G.› geführt wird. Ich war dabei, als das Archiv gestürmt wurde, und habe die Akten gelesen. Ich kenne die Namen der Menschen, die er ausspioniert, denen er das Leben zur Hölle gemacht hat. Aber wir haben uns hier nicht versammelt, um sein Sündenregister komplett durchzugehen, sondern um im Falle zweier bestimmter Familien Gerechtigkeit zu üben. Wie lassen sich die Sünden unserer Väter tilgen? Wie sollen wir sie dafür büßen lassen? Wie gehen wir mit der Vergangenheit um? Ich bitte Tamar Tumanischwili, Zeugnis über den Charakter des Angeklagten abzulegen. Bitte komm aufs Podest, Tamar.»

ACHT

Gary und Joseph wissen nicht, welche Tür sie nehmen sollen, als sie ihr Ziel erreicht haben. Es gibt einen Glockenturm und die von einem Kreuz bekrönte Kirche, dazu das Ratsgebäude, alles von einer Mauer umschlossen. Der Komplex wirkt, als wäre er wie von selbst aus dem Gestein gewachsen oder von Gott persönlich an diesen Ort verpflanzt worden.

Sie versuchen es auf gut Glück mit einer eisenbeschlagenen Tür. Nachdem Gary sie aufgestemmt hat, finden sie sich in einer Art Küche wieder. An den Deckenbalken aufgehängte Kerosinlampen lassen fahles Licht auf dreckige Teller, schmiedeeiserne Pfannen und kürzlich zubereitetes Essen fallen. Auf einem Holztisch steht ein Propangaskocher. Sobald sich ihre Augen an das Dämmerlicht gewöhnt haben, sehen Gary und Joseph, dass Menschen am Tisch sitzen. Gary richtet die Taschenlampe auf sie: drei Mönche, deren Köpfe auf der Tischplatte liegen, als würden sie schlummern. Aus ihren Hälsen sickert Blut, es tropft auf den Fußboden.

«Was ist hier los, verdammt?»

«Pst!», sagt Gary. Er zeigt auf eine dunkle Türöffnung in der Küchenwand, offenbar ein Gang. Sie folgen ihm, bis nach einer Weile ein Geräusch zwischen den Steinwänden hallt. Gary knipst die Lampe aus, und sie verharren mit angehaltenem Atem. Schließlich setzen sie ihren Weg im Dunkeln fort und erreichen glitschige Steinstufen. Sie steigen sie hinauf, wobei sie sich an der Wand abstützen. Je höher Joseph gelangt, durch desto mehr Bewusstseinsschichten scheint er zu fallen. Oben ist unten, und unten ist oben. Nach geraumer Zeit sehen sie einen Lichtschein – offenbar flackernde Kerzen. Joseph hört jemanden sprechen, es ist Georgisch. Er versteht kein Wort, erkennt die vertraute Stimme aber auf Anhieb. Tamar.

NEUN

Qasbegi, Georgien

17. November 2003

Auf dem Gang zum Podest kommen Tamar einzelne Erinnerungen an den vor ihr sitzenden Mann. Zwei Jahre nach seinem Verschwinden tauchte er ohne vorherige Ankündigung oder Erklärung in einem Park auf. Damals war sie acht.

«Habe ich dir gefehlt?», wollte er wissen.

Tamar trat verlegen von einem Fuß auf den anderen.

«Weißt du noch, wie wir gemeinsam mit der Bahn von Moskau nach Tiflis gefahren sind? Du hast deine Mutter vermisst, also habe ich dir die Geschichte von Amirani erzählt. Geschichten erzählen ist leicht, Tamar. Es ist wie Gehen. Wenn man es einmal draufhat, verlernt man es nie mehr.»

Tamar steht hinter dem Altar. Sie weiß nicht, ob die Erinnerung an die Szene im Park wahr oder eingebildet ist und nur dazu dienen soll, den Vater zu ersetzen, der ihr in der Kindheit fehlte. Zaza ist insgesamt drei Mal verschwunden: als sie sechs war, als sie acht war, und dann, als das KGB-Archiv in Tiflis von Demonstrierenden gestürmt wurde. Seitdem hatte sie ihn für tot gehalten. Sie redete sich ein, die Suche nach der Wahrheit hätte ihn das Leben gekostet, das geschah damals oft. In dieser alten Kirche am Rand der Welt begreift sie jedoch, dass sie sich etwas vorgemacht hat. Zaza wollte nur seine Vergangenheit vertuschen.

Er fand sich, wie Rachel gesagt hätte, beim historischen Umbruch auf der falschen Seite wieder. Er entriss Tamar ihrer Mutter, zerstörte die Leben zahlloser Menschen. Sie ist wütend, nicht nur über seine Untaten, auch über ein verpasstes Leben: Anna, Zaza und Tamar in einem Häuschen in einer ruhigen Sackgasse in Montreal oder Toronto.

«Tamar», sagt Skunk, «du hast einen weiten Weg zurückgelegt, um heute hier sein zu können. Was hast du deinem Vater zu sagen?»

Auf den Stuhl gefesselt, sieht Zaza kläglich aus. Fast hat sie Mitleid mit ihm.

«Warum hast du mich damals entführt?», fragt sie. «Und warum bist du so plötzlich verschwunden?»

Zaza rüttelt sich, aber der Stuhl kippt, und er knallt auf den Boden. Tamar wartet reglos auf eine Antwort. Einer von Skunks Schergen löst Zazas Fußfesseln. Der kommt mühsam auf die Beine. Tamar kehrt zu ihrem Stuhl zurück, während Zaza aufs Podest geführt wird. Sein Gesicht ist blutig, er ist wackelig auf den Beinen. Dann beginnt er zu erzählen.

«Ich wollte damals nur reden. Zwei alte Freunde und ein paar Flaschen Tschatscha. Reine Geselligkeit. Ich fuhr uns zu dieser Kirche, zündete ein paar Kerzen an, machte es mir gemütlich.» Er senkt den Blick zu Boden, fährt fort.

«Ich sage zu Aslan: ‹Komm, lass uns darüber reden.› Aslan tigert nervös durch den Raum, raucht. Dann erklärt er: ‹Sie hat sich an mich gewandt. Ich musste ihr helfen, was sonst? Anna ist wie eine Schwester für mich.›

‹Du hast es mir verschwiegen›, entgegne ich.

‹Jetzt weißt du's›, sagt Aslan.

‹Seit gestern. Sie sagt, du willst ihr helfen, das Land zu verlassen.›

‹Für eine Jüdin ist das Leben hier riskant›, meint Aslan. ‹Sie wurde immer wieder angefeindet. Als kleines Mädchen in Vilnius und jetzt an der Uni.›

‹Seit wann liegt dir das Schicksal der Juden am Herzen?›, frage ich.

Aber er sagt nur: ‹Inzwischen kann man ausreisen, warum sollte ich ihr nicht helfen?›

Ich sage: ‹Das widerspricht meinen Prinzipien.›

Aslan fragt mich, wie ich das meine. Schlägt vor, wir könnten ihr gemeinsam helfen. Ich könne sie begleiten.

‹Ist dir klar, dass sie von mir schwanger ist?›, frage ich.

Das wusste Aslan nicht, er meint: ‹Nein, aber ist doch wunderbar! Dann musst du sie ja sowieso begleiten.›

Zu Sowjetzeiten wurde diese Kirche nicht religiös genutzt. Sie war ein Ausflugsziel. Man traf sich hier, um abzuhängen. So wie wir. Ich will also nur quatschen und saufen, aber Aslan war seit Langem unfassbar aufgeblasen. Mit seiner schicken Ami-Jeans, seinen ach-so-wichtigen Ami-Freunden, seinem Jazz-Fimmel. Und er machte mich ständig nieder. Unterstellte mir, zu konservativ, zu rückständig, zu traditionell zu sein. Er reizte mich.

Ich sage: ‹Vielleicht verrätst du mir, was du meiner zukünftigen Ehefrau eingetrichtert hast.›

Aslan meint, sie hätte ihn einfach nur um Hilfe gebeten. Darüber hätten sie gesprochen.

‹Wie oft?›, frage ich.

‹Weiß nicht. Drei Mal? Vier Mal?›, sagt er.

Sie hat mir etwas anderes erzählt. Aber gut, Worte sind das eine, was sich zuträgt, ist etwas anderes. Was, wenn Aslan doch von der Schwangerschaft weiß? Und was, wenn es gar nicht mein Kind ist?

‹Hast du was mit ihr gehabt?›, frage ich. ‹Du liebst sie, stimmt's?›

‹Sie ist wie eine Schwester für mich›, sagt er.

‹Du willst also, dass sie in Amerika weiterstudiert? Ist unser schönes Land nicht gut genug für sie? Warum willst du, dass sie mich verlässt?›

‹Es war *ihre* Idee›, meint er. Und dass ich spinne. Er wolle nur, dass wir glücklich werden.

‹Ich bin glücklich. Warum sollte ich nicht glücklich sein?›

‹Anna hat das gesagt.›

‹Was genau hat sie gesagt?›

Er schweigt. Natürlich ist er in sie verliebt. Wie alle anderen – sogar Gary, dieser idiotische Ami.

‹Oh Mann, du bist so typisch georgisch›, sagt er dann.

Das macht mich wütend. Er ahnt nicht, welche Opfer ich für meine Zukunft, meine Familie, mein Leben gebracht habe.

Ich sage: ‹Anna wird bald meine Familie kennenlernen. Wir werden heiraten und unser Kind bekommen.›

Aslan meint, das wäre doch super. Er freue sich für mich.

Und ich frage ihn: ‹Glaubst du ernsthaft, ich ließe Anna gehen?›

Er: ‹Dann eben nicht. Was geht's mich an.›

Ich sage: ‹Du lügst doch. Du hast ihr diese Flausen in den Kopf gesetzt.›

Aslan sagt: ‹*Sie* hat sich an mich gewandt.›

Ich frage: ‹Und warum nicht an mich?›

‹Das fragst du besser deine zukünftige Ehefrau.›

‹Arbeitest du für diese Leute? Ist Gary für sie tätig? Was heckt ihr aus? Was wisst ihr über mich?›

Aslan sagt: ‹Für wen arbeiten? Ich arbeite für niemanden. Und wir hecken nichts aus.›

Zu dem Zeitpunkt sind wir schon ziemlich blau, deshalb ist meine Erinnerung getrübt. Ich weiß aber noch, dass ich Aslan bitte, sich zu setzen. Wir sitzen einander gegenüber, auf identischen Stühlen. Ich löse meine Manschettenknöpfe, krempele die Ärmel hoch. Die flackernden Kerzen. Der Wind.»

Zaza bleibt eine Weile stumm. Tamar hat das lebhafte Gefühl, in die Vergangenheit ihres Vaters versetzt worden zu sein.

«Wir wechseln das Thema, plaudern über Hockey, Schule, Bücher. Wir essen ein paar Happen. Kommen zur Ruhe. Doch er steht schon in einer Ecke bereit. Schwer zu sagen, warum ich ihn mitgebracht habe. Andererseits ist es nicht das erste Mal. Vielleicht ahnen wir beide, was bevorsteht. Dass alles, wie Aslan gern sagt, unseren Genen eingraviert ist. Er meint, wir sollten das Glas auf die Freundschaft erheben.

‹Du bist mein liebster Freund›, sagt Aslan.

Und da schlage ich ihn ins Gesicht. Es reißt ihn nach hinten. Ich schlage ihn in den Magen. Er knickt ein. Ich verpasse ihm einen Schlag in die Nierengegend. Noch einen, noch einen. Er liegt schmerzerfüllt am Boden. Ich eile in die Ecke und kehre mit dem Rattenkäfig zurück. Beim Anblick des Tiers bekommt Aslan Angst. Das gefällt mir.

‹Unterleutnant Zaza Gogoladse›, sage ich. ‹Komitee für Staatssicherheit. Ich habe Pflichten. Ich hoffe, du verstehst.› Die Ratte huscht im Käfig hin und her, versucht verzweifelt zu entkommen.

‹Und nun raus mit der Sprache›, sage ich.

Aslan starrt die Ratte an. Die bloße Drohung macht ihn gefügig. Er gesteht dies und das, alles uninteressant für mich. Er entschuldigt sich dafür, das Buch geschrieben zu haben, erklärt, es sei für seinen Sohn gedacht gewesen, er habe niemanden angreifen wollen, und dass er es Gary gegeben habe, sei falsch gewesen.

Ich sage: ‹Der Quatsch ist mir scheißegal.› Er leistet Abbitte für die Schwarzmarkt-Klamotten, die Platten, den Jazz, das Hasch.

Dann frage ich wieder: ‹Was ist zwischen dir und Anna gelaufen?›

Er zögert mit einer Antwort. Also setze ich den Käfig auf seine Brust. Die Ratte will raus. Sie beginnt zu beißen. Aslan schreit, auch das gefällt mir. Die Ratte wütet mit Klauen und Zähnen. Sie wühlt sich durch Haut und Fleisch bis in die Vergangenheit …

‹Was ist zwischen dir und Anna gelaufen?›, wiederhole ich.

Er will antworten, bringt aber kein Wort mehr raus. Es ist zu Ende mit ihm. Ich bin mit der Ratte allein. Und auf dem gottverdammten Berg heult der gottverdammte Wind.»

Tamar ist speiübel. Sie fragt noch einmal: «Aber warum hast du mich damals meiner Mutter weggerissen?»

«Wenn man an etwas glaubt, muss man dafür einstehen, Tamar. Das verstehst du, oder? Du tickst ja ähnlich. Es widersprach meinen Prinzipien. Ich wollte, dass ihr hierbleibt, in Georgien.» Er lächelt, wirkt reumütig.

«Trotzdem bist du irgendwann verschwunden. Wieso?»

Zaza zuckt die Schultern. «Ich habe vieles bereut und wollte Buße tun, also bin ich Mönch geworden. Schließlich hat Irakli mich aufgestöbert. Ich bekam mit, dass er mich fotografierte, wollte aber nicht mehr vor meiner Verantwortung wegrennen. Ich habe ihn überwältigt, allerdings nur, um ihm zu sagen, er solle die Fotos an Skunk schicken. Ich wollte dich unbedingt wiedersehen, Tamar. Um alles zu erklären.»

«Das nennst du Erklärungen?»

Zaza senkt den Blick auf seine Hände. «Ich wollte doch nur, dass du eine Zukunft hast. Ich wollte dein Bestes.»

Tamar verstummt, sie ist wie vor den Kopf gestoßen. Skunk zückt einen alten Revolver. Er klappt die leere Trommel aus, schiebt eine Patrone hinein, schließt die Trommel und lässt sie dann kreisen. Das tut er mehrmals.

Er sagt: «Dein Vater hat furchtbare Verbrechen begangen. Das eigentlich Schlimme daran ist aber, dass er glaubte, alles in bester Absicht zu tun. Er hatte nicht vor, Aslan zu töten. Er hatte nicht vor, dich deiner Mutter wegzunehmen. Trotzdem hat er beides getan und dadurch unsere Leben zerstört. Diese blinde Willkür macht ihn zu einem Ungeheuer. Wenn unsere Väter nicht für die Schuld bezahlen wollen, die sie auf sich geladen haben, dann ist es an uns, sie dafür büßen zu lassen. Irgendwann muss die Vergangenheit gesühnt werden.»

Skunk drückt Tamar den Revolver in die Hand.

«Willst du etwa, dass ich ihn erschieße?»

«Er soll begreifen, was er angerichtet hat.»

Tamar betrachtet den Revolver, dann sieht sie Skunk an. Sie weiß, es ist ein Spiel. Welchen Regeln es folgt, weiß sie nicht.

Skunk sagt: «In seinem Roman schildert Lermontow ein Spiel der Besatzungssoldaten. Sie nannten es ‹russisches Roulette›. Es hat etwas Ehrliches.»

«Ich verstehe nicht», sagt Tamar. «Soll ich die Waffe etwa gegen mich selbst richten?»

«Ich will bloß, dass dein Vater leidet.»

Zaza sagt: «Ich bin für meine Taten verantwortlich, Akhmad, nicht sie. Lass sie aus dem Spiel.»

«Tamar wird nicht leiden. Sondern du. Du wirst das Entsetzen und die Angst kennenlernen, die mich erfüllten, als russische Soldaten meine Mutter vergewaltigten und ermordeten und weder du noch mein Vater da waren, um uns zu beschützen. Ich zahle dir die Schrecken heim, die mich bis heute verfolgen. Tamar sieht es genauso wie ich.»

Die Gravur eines Pferdes schmückt den Revolvergriff.

Die Waffe liegt schwer in ihrer Hand. Sie begreift, dass sie in Skunks und Zazas Wahnsinn gefangen ist.

«Ich habe dir versprochen, dass du die Wahrheit erfährst, und ich habe mein Versprechen gehalten, Tamar. Nun werden wir gemeinsam Gerechtigkeit üben.»

Tamar erinnert sich an einen Satz von Rachel. ‹Der Tod ist eine beschissene Ungerechtigkeit›, das sagte sie gern. Aber auch eine Erleichterung, denkt Tamar, ein möglicher Ausweg. Sie drückt die Mündung gegen ihre Schläfe. Vielleicht geht es gar nicht um Gerechtigkeit. Vielleicht ist alles sinnlos.

«Hast du deinem Vater noch etwas zu sagen?», fragt Skunk.

«Nein.»

Tamar spannt den Hahn, drückt ab. Ein hohles Klacken. Sie atmet auf. Zaza starrt sie an, seine Hände zittern.

«Noch mal», befiehlt Skunk.

Tamar hebt langsam den Revolver und setzt ihn wieder an ihre Schläfe. Sie schließt die Augen. Da krachen Schüsse. Die zwei Schergen mit Sturmhaube brechen zusammen. Ein riesiger Kerl, der sich im Dunkeln angepirscht haben muss, brüllt, Tamar solle sich zu Boden fallen lassen. Es ist Levan. Dann erwidert Skunk das Feuer. Im nächsten Augenblick springt ein Fremder von der Galerie in den Raum und beginnt zu schießen. Als Tamar zu Zaza schaut, läuft Blut aus seinem Mund, dann geht er zu Boden. Skunk schreit auf, bricht auch zusammen. Levan gibt einen Schuss nach dem anderen auf ihn ab.

«Ich hau ab», flüstert Gary.

«Bitte bleib hier», sagt Joseph.

«Ich muss was erledigen.» Gary nickt ihm zu und verschwindet in der Dunkelheit.

Joseph verharrt auf der Treppe. Es behagt ihm nicht, dass Gary schon abgezischt ist. Als er Skunks dröhnende Stimme und kurz darauf Schüsse hört, hetzt er nach oben, dorthin. Was dann geschieht, nimmt er wahr wie in Zeitlupe. Er sieht Gary durch die Luft segeln, und wie eine Kugel auf seinen Vater abgefeuert wird. Sieht, wie er getroffen wird, und hat förmlich vor Augen, wie das Geschoss Epidermis und Gewebe durchschlägt. Gary bricht zusammen. Tamar sitzt zitternd auf einem Stuhl und umklammert einen Revolver.

«Alles wird gut, Tamar», sagt Joseph, kaum bewusst, was er da von sich gibt. Sie zittert immer heftiger. Levan kniet neben ihr, eine Hand auf ihrem Knie.

«Tut mir leid, Tamar», sagt er, «aber als ich erfahren habe, dass du von Skunk entführt wurdest ...»

Tamar winkt ab. Joseph humpelt zu Gary, kniet sich hin und fühlt ihm den Puls an seinem Hals. Als er die Finger wegzieht, sind sie blutig. Joseph wartet darauf, dass sein Vater etwas sagt, aber der atmet nicht mehr.

Joseph kommt auf die Beine und geht zu Tamar. «Lass uns von hier verschwinden», sagt er behutsam.

«Nein, noch nicht», entgegnet sie und schaut ihn an. «Wir müssen sie zuvor begraben.»

In den entlegenen Dörfern Swanetiens und Tuschetiens, tief im Kaukasus, errichtet man Häuser für die Verstorbenen, unheimliche Steinbauten voller Schatten und Geister. Joseph hat Bilder davon gesehen. Auf diesem Berg am Rand der Welt gibt es jedoch weder solche Bauten noch einen Friedhof.

Tamar, Joseph und Levan schleifen die Toten ins Freie, keine leichte Arbeit, denn die Männer sind schwer. Sie brauchen eine Stunde, um sie mit ein paar Holzscheiten aufeinanderzulegen – Zaza, Gary, Skunk und dessen zwei Schergen sowie die drei Mönche. Joseph und Levan durchsuchen die Gebäude, bis sie ein Fass mit Diesel, Treibstoff für den Stromgenerator, entdecken. Tamar durchwühlt Zazas Mantel und findet in einer Tasche einen versiegelten Umschlag, den sie heimlich einsteckt. Anschließend kippen sie den Diesel über die Toten. Levan reißt ein Streichholz an, und die Flammen lodern auf. Danach macht er sich daran, in den Gebäuden alle Spuren zu beseitigen und aufzuräumen.

Das Feuer schwelt den ganzen Abend, der ekelhafte Gestank verbrannten Fleisches erfüllt die Luft. Joseph weiß nicht, wie er in Worte fassen soll, was sich zugetragen hat, die Ereignisse überfordern ihn.

Er sagt stattdessen: «Ich liebe dich, Tamar.»

Sie ergreift seine Hand und drückt sie so fest, dass die Finger schmerzen.

Joseph hat sich Garys Tod nicht gewünscht. Er hätte noch viele Fragen gehabt, viel mit ihm besprechen wollen. Er wird trauern, und dann wird er vielleicht eine Möglichkeit finden, sein Leben weiterzuführen.

«Was, meinst du, war zuerst da?», fragt Tamar. «Der Hass oder die Angst?»

«Die Angst, denke ich», antwortet Joseph. «Ich glaube,

wir sind so angsterfüllt, dass wir nicht wissen, wie wir leben sollen.»

«Ich weiß nicht recht», sagt Tamar. «Und wenn es doch der Hass war?»

Er löst seine Hand aus der ihren, tritt hinter sie. Tamar lehnt sich gegen ihn. Joseph umfasst schützend ihren Kopf, seine Hände auf ihren Schläfen. Er will sie vor dem Bösen auf der Welt bewahren, sie braucht diesen Schutz. Sie brauchen ihn beide.

Einige Stunden warten sie. Dann holt Levan im eisigen, aus Sibirien kommenden Wind eine Schaufel, und sie werfen die Reste der Leichen ins Tal, das zwischen der Kirche und dem Kasbek liegt, auf dem Prometheus angekettet war, bis Herkules ihn nach einer Ewigkeit von seinen Qualen erlöste.

Der gelb-orange Bus aus Sowjetzeiten erinnert an einen müden Geist. Tamar würde ihn am liebsten umarmen, als müsste sie ihn trösten (die Scheinwerfer mit den gesprungenen Gläsern sehen aus wie betrübte Augen). Sie wird von der Welle der Aufregung mitgerissen; am Kreisverkehr auf dem Rustaweli-Boulevard haben sich lange Menschenschlangen gebildet. Tamar geht gemeinsam mit ihren Begleitern quer über den Kreisverkehr zum Parlament.

Ein kalter Tag, ihr schlägt ein schneidender Wind entgegen. Sie breitet Rachels grauen Schal über ihre Schultern. Eine alte Babuschka im knallroten Mantel schreit immer wieder: «Nieder mit Schewardnadse!» Der Geist des Widerstands lässt die Luft knistern. Tamar genießt dieses Gefühl. Sie klammert sich an Josephs Hand, während sie sich von der Menge mitschwemmen lassen. Sie kommen an den Gebäuden ihrer Kindheit vorbei, an der Schule, der Bibliothek, dem Theater mit den hohen, weißen Säulen, in dem sie Sturuas Inszenierungen von Shakespeare und Brecht gesehen hat. Die meisten Bauwerke sind wuchtig, dunkel und von Einschusslöchern aus dem Bürgerkrieg übersät, der vor gerade einmal zehn Jahren endete.

Lali reicht Tamar eine Wasserflasche. Keti stützt Joseph, dessen Fußwunde noch nicht ganz verheilt ist, während Goran, Nana, Levan und Sascha sich bemühen, den Anschluss nicht zu verlieren. Auf den Mauern sind neue Graffiti zu sehen, immer wieder ist das Wort «Kmara» zu lesen. Der

Ruf nach Gerechtigkeit und Wandel hallt durch alle Staaten der ehemaligen Sowjetunion. In Serbien wurde Slobodan Milošević abgesetzt, nicht zuletzt dank der Unterstützung von Menschen wie Rachel Grabinsky. Nun hoffen die Georgier, Eduard Schewardnadse loszuwerden und mit ihm die gesamte alte Garde, die sich an die Macht klammert.

Man will mit den Missständen der Vergangenheit aufräumen. Mit staatlicher Gewalt und den Lügen der Regierung; mit sinnlosen Morden und Bandenkriegen; mit Bestechung und Korruption; mit dem Erbe des Überwachungsstaats. Ein Gebet: *Mögen deine Nachbarn nicht mehr darüber wachen, was du denkst.* Man will endlich den Geist Stalins abschütteln, den Sadismus Berias, die eiserne Faust Breschnews. Denn die Menschen hier waren jene Kinder, die stumm mitansehen mussten, wie man ihre Eltern zu nächtlicher Stunde abholte. Keine Gerechtigkeit, denkt Tamar, sondern Heilung.

Als sie, nach Tiflis zurückgekehrt, vor Nanas Tür standen, schloss ihre Ziehmutter erst Tamar in die Arme, dann Joseph. Nana war der einzige noch lebende Mensch, der ihre ganze Geschichte kannte und begriff, was sie miteinander verband. Sie wolle, erklärte sie auf Georgisch, nach Rachels Tod auch Josephs Mutter sein. Tamar übersetzte diese Worte für ihn.

Nana bereitete ein Essen zu, das für zwanzig Leute gereicht hätte. Sie sah zu, während Joseph und Tamar tüchtig zulangten. Sie aßen, tranken und redeten bis in die Nacht. Tamar stellte Fragen, die ihr schon immer auf den Nägeln gebrannt hatten. Nana erklärte, Zaza habe sie über Anna Litvak nie aufgeklärt; ihr Name fiel nur ein einziges Mal. Nana war verzweifelt, als Zaza verschwand, fand sich aber damit ab, weil er das Wertvollste dagelassen hatte: Tamar. Nana schwor sich, sie aufzuziehen wie ihre eigene Tochter. Sie hatte Mitleid mit Zaza, obwohl er sich in all den Jahren kein einziges Mal bei ihr meldete. Er habe sich, sagte sie, so viel Liebe entgehen lassen, und ein Mensch, der sich dem Segen der Liebe verschließe, sei das bedauernswerteste Geschöpf auf Erden.

Nana erzählte auch von dem Abend, als Rachel vor ihrer Tür gestanden hatte. Es war Rachels erster Aufenthalt in Tiflis, und sie war betrunken. Sie beichtete Nana alles und versicherte, sie sei nicht gekommen, um Tamar mitzunehmen, im Gegenteil: Sie sei unendlich dankbar für alles, was Nana getan habe. Zaza, diesem Arschloch, werde sie nie verzeihen, sagte sie. Am Ende übergab sie Nana eine Schachtel. Die enthielt Manschettenknöpfe aus Gold und Lapislazuli, eine Uhr von Raketa und eine handgeschriebene Notiz von Rachel. Sie erklärte, sie habe nicht den Mut, Tamar alles zu sagen, und bat Nana, das zu tun.

«Du hast mir aber nie davon erzählt», sagte Tamar. «Du hast ihre Geschichte für dich behalten.»

«Wie auch sonst? Es stand mir nicht zu, sie zu erzählen», entgegnete Nana.

Nachdem Tamar alles übersetzt hatte, zog Joseph Zazas Manschettenknöpfe aus der Tasche und reichte sie Tamar.

Auf den Straßen von Tiflis, inmitten der Massen von Demonstrierenden, schmiegt sich Tamar an Joseph und sagt: «Ich liebe dich.» Sie sagt das ganz spontan. Sie liebt ihn auf eine Art, die sie selbst nicht durchschaut. Und doch durchpulst diese Liebe alles, das kann sie spüren.

«Ich liebe dich auch, Tamar. Wir sind Wahr-Sager.»

Am ersten Abend, den sie bei Nana verbrachten, schaute auch Levan vorbei. Sie hatten weder in der Kirche noch auf der Heimfahrt im Auto reden können. Tamar erzählte ihm, was sie durchgemacht hatte, und berichtete, was in der Kirche zwischen Skunk und Zaza vorgefallen war. Levan war sprachlos, und als Joseph die Geschichte von Anna-Rachel und Gary-Daniel Daniel erzählte, begann er zu weinen und bat Joseph um Entschuldigung für den Schuss in den Fuß. Schlussendlich musste Joseph ihn trösten, während Tamar ihm Essen auftat und Nana vor Freude weinte.

Dann erhob sich Joseph, mehr als nur angetrunken, und erklärte, er wolle seinen Job in Toronto kündigen und nach Tiflis ziehen, um den Plattenpalast weiterzuführen. Levan sicherte ihm Unterstützung zu. Er begann zu singen und bemühte sich nach Kräften, Joseph in die Techniken des polyfonen Gesangs einzuführen. Joseph sang grauenhaft. Tamar lachte wie seit Jahren nicht mehr, ohne auch nur einen Gedanken daran zu verschwenden, was die Zukunft für sie alle bereithielt.

«Komm», sagt sie und greift Josephs Hand, «lass uns Geschichte schreiben.»

Ein Wind des Wandels hat alles weggeblasen, was wie Blei auf ihnen lastete. Die zahllosen Demonstrierenden sind euphorisch, wie elektrisiert. Tamar wünschte, Dawit und Rachel wären mit dabei. Beide haben auf jeweils eigene Art vorhergesagt, dass irgendwann der Zeitpunkt käme, wenn entschlossenes Handeln die trägen Beharrungskräfte hinwegfegen würde. Einsatzpolizei und Militär schirmen das Parlament ab und rufen Tamar die Lektionen des Jahres 1989 in Erinnerung. Nur fühlt es sich dieses Mal anders an.

Ein gedrungener Bauer reicht ihr eine Wildrose, und sie

pikt sich an einem Dorn. «Du bist eine schöne Frau», sagt er zu ihr, «und du bist auch frei, das ist noch wichtiger. Unsere Revolution ist schon jetzt erfolgreich, selbst wenn die Soldaten noch auf uns schießen, selbst wenn sie uns alle töten würden.»

«Wie soll man mit der Trauer über Vergangenes umgehen?», wollte Tamar von Rachel wissen, als sie wieder einmal die ganze Nacht diskutierten.

«Man trauert nicht über Vergangenes», antwortete Rachel.

«Weil kein Raum dafür ist?»

«Keine Zeit. Es gibt genug andere Dinge, über die man nachdenken muss. Wir können die Fehler, die unsere Eltern begangen haben, nicht ausbügeln. Und falls du doch etwas gutmachen willst», sagte Rachel und zog an ihrer Dunhill, «dann sieh zu, dass du etwas Neues aufbaust. Dazu solltest du deine Trauer nutzen. An der Vergangenheit lässt sich nicht mehr drehen.»

Dann strich sie über Tamars Wange. Daran jedenfalls meint Tamar sich zu erinnern. Sie wünschte, Rachel hätte ihr alles gesagt. Andererseits hat sie das auf viele Arten getan. *Doch, Rachel, die Vergangenheit zählt. Man kann sie bereuen, akzeptieren oder preisen. Aber man darf nicht leugnen, dass es sie gibt. Wir können dem, was wir mit auf die Welt bringen, nicht entrinnen. Unsere Schatten folgen uns in der schwindenden Novembersonne überallhin.*

Manche Menschen recken Transparente in die Luft, andere tragen Babys. Wasserflaschen, Brotlaibe, rote Rosen, weiße Plakate. Gewagte Reden werden auf den Balkonen des Opernhauses und von alten Palästen geschwungen, unter großen Gesten. Man schwenkt die georgische Flagge mit den roten Kreuzen auf weißem Grund und singt alte Lieder. Man lacht und tanzt und umarmt einander. Man isst und weint, Tränen der Trauer vermengen sich mit Tränen der Hoffnung.

Am Nachmittag stehen sie auf dem Platz der Freiheit. Schewardnadse hat den Medien zuvor angekündigt, das Parlament zusammentreten zu lassen, es sei seine Pflicht. Er sagte, die gegenwärtigen Proteste könnten in einen Bürgerkrieg umschlagen. Er bat die Medien – deren Vertreter und Vertreterinnen auch der neuen Generation angehörten –, die Demonstrationen nicht weiter zu unterstützen.

«Ihr könntet meine Enkelkinder sein», flehte Schewardnadse. «Bitte hört auf damit. Die Proteste werden unsere Gesellschaft spalten.»

Nun steht Micheil Saakaschwili auf den Stufen des Parlaments, umringt von Reportern. Blitzlichter folgen jeder seiner Bewegungen. Er spricht in ein Megafon.

«Eduard Schewardnadse hört uns nicht zu. Er hat beschlossen, das Parlament ohne die Zustimmung der Bevölkerung zusammentreten zu lassen. Das ist illegal, das ist undemokratisch. Wir haben uns hier versammelt, um gegen den Wahlbetrug zu protestieren. Doch wir werden kein Blut vergießen. Zu viele haben schon ihr Leben gelassen. Wir sagen: Es reicht! ‹In einem Land ohne Hunde ...› Schewardnadse, die Scharade ist vorbei. Die Hunde stehen vor deiner Tür.»

Die Menge bekundet lautstark ihre Zustimmung. Wäre Dawit hier, hätte er mit eingestimmt. Tamar fragt sich, ob das Sprichwort auch über Georgien hinaus Geltung hat. Vielleicht weiß niemand, was er tut. Vielleicht tun alle nur so, als würden sie bellen und brüllen, geben sich als jemand aus, der sie nicht sind. Vielleicht sind all die Proklamationen nur heiße Luft.

Saakaschwili schreitet mutig die Stufen zum Parlament hinauf. Was dann geschieht, ist bestens dokumentiert. Soldaten und Bereitschaftspolizei legen ihre Waffen nieder. Die Panzer stehen reglos da. Die Menschen hämmern mit den Fäusten gegen die Türen des Parlaments. Die öffnen sich wie durch Zauberhand. Es fällt kein einziger Schuss. Als die vier Meter hohen Türen aufspringen, strömt die Menge unkontrolliert hindurch. Tamar und Joseph drängen auch hinein. Demonstranten trommeln gegen die Sitze der Abgeordneten. Saakaschwili brüllt: «Treten Sie zurück! Treten Sie zurück!»

Schewardnadse begreift, dass seine Zeit abgelaufen ist. Er setzt sich durch den Hintereingang ab, samt seiner Entourage. Saakaschwili tritt ans Rednerpult, lässt die Fäuste darauf knallen. Dann verkündet er den Machtwechsel, eine Rose in der Hand.

Jetzt beginnt es. Ab jetzt dürfen wir träumen.

Von welcher Zukunft träumt Tamar? Wo werden sie und Joseph, Annas Kinder, leben? Was ist Freundschaft, was Verwandtschaft, und wo zieht man die Grenzen der Liebe?

Joseph ergreift ihre Hand und sagt: «Komm mit.» Er führt sie hinaus auf den Platz der Freiheit. Dort tanzen die Menschen im Kreis. Gut möglich, dass man tagelang, wochenlang, monatelang feiern und träumen wird.

«Wir haben es getan», sagt Joseph. «Wir haben es geschafft.»

Tamar hat ihre Zweifel. Aber sie lacht, als eine alte Frau Josephs Hand nimmt und darauf besteht, mit ihm zu tanzen. Er tut ihr den Gefallen, obwohl er noch humpelt. Levan tanzt auch mit. Tamar beobachtet sie, fühlt leise Trauer. Dann zieht sie den Umschlag, den sie in Zazas Gewand entdeckt hat, aus der Innentasche ihres Mantels. Er enthält den Durchschlag eines Briefes.

21. Mai 1978

Anna,

*am Tag deiner Abreise aus Moskau musste ich
weinen. Ich habe geweint, weil Liebe so viel
Schmerz mit sich bringt. Meine Tränen haben
die Moskwa überlaufen lassen. Sie strömten
nach Osten, über den Ural und das Altai-
Gebirge, fluteten die sibirischen Ebenen.
Meine Sehnsucht musste elf Zeitzonen überwinden, um das Beringmeer zu erreichen, und
weitere fünf Zeitzonen, um zu dir zu gelangen. Ich wollte mit dir zusammen sein. Aber
ich wollte auch, dass unsere Tochter weiß,
wo ihre Wurzeln sind.
Liebe Anna, du lebst in einem fremden Land.
Du hast deinen Namen geändert. Aber all das
ist unwichtig. Du bist und bleibst meine
Anuschka. Ich bin dir nahe, hier bin ich,
ich bin an deiner Seite. Was soll ich noch
sagen? Kehr heim. Wir warten auf dich.*

Z.

DANK

Im März 2003 betraten Christopher Morris und ich einen Eckladen in Qasbegi, um eine Flasche Mineralwasser zu kaufen. Wir wurden von einem Hünen namens Zaza begrüßt, der einen Trench aus beigefarbener Wolle trug, einen Goldzahn und eine quer übers Gesicht verlaufende Narbe hatte. Als Zaza merkte, dass wir Ausländer waren, verschloss er die Ladentür, ertränkte uns in Wodka und verfluchte derweil Kanada, weil es Wladislaw Tretjak und dessen sowjetische Eishockey-Mannschaft 1972 in der Summit Series besiegt hatte. Später stieß noch ein Tschetschene namens Aslan zu uns. Nach der dritten Flasche Wodka trabten wir durch den Schnee zu einer versteckten Bar, wo wir tanzten und tranken und um ein Haar in eine Prügelei verwickelt worden wären.

Als ich am nächsten Tag erwachte, waren Berge von Schnee gefallen, und ich saß, auch dank der korrupten örtlichen Polizei, acht Tage in Qasbegi fest. Dort erlebte ich ein ebenso fantastisches wie zufälliges Zusammentreffen unterschiedlichster Nationalitäten. Fünfzig Armenier in fünfzig weißen Ladas waren auf dem Dorfplatz gestrandet; russische Handwerksgesellen erwarteten ihre Freundinnen; nervöse iranische Teppichhändler harrten ihrer Lieferungen; russische, tschetschenische und georgische Trunkenbolde leerten jede Flasche jeglichen Alkohols, die vor Ort zu haben war. Anschließend hätte eine Brotknappheit um ein Haar Krawalle ausgelöst. Chris und ich spielten unzählige Partien Backgammon und bemaßen das Verstreichen der Zeit anhand des Tschatscha, den wir soffen. Damals wurde der Grundstein für diesen Roman gelegt; ich schien in einem Land der Mythen, der Schönheit und des Schreckens gelandet zu sein. Und obwohl ich weder Aslan noch Zaza je wiedersah, prägten sich ihre Persönlichkeiten meiner Erinnerung unauslöschlich ein.

Ich habe Paul Thompson zu danken, dem legendären kanadischen Theaterintendanten, ohne den ich Georgien nie bereist hätte – er bestand 2002 in Istanbul auf der wahnwitzigen Busfahrt. Paul lehrte mich die Kunst der Bestechung, und ich verliebte mich in ein Land und ein Theater, dessen Geist bis heute in mir fortwirkt. Eine sonderbare Verkettung von Umständen machte uns mit Levan Tsuladse, Leiter des Basement Theatre, dessen Managerin, Ekaterina Mazmischwili, und vielen anderen Menschen bekannt. Die Folge war, dass Paul und ich 2003 mit einer kanadischen Schauspieltruppe und dem deutschen Dokumentarfilmer Sven Holly Nullmeyer dorthin zurückkehrten. Die Woche mit Auftritten vor georgischem Publikum war eine unvergessliche Erfahrung. Das Basement Theatre – eines der ersten freien Theater Georgiens – inspirierte mich zum Underground.

Bei jedem Besuch, den ich Georgien in den folgenden Jahren abstattete, bemerkte ich Veränderungen und entdeckte auf diese Weise viele neue Möglichkeiten, dieses ungewöhnliche Land zu lieben und mit ihm zu verwachsen. 2008, vor der russischen Invasion Südossetiens, kontaktierte ich Human Rights Watch und lernte Soso Papuaschwili kennen, dessen genaue Kenntnis der Flüchtlingsbewegung von Südossetien und Abchasien nach Georgien eine große Hilfe war und der mir die Reise in das Pankisi-Tal ermöglichte. Dort war Ruslan mein Führer und Begleiter bei den vielen Interviews, die ich mit Kisten und tschetschenischen Flüchtlingen führte. Er war auch ein großherziger Gastgeber, der mich in dem Bauernhaus in Duisi beherbergte, das er mit seiner Familie bewohnte.

Außerdem hatte ich das große Glück, mit Angehörigen der Kmara-Bewegung und NGOs in Kontakt zu kommen, die maßgeblich am Zustandekommen der Rosenrevolution beteiligt waren, darunter Levan Ramischwili, damals Leiter des Liberty Institute, und Nino Gvenetadse, Vorsitzender des georgischen Verbands junger Juristen.

Tamar wurde durch die georgische Künstlerin Nino Sekhniaschwili inspiriert. Angeblich raubte Nino in den 1990ern eine Bank aus und nutzte die Bilder der Überwachungskamera anschließend für eine Performance, weil sie (wie man munkelt) nicht verheiratet werden wollte. (Sie wollte damit demonstrieren, dass sie als Ehefrau nicht zu gebrauchen war.) Ich sah diese Aufnahmen nie, und sie selbst wollte weder bestätigen noch bestreiten, dass es die Performance gegeben hatte (mir scheint, Nino liebt Rätsel und Geheimnisse), doch der Gedanke, es könnte diesen Raubüberfall und diese Performance gegeben haben, faszinierte mich sehr.

Giorgi Sanaia, Journalist bei Rustawi 2, war berühmt dafür, Korruption in der georgischen Politik aufzudecken. Giorgi inspirierte mich zu Dawit. Er wurde 2001 in seiner Wohnung in Tiflis ermordet, mutmaßlich aus politischen Gründen. Seine Ermordung löste in Georgien Massenproteste aus.

Der Künstler, Anthropologe und Kurator Data Chigolaschwili inspirierte mich zu «Bringt mir euer Tiflis». Data leitete bis 2005 das Urbanare, ein Apartment/Kunstraum/lebendiges Archiv, das sich das Ziel gesetzt hatte, ein alternatives, intimes Tiflis zu präsentieren. Ich verlebte dort zahlreiche Nachmittage mit berührenden Artefakten, die Data im Laufe der Jahrzehnte zusammengetragen hatte, darunter persönliche Texte, Fotos und Objekte.

Alle anderen Performances, die in diesem Buch auftauchen, sind meiner Fantasie entsprungen, wenn auch inspiriert durch andere Künstler. Der ukrainische Performancekünstler Oleg Kulik bildet die Vorlage für «Mann bellt wie Hund». In *Der verrückte Hund oder: Letztes Tabu, behütet von Alone Cerberus*, ursprünglich 1994 in Moskau aufgeführt, saß Kulik nackt mit Hundehalsband und Kette in der Galerie von Marat Gelman, bellte und schnappte, an der Kette zerrend, nach Besuchern, um schließlich aus der Galerie zu hetzen. Damit wollte Kulik die russische Gesellschaft und die Kunstwelt kommentieren. Andere inspirierende Kunstaktionen sind *A Punk Prayer* von Pussy Riot sowie der Penis, den das Künstlerkollektiv Woina direkt gegenüber des einstigen St. Petersburger KGB-Hauptquartiers auf eine Klappbrücke sprühte (ging die Brücke auf, erigiert der Penis vor den Augen der Geheimpolizei). Die Foto-Projekte des in Warschau lebenden Künstlers Karol Radziszewski stellen einen sowohl sozial engagierten als auch ästhetischen Protest gegen die anti-queere und homophobe polnische Regierung dar.

Wladimir Tarasow, ein virtuoser Jazz-Schlagzeuger aus Vilnius, gab mir Einblicke in die sowjetische Jazz-Szene.

Danke an die vielen Menschen, die sich die Zeit genommen haben, verschiedene Fassungen dieses Romans zu lesen, vor allem Andreas Stuhlmann, Maestro der Mythologie und Literatur.

Während ich letzte Hand an diesen Roman legte, marschierte Russland mit der absurden Begründung einer «Entnazifizierung» in die Ukraine ein. Dieser völkerrechtswidrige Krieg des ehemaligen KGB-Agenten Wladimir Putin hat innerhalb Europas die größte Flüchtlingskrise seit dem Zweiten Weltkrieg ausgelöst. Unter den Millionen Menschen, die aus der Ukraine flohen, befanden sich auch viele Georgier, die sich 2008, nach Russlands Einmarsch in Südossetien, in die Ukraine abgesetzt hatten. Die in diesem Roman geschilderte Welt gewann plötzlich an Aktualität, die sowjetische Vergangenheit rückte wieder nahe. Während Putin Mariupol, Kiew und Odessa attackieren lässt, begehen russische Soldaten unsägliche Kriegsverbrechen gegen die Ukrainer, und der souveräne Status früherer Sowjetrepubliken wie Georgien scheint gefährdeter denn je. Viele Georgier befürchten, ihr Land könnte als nächstes an der Reihe sein. Für Ukrainer und Georgier ist die Angst vor dem alten, brutalen russischen Reich jedoch nichts Neues. Für sie lautete die Frage nie, ob Russland wiederkäme, sondern wann dies geschehen würde.

Zu guter Letzt möchte ich Anastasia Aphkhazavas gedenken (25.2.1974–2007), die ich im Basement Theatre, Tiflis, auf der Tanzfläche kennenlernte. Sie war meine zweite Inspiration für Tamar. Ana war eine begabte Puppenspielerin und Schauspielerin mit einem wunderbar regen Verstand, die mit dreiunddreißig unter tragischen Umständen in der Nähe von Batumi verstarb. Mit ihrem Herz und ihrem Geist hat sie uns alle beflügelt; ihr Tod ist ein großer Verlust. Diesen Roman widme ich ihr und allen Menschen in Georgien, ob verstorben oder lebend, die im Laufe der Zeit großherzig ihre Geschichten mit mir teilten und den historischen Umwälzungen, den schönen wie den tragischen, mit einem Lächeln und einem Glas Wein trotzten.

INHALT